计算机办公应用培训教程（第3版）

卓越科技　编著

电子工业出版社

Publishing House of Electronics Industry

北京·BEIJING

内容简介

随着计算机技术和通信技术的迅猛发展,计算机在现代化办公中得到了广泛的应用,熟练操作计算机已成为办公人员必须掌握的一项技能。

本书以目前计算机办公中需要使用到的知识和应用软件为基础进行讲解,主要内容包括Windows Vista基础、汉字输入法与办公应用、Windows Vista与办公管理、Windows Vista设置与软件管理、Word 2007基础与办公高级应用、Excel 2007基础与办公高级应用、PowerPoint 2007基础与办公高级应用、办公辅助工具、局域网与互联网、电子邮件、电子商务,以及计算机的安全与维护等。

本书内容深入浅出、图文并茂,并配有大量直观、生动、实用的计算机办公操作实例,每课结尾还结合本课的内容提供了练习题,让读者通过练习进一步巩固所学的知识。

本书适合在校学生、办公人员及文秘人员等计算机办公操作初学者学习和参考,也可作为培训教材使用。

图书在版编目(CIP)数据

计算机办公应用培训教程/卓越科技编著.—3版.—北京:电子工业出版社,2010.8
(零起点)
ISBN 978-7-121-11114-3

Ⅰ.①计… Ⅱ.①卓… Ⅲ.①办公室—自动化—应用软件—技术培训—教材 Ⅳ.①TP317.1

中国版本图书馆CIP数据核字(2010)第111411号

责任编辑:贾 莉
印　　刷:北京天宇星印刷厂
装　　订:三河市皇庄路通装订厂
出版发行:电子工业出版社
　　　　　北京市海淀区万寿路173信箱　　邮编:100036
开　　本:787×1092　　1/16　　　印张:21.25　　　字数:544千字
印　　次:2010年8月第1次印刷
定　　价:35.00元

凡所购买电子工业出版社图书有缺损问题,请向购买书店调换。若书店售缺,请与本社发行部联系,联系及邮购电话:(010)88254888。

质量投诉请发邮件至zlts@phei.com.cn,盗版侵权举报请发邮件至dbqq@phei.com.cn。

服务热线:(010)88258888。

前　言

随着计算机技术和通信技术的迅猛发展，计算机办公应用已深入到了人们生活与工作的各个层面，使用现代化办公软件已成为人们必须掌握的一项基本技能。本书介绍了目前办公人员最需要掌握的、最实际的内容，满足了不同层次的读者的实际需求。

本书定位

本书定位于计算机初学者，以一个计算机初学者的学习过程来安排各个知识点，并融入大量操作技巧，让读者能学到最实用的知识，迅速掌握计算机办公应用的常用操作技能。本书特别适合各类培训学校、大专院校、中职中专作为相关课程的教材使用，也可供计算机初学者、在校学生、办公人员学习和参考。

本书主要内容

本书共15课，从内容上可分为8部分，各部分主要内容如下。

- **第1部分（第1～第2课）：** 主要讲解Windows Vista操作系统的相关知识及汉字输入法的应用。
- **第2部分（第3～第4课）：** 主要讲解Windows Vista操作系统在办公管理方面的操作，如管理文件与文件夹，以及安装与卸载办公软件等知识。
- **第3部分（第5～第6课）：** 主要讲解Word 2007的入门和高级应用知识，包括Word 2007的基本操作、编辑文档和插入图形图像等知识。
- **第4部分（第7～第8课）：** 主要讲解Excel 2007的入门和高级应用知识，包括Excel 2007的基本操作、输入和编辑数据、计算数据等知识。
- **第5部分（第9～第10课）：** 主要讲解PowerPoint 2007的入门知识和高级应用知识，包括PowerPoint 2007的基本操作、在幻灯片中插入对象、母版的使用、幻灯片动画的设置与放映等知识。
- **第6部分（第11课）：** 主要讲解办公过程中经常使用的辅助工具，包括打印机、WinRAR、ACDSee、金山词霸等办公辅助软件的使用方法。
- **第7部分（第12～第14课）：** 主要讲解办公过程中网络的应用，包括在局域网中共享资源、在Internet中浏览网页、搜索与下载资源、网上聊天、收发电子邮件和电子商务应用等知识。
- **第8部分（第15课）：** 主要讲解计算机的安全与维护，包括计算机的日常维护和计算机病毒的防范与查杀等知识。

本书特点

本书从计算机基础教学实际出发，设计了一个**"本课目标+知识讲解+上机练习+**

疑难解答+课后练习"的教学结构，每课均按此结构编写。该结构各板块的编写原则如下。

- ➡ **本课目标：**包括"本课要点"、"具体要求"和"本课导读"三个栏目。"本课要点"列出本课的重要知识点，"具体要求"列出对读者的学习建议，"本课导读"描述本课将讲解的内容在全书中的地位及在实际工作中的作用。
- ➡ **知识讲解：**为教师授课设置，其中，每个二级标题下分为"知识讲解"和"典型案例"两部分。"知识讲解"讲解本节涉及的知识点，"典型案例"结合"知识讲解"部分的内容设置相应的上机实例，对本课重点、难点内容进行深入练习。
- ➡ **上机练习：**为课堂实践设置，包括2～3个上机练习题，并给出各题的最终效果或结果，以及操作思路，读者可通过此环节进行实际操作。
- ➡ **疑难解答：**将本课学习过程中读者可能会遇到的常见问题，以一问一答的形式体现出来，解答读者可能产生的疑问，以便读者进一步提高。
- ➡ **课后练习：**为进一步巩固本课知识而设置，包括选择题、问答题和上机题几种题型，题目与本课内容密切相关。

本书的"知识讲解"环节中穿插了"注意"和"说明"等小栏目。"注意"用于提醒读者需要特别关注的知识，"说明"用于对正文知识进行解释或进一步延伸。

图书资源文件

对于本书讲解过程中涉及的资源文件（素材文件与效果图等），请访问博文视点公司网站（www.broadview.com.cn）的"资源下载"栏目查找并下载。

本书作者

本书的作者均已从事计算机教学及相关工作多年，拥有丰富的教学经验和实践经验，并已编写出版过多本计算机相关书籍。参与本书编写工作的人员有：刘红涛、杨秀鸿、刘思雨、刘芳、吴娟、李娜、王伟、李正辉、李丽雯、范娜、刘文静、李秋锋、刘丽君、黄伟、范燕。我们相信，一流的作者奉献给读者的将是一流的图书。

由于作者水平有限，书中疏漏和不足之处在所难免，恳请广大读者及专家不吝赐教。

目　　录

第1课

Windows Vista基础

▼ **本课要点**

认识Windows Vista
Windows Vista的桌面
鼠标与键盘操作
Windows Vista的基本操作

▼ **具体要求**

熟悉Windows Vista桌面的组成
掌握鼠标的使用方法
掌握键盘的使用方法
掌握Windows Vista窗口的操作
掌握Windows Vista对话框的设置

▼ **本课导读**

电脑是计算机的俗称，它具有运算速度快、准确、高效等特点，可以满足绝大多数企业和政府机关在处理日常事务时的要求。随着信息技术的发展，计算机除了可以完成企事业单位的日常事务处理外，还可以与网络相结合，利用网络实现网络办公和远程办公。

要实现使用计算机进行办公，首先要了解计算机的操作系统，操作系统是完成计算机中基本任务的系统软件，如今最流行的操作系统是Windows操作系统，下面就以常用的操作系统之———Windows Vista为例进行讲解。

1.1 认识Windows Vista

计算机的出现体现了时代的变革，引导了信息时代的到来。Windows Vista无论是从界面上还是从功能上，都实现了一个巨大的变化，给人耳目一新的感觉。同时对于系统的稳定性和安全性，也有了前所未有的提高。

1.1.1 知识讲解

流畅运行Windows Vista主要取决于计算机硬件的性能，下面我们就来了解该系统所需的硬件支持环境。

1. Windows Vista需要的硬件支持环境

如表1.1所示为安装Windows Vista的基本配置与推荐配置，读者在安装前可参考。

表1.1　Windows Vista安装配置要求

硬　件	基 本 配 置	推 荐 配 置
CPU	1GHz	1GHz 32位（x86）或64位（x64）以上
内存	512MB	1GB以上
硬盘	6GB可用空间	20GB以上可用空间
光盘驱动器	DVD-ROM光驱	DVD-ROM光驱
显示器	支持VGA接口	至少支持VGA接口
显卡	支持DirectX 9的图形处理器	支持DirectX 9图形，128MB以上显存，支持Pixel Shader 2.0和WDDM，32位真彩色
输入设备	Windows兼容键盘和鼠标	Windows兼容键盘和鼠标
其他设备		音频输出能力和Internet访问能力

安装Windows Vista的硬盘分区容量最好在15GB以上，并且必须采用NTFS分区格式。另外，Windows Vista操作系统目前共有6个版本，分别定位于不同的家庭与企业用户群，办公用户可以选择安装Windows Vista Business（商务版）、Windows Vista Small Business（小型商务版）和Windows Vista Enterprise（企业版）。

2. 安装Windows Vista

安装Windows Vista的方法是将正版Windows Vista安装光盘放入光盘驱动器，然后系统会自动运行Windows Vista的安装程序。根据安装程序的提示一步步进行操作即可完成安装。安装成功后计算机会重新启动，系统自检完成后，就可以进入Windows Vista操作系统。

3. 登录Windows Vista

系统自检时，将显示如图1.1所示的引导画面。如果在计算机中只安装了Windows Vista，那么开启计算机后，就会自动载入Windows Vista操作系统，用户只需选择登录账户，便可进入Windows Vista。如果安装的是双系统，在开启计算机后需要选择Windows Vista选项。若计算机中只设置了一个用户且设置了密码（系统安装时的默认设置），将显示如图1.2所示的登录画面，输入密码，稍等片刻可进入Windows Vista。

只有设置了多个用户账户或密码，才会显示用户登录界面，如果系统只有一个用户账户且没有密码，则开启计算机后将自动登录到Windows Vista。

进入Windows Vista后，在系统桌面上会打开【欢迎中心】窗口，如图1.3所示。

图1.1　引导画面

图1.2　登录画面

图1.3　【欢迎中心】窗口

　　【欢迎中心】窗口默认是随系统启动而打开的，如果要在系统启动时不打开【欢迎中心】窗口，可以取消选中窗口左下角的【启动时运行】复选框。【欢迎中心】窗口主要由【Windows入门】栏和【Microsoft产品】栏两部分组成，其中，【Windows入门】栏中包含Windows入门的相关项目，单击相应的项目图标可以进行设置。

 在【Windows入门】栏和【Microsoft产品】栏下方单击【全部显示】超链接，可以打开全部项目。

4. Windows Vista的桌面

　　成功启动Windows vista操作系统后，会出现如图1.4所示的画面，这就是"桌面"。它看上去较简单，这是因为它是Windows Vista的默认桌面，在经过用户的使用和设置后，该桌面可变得更加漂亮，如图1.5所示即是经过设置后的桌面。

图1.4　默认桌面

图1.5　设置后的桌面

桌面用来放置操作计算机时最常用的"物品"，如【计算机】图标、【回收站】图标和常用应用程序的快捷方式图标等，以及文件及文件夹图标等。简单地说，"桌面"就是键盘和鼠标控制系统的工作环境，是用户使用计算机开展工作的场所。

Windows Vista的桌面主要包括桌面背景、桌面图标、任务栏和边栏等几个部分组成，下面分别对其进行介绍。

 每台计算机的桌面并不完全是相同的，桌面的背景图像、边栏中的工具内容、桌面上的图标等都可以由用户进行自定义。

1）桌面背景

桌面背景是指应用于桌面的图像或颜色，其作用是让系统的外观变得更加明亮鲜艳。用户可以自行将喜欢的图片或颜色设为桌面背景，这样可以丰富自己的桌面，美化工作环境，增加乐趣。

2）桌面图标

桌面图标是各种程序放置在桌面上的快捷方式，每个图标包括一个图标图形和对应的图标名称，双击桌面图标便可打开相应的程序。

桌面图标包括系统图标与快捷方式图标两部分。其中，使用系统图标，可进行与系统相关的操作，如【计算机】图标、【回收站】图标等是系统自带的，双击将打开相应的窗口；快捷方式图标是应用程序的快捷启动方式，其主要特征是在图标左下角有一个小箭头标识，如图1.6所示，双击快捷方式图标可以快速启动相应的应用程序。

 默认情况下，Windows Vista在安装后并没有在桌面上显示【计算机】图标，要想使其显示在桌面上，可打开【开始】菜单，在【计算机】命令上单击鼠标右键，在弹出的快捷菜单中选择【在桌面上显示】命令，如图1.7所示。

图1.6　QQ的桌面快捷方式图标

图1.7　选择【在桌面上显示】命令

3）任务栏

默认情况下任务栏位于桌面的最下方，它是一个长条形区域，其组成结构如图1.8所示。它包括多个区域，从左到右依次为【开始】按钮、快速启动区、窗口按钮区、语言栏和通知区域。

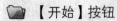

图1.8　任务栏

任务栏各区域的功能介绍如下。

　【开始】按钮

与以往的操作系统不同，该按钮显示为一个Windows图标按钮，单击它将打开【开始】菜单，【开始】菜单主要用于启动计算机中的程序，选择某个命令即可启动对应的系统程序或应用程序。

📁 快速启动区

位于【开始】按钮的右侧，里面有很多小图标，单击某个图标，可以启动相应的程序或实现对应的功能，例如，单击█图标，可快速显示桌面。

若Windows Vista的任务栏中没有显示快速启动区，则可在任务栏的空白处单击鼠标右键，在弹出的快捷菜单中执行【工具栏】→【快速启动】命令，即可显示快速启动区。

该区域中默认包含【显示桌面】按钮█和【在窗口之间切换】按钮█，用户可以根据需要添加或删除按钮。

默认情况下，快速启动区中只显示四个图标，若图标超过四个，单击右侧的█按钮，在弹出的菜单中将显示其他图标，如图1.9所示。

图1.9　显示其他图标

📁 窗口按钮区

在没有打开窗口的情况下，该区域显示为空白。当运行程序或打开窗口后，窗口按钮区即显示对应的窗口控制按钮。通过窗口控制按钮，用户可以在窗口间切换，对窗口进行最大化、最小化和关闭等操作。

　"当前窗口"是指显示在桌面上最前端的窗口。在Windows Vista中，用户只能对当前窗口进行操作，即表示该窗口为激活窗口。因此在对窗口进行操作前，需先使其成为当前窗口。

📁 语言栏

用于显示当前输入法状态。用户使用语言栏，可以切换输入法（默认为英文输入状态）。单击【还原】按钮█，语言栏可以以工具条形式单独显示在桌面上。

📁 通知区域

显示系统常驻程序的图标和系统时间等信息，双击这些图标，可打开对应的程序或程序选项。根据所安装与运行程序的不同，该区域中显示的图标也不同。

4）边栏

边栏默认显示在屏幕右侧，它是Windows Vista新增的一个功能，其中放置了一些小工具，如日历、时钟、天气、便笺等，允许用户在其中自定义添加小工具。边栏的作用是可以让用户在不影响当前操作的情况下方便地查看图片、时间日期和新闻等信息。

在边栏空白处单击鼠标右键，在弹出的快捷菜单中选择【关闭边栏】命令，或在通知区域中的【Windows边栏】图标█上单击鼠标右键，在弹出的快捷菜单中选择【退出】

命令，可以关闭边栏。关闭边栏后，如果要恢复显示，可以执行【开始】→【所有程序】→【附件】→【Windows 边栏】命令。

 在边栏上单击鼠标右键，在弹出的快捷菜单中选择【属性】命令，打开【Windows 边栏属性】对话框，如图1.10所示，在其中可以设置边栏的显示位置及显示方式等。

5. 退出Windows Vista

使用计算机办公结束后，应退出Windows Vista，关闭计算机。退出Windows Vista前必须先保存编辑的文档，并关闭所有打开的窗口，然后按照正确的方法退出Windows Vista，否则可能会造成一些文件信息的丢失或应用程序的破坏。

退出Windows Vista的具体操作方法是：单击【开始】菜单右下角的 按钮，在弹出的菜单中选择【关机】命令，如图1.11所示。稍等片刻即可退出系统并关闭主机电源，手动关闭显示器电源，完成关机操作。

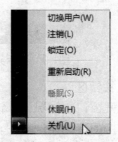

图1.10　【Windows 边栏属性】对话框　　　　图1.11　选择【关机】命令

在图1.11中还有其他几种退出方式，用户可根据需要进行选择。

 若选择【重新启动】命令，可以重启计算机并进入Windows Vista。在Windows Vista中安装了新程序或更改了系统设置后经常会重新启动计算机。

当计算机中某个程序无响应，或运行太多程序而导致鼠标操作无响应，可以按【Ctrl+Alt+Delete】组合键，在弹出的界面中单击【启动任务管理器】按钮，在打开的【Windows任务管理器】对话框中选择未响应的程序任务，再单击下方的【结束任务】按钮，将未响应的任务结束后，可恢复系统的正常使用状态，若不能结束任务，只有通过按住主机电源开关不放，几秒钟后释放，强制关闭计算机。

1.1.2　典型案例——启动、切换用户并退出Windows Vista

本案例将演示启动计算机进入Windows Vista操作系统，最后再退出操作系统的全过程。
操作思路：

步骤01　按下计算机的电源开关，启动计算机。

步骤02 选择用户，进入Windows Vista操作系统。

步骤03 安全退出操作系统，并关闭计算机。

操作步骤

步骤01 打开外部设备电源后，按下显示器的电源开关，打开显示器。

步骤02 按下计算机主机箱上的电源开关，启动计算机。

步骤03 启动计算机后，计算机开始自动检测各硬件设备的工作状况（简称自检）。通过检测后，将计算机的控制权交给操作系统，即载入Windows Vista，参考图1.1。

步骤04 稍等片刻，打开用户登录界面，在登录界面中选择要登录的账户，并输入账户密码，参考图1.2。

步骤05 按【Enter】键或单击密码文本框右侧的【登录】按钮，稍后便进入Windows Vista操作系统，打开【欢迎中心】窗口。

步骤06 单击【关闭】按钮，并闭【欢迎中心】窗口。

步骤07 根据需要浏览计算机中相关内容之后，单击【开始】按钮，打开【开始】菜单。

步骤08 在【开始】菜单中，单击按钮，在弹出的菜单中选择【切换用户】命令，如图1.12所示。

步骤09 打开用户的登录界面，选择要切换到的用户后，再次输入密码并按【Enter】键进入操作系统。

步骤10 进行相关的操作并浏览桌面内容之后，确认相关窗口已正确关闭。单击【开始】按钮，在【开始】菜单中，单击按钮，在弹出的菜单中选择【关机】命令，进入关机界面，如图1.13所示，稍后退出Windows Vista。

图1.12 选择【切换用户】命令　　图1.13 关机界面

步骤11 退出系统并关闭计算机主机，按下显示器的电源开关，关闭显示器。

案例小结

　　本案例介绍了开关机、启动与退出系统，以及切换用户的操作方法。读者需要记住的是：在开机时应先打开显示器等计算机外设的电源开关，再打开计算机主机的电源开关；在关机时，应先关闭计算机主机电源，再关闭显示器等计算机外设的电源。

1.2 鼠标和键盘的使用

在使用计算机办公的过程中，经常需要利用计算机完成某项任务，此时，就需要通过键盘和鼠标向计算机发出"命令"来实现。因此要掌握Windows Vista的基本操作，也应先熟悉键盘和鼠标的使用方法，这也是学会使用计算机进行办公的重要环节。

1.2.1 知识讲解

鼠标的体型小巧，但控制灵活、操作快捷。鼠标是极为重要的输入设备，使用计算机，就需要使用鼠标，通过拖动鼠标或单击鼠标按键可实现对计算机的各种控制操作。键盘的功能也很强大，通常需要将鼠标和键盘结合起来使用。

1. 鼠标的使用

鼠标得名于其形状像一只老鼠，如图1.14所示。经过多年的发展，鼠标已经从最早的两键发展到现在的三键了。所谓三键鼠标，其实就是在鼠标的中间添加了一个滚轮，如图1.15所示，通过上下拨动滚轮实现翻页的功能。

图1.14　鼠标

图1.15　三键鼠标

要学会使用鼠标，必须正确掌握手握鼠标的姿势。首先将手放在鼠标上，大拇指自然放在鼠标左侧，无名指和小拇指放在鼠标的右侧，食指位于左键，中指位于右键，当需要使用滚轮的时候，再移动食指到滚轮，上、上下拨动即可，如图1.16所示。

进入Windows Vista后，屏幕上 ▷ 形状的图标就是鼠标指针。在Windows Vista中，鼠标的操作包括指向、单击鼠标左键、单击鼠标右键、间隔单击、双击鼠标左键和按住鼠标左键拖动等，下面分别进行讲解。

📁 指向

把鼠标指针移到某一操作对象上，通常可以激活对象或显示该对象的相关提示信息，如图1.17所示。例如，将鼠标指针指向桌面上的【开始】按钮时，将显示"单击这里开始"。

图1.16　鼠标的握法

📁 单击鼠标左键

握住鼠标后随意移动，屏幕上的鼠标指针 ▷ 会随着鼠标的移动在桌面上同步移动，将其移到指定的对象上后用食指按一下鼠标左键，然后松开，完成单击操作，如图1.18

所示。

📁 **单击鼠标右键**

将鼠标指针指向某一对象后，用中指按一下鼠标右键，然后松开，完成操作，其目的是使用快捷菜单，如图1.19所示。

📁 **间隔单击**

在完成第一次单击后，等待1～2秒再进行一次单击，此操作主要用于修改文件或文件夹的名称，如图1.20所示。

| 图1.17 指向 | 图1.18 单击左键 | 图1.19 单击右键 | 图1.20 修改名称 |

📁 **双击鼠标左键**

将鼠标指向某一对象后，用食指快速、连续地按两下鼠标左键，并立即松开，完成双击操作。该操作常用于启动某个程序、执行某项任务，以及打开某个窗口、文件或文件夹，如双击【计算机】图标，将打开【计算机】窗口。

📁 **按住鼠标左键拖动**

将鼠标指针指向某一对象后，按住鼠标左键不放，拖动鼠标指针到指定位置后松开鼠标左键，完成拖动操作。

📁 **滚动**

指在浏览网页或长文档时，滚动鼠标的滚轮，使网页或文档向滚轮滚动方向翻动，方便用户进行浏览。

在使用鼠标进行上述操作或系统处于不同的工作状态时，鼠标指针会呈现出不同的形态，如表1.2所示，列举了几种常见鼠标指针的形态及其所代表的含义。

表1.2　鼠标指针形态与含义

指针形态	含义
↖	表示Windows Vista准备接受用户输入命令
↖○	表示Windows Vista正处于忙碌状态
○	表示系统处于忙碌状态，正在处理较大的任务，用户需等待
I	此状态出现在文本编辑区，表示单击后可输入文本内容
👆	表示鼠标指针所在的位置是一个超链接
↔↕	鼠标指针处于窗口的边缘时，出现该形态，此时拖动鼠标即可改变窗口大小
↘↗	鼠标指针处于窗口的四角时，出现该形态，拖动鼠标可同时改变窗口的高度和宽度

指针形态	含义
✥	这种鼠标指针形态在移动对象时出现
✛	表示鼠标此时在做精确定位，常出现在绘图软件中
⊘	鼠标所在位置的按钮或某些功能不可用
▯	鼠标指针变为此形态时，单击某个对象可以得到与之相关的帮助信息
✎	此处可手写输入

 在浏览网页或文档时，若在其内容区按下滚轮，鼠标指针将变为 ↕ 形状，向下或向上稍微移动鼠标，网页或文档将自动滚动。

2. 键盘的使用

和鼠标一样，键盘是人和计算机交互的工具。一般来说，目前最常见的键盘有104或者107个按键，通过这些按键可以向计算机输入信息，如各种数据。在使用计算机的过程中，最为常用的就是利用键盘输入中、英文字符及各种系统命令，用户需要熟悉键盘的操作。

键盘上的按键按区域可以分为功能键区、打字键区、光标控制键区和数字键区等部分，如图1.21所示。下面分别介绍各部分按键的作用。

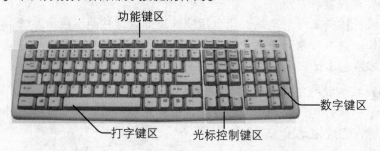

图1.21 键盘分区

1）功能键区

功能键区位于键盘的顶部，由16个按键组成。最左侧的【Esc】键称为取消键，常用于退出程序或中止某项操作。【F1】～【F12】功能键通常由系统程序或应用软件来定义其控制功能，例如，一般说来按下【F1】键即可查询使用帮助。在功能键区有些键盘还有【Power】、【Sleep】和【Wake Up】3个按键，【Power】键的作用是实现快速关机，【Sleep】键的作用是让计算机转入低功耗的睡眠待机状态，【Wake Up】键则是将计算机从睡眠待机状态唤回正常状态。

2）打字键区

打字键区即主键盘区，是键盘上最重要、使用率最高的区域，主要用于文字和符号等的输入。该区域包括字母键、数字键、符号键、控制键和Windows功能键，如图1.22所示。

图1.22 主键盘区

其中各键的作用如表1.3所示。

表1.3 主键盘区各键的作用

按键类型	作用
字母键	用于输入【A】~【Z】共26个英文字母。在默认状态下，按下相应的键，可输入相应的小写英文字母。若要输入大写英文字母，需要按住【Shift】键的同时按相应的字母键，或先按下【Caps Lock】键，再按字母键
数字键	用于输入相应的数字和符号，每个键位由上下两种字符组成，又称为双字符键。上面的符号称为上挡字符，下面的称为下挡字符。单独按下这些键，将输入0~9的数字；如果按住【Shift】键不放再敲数字键，将输入上挡字符
符号键	用于输入常用的标点符号，共有11个键，每个符号键位由上下两种符号组成
空格键	此键上面无任何标记，按下此键，将在光标位置处产生一个空格符，光标向右移动一个字符位置
【Tab】键	此键用于文字处理中对齐文本，它是英文"Table"的缩写，也称制表定位键。默认情况下，按【Tab】键，光标会向右移动一个制表位的距离
【Caps Lock】键	此键用于大小写字母的转换，称作大写字母锁定键。系统默认状态下，输入的英文字母为小写，按下此键后，输入的字母为大写
【Enter】键	此键也称回车键，它具有确认并执行输入的命令的功能，在文字输入时按下此键可换行
【Shift】键	此键主要用于输入上挡字符和快速转换英文字母的大小写状态
【Alt】键	此键主要与其他键配合使用，如在应用程序Word中按【Alt+F4】组合键，可退出程序
【Ctrl】键	此键常与其他键配合使用（如按【Ctrl+S】组合键可以保存文件），在不同的应用软件中，其作用也不相同
【Windows】功能键	包括【开始菜单】键和【快捷菜单】键。【开始菜单】键在主键盘区的左右两侧均有一个，按下该键可打开【开始】菜单；【快捷菜单】键位于主键盘区的右下角，按下该键可打开相应的快捷菜单，相当于单击鼠标右键

3）光标控制键区

光标控制键区的位置在打字键区与数字键区的中间，它集合了所有对光标进行编辑控制的键位及一些页面操作功能键，主要用于在文本编辑过程中对光标进行控制，如图1.23所示。

其中，各按键的功能如下。

➧ 【Print Screen Sys Rq】键：又称屏幕复制键，在Windows Vista操作系统中按下该键，可将当前整个屏幕的内容以图片形式复制下来，按【Ctrl + V】组合键可把屏幕图片粘贴到

图1.23 光标控制键区

Word等文件中使用；按【Alt+Print Screen Sys Rq】组合键，则可将当前窗口的内容以图片形式复制下来。

- ➡ 【Scroll Lock】键：又称屏幕锁定键，在自动滚屏显示时按该键，可停止屏幕的滚动。
- ➡ 【Pause Break】键：又称暂停键，在启动计算机时系统自检的过程中，按下该键可以起到暂停的作用。
- ➡ 【Insert】键：也称插入键，该键可以切换插入和改写状态。处于"插入"状态时，在光标处输入字符，光标右侧的内容将后移；处于"改写"状态时，输入的内容将自动替换原来光标右侧的内容。
- ➡ 【Home】键：按下该键，光标将快速移至文本当前行的行首。
- ➡ 【Page Up】键：又称向前翻页键，按下此键，可以翻至文档上一页。
- ➡ 【Page Down】键：又称向后翻页键，按下此键，可以翻至文档下一页。
- ➡ 【End】键：按下该键，光标将快速移至当前行的行尾。
- ➡ 【↑】【↓】【←】【→】键：统称方向键，按下后，光标会往箭头所指的方向移动一个字符位置。
- ➡ 【Delete】键：也称删除键，用于删除所选对象，在Word等字处理软件中每按一次该键，将删除光标右侧的一个字符，后面的所有字符将依序向左移动一个字符位置。

4）数字键区

数字键区又叫小键盘区，数字键区包括了10个数字键、加减乘除符号键、小数点键和【Enter】键。数字键区在需要输入数字时非常方便，如银行工作人员或财会人员就会经常使用数字键区来完成各种数字的快速输入。

小键盘区中的所有键几乎都是其他键区的重复键，如主键盘区的数字键和符号键等。当状态提示灯区的【Num Lock】灯亮时，可使用上挡字符，反之则使用下挡字符。

 在键盘的右上角有【Num Lock】、【Caps Lock】和【Scroll Lock】3个状态指示灯，如图1.24所示。这些指示灯的亮与暗指示了当前键盘的输入状态，分别用于提示小键盘工作状态、大小写状态和滚屏锁定状态。

图1.24 指示灯

3. 指法分区

由于键盘上至少都有100多个按键，因此如果没有掌握正确使用键盘的方法，那么操作计算机的效率将大打折扣。其实使用键盘也有自己的指法，读者学习了之后，便可以熟练操作键盘了。键盘的指法其实非常简单，首先掌握基本键位，然后记住指法分区即可。

打字键区第2排字母键中的【A】、【S】、【D】、【F】、【J】、【K】、【L】和【；】8个键被称为基准键位，如图1.25所示。操作键盘时，应先将两手除拇指外的8个手指放在这8个基准键位上，大拇指自然轻放在空格键上。在键盘的【F】和【J】键上分别有一个凸起与其他键相区别，找到它们，其他手指就能轻松地放在相应的位置上了。

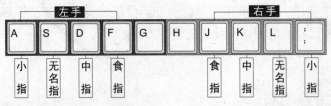

图1.25 基准键位

找准基准键位之后，就可以根据基准键位将打字键区的按键进行指法划分，划分为8个区域，分别对应8个手指，每个手指只负责该区域字符的输入，如图1.26所示。

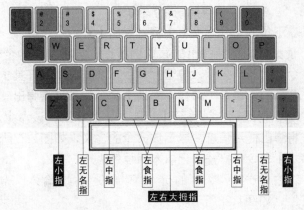

图1.26 指法分区

 学会盲打以后，可以提高键盘的使用效率，盲打要求打字的人对于键盘有很好的定位能力，这就对使用者对键盘指法分区的熟悉程度提出了更高的要求。

4. 鼠标和键盘的配合

在操作计算机时，鼠标和键盘的操作是分开的，通过鼠标和键盘配合操作可提高办公效率。下面介绍几种常用的键盘和鼠标配合使用方法。

- 【Ctrl】+单击：在选择对象时，按住【Ctrl】键，再用鼠标逐个单击各个对象，可以选中相邻或不相邻的多个对象。在不同的软件中，该操作的作用可能有所不同，例如，在Word中按住【Ctrl】键再单击鼠标时，会选中光标所在的整句文字。

- 【Shift】+单击：在选择对象时，先单击第一个对象，然后按住【Shift】键的同时再单击另一个对象，则两个对象之间的所有顺序排列的对象均会被选中。例如，在桌面上选择一个桌面图标后，按住【Shift】键并单击其他桌面图标，则两个位置之间的所有图标都将被选中。

- 【Alt】+拖动：在Word中按住【Alt】键再拖动鼠标，可选中一个矩形区域中的所有文字。

1.2.2 典型案例——配合使用键盘和鼠标

案例目标

在Windows Vista操作系统中，键盘和鼠标是最常使用的设备，对计算机的绝大部分操作都通过它们来完成，本案例将通过配合使用鼠标和键盘打开"记事本"程序、输入一段英文，来介绍这两种常用输入设备的使用方法。

操作思路：

步骤01 打开"记事本"程序。
步骤02 利用鼠标和键盘输入字符。

操作步骤

步骤01 启动计算机，进入Windows Vista操作系统。

步骤02 按主键盘区左下角的【开始菜单】键，弹出【开始】菜单。

步骤03 移动鼠标，使鼠标指针在弹出的菜单上移动，当将其移动至【所有程序】命令上时，该命令会呈蓝色显示，停留片刻后，系统自动打开其子菜单。

步骤04 移动鼠标在弹出的子菜单中选择【附件】命令，系统将弹出其下级子菜单。

步骤05 继续移动鼠标，将鼠标指针移至【记事本】命令上，该命令没有子菜单，稍等片刻，系统将弹出提示信息，显示该命令的含义，如图1.27所示。

步骤06 选择【记事本】命令，打开"记事本"程序。

步骤07 从程序窗口的输入区域中的光标闪烁处开始输入"Windows Vista 2009/11/11"，如图1.28所示。

图1.27　查看提示信息

图1.28　输入字符

步骤08 输入完成后，按【Alt+F4】组合键关闭窗口。

案例小结

　　本案例通过打开和关闭"记事本"程序窗口、在其中输入字符，介绍了鼠标和键盘配合使用的方法。对于鼠标和键盘的其他操作方法，读者可自行练习，也可以在后面的学习中逐步进行练习。

1.3　Windows Vista的基本操作

　　在认识了Windows Vista，以及熟悉了键盘和鼠标的使用方法后，下面将着重介绍Windows Vista的一些基本操作，读者应熟练掌握这些基本操作，为以后的学习打下基础。

在Windows Vista中，常常是通过对窗口、对话框和菜单进行操作来实现某项任务。下面就介绍Windows Vista的菜单、窗口和对话框的基本操作。

1.【开始】菜单

【开始】菜单是Windows Vista的一个重要组成部分，也是操作计算机时使用最为频繁的对象，通过【开始】菜单，可以打开系统窗口和启动计算机中的程序等。

单击██按钮，弹出【开始】菜单，如图1.29所示，菜单左上方显示默认的浏览器和邮件程序，左下方显示最近使用到的程序列表，右上方显示用户账户名和图标，中部是文档与文件分类目录，右下方显示系统内容。

图1.29　【开始】菜单

 用户不同，【开始】菜单内容也不相同，这是因为【开始】菜单中的命令会根据安装的应用程序及用户使用某些程序的频率而进行调整，这体现了Windows Vista人性化的一面。

如果菜单命令右侧有▸符号，表示该命令有子菜单。将鼠标指针移动到有子菜单的命令上稍等片刻，即可展开其子菜单，选择其中的命令，则可打开相应的应用程序、窗口和对话框。

【开始】菜单各组成部分功能如下：

- **"最近使用的程序"区域：**显示了用户最近使用过的程序，并且根据程序的使用频率自动更新，便于用户快速启动程序。
- **【所有程序】命令：**选择该命令，将打开程序列表，其中显示了所有系统自带程序和用户安装的程序。
- **搜索框：**用于搜索程序、文件或文件夹，在其中输入搜索内容后，系统会在上方显示搜索到的内容。
- **"用户的文件"区域：**显示当前登录的用户账户的文档分类，单击账户图标，可以更改账户信息。
- **"系统图标"区域：**显示"计算机"和"网络"等系统图标。
- **"系统设置"区域：**该区域主要显示【控制面板】命令和帮助命令。
- **系统按钮：**单击相应按钮可以关闭或重启系统、锁定计算机，以及注销与切换用户账户。

2.【计算机】窗口

窗口是Windows Vista操作系统中最为重要的对象之一，是用户与计算机进行"交流"的场所。在Windows Vista中双击图标或启动某个程序时，都将打开相应的窗口，不同对象的窗口内容不一样，但窗口的组成是基本相同的。

Windows Vista系统中窗口的组成主要包括标题栏、地址栏、【搜索】文本框、工具栏、【收藏夹链接】窗格、文件夹列表、工作区和详细信息面板。其他程序窗口则根据程序的不同，组成结构也有所差别。

下面以【计算机】窗口为例，介绍Windows Vista窗口的结构与组成。在【开始】菜单中选择【计算机】命令，或双击桌面上的【计算机】图标，将打开【计算机】窗口，如图1.30所示。

1）标题栏

在Windows Vista系统窗口中，标题栏最右端显示了【最小化】按钮▭、【最大化】按钮▭（或【还原】按钮▭）和【关闭】按钮▭，可以分别对窗口进行操作。

 在一些Windows自带或用户安装的应用程序窗口中，标题栏左侧还会显示程序代表图标、程序名称和文件名称。

2）地址栏

地址栏用于显示当前窗口内容的所在位置，单击地址栏右侧的▾按钮，在弹出的下拉列表中选择某个地址选项，如图1.31所示，可以快速转到相应的地址，打开对应的窗口。用户也可以通过直接在地址栏中输入文件地址或网址，再按【Enter】键打开目标窗口。

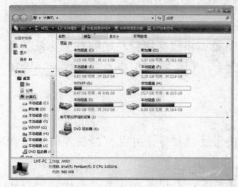

图1.30　【计算机】窗口

图1.31　选择某个地址选项

Windows Vista窗口的地址栏采用了全新的层叠方式，即打开目标窗口后会在地址栏中层叠显示各路径，如图1.32所示，单击可以返回到前面打开的其他路径下。

图1.32　层叠显示各路径

3）【搜索】文本框

【搜索】文本框用于在当前窗口位置下快速搜索指定文件或文件夹。进行搜索时，只需在【搜索】文本框中输入搜索关键字，系统就会自动在工作区中显示搜索结果，如图1.33所示。

4）工具栏

工具栏位于地址栏和【搜索】文本框的下方，工具栏中提供了针对当前窗口或窗口对象的工具按钮，打开不同窗口，或在窗口中选择不同

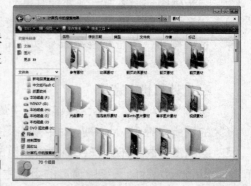

图1.33　显示搜索结果

对象时，窗口工具栏中显示的工具按钮会发生相应的改变。通过单击工具按钮，可以对当前窗口或选择的对象进行相应的调整与设置。

　　将鼠标指针移动到某个工具栏按钮上，停留片刻，将提示该按钮的功能，如图1.34所示。若某个按钮右侧有 ▼ 按钮，表示单击该按钮后，将弹出下拉菜单让用户选择，如图1.35所示。

图1.34　提示按钮的功能　　　　　　　　　　　图1.35　下拉菜单

　　在Windows Vista窗口中默认是不显示菜单栏的，如果要显示菜单栏，可以单击工具栏中的【组织】下拉按钮，在弹出的下拉菜单中执行【布局】→【菜单栏】命令，显示出菜单栏。

　　5）【收藏夹链接】窗格

　　【收藏夹链接】窗格中显示了当前登录的用户账户的文档的分类目录，便于用户快速转到个人文档指定目录中。如要访问计算机中的【文档】窗口，可单击【收藏夹链接】窗格中的【文档】超链接快速打开该窗口，如图1.36所示。

　　6）文件夹列表

　　文件夹列表以树状列表的形式显示了计算机的存储结构，单击选项前的 ▷ 按钮，可展开某个文件夹，再次单击可以折叠文件夹。展开文件夹后再单击选择某个子文件夹，可以快速打开该子文件夹，并在右侧显示内容，如图1.37所示。

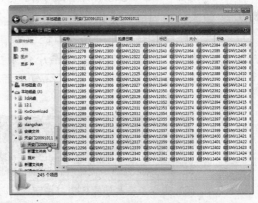

图1.36　【文档】窗口　　　　　　　　　　图1.37　显示所选文件夹中的内容

　　7）工作区

　　工作区用于显示当前位置的所有文件与文件夹。当内容超出显示范围时，将在窗口右侧显示垂直滚动条，或在下方显示水平滚动条，拖动滚动条即可查看所有文件和文件夹。

　　8）详细信息面板

　　详细信息面板位于窗口最下方，用于显示当前项目的数目。当在工作区中选择某个磁盘、文件夹或文件后，则显示选择的内容的相关信息，如名称、大小和修改日期等，如图1.38所示。

图1.38　显示所选文件的相关信息

3. 窗口的操作

对窗口的操作主要包括移动窗口、最大化/最小化窗口、改变窗口大小、切换窗口、选择命令、操作窗口中的对象和关闭窗口等，下面分别进行讲解。

1）移动窗口

窗口是显示在桌面上的，当打开的窗口遮住了桌面上的其他内容，或打开的多个窗口出现重叠现象时，可通过移动窗口位置来显示其他内容。其方法是：在窗口标题栏上按住鼠标左键，拖动窗口到适当的位置后释放鼠标左键即可。

> 　最大化后的窗口由于已填满了整个屏幕，因此不能进行移动操作，要想显示其他内容，可将其还原至原始大小后再进行移动，或直接将其最小化至任务栏。

2）最大化/最小化窗口

对于屏幕上打开的窗口，通过最大化、最小化和关闭操作，可以灵活地控制窗口的显示。最大化、最小化与关闭窗口的具体操作步骤如下：

步骤01　打开【图片】窗口，单击标题栏右侧的【最大化】按钮▢或双击标题栏，可以将窗口最大化到全屏幕显示。

步骤02　最大化窗口后，【最大化】按钮▢将变为【向下还原】按钮▢，单击该按钮或双击标题栏，即可将窗口还原到最大化前的大小。

步骤03　单击窗口标题栏右侧的【最小化】按钮▬，将当前窗口最小化到任务栏中，最小化后如果需要还原在屏幕中显示，只需单击任务栏中对应的窗口按钮即可，如图1.39所示。

图1.39　单击要还原的窗口按钮

步骤04　单击窗口标题栏中的【关闭】按钮✕，将窗口关闭。关闭窗口后，任务栏中对应的窗口按钮也将消失。

3）改变窗口大小

当窗口处于非最大化显示状态时，用户还可以根据需要任意调整窗口的大小，将鼠标指针移动到窗口四周边框线或对角处，如图1.40所示。当指针变为↔、↕、⤡或⤢形状时，按住鼠

图1.40　改变窗口大小

标左键不放，向内侧或外侧拖动鼠标即可调整窗口的大小，在对角上拖动为等比缩放。

4）切换整个窗口

要在多个打开的窗口之间进行切换，除了可以通过单击任务栏中对应的窗口按钮来实现，还可以按住【Alt】键不放，再按【Tab】键，在打开的面板中将显示当前打开的窗口或对话框的图标。此时，每按一次【Tab】键，可依次切换窗口，如图1.41所示。被选中的窗口或对话框图标将被一个蓝色线框框住，此时松开按键，该窗口即被切换至当前位置。

4. 资源管理器

资源管理器可以说是【计算机】窗口的一种变形，而且在操作上比【计算机】窗口更为好用。

要启动资源管理器，可以先打开【开始】菜单，然后右击【计算机】命令，在弹出的快捷菜单中选择【资源管理器】命令即可，如图1.42所示。

图1.41　切换窗口　　　　　图1.42　选择【资源管理器】命令

5. 对话框的设置

要进行人机对话，除了可以在菜单中执行命令外，还可以通过设置对话框来执行命令。Windows Vista不同任务的对话框的结构大同小异，主要包括标题栏、数值框、复选框、单选按钮、下拉列表框和命令按钮等。下面以【段落】对话框和【屏幕保护程序设置】对话框为例进行讲解，如图1.43和图1.44所示。

图1.43　【段落】对话框　　　　　图1.44　【屏幕保护程序设置】对话框

➲　**选项卡：**当对话框中的内容很多时，一般会按类别分成几个选项卡，每个选项卡都包含相应的内容。单击如图1.45中所示的【中文版式】选项卡，将会显示【中文版式】选项卡下的各项设置。

➤ **下拉列表框**：下拉列表框的右侧有一个 ▾ 按钮，表示单击该按钮将弹出一个下拉列表，从中可以选择所需的选项，如图1.46所示为下拉列表中的各选项。

图1.45　【中文版式】选项卡

图1.46　下拉列表中的选项

➤ **列表框**：列表框与下拉列表框有所不同，它是直接在框中显示所有选项，如图1.47所示为列表框中的选项。

➤ **命令按钮**：按钮的外形为一个矩形块，上面显示有该命令按钮的名称。单击某一命令按钮，表示将执行相应的操作。如单击 按钮，表示设置完成并关闭对话框。

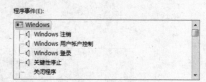

图1.47　列表框

➤ **数值框**：用户可在数值框中输入数值，也可通过单击其右侧的向上或向下按钮 来调整数值大小。

➤ **复选框**：复选框的外形是一个小的方形框，用来表示是否选中该选项。当复选框被选中时，方形框为 形状；若没有被选中，方形框为 形状。用户只需单击复选框即可完成选中或取消选中的操作。

➤ **单选按钮**：单选按钮的外表是一个小圆圈，选中时会变为 形状，未选中时为 形状。由于单选按钮具有排他性，所以在同一时间，一组单选按钮中仅有一个会被选中。

6. 将常用程序图标添加到桌面

桌面上的图标除了几个系统对象外，其余都是程序、文件或文件夹的快捷方式图标，通过双击这些图标，用户可以快速进行相关操作。在使用计算机的过程中，用户还可根据需要，手动为程序、文件或文件夹在桌面创建快捷方式图标。要为程序、文件或文件夹在桌面创建快捷方式图标，有以下几种方法：

➤ **自动生成**：这是某些应用程序在安装时自带的功能，在安装程序时，可选择是否在桌面上为其创建快捷方式图标。

➤ **通过右键快捷菜单生成**：在【开始】菜单的命令上，或在某一文件、文件夹上单击鼠标右键，在弹出的快捷菜单中执行【发送到】→【桌面快捷方式】命令，如图1.48所示，即可为程序、文件或文件夹在桌面上创建快捷方式图标。

图1.48 执行【发送到】→【桌面快捷方式】命令

➔ **拖动生成**：右键拖动某一个文件或文件夹图标到桌面上，如图1.49所示，然后在弹出的快捷菜单中选择【在当前位置创建快捷方式】命令，如图1.50所示，也可以在桌面上创建该文件的桌面快捷方式图标，如图1.51所示。

图1.49 右键拖动程序到桌面

图1.50 弹出快捷菜单

图1.51 创建快捷方式图标

1.3.2 典型案例——创建文件的桌面快捷方式图标

案例目标

本案例将通过浏览【图片】窗口中的图片，来介绍窗口的操作，然后创建某个图片文件的桌面快捷方式图标，让读者掌握在桌面上为常用文件创建快捷方式的方法。

操作思路：

步骤01 通过【开始】菜单打开【计算机】窗口。

步骤02 打开【图片】窗口浏览图片。

步骤03 选择其中一张图片，为其创建桌面快捷方式图标。

操作步骤

步骤01 执行【开始】→【计算机】命令，打开【计算机】窗口。

步骤02 在【计算机】窗口左侧的【收藏夹链接】窗格中单击【图片】超链接，打开【图片】窗口，如图1.52所示。

步骤03 双击其中的一张图片，即可启动图片浏览程序来浏览图片，如图1.53所示。

图1.52 【图片】窗口

图1.53 浏览图片

步骤04 按下键盘上的方向键，可以按顺序浏览图片。

步骤05 在浏览大图的过程中，如果窗口太小显示不完整，单击【最大化】按钮  将窗口放大，如图1.54所示。

步骤06 浏览完毕后，单击【关闭】按钮 ，关闭图片浏览窗口。

步骤07 返回【图片】窗口，选中一张图片，右键拖动到桌面上，释放鼠标键后在弹出的快捷菜单中选择【在当前位置创建快捷方式】命令，创建该图片的桌面快捷方式图标，如图1.55所示。

图1.54 最大化窗口显示

图1.55 创建快捷方式图标

案例小结

经过本案例的学习，读者了解了在【计算机】窗口中打开文件夹浏览文件的方法。除此之外，还学习了创建桌面快捷方式图标的方法，读者可以自己练习为【开始】菜单的应用程序创建桌面快捷方式图标，这样在办公过程中，就可以迅速访问应用程序和文件夹，从而提高工作效率。

1.4 上机练习

1.4.1 启动和关闭Word 2007

下面练习启动和关闭Word 2007，主要应掌握应用程序的启动和关闭的方法，以及鼠标的使用。

操作思路：

步骤01 打开【开始】菜单，在程序列表中打开【Microsoft Office】子菜单，找到Word 2007的启动命令，启动程序。

步骤02 执行【Office按钮】→【退出Word】命令，关闭Word 2007（或按下【Alt+F4】组合键）。

1.4.2 创建桌面快捷方式图标

本次上机练习将通过【开始】菜单为【计算器】命令添加桌面快捷方式图标。

操作思路：

步骤01 打开【开始】菜单，选择【所有程序】命令，在打开的程序列表中选择【附件】命令，打开子菜单。

步骤02 在【计算器】命令上单击鼠标右键，在弹出的快捷菜单中执行【发送到】→【桌面快捷方式】命令。

1.5 疑难解答

问：为什么在进入Windows Vista操作系统后，桌面上一个图标都没有，连【回收站】图标也没有？

答：应该是图标被隐藏了，只需在桌面上单击鼠标右键，再在弹出的快捷菜单中执行【查看】→【显示桌面图标】命令，就可使桌面上的图标显示出来了。

问：我用惯了Windows的经典【开始】菜单，安装了Windows Vista后怎样转换过来呢？

答：如果喜欢过去的经典菜单，用鼠标右键单击任务栏空白处，在弹出的快捷菜单中选择【属性】命令，打开【任务栏和「开始」菜单属性】对话框，单击【「开始」菜单】选项卡，选中 ◉ **传统「开始」菜单(M)** 单选按钮，单击【确定】按钮，这样就可以将【开始】菜单转换为传统的经典菜单了。

问：当窗口填满了整个屏幕时就不能进行移动操作了，怎么办呢？

答：此时的窗口处于最大化状态，要想显示其他内容，可将其还原至原始大小后再进行移动，或者直接将其最小化至任务栏。

1.6 课后练习

选择题

1 进入Windows Vista操作系统后，可见桌面上只有一个（　　）图标。

A、【我的文档】 B、【计算机】
C、【回收站】 D、【Windows 边栏】

2 键盘上的【Shift】键被称为（   ），键盘上的【Enter】键被称为（   ）。
A、上挡键 B、回车键
C、大小字母锁定键 D、退格键

3 鼠标的基本操作包括（   ）。
A、拖动 B、单击 C、指向 D、双击

问答题

1 如何启动Windows Vista操作系统？
2 窗口的基本操作都有哪些？
3 将常用图标添加到桌面上可通过哪几种方法实现？

上机题

1 练习Windows Vista操作系统启动和退出操作。
2 在"记事本"程序中输入一段英文，练习键盘的使用方法，并熟悉各个键位的位置。

★ 执行【开始】→【所有程序】→【附件】→【记事本】命令，启动该程序。
★ 在程序窗口中通过键盘输入一些英文，注意英文的大小写字母及标点符号的输入方法。

3 练习鼠标的几种操作。
4 练习窗口的几种基本操作。

第2课

汉字输入法与办公应用

▼ **本课要点**

添加和删除Windows Vista自带输入法
王码五笔字型输入法
安装其他输入法
输入特殊字符

▼ **具体要求**

熟悉Windows Vista自带输入法
熟悉输入法状态栏的运用
掌握安装其他输入法的方法
掌握王码五笔字型输入法
掌握搜狗拼音输入法
掌握输入特殊字符的方法
了解手工造词

▼ **本课导读**

随着计算机的普及与发展，掌握汉字输入法已成为使用计算机的基本要求。其中，五笔字型汉字输入法在现代办公应用中占据非常重要的地位。

在国内，工作中使用计算机的办公人员通常需要掌握汉字输入法。

聊天族、网络游戏玩家需要掌握汉字输入法。

想提高打字速度和工作效率的办公人员必须熟练地掌握五笔输入法。

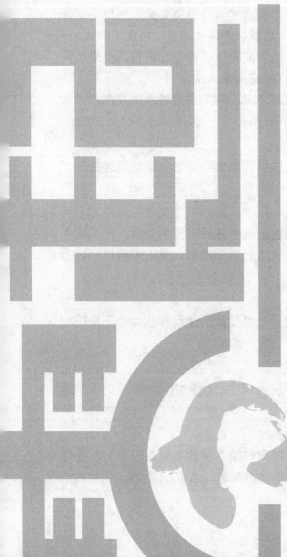

2.1 打字与输入法

打字是操作计算机的一项基本技能。在计算机办公中常会制作一些文档，其中的文字需要使用键盘输入。如果要输入汉字，必须选择相应的汉字输入法，然后根据拼音或字型进行输入。

本章将介绍输入法的相关知识，主要包括Windows Vista系统自带的输入法、五笔字型输入法和搜狗拼音输入法等。学习之前，首先了解一下输入法的基础知识。

2.1.1 知识讲解

使用计算机进行办公时，少不了会在计算机中输入文字，这就涉及到输入法的使用。只有了解了输入法的基础知识后，才能正确使用输入法在计算机中输入文字，下面就来认识一下输入法，掌握输入法的概念及常规的操作方法。

1. 输入法简介

所谓输入法，就是使用键盘在计算机中输入文字的方式，分为英文输入法与中文输入法两种。在Windows Vista操作系统中，进入系统之后默认的输入法是"中文（简体）－美式键盘"。在这种输入状态下，只能输入键盘上的英文字母、数字和符号。要想在计算机中输入中文、特殊符号及其他文字，就需要选择相应的输入法。

常用的中文输入法有五笔字型输入法、智能ABC输入法、微软拼音输入法及搜狗拼音输入法等。输入法按照编码规则的不同分为以下几种。

📁 音码

以汉字的读音为基准而进行的编码。此类输入法的优点是需记忆的编码信息量少、简单易学，缺点是重码率高，输入速度较慢。

📁 形码

根据汉字字形的特点，经分割、分类并定义键盘的表示法后形成的编码。此类输入法的优点是重码率低，并能达到较高的输入速度，缺点是需要记忆大量的编码规则、拆字方法和拆分原则，因此学习难度相对较大。

📁 音形结合码

结合汉字的语音特征和字形特征而进行的编码，此类编码的优点和缺点介于音码和形码之间，需要记忆部分输入规则和方法，但也存在部分重码。

2. 输入法的选择

Windows Vista默认的输入法为英文输入法，要输入汉字必须先切换到相应的汉字输入法，切换的方法主要有如下两种。

📁 通过输入法选择菜单切换

单击语言栏中的输入法选择按钮▣（该按钮会随当前输入法的不同而改变），在弹出的输入法选择菜单中选择相应的命令，切换到需要的输入法，如图2.1所示。切换后语言栏中会自动显示出该输入法图标，如图2.2所示。

图2.1　选择要切换到的输入法

图2.2　显示选择的输入法图标

📁 **使用快捷键切换**

按住【Ctrl】键不放，反复按【Shift】键，可以在输入法选择菜单中按照从上到下的顺序在各个输入法之间切换，当切换到所需输入法后释放按键。

同时按下【Ctrl+Space】组合键可快速切换至最为常用的输入法。

切换到汉字输入法后，屏幕上会显示出对应的输入法状态条，有些输入法状态条（如微软拼音输入法）直接显示在语言栏中。

3. 添加和删除Windows Vista自带输入法

在Windows Vista操作系统中，系统自带了一些输入法，如微软拼音输入法、全拼输入法和郑码输入法等。对于Windows Vista系统自带的几种输入法，用户可以根据个人的使用习惯进行添加，若不需要Windows Vista自带的某个输入法，可以将其删除。下面以添加"简体中文全拼"输入法为例进行讲解，然后再删除"微软拼音输入法"，具体操作如下：

步骤01 使用鼠标右键单击输入法选择按钮▦，在弹出的快捷菜单中选择【设置】命令，如图2.3所示，打开【文字服务和输入语言】对话框，如图2.4所示。

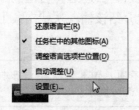

图2.3　选择【设置】命令

图2.4　【文字服务和输入语言】对话框

步骤02 单击【常规】选项卡，在【已安装的服务】列表框右侧单击【添加】按钮，打开【添加输入语言】对话框。

步骤03 在打开的【添加输入语言】对话框的列表框中展开"中文（中国）"选项。

步骤04 选中要添加的输入法，这里选中【简体中文全拼（版本6.0）】复选框，如图2.5所示。

步骤05 单击 确定 按钮返回【文字服务和输入语言】对话框。

步骤06 在【文字服务和输入语言】对话框中单击 确定 按钮即添加成功。

步骤07 单击任务栏上的输入法选择按钮▣，在输入法选择菜单中可看见添加的输入法，如图2.6所示。

图2.5 选择要添加的输入法

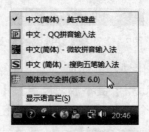

图2.6 添加上的输入法

步骤08 再次打开【文字服务和输入语言】对话框，在【已安装的服务】列表框中选择【中文（简体）－微软拼音输入法】选项。

步骤09 单击【已安装的服务】列表框右侧的【删除】按钮。

步骤10 单击【确定】按钮，删除所选输入法。

4. 安装其他输入法

有许多输入法不是Windows Vista自带的，如王码五笔输入法、极品五笔输入法和搜狗拼音输入法等，因此需要另外进行安装，从网上下载其安装程序后，按照安装向导的提示进行操作，完成后在输入法选择菜单中将显示安装的输入法。

5. 输入法状态条

在输入法选择菜单中选择某种输入法后，将打开对应的输入法状态条（英文输入法除外），例如，切换到微软拼音输入法后，将显示出输入法状态条，如图2.7所示，通过单击其中的按钮可以对输入法的状态和输入风格进行设定。

图2.7 输入法状态条

微软拼音输入法是目前被广泛使用的拼音输入法之一。该输入法具有强大的联想输入功能，可以让用户逐句输入，然后根据用户输入的拼音自动选择合适的字符或词组，同时，它还提供了多种输入风格供用户选择。下面就介绍该输入法状态条上各按钮的作用。

虽然采用不同的输入法输入文字的方式不同，但其常规操作基本一致，如中/英文切换、全/半角切换和中/英文标点切换等。

➡ **输入法选择按钮▣**：代表当前输入法为微软拼音输入法，单击该按钮可以打开输入法选择菜单，切换其他输入法。

➡ **输入风格按钮▣**：单击该按钮，可在弹出的下拉菜单中选择微软拼音输入法的输入风格，包括微软拼音新体验、微软拼音经典和ABC输入风格，如图2.8所示。

➡ **中/英文切换按钮中**：单击该按钮，可在中文输入与英文输入状态之间进行切换，切换到英文输入状态后，按钮将变

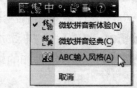

图2.8 切换输入风格

为英，状态条变为，此时只能输入英文字符。

> 说明：在王码五笔型输入法状态条中，如要输入英文，单击按钮，按钮变为A时，表示切换至英文输入状态，此时输入的英文为大写，如要输入小写英文字母，需在输入时按住【Shift】键。

- **中/英文标点符号切换按钮：**单击该按钮可在中文标点符号与英文标点符号输入状态之间进行切换，切换到英文标点符号输入状态后，按钮将变为图标，状态条变为，此时输入的为英文标点符号。

> 说明：在王码五笔型输入法或其他输入法状态条中还有一个全半角切换按钮。全角和半角的区别在于：当输入法处于全角状态时，输入的标点符号将占一个汉字的位置，此时输入法状态条上的全/半角切换按钮显示为；当输入法处于半角状态时，输入的标点符号将占半个汉字的位置，此时输入法状态条上的全/半角切换按钮显示为。

- **输入板控制按钮：**单击该按钮，可以打开输入法自带的输入板，再次单击则关闭。输入板用于输入偏旁等生僻字及符号，如图2.9所示。

> 说明：王码五笔型输入法的状态条中的软键盘按钮用于输入各种特殊符号和特殊字符。在软键盘按钮上单击鼠标右键，会弹出如图2.10所示的快捷菜单。在其中选择所需的字符类型，将打开相应的软键盘，在按钮上再次单击鼠标左键即可关闭软键盘。

输入板 - 字典查询 (CH)
部首检字
符号
部首笔画
剩余笔画
回格
删除
回车
取消
空格
拼音

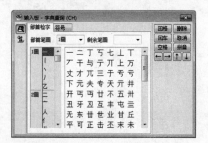

图2.9　输入板

PC键盘
标点符号
希腊字母
数字序号
俄文字母
数学符号
注音符号
单位符号
拼　音
制表符
日文平假名
特殊符号
日文片假名

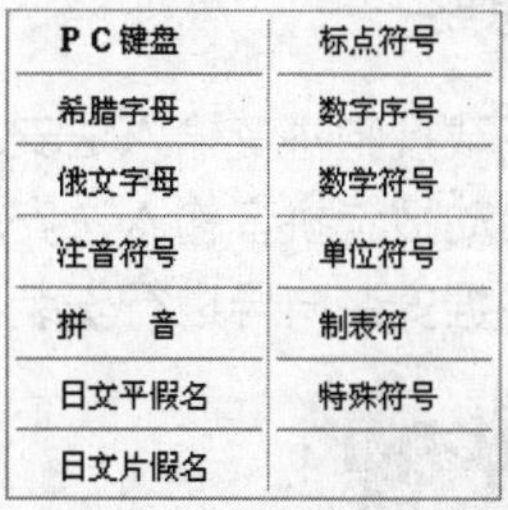

图2.10　软键盘快捷菜单

- **功能菜单按钮：**单击该按钮，可以弹出微软拼音输入法的功能菜单，在菜单中选择相应的命令，可以对微软拼音输入法的功能选项和词库等进行一系列设置，如图2.11所示。

> 注意：在除微软拼音输入法之外的其他输入法状态下，按【Shift+空格】组合键可在全角与半角之间快速切换，按【Ctrl+句点】组合键可在中文标点与英文标点的输入之间进行切换。

6. 设置默认输入法

Windows Vista启动后默认的输入法为英文输入法，如果用户经常需要输入中文字符，则可以将系统的默认输入法更改为其他汉字输入法。

打开【文本服务和输入语言】对话框，在该对话框中单击【常规】选项卡，在【默认输入语言】下拉列表中选择要设置为默认输入法的对应选项，再单击【确定】按钮即可，如图2.12所示。

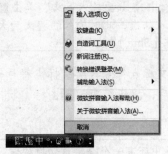

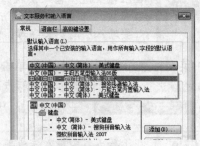

图2.11　功能菜单　　　　　　　　　　图2.12　设置默认输入法

2.1.2　典型案例——安装搜狗拼音输入法

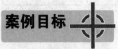

　　本案例将在系统中安装搜狗拼音输入法4.2，主要掌握非Windows Vista自带输入法的具体安装方法。

> **说明**　搜狗拼音输入法是一种使用较为广泛的拼音输入法，具有简单易学、输入速度快、零记忆和智能组词等特点。

　　操作思路：

步骤01　下载搜狗拼音输入法安装程序文件。

步骤02　启动搜狗拼音输入法安装向导。

步骤03　根据安装向导进行安装。

步骤01　双击搜狗拼音输入法的安装文件（.exe文件），打开安装向导对话框，如图2.13所示。

步骤02　单击【下一步】按钮，打开【许可证协议】页面，如图2.14所示。

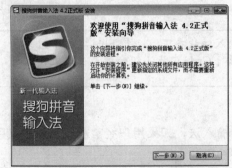

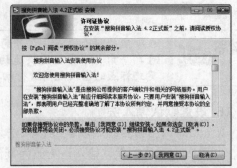

图2.13　安装向导对话框　　　　　　　图2.14　【许可证协议】页面

步骤03 在打开的【许可证协议】页面中阅读许可协议后，单击【我同意】按钮，打开【选择安装位置】页面，如图2.15所示。

步骤04 在打开的【选择安装位置】页面中，单击【浏览】按钮选择输入法安装位置，这里保持默认设置，单击【下一步】按钮。

步骤05 在打开的页面中单击【安装】按钮，开始安装搜狗拼音输入法，如图2.16所示。

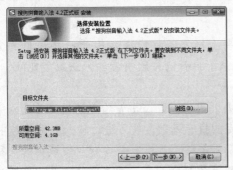

图2.15　选择安装路径

图2.16　单击【安装】按钮

步骤06 稍后会出现进度条，显示文件安装进度，安装完毕后单击【完成】按钮，如图2.17所示。

步骤07 单击语言栏中的输入法选择按钮，在弹出的输入法选择菜单中可查看到安装的搜狗拼音输入法，如图2.18所示。

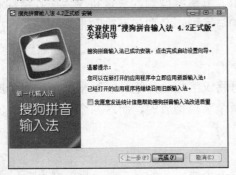

图2.17　安装完成

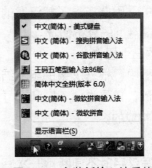

图2.18　安装新输入法后的输入法选择菜单

案例小结

本案例介绍了如何在系统中安装搜狗拼音输入法4.2，其他输入法的安装方法与此大同小异。一般情况下，安装应用程序需要先运行相应的安装文件，安装文件的名称通常为"Setup.exe"或"Install.exe"。

2.2　输入法在办公中的应用

随着办公的自动化，在人们的工作当中，计算机起着越来越重要的作用，因此，作为新时代的办公人员，必须掌握汉字输入法。输入法在现代办公中的作用是有目共睹的，可以说已和现代办公结合得密不可分了。例如，编辑整理文档、给客户发送电子邮件和进行网上交易等都离不开汉字输入法。

2.2.1　知识讲解

汉字输入法有各自的优越性，建议读者结合自身的情况进行选择。根据办公对输入汉字的要求，有选择性地掌握一种或多种汉字输入法，可以提高工作效率。下面根据办公用户的不同需求给出了几点参考建议。

➡️ 如果办公中需要打字的时候不多，只需要上网发邮件或偶尔编辑一些简单的文档等，建议选择一种拼音类汉字输入法，如系统自带的微软拼音输入法或智能ABC输入法等。

➡️ 针对年龄较大的中老人和不想记忆字根的办公用户来说，拼音输入法也是首选汉字输入法，因为拼音输入法只需要用户具有一定的拼音基础，便可进行输入，简单易学。

➡️ 如果办公过程中经常需要涉及到各种文稿的输入，尤其是一些专业领域内的文稿，此时学习和使用五笔字型输入法可以获得较高的打字速度，而且即使不认识文稿中的汉字，同样可以输入，其重码率较低，同时也不受方言限制。

1. 王码五笔字型输入法

五笔字型输入法有多种类型，如王码五笔字型输入法、万能五笔字型输入法和极品五笔输入法等，五笔字型输入法具有重码少、输入速度快和不受方言限制等特点，这里以王码五笔字型输入法86版为重点进行讲解。五笔字型输入法是将汉字按其结构进行分割并定义形成的，因此应先了解汉字的结构与字型、字型与五笔字根间的关系，再熟记字根和字根在键盘上的分布情况。

1）汉字的三个层次

在五笔字型中，根据汉字的组成结构可将汉字划分为笔画、字根和单字三个层次。以"付"字为例，它是由"亻"和"寸"两个字根构成的，而这两个字根是由一、丨、丿、丶单笔画构成的。

📁 笔画

笔画是书写汉字时不间断地一次写成的一个线段，即横、竖、撇、捺和折，每个汉字都是由这五种笔画组成的。

📁 字根

指由若干笔画组合而成的相对不变的结构，它是构成汉字最基本的单位，是五笔字型编码的依据，如"想"字就是由字根"木"、"目"和"心"组成的。

📁 单字

在五笔字型中将字根按一定的位置关系组合起来就组成了单字。

2）汉字的五种笔画

笔画是书写汉字时，一次写成的一个连续不断的线段。汉字的笔画有很多种，在五笔字型中为了操作更加简便，根据各种笔画书写时的运笔方向不同，可将笔画归纳为横（一）、竖（丨）、撇（丿）、捺（丶）和折（乙）五种，并将五种笔画按照顺序及汉字使用的频率进行排列，分为五个区，为了方便记忆和排序，用数字1～5作为代号来分别表示五种笔画，如表2.1所示。

表2.1　汉字的五种笔画

代号	笔画	笔画走向	笔画的变形	相关汉字
1	（横）一	左→右	╱	王、土、十
2	（竖）丨	上→下	丿	川、利、顺
3	（撇）丿	右上→左下	㇀	八、九、必
4	（捺）乀	左上→右下	丶	入、心、玉
5	（折）乙	带转折	㇆乚乛㇇乀	已、之、卫

3）汉字的三种字型

在五笔字型中，根据构成汉字的各字根之间的位置关系，可把汉字分为三种结构，分别为左右型、上下型和杂合型，分别用代码1、2和3来表示，如表2.2所示。

表2.2　汉字的三种字型

字型代码	字型	图示	相关汉字
1	左右（左中右）	▯▮ ▯▮ ▮▯	何、作、伴、拭、计、珏、扩、假、侧、倾
2	上下（上中下）	▭ ▭ ▭	受、案、余、显、宝、示、笔、笑、草、衷
3	杂合	▢ ▯ ▯ ⌐ ✛	迦、龙、匚、避、达、年、回、还、句、甩

4）五笔字根的键盘分布

在五笔字型中，字根是构成汉字的基本单位，一个汉字可以拆分为一个或几个字根，五笔字型输入法中定义的字根一共有130多个，合理分布在键盘上的A～Y（共计25个）英文字母按键上（【Z】键除外），这就构成了五笔字型的字根键盘。因此，掌握五笔字型字根的键盘分布规则是学习五笔字型输入法的关键。

📁　五区在键盘上的分布

在五笔字根键盘中，将键盘上除"Z"键外的25个字母键分为横、竖、撇、捺、折五个区，并依次用数字1、2、3、4、5来表示区号，每个区均包括五个字母键，每个键称为一个位，依次用数字1、2、3、4、5表示，如"G"键位于第一区的第一位，"H"键位于第二区的第一位。将每个键的区号作为第一个数字，位号作为第二个数字，组合起来就是"区位号"，每一个区位号对应一个键位，如图2.20所示。

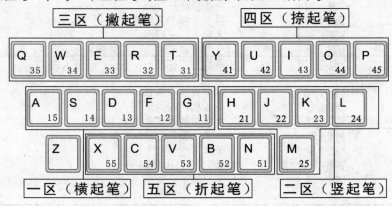

图2.20　五区在键盘上的分布

📁 字根在键盘上的分布

　　五笔字根的键盘分布规则是根据字根的首笔画属于哪一区为依据。例如，"王"字，其字根的首笔画是横"一"，就归在横区，即第一区；"目"的首笔画是竖"｜"，就归为竖区，即第二区；"竹"的首笔画是撇"丿"，就归为撇区，即第三区，依次类推。如图2.19所示为五笔字根的键盘分布图。

图2.19　五笔字根的键盘分布

5）快速记忆五笔字根

　　学习五笔输入法之前，首先要记住每个键位上分布的所有字根，为了方便字根记忆，可以通过助记词来进行记忆，通过这些助记词可联想到大部分字根，然后再结合拆字时记住的某些特殊汉字的拆分方法便可以掌握全部字根的输入，如表2.3所示为字根助记词表。

表2.3　字根助记词

	区位号	助记词
一区	G键（11）	王旁青头戈（兼）五一
	F键（12）	土士二干十寸雨
	D键（13）	大犬三羊古石厂
	S键（14）	木丁西
	A键（15）	工戈草头右框七
二区	H键（21）	目具上止卜虎皮
	J键（22）	日早两竖与虫依
	K键（23）	口与川，字根稀
	L键（24）	田甲方框四车力
	M键（25）	山由贝，下框几
三区	T键（31）	禾竹一撇双人立，反文条头共三一
	R键（32）	白手看头三二斤
	E键（33）	月彡（衫）乃用家衣底
	W键（34）	人和八，三四里
	Q键（35）	金勺缺点无尾鱼，犬旁留乂儿一点夕，氏无七（妻）
四区	Y键（41）	言文方广在四一，高头一捺谁人去
	U键（42）	立辛两点六门疒
	I键（43）	水旁兴头小倒立
	O键（44）	火业头，四点米
	P键（45）	之字军盖建道底，摘衤（示）衤（衣）
五区	N键（51）	已半巳满不出己，左框折尸心和羽
	B键（52）	子耳了也框向上
	V键（53）	女刀九臼山朝西
	C键（54）	又巴马，丢矢矣
	X键（55）	慈母无心弓和匕，幼无力

6）字根关系

基本字根构成汉字时，按照字根之间的位置关系可以分为单、散、连、交四种类型，各类型的含义分别如下：

📁 单

指单独可成为汉字的字根，也称为成字字根，如"口"、"女"和"山"等。

📁 散

指构成汉字的基本字根间可保持一定的距离，如"秋"、"汉"和"宝"等。

📁 连

指一个基本字根连一个单笔画，一个基本字根前后的孤立点也视为连，如"白"、"于"和"勺"等。

📁 交

是指几个基本字根交叉套叠之后构成的汉字，如"无"、"民"和"再"等。

7）汉字的拆分原则

熟悉字根所在的键位后，还必须掌握汉字的拆分原则才能更好地输入汉字。汉字的分解是按照一定原则进行的。

📁 书写顺序原则

按照书写汉字的顺序进行拆分，将汉字拆分成键面上有的基本字根。书写顺序从左到右、从上到下、从外到内。例如：

"则"字应拆分为"贝、刂"，是从左到右进行拆分的。

"写"字应拆分为"冖、与"，是从上到下进行拆分的。

"因"字应拆分为"囗、大"，是从外到内进行拆分的。

📁 取大优先原则

取大优先原则是指拆分出来的字根应尽量取键面上笔画数多的基本字根，"大"在此表示笔画数多的意思。例如：

"本"字应拆分为"木、一"，而不应拆分为"十、丿、丶、一"。

"看"字应拆分为"手、目"，而不应拆分为"三、丿、目"。

📁 能连不交原则

拆分汉字时，能拆分成连结构的字根就不应拆分成交结构的字根。例如：

"天"字应拆分为"一、大"，而不应拆分为"二、人"。

📁 能散不连原则

在拆分汉字时，能拆分成散的结构，又能拆分成连的结构，就统一拆分成散结构的字根。

📁 兼顾直观原则

兼顾直观原则和取大优先的原则是相通的，规定在拆分汉字时，要符合直观感觉，要使每一个拆分出来的字根看起来自然、大方。例如：

"余"字应拆分为"八、禾"，而不应拆分为"八、二、小"。

8）末笔字型识别码

末笔字型识别码由"末笔识别码"和"字型识别码"两部分组成。末笔识别码指汉字最后一笔的代码，若最后一笔为横，则代码为"1"，依次类推。字型识别码指汉字字型的代码，即左右型为"1"，上下型为"2"，杂合型为"3"。五笔字型的末笔字型识别码如表2.4所示。

表2.4 末笔字型识别码

	横（一）	竖（丨）	撇（丿）	捺（丶）	折（乙）
左右型	G（11）	H（21）	T（31）	Y（41）	N（51）
上下型	F（12）	J（22）	R（32）	U（42）	B（52）
杂合型	D（13）	K（23）	E（33）	I（43）	V（53）

在判定识别码时要注意，由"辶"、"廴"、"门"和"疒"组成的半包围汉字及由"囗"组成的全包围汉字，其末笔规定为被包围部分的末笔笔画，如"逐"字的末笔为"丶"，其字型为杂合型，因此其识别码为"I"。对于末笔画的选择与书写顺序不一致的汉字，如最后一个字根是由"力"、"刀"、"九"和"匕"等构成的汉字，一律以其"伸"得最长的"折"笔画作为末笔，如"努"字的末笔为"乙"，其字型为上下型，因此识别码为"B"。对于由"我"、"戋"和"成"构成的汉字，其末笔遵循"从上到下"原则，一律规定为撇"丿"，如"浅"字的末笔为"丿"，字型为左右型，因此识别码为"T"。

9）汉字输入

熟悉字根所在的键位，掌握汉字拆分原则和末笔字型识别码，并正确拆分汉字字根后，即可利用五笔字型输入法将汉字输入到计算机中了。输入汉字分为输入单个汉字、输入简码和输入词组。而单个汉字又分为键面汉字和键外汉字两种，其中，键面汉字是指字根中的键名汉字和成字字根汉字，下面分别介绍这些汉字的输入方法。

📁 输入键名汉字

在五笔字根图中，每一个键位左上角的字根本身就是一个汉字，即排在键位字根首位的汉字，称为键名汉字，共有25个。输入键名汉字的方法是：连续敲击该字根所在键位四次，如需要输入键名汉字"水"，只需连续按四次【I】键，如图2.21所示，其他按键对应的键名汉字如图2.22所示。

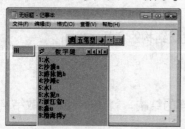

图2.21 输入"水"

图2.22 键盘上的键名汉字

📁 输入成字字根汉字

在五笔字型的字根中，除了键名汉字以外，还有其他一些完整的汉字字根，称为成字字根。成字字根汉字的输入方法是先敲一下字根所在的键，然后按字根的书写顺序，依次敲击它的第一、第二和最末一个单笔画。

例如，"西"字应拆分为"西 一 丨 一"，五笔编码为SGHG；"耳"字应拆分为"耳 一 丨 一"，五笔编码为BGHG。

 汉字的拆分不足四个字根时，使用识别码。若添加识别码后，还不足四码时，补击空格键。

📁 输入单字
输入单字时，需取单字的前一个、两个或三个码。若输入汉字前三码，该汉字仍没有输入，还需要取汉字的最末一个码。如输入"形"字，需取码"一、廾、彡"；如输入"输"字，需取码"车、八、一"；如输入"鸿"字，需取码"氵、工、勹、一"。

📁 输入二字词组
由两个汉字组成的词组，其输入规则为：第一汉字第一字根+第一汉字第二字根+第二汉字第一字根+第二汉字第二字根，如词组"机会"，应拆分为"木、几、人、二"，编码为SMWF。

📁 输入三字词组
三字词组的取码规则是分别取前两个字的第一码，然后再取第三字的前两码，如输入"奥运会"，需取码"丿、二、人、二"，编码为TFWF。

📁 输入四字词组
四字词组的取码规则是分别取每个字的第一码，如输入"劳动模范"，则各取每个字的第一码"艹、二、木、艹"，编码为AFSA。

📁 输入多字词组
多字词组的取码规则是分别取前三个字的第一码，然后再取最后一字的第一码，如输入"中华人民共和国"，需取码"口、亻、人、囗"，编码为KWWL。

 除了单个汉字的常规输入方法外，为了提高汉字的输入速度，五笔字型按汉字使用频率的高低，对一些常用汉字制定了一级简码、二级简码和三级简码规则，即只需输入该汉字的前一个、两个或三个字根所在的键，再按一下空格键即可输入该字。

📁 输入偏旁部首
五笔输入法可以单独将偏旁部首打出来，输入偏旁部首的规则是：该字根所在键+首笔画+次笔画+末笔画，若偏旁部首不足四码，则补击空格键。

如要输入"冖"、"氵"和"亻"部首，方法如下：

冖："冖"所在键位（P）+首笔笔画（Y）+次笔笔画（N）=PYN

氵："氵"所在键位（I）+首笔笔画（Y）+次笔笔画（Y）+末笔笔画（G）=IYYG

亻："亻"所在键位（W）+首笔笔画（T）+次笔笔画（H）=WTH

2. 微软拼音输入法
微软拼音输入法是Windows Vista系统自带的输入法，也是目前被广泛应用的拼音输入法之一。

微软拼音输入法使用非常方便，只需依次输入汉字的拼音字母即可输入汉字。它具有语句化输入、不完整输入、南方模糊音输入等众多输入方式，同时它还提供了多种输入风格供用户选择，只需简单学习即可掌握。

 微软拼音输入法提供了微软拼音新体验、微软拼音经典和ABC输入风格三种输入风格。

 全拼

指在输入汉字时，依次输入每个汉字的所有拼音字母，如要输入"高尚"，应输入"gaoshang"并按空格键。

📁 简拼

指在输入汉字时只取各个音节的第一个字母，如要输入"大家"，则应输入"dj"并按空格键。

 以上输入方法只能在ABC输入风格下才能准确选择并输入。

📁 混拼

指在输入两个音节以上的词语时，使用全拼与简拼相结合的方法进行输入，如要输入"前进"，输入"qianj"并按空格键，要输入"中国共产党"，则输入"zggcd"并按空格键。

利用微软拼音输入法还可以实现中英文混合输入，但是这项功能需要在【微软拼音新体验与经典输入风格】选项卡的【拼音设置】下拉列表中选择【支持中/英文混合输入】选项（如图2.23所示）后才能使用。这样，在输入中英文混合文本时，就可以自动识别输入的是英文还是中文。

图2.23　设置支持中英文混合输入

 使用微软拼音输入法的过程中，如要输入繁体字，可以单击微软拼音输入法状态条中的功能菜单按钮🔳，在弹出的菜单中选择【输入选项】命令，打开【Microsoft Office微软拼音输入法2007输入选项】对话框，单击【微软拼音新体验及经典输入风格】选项卡，在【字符集】栏中选中【繁体中文】单选按钮，如图2.24所示，在输入时便可在汉字候选框中出现繁体字，如图2.25所示。

图2.24　选中【繁体中文】单选按钮

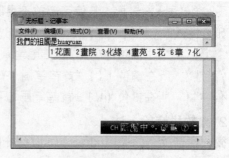

图2.25　输入繁体中文

3. 搜狗拼音输入法

搜狗拼音输入法是搜狐公司推出的一款拼音输入法软件，是目前国内主流的拼音输入法之一，其功能非常强大，搜狗输入法的使用方法和微软拼音输入法类似，而且在选词造句方面更加方便、更人性化。

1）搜狗拼音输入法的特点

搜狗拼音输入法提供了快捷的简繁切换、英文输入和软键盘符号输入功能，单击输入法状态条中的 ✎ 按钮，可以打开输入法菜单，其中便显示了相应功能的切换命令，如图2.26所示。例如，按【Ctrl+Shift+B】组合键，可打开表情与符号窗口，输入各种表情和特殊符号，如图2.27所示。

图2.26　输入法菜单　　　图2.27　表情与符号窗口

与传统输入法不同的是搜狗拼音输入法采用了搜索引擎技术，可以通过搜狗搜索来搜索新闻和图片等。

搜狗拼音输入法提供了多种词库和词库更新功能，对于相关的办公人来说可以提高专业词汇的录入速度。在录入时，只需键入拼音首字母即可，在输入法菜单中若选择【设置属性】命令，在打开的对话框中可以对词库进行管理。

2）搜狗拼音输入法的用法

搜狗拼音输入法的使用与微软拼音输入法基本相同，都是以汉字的拼音作为编码进行输入。切换到搜狗拼音输入法后，屏幕中将显示该输入法状态条 ⑤中♪◦🔲🖮✎ ，然后按照编码方式输入拼音。搜狗拼音输入法支持全拼、简拼及混拼等多种方式输入，简化了编码的输入过程并提高用户输入汉字的速度。

📁 全拼输入

通过输入汉字、词组或短句的完整拼音进行输入，输入中系统会自动选字，如图2.28所示，这与微软拼音输入法是相同的，最后按空格键输入即可，如图2.29所示。

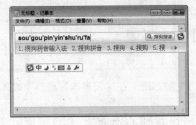

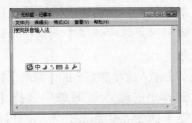

图2.28　输入中系统自动选字　　　图2.29　按空格键输入文字

📁 简拼输入

通过输入汉字拼音的第一个字母（声母），或词组中每个汉字的第一个字母进行输入。

📁 混拼输入

是指在输入词组或短句时部分采用全拼输入，部分采用简拼输入。

4. 输入特殊字符

键盘上的符号只有最为常用的几种，当遇到需要输入其他特殊符号时，就需要用到输入法的软键盘功能，通过软键盘可以输入各种特殊符号。下面以使用微软拼音输入法输入特殊符号"Δ"为例，介绍输入特殊符号的方法，具体操作如下：

步骤01 执行【开始】→【所有程序】→【附件】→【记事本】命令，打开"记事本"程序。

步骤02 单击任务栏上的输入法选择按钮▦，在弹出的菜单中选择【微软拼音输入法】命令，任务栏中显示出输入法状态条▦覧中·▦▦②▦。

步骤03 单击输入法状态条上的功能菜单按钮▦，弹出如图2.30所示的菜单。

步骤04 选择【软键盘】→【希腊字母】命令，打开软键盘，如图2.31所示。

图2.30　功能菜单

图2.31　软键盘

步骤05 在打开的软键盘中用鼠标单击　Shift　键和 ▦ 键，即可输入符号"Δ"，如图2.32所示。

5. 手工造词

在使用输入法输入文字的过程中，免不了会有生词出现，这时可以通过输入法的自定义生词功能定义自己需要的新词。下面我们就以搜狗拼音输入法为例进行介绍，具体操作如下：

步骤01 单击任务栏上的输入法选择按钮▦，在弹出的菜单中选择【搜狗拼音输入法】命令。

步骤02 单击输入法状态条上的【菜单】按钮🔧，在弹出的输入法菜单中选择【设置属性】命令，如图2.33所示，打开【搜狗拼音输入法设置】对话框，如图2.34所示。

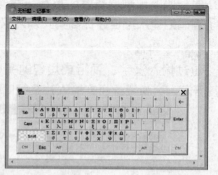

图2.32　在"记事本"程序中输入特殊符号

40

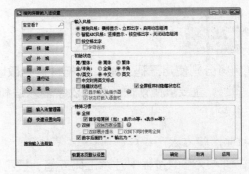

图2.33 选择【设置属性】命令　图2.34 【搜狗拼音输入法设置】对话框

步骤03 单击【高级】选项卡，然后单击【高级模式】栏中的 **自定义短语设置** 按钮，打开
【自定义短语设置】对话框，如图2.35所示。

步骤04 单击 **添加新定义** 按钮，在弹出的【添加自定义短语】对话框中输入自定义短语的
代码和短语全称，如图2.36所示。

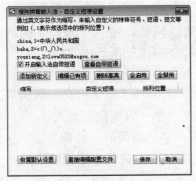
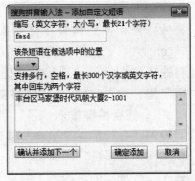

图2.35 【自定义短语设置】对话框　　图2.36 输入自定义短语的代码及短语全称

步骤05 输入完成后单击 确定添加 按钮，返回【自定义短语设置】对话框，此时的【自定
义短语设置】对话框如图2.37所示。

步骤06 单击 保存 按钮，保存刚才自定义的短语，最后在【搜狗拼音输入法设置】对
话框中单击【确定】按钮完成设置。

步骤07 执行【开始】→【所有程序】→【附件】→【记事本】命令，打开"记事本"
程序，输入刚才设置的代码即可快速输入短语，如图2.38所示。

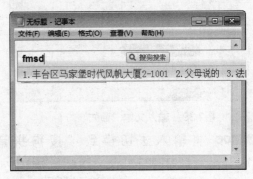

图2.37 添加短语后的【自定义短语设置】对话框　图2.38 输入代码

案例目标

本案例将分别使用王码五笔、搜狗拼音和微软拼音输入法在"记事本"程序中输入一则"通知",主要巩固前面所讲的汉字输入法和特殊字符的输入。

操作思路:

步骤01 打开"记事本"程序。

步骤02 在输入文字的过程中注意王码五笔、搜狗拼音和智能ABC输入法的切换。

步骤03 输入特殊字符并设置"通知"的格式。

操作步骤

步骤01 执行【开始】→【所有程序】→【附件】→【记事本】命令,打开"记事本"程序窗口。

步骤02 将输入法切换到微软拼音输入法的ABC输入风格,输入"通知"的拼音字母"tongzhi",按空格键,完成标题的输入,如图2.39所示。

步骤03 将输入法切换到"王码五笔型输入法86版",开始输入汉字。"为"字为一级简码,输入"o",按空格键输入"为"字;"了"字也是一级简码,输入"b",按空格键输入"了"字;"有"字也是一级简码,输入"e",按空格键输入"有"字。"提高"是词组,取每个字的前两码,即取"提"字的前两个字根"扌、日"的编码"r、j",取"高"字的前两个字根编码"y、m",键入"rjym"即可输入"提高"二字。"积极性"是三字词组,输入前两个字的第一个字根和第三个字的第一、第二字根,键入"tsnt"即可输入"积极性"三个字。

步骤04 "本"字为二级简码,键入"sg",再按空格键即可输入"本"字。"公司"是词组,键入"wcng"即可输入"公司"二字。

步骤05 用同样方法输入其他正文,如图2.40所示。

图2.39　输入文本"通知"

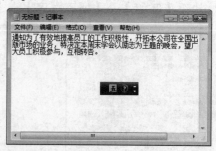

图2.40　用王码五笔型输入法输入正文

步骤06 将输入法切换到"搜狗拼音输入法",输入"特此通知"拼音"tecitongzhi",按空格键即可。用同样的方法输入后续文字(数字直接按数字键输入),如图2.41所示。

步骤07 将光标插入点定位到文首，单击微软拼音输入法状态条上的功能菜单按钮，在弹出的菜单中选择【软键盘】→【特殊符号】命令，打开软键盘。

步骤08 使用鼠标单击软键盘中的"☆"符号，即可在文首输入"☆"符号。用同样的方法输入其他特殊字符，如图2.42所示。

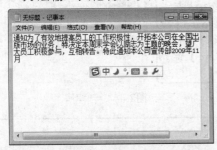

图2.41　用搜狗拼音输入法输入落款

图2.42　输入特殊字符

步骤09 将光标插入点定位到第二个特殊符号后，按【Enter】键进行换行，再将光标插入点定位到第一个特殊符号前，按空格键将"标题"文本调整到此行中间，再将光标插入点定位到"为了"两字前，按空格键进行首行缩进。用同样的方法对后面的文档进行换行和缩进操作，完成"通知"文档的编辑，最终效果如图2.43所示。

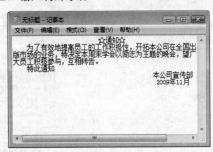

图2.43　"通知"文档最终效果

案例小结

本案例书写了一则"通知"，在书写的过程中使用了王码五笔型输入法、微软拼音输入法和搜狗拼音输入法，主要是让读者巩固这三种汉字输入法的运用。平时在输入文档时，只需要使用最熟练的汉字输入法就可以了。

2.3　上机练习

为巩固前面所学知识，大家可按照下面的两个例子提供的思路进行输入法的练习。

2.3.1　输入"自荐信"

本次练习将用汉字输入法输入"自荐信"，如图2.44所示。读者可使用前面介绍的五笔字型输入法，或搜狗拼音输入法和智能ABC输入法进行汉字的输入，巩固汉字输入法，初步了解文本样式的设置。

操作思路：

步骤01 可选择"写字板"或"记事本"程序作为练习环境。

步骤02 选择适合自己的汉字输入法。

步骤03 标题的字体为黑体、22号（试着对字体、字号进行设置）。

 如果输入了错误的字符，将光标插入点移动到输入错误的字符后，按下【Backspace】键（退格键）可删除错误的字符，或将光标插入点移动到错误字符前，按【Delete】键删除错误字符。

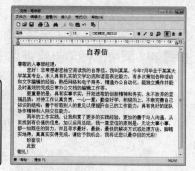

图2.44　自荐信

步骤04 利用软键盘选择特殊符号。

 养成盲打的习惯和正确的打字姿势。

2.3.2　输入一篇英文文章

本次练习将输入一篇英文文章，如图2.45所示，主要是练习指法，熟悉键盘。

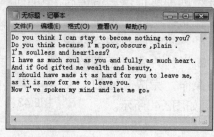

图2.45　输入英文

操作思路：

步骤01 选择"写字板"或"记事本"程序作为练习环境。

步骤02 选择英文输入状态。

步骤03 在输入英文时，注意英文大小写的切换操作。

步骤04 注意英文单词之间的空格。

2.4 疑难解答

问： 使用微软拼音输入法输入拼音时，有时同音字非常多，要翻许多页才能找到需要的字，有没有其他简单的方法呢？

答： 使用微软拼音输入法的"词频调整"功能可解决此问题，它会根据用户输入某个汉字或词的频率，将该汉字或词语调整到汉字候选框中的靠前位置，这样在以后输入该字词时便不必再翻页选择了。启用该功能的方法为，在输入法状态条上单击功能菜单按钮，在弹出的菜单中选择【输入选项】命令，在打开的【Microsoft Office微软拼音输入法2007输入选项】对话框中单击【ABC输入风格】选项卡，在【输入设置】栏中选中【词频调整】复选框，再单击【确定】按钮即可。

问：怎样提高打字速度？

答：在五笔字型输入法中，对于某些汉字，只需输入第一个或前两个字根编码，就可以输入所需的汉字，这种汉字叫简码。使用简码是提高五笔打字速度的有效途径，重点应掌握一、二级简码的使用。

一级简码：又称高频字，除【Z】键外的其他25个英文字母键都对应一个一级简码，如图2.46所示，在输入一级简码汉字时，只需按一级简码汉字所在的键位，再按空格键即可输入，如图2.47所示。

图2.46　一级简码

图2.47　输入一级简码

二级简码：是指在取码时只需取汉字的前两码，再按空格键输入，例如，"城"字的全码应为"fdnt"，但只需键入"fd"再按空格键即可输入。五笔字型中的二级简码有近600个。

2.5　课后练习

选择题

1 在微软拼音输入法状态下，如要输入英文，就需要进行中英文的切换，当输入法状态条的中/英文切换按钮显示为中时，表示此时正处于（　　）输入状态，单击该按钮会显示为英，表示切换至（　　）输入状态。

A、英文　　　　　　　　　　　　B、中文

2 根据汉字的组成结构将汉字划分为（　　）、（　　）和（　　）三个层次。根据构成汉字的各字根之间的位置关系，可把汉字分为三种结构，分别为（　　）、（　　）和（　　）。

A、笔画　　　　　　B、字根　　　　　　C、单字

D、上下型　　　　　E、左右型　　　　　F、杂合型

问答题

1 Windows Vista自带的输入法有哪些？

2 输入法分为几种？汉字输入法按照编码规则的不同分为几种？

3 如何删除和添加Windows Vista的自带输入法？用删除Windows Vista自带输入法的

方法是否可以删除其他输入法？

4 五笔输入法、搜狗拼音输入法和微软拼音输入法有什么不同？它们各自的优点是什么？

上机题

1 在"记事本"程序中输入一首英文诗词，如图2.48所示。

提示：输入英文时需要注意以下几点。

➡ 英文大小写的切换。

➡ 单词间的空格。

➡ 输入错误英文后的修改。

2 在"写字板"程序中输入一首中文诗歌，如图2.49所示。

提示：输入文章时需要注意以下几点。

➡ 用自己熟悉的汉字输入法输入文章。

➡ 注意首行缩进。

➡ 注意段落换行。

➡ 注意特殊符号的输入。

➡ 输入错误后的修改。

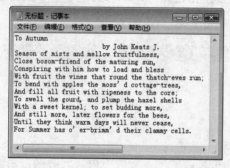

图2.48　输入英文

图2.49　输入中文

第3课

Windows Vista与办公管理

▼ **本课要点**

文件与文件夹的管理

计算机间文件的交换

▼ **具体要求**

掌握文件、文件夹和路径的概念

掌握显示、新建和选择文件及文件夹的方法

掌握重命名文件和文件夹的方法

掌握移动、复制和删除文件及文件夹的方法

掌握查找文件的方法

掌握设置文件属性的方法

统筹规划文件和文件夹

▼ **本课导读**

计算机中的数据大多数都是以文件的形式存储在计算机硬盘上，而文件夹是用来存放文件的。办公人员经常需要处理纷繁复杂的文件并对文件进行管理，通过对文件和文件夹进行操作，可使计算机中存储的数据变得井井有条，使得用户管理起来更加轻松、有序。因此，所有使用计算机进行办公的人员都需要掌握文件和文件夹的管理方法。

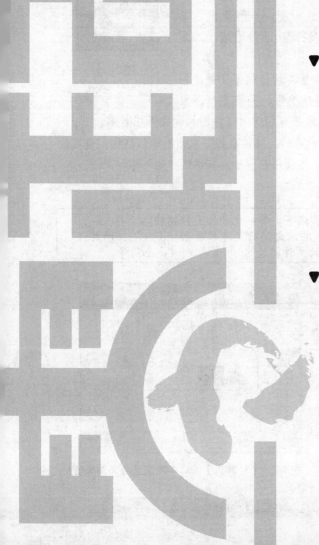

3.1 文件与文件夹的管理

要掌握使用操作系统，日后更熟练地应用计算机，必须掌握文件和文件夹的操作与管理。文件和文件夹的操作是使用Windows Vista操作系统的基础，对文件或文件夹的操作都是在【计算机】窗口和资源管理器中进行的，操作方法非常简单，读者应熟练掌握。下面介绍有关文件和文件夹的操作方法。

3.1.1 知识讲解

文件与文件夹的操作包括显示、新建、选择、重命名、移动、复制、隐藏和删除等，下面将分别对其进行讲解。

1. 文件、文件夹及路径

在对文件和文件夹进行操作之前，需要掌握文件、文件夹和路径的概念。计算机中的数据大多以文件的形式存放在计算机的硬盘上，而所有的文件又是通过文件夹分门别类地进行管理的。文件和文件夹通过路径在计算机中进行定位。

1）文件

简单地说，文件就是在计算机中制作的各种文档、图片、声音和表格等信息。文件在计算机中以图标的形式出现，一般来说，文件由文件图标、文件名称、分隔符和文件扩展名等4部分组成，如图3.1所示。

猫1.jpg

图3.1　图片文件

（→）**文件图标和文件扩展名：** 文件的图标和扩展名功能相似，是文件属性的直观体现，都是用于表明当前文件的类型，是应用程序自动建立的，因此计算机中同一种类型的文件具有相同的文件图标和文件扩展名。

（→）**文件名称：** 文件名是由用户在建立文件时设置的，文件名称可以使用默认名称，也可以用户自定义。文件名称用于提示文件内容，方便用户查看。文件名称也可随时更改。

（→）**分隔符：** 用于将文件名称和扩展名分开。

> 日常使用中，常见的文件主要有以下类型：文档的文件扩展名"docx"，工作簿的文件扩展名"xlsx"，演示文稿的文件扩展名"pptx"，图片的文件扩展名"jpg"，音频文件的文件扩展名"mp3"和"wma"等。

2）文件夹

文件夹用于管理文件，将不同的文件归类存放于不同的文件夹中，文件夹中也可以存放下一级子文件夹或文件，子文件夹同样又可以存放文件或子文件夹。

文件夹由一个图标和文件夹名组成。在Windows Vista中双击某个文件夹图标，操作系统会找开文件夹，显示其中包含的所有内容，如图3.2所示。

图3.2　【计算机】窗口中的文件与文件夹结构

3）路径

文件路径，简单地说就是打开文件时的路径，也被称为目录。在计算机中，为了便于指出文件所在位置，通常用路径进行描述。在计算机中，文件的存放都是有固定位置的，而目录则是通往这个位置的唯一的一条道路。例如，"钢琴曲.mp3"文件的保存位置在F盘"素材"文件夹下的"声音"子文件夹中，根据文件路径，即可将其打开，如图3.3所示。

图3.3　文件路径

2. 显示文件和文件夹

文件与文件夹有多种显示方式，用户可以在不同情况下选择不同的显示方式。打开要查看的文件夹窗口，单击菜单栏中的【查看】菜单项，在弹出的【查看】菜单中选择不同的命令，如图3.4所示，可以让文件与文件夹以不同的方式显示。例如，选择【详细信息】命令，可查看文件或文件夹的大小和类型等信息，如图3.5所示。

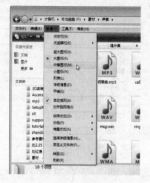

图3.4　【查看】菜单

图3.5　查看详细信息

 用户也可以单击工具栏中的【视图】下拉按钮，在弹出的下拉菜单中选择相应的命令，如图3.6所示，改变文件和文件夹的显示方式。

3. 新建文件和文件夹

创建文件和文件夹是管理计算机资源、高效办公的第一步。在计算机中，只有先创建文件与文件夹，才可以进行操作。创建文件夹与文件的具体操作如下：

步骤01 打开【计算机】窗口，选择要创建文件夹的窗口，如图3.7所示。

图3.6　【视图】下拉菜单

图3.7 打开要创建文件夹的窗口

步骤02 在窗口中的空白处单击鼠标右键，在弹出的快捷菜单中选择【新建】命令，在弹出的子菜单中选择【文件夹】命令，如图3.8所示。

步骤03 待文件夹名称变为白底蓝字的可输入状态（如3.9所示）时，输入"飞鱼的文件"，按【Enter】键确定输入。

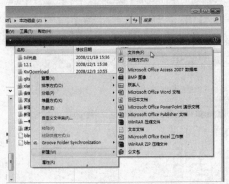

图3.8 选择【文件夹】命令

图3.9 输入文件夹的名称

步骤04 双击该文件夹将其打开。

步骤05 在窗口空白处单击鼠标右键，在弹出的快捷菜单中选择【新建】命令，在弹出的子菜单中选择【Microsoft Office Word文档】命令，如图3.10所示。

步骤06 新建的文本文档名称呈白底蓝字可输入状态，输入文本文档名称"明亮的星"，按【Enter】键确认创建操作，如图3.11所示。

图3.10 创建新文件

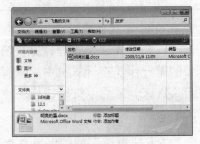

图3.11 输入文件名称

 打开要创建文件夹或文件的窗口，单击菜单栏中的【文件】菜单项，在弹出的菜单中选择【新建】命令，在弹出的子菜单中选择要创建的文件类型或文件夹，也可以新建文件或文件夹，如图3.12所示。

4. 选择文件和文件夹

创建好文件或文件夹后，便可对其进行复制、移动及删除等操作，对文件或文件夹进行操作之前，应先将其选中。选择文件和文件夹的方法很多，在Windows Vista中，选择文件和文件夹的操作主要有选择单个文件或文件夹、选择全部文件或文件夹、选择相邻的多个文件或文件夹、选择不相邻的多个文件或文件夹等，下面分别进行讲解。

1）选择单个文件或文件夹

用鼠标左键单击需要的文件或文件夹，被选中的文件或文件夹将呈蓝底方框显示，如图3.13所示。

图3.12　【文件】菜单　　　　　　　图3.13　选择单个文件

2）选择全部文件或文件夹

在打开的窗口的工具栏中单击【组织】下拉按钮，在弹出的下拉菜单中选择【全选】命令，或直接按【Ctrl+A】组合键。

3）选择相邻的多个文件或文件夹

选择多个相邻文件或文件夹有两种方法。

➔　按住鼠标左键不放，向需要选择的文件或文件夹方向拖动，此时屏幕上鼠标拖动的区域会出现一个蓝色的矩形框，如图3.14所示。释放鼠标后，蓝色矩形框内所有的文件或文件夹都会被选中。

➔　选择第一个需要的文件或文件夹，按住【Shift】键不放的同时单击最后一个文件或文件夹，这两个文件或文件夹之间的所有文件或文件夹都被选中。

4）选择不相邻的多个文件或文件夹

按住【Ctrl】键不放，同时单击要选择的文件或文件夹，即可选择多个不相邻的文件或文件夹，如图3.15所示，再次单击则将取消对该文件或文件夹的选定。

图3.14　选择连续的多个文件夹　　　　图3.15　选择不相邻的多个文件或文件夹

说明 如果要取消选择文件或文件夹，单击被选择文件或文件夹以外的任意位置即可。

5. 重命名文件和文件夹

在新建文件与文件夹时，如果没有为其输入名称，则系统自动为其命名为“新建文件夹”、“新建文件夹（2）”……然而在实际操作，这样的名称并不利于操作。为了更好地区分与管理文件和文件夹，需要对其进行重命名操作。文件或文件夹在新建时，其名称都处于可编辑状态，此时可直接输入名称。若在此之后再要更改名称，就需要为其重命名。

重命名文件或文件夹的方法类似，下面以重命名文件为例进行讲解，具体操作如下：

图3.16　选择【重命名】命令

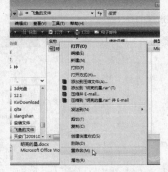

步骤01 选择文件后，按【F2】键或在该图标上单击鼠标右键，在弹出的快捷菜单中选择【重命名】命令，如图3.16所示。

步骤02 原文件名将显示为可编辑状态，然后直接输入新的文件名称，如图3.17所示。

步骤03 按【Enter】键或单击窗口中的空白处即可，如图3.18所示。

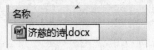

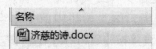

图3.17　输入新名称

图3.18　重命名后的文件

注意 在对文件进行重命名时，应只更改文件的名称，而不要更改文件的扩展名，否则很可能造成文件无法打开。

说明 同一个文件夹中不允许存在相同的子文件夹名，也不允许出现文件名与扩展名都相同的文件。文件名可包含字母、数字和汉字等，最多包含256个字符（包括空格），即128个汉字，但不能包含\、/、:、*、?、"、<、>和|等字符。

6. 移动文件和文件夹

在文件管理过程中，常常需要将文件或文件夹从一个位置移动到另一位置，原位置不再保存此文件或文件夹。移动文件和文件夹可以通过菜单命令来实现，也可通过拖动法或快捷键来实现。

说明 由于文件夹与文件的关系是包含与被包含的关系，所以在对文件夹进行移动操作时，其下所包含的所有文件和子文件夹也将同时被移动。

1）通过右键快捷菜单

选择要移动的文件或文件夹，单击鼠标右键，在弹出的快捷菜单中选择【剪切】命令，如图3.19所示。打开需要移动至的窗口，在空白处再次单击鼠标右键，在弹出的快捷菜单中选择【粘贴】命令，即可将文件移动到目标位置，如图3.20所示。

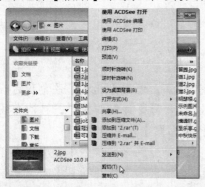

图3.19　选择【剪切】命令

图3.20　移动到目标位置

 按【Ctrl+X】组合键可对文件或文件夹进行剪切，按【Ctrl+V】组合键可对文件或文件夹进行粘贴。

2）直接拖动

通过鼠标拖动也可移动文件或文件夹，这种方法较为直接，此操作通常在资源管理器中进行，如要将J盘中"飞鱼的文件"文件夹下的"济慈的诗.docx"文件移动至H盘根目录下，具体操作如下：

步骤01 打开资源管理器窗口，在窗口左侧的文件夹列表中单击展开要移动的文件或文件夹的上一级文件夹，使要移动的对象显示在窗口右侧的工作区中，如图3.21所示。

步骤02 选择要移动的"济慈的诗.docx"文件，按住【Shift】键不放并拖动至左侧文件夹列表中H盘图标上，如图3.22所示，释放鼠标键完成移动操作。

图3.21　显示出要移动的对象

图3.22　移动文件

 当要移动的目标位置与其当前位置处于同一个磁盘中时，在拖动文件或文件夹的过程中不用按住【Shift】键。

7. 复制文件和文件夹

复制文件或文件夹是指为文件或文件夹在指定位置创建一个备份，而原位置仍然保留源文件或文件夹。复制文件或文件夹的操作与移动文件或文件夹的操作大致相似，且操作更加简单。复制文件和文件夹有如下几种方法：

- **通过快捷菜单复制**：选择要复制的文件或文件夹，单击鼠标右键，在弹出的快捷菜单中选择【复制】命令，打开需要备份的窗口，在空白处再次单击鼠标右键，在弹出的快捷菜单中选择【粘贴】命令。
- **通过主菜单命令复制**：选择要复制的文件或文件夹，单击【编辑】菜单项，在弹出的菜单中选择【复制】命令，如图3.23所示。打开需要备份的窗口，再次单击菜单栏中的【编辑】菜单项，在弹出的菜单中选择【粘贴】命令。
- **通过对话框复制**：选择要复制的文件或文件夹，单击菜单栏中的【编辑】菜单项，在弹出的菜单中选择【复制到文件夹】命令，在弹出的【复制项目】对话框中间的列表框中选择合适的位置，如图3.24所示，单击【复制】按钮即可完成操作。

图3.23　选择【复制】命令

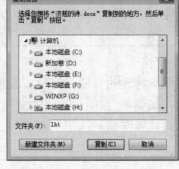

图3.24　【复制项目】对话框

- **直接拖动复制**：在资源管理器窗口的文件夹列表中展开目录树，在工作区中选择要复制的文件或文件夹，将其拖动到要备份的文件夹图标上，如图3.25所示。

 选择要复制的文件或文件夹，按【Ctrl+C】组合键，在目标窗口的空白处再按【Ctrl+V】组合键，即可完成操作。

 有的时候，用户可能需要将文件备份在同一文件夹中，这时候可以选中要备份的文件和文件夹，如"济慈的诗.docx"文档，按住【Ctrl】的同时拖动其到窗口空白处，释放鼠标，即可看到生成的备份文件，其名称自动变为"济慈的诗 – 复制.docx"，如图3.26所示。

图3.25　拖动复制

图3.26　在同一文件夹中复制

8. 删除文件和文件夹

在实际操作中，用户难免会执行一些错误的操作，如创建了错误的文件或文件夹，将文件或文件夹移到了错误的位置等，因此就会产生多余的文件和文件夹。对于这些多余的文件或文件夹，用户应该及时删除，以节约计算机空间，让资源更加有序。

删除文件和文件夹的方法非常简单，选择要删除的文件或文件夹，单击鼠标右键，在弹出的快捷菜单中选择【删除】命令，弹出【删除文件】对话框，如图3.27所示，单击【是】按钮完成操作。

在Windows Vista中，用户还可以选中要删除的文件和文件夹，按【Delete】键，或将其拖动至桌面上的【回收站】图标上释放鼠标，即会弹出相应的对话框，询问是否确认删除操作。

图3.27 【删除文件】对话框

 在删除文件或文件夹时，若按【Shift+Delete】组合键，并在弹出的对话框中单击【是】按钮，可以不将选中的文件或文件夹移至回收站，而直接将其从硬盘中彻底删除。

在桌面上双击【回收站】图标，在打开的窗口中可看到被删除的文件或文件夹。若想恢复被误删除的对象，可在其图标上单击鼠标右键，在弹出的快捷菜单中选择【还原】命令，该文件或文件夹就会被还原到删除前所在的位置。

确认回收站中的内容不再需要时，可在【回收站】图标上单击鼠标右键，在弹出的快捷菜单中选择【清空】命令，彻底清除这些文件或文件夹。

9. 隐藏文件和文件夹

对于重要的文件或文件夹，为了确保其安全性，可以将其隐藏起来。隐藏文件和文件夹的操作方法类似，下面以隐藏文件夹为例进行介绍，具体操作如下：

步骤01 打开【计算机】窗口，找到需要隐藏的文件夹。

步骤02 在该文件夹上单击鼠标右键，在弹出的快捷菜单中选择【属性】命令，如图3.28示。

步骤03 打开属性对话框，选中【隐藏】复选框，如图3.29所示。

图3.28 选择【属性】命令

图3.29 【属性】对话框

步骤04 单击【确定】按钮，弹出【确认属性更改】对话框，如图3.30所示。

步骤05 保持默认设置，单击【确定】按钮，完成文件夹的隐藏设置。

 此时窗口中该文件夹图标颜色会变淡。

步骤06 在【计算机】窗口中执行【组织】→【文件夹和搜索选项】命令，打开【文件夹选项】对话框。

步骤07 单击【查看】选项卡，在【高级设置】列表框中选中【不显示隐藏的文件和文件夹】单选按钮，如图3.31所示，即可完全隐藏该文件。

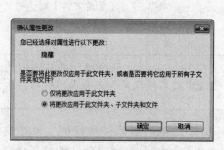

图3.30 【确认属性更改】对话框

图3.31 【文件夹选项】对话框

3.1.2 典型案例——创建"视频"文件夹并复制文件到该文件夹下

案例目标

本案例将在J盘上新建一个"视频"文件夹，并将当前用户的"文档"文件夹中的视频文件复制到该文件夹下，然后将"文档"文件夹中的视频文件删除。

操作思路：

步骤01 新建一个名为"视频"的文件夹。

步骤02 在【计算机】窗口中找到视频文件并选中，执行【复制】命令。

步骤03 切换到"视频"文件夹中，执行【粘贴】命令。

步骤04 返回视频文件原位置，将其删除。

操作步骤

步骤01 打开【计算机】窗口，双击J盘图标，打开J盘。

步骤02 在J盘窗口的空白处单击鼠标右键，在弹出的快捷菜单中执行【新建】→【文件夹】命令，如图3.32所示。

步骤03 此时出现一个新建的文件夹，其名称呈可编辑状态，如图3.33所示。

图3.32　新建文件夹

图3.33　编辑文件夹名称

步骤04　输入"视频"文本，按【Enter】键。

步骤05　执行【开始】→【计算机】命令，打开【计算机】窗口，然后单击【收藏夹链接】窗格中的【文档】超链接，打开【文档】窗口，按住【Ctrl】键选择要复制的视频文件，如图3.34所示。

步骤06　在窗口中单击鼠标右键，在弹出的快捷菜单中选择【复制】命令，如图3.35所示。

图3.34　选择文件

图3.35　选择【复制】命令

步骤07　打开"视频"文件夹，在窗口中单击鼠标右键，在弹出的快捷菜单中执行【粘贴】命令，如图3.36所示。

步骤08　弹出如图3.37所示的提示对话框，显示文件复制进度。

步骤09　完成文件的复制后，效果如图3.38所示。

步骤10　打开【计算机】窗口，然后单击【收藏夹链接】窗格中的【文档】超链接，打开【文档】窗口，选中刚刚复制的文件，按下【Delete】键，弹出如图3.39所示的提示对话框。

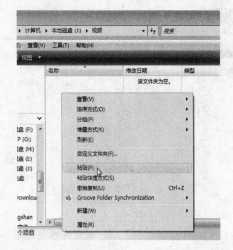

图3.36　粘贴文件

图3.37　正在复制

图3.38　复制完毕

图3.39　删除提示对话框

步骤11　在桌面上的【回收站】图标上单击鼠标右键，在弹出的快捷菜单中选择【清空回收站】命令，如图3.40所示。

步骤12　在弹出的提示框中单击【是】按钮，将文件彻底删除。

案例小结

　　本案例创建了"视频"文件夹，并对文件夹进行了重命名操作，对"文档"文件夹中的文件进行了复制及删除操作。用户可以在其他盘中练习文件与文件夹的基本操作。

图3.40　清空回收站

3.2 文件和文件夹的管理

　　在对文件或文件夹进行操作的过程中，还常常要对其进行一些管理和设置操作。这些操作是对文件与文件夹的高级操作，如在计算机中查找某个文件、设置文件或文件夹的属性等。

下面分别对查找文件、设置文件或文件夹常规属性、设置文件或者文件夹共享、利用可移动存储设备将文件移到另一台计算机中等操作进行讲解。

1. 查找文件

随着使用的增加，存储在计算机中的文件和文件夹越来越多，当忘记了某些文件或文件夹的存放位置，或希望在众多文件中找到自己需要的文件或文件夹，要在计算机中一一查找，是一件非常费时费力的事情，这时可使用Windows Vista的搜索功能，快速查找需要的文件或文件夹，从而节省时间。

在搜索文件之前要先了解一下通配符的使用。通配符是指可以代表某一类字符的通用代表符，常用的通配符有星号（*）和问号（？），星号代表一个或多个字符，问号只能代表一个字符。

⮕ ***.***：表示计算机中所有的文件和文件夹。

⮕ ***.docx**：表示所有文件扩展名为"docx"的文件。

⮕ **?rr.docx**：表示文件名称长度为三位，且必须以"rr"为文件名结尾，以"docx"为扩展名的所有文件。

下面搜索计算机中的所有扩展名为"wma"的音乐文件，具体操作如下：

步骤01 双击桌面上的【计算机】图标，打开【计算机】窗口。

步骤02 将鼠标光标定位在【计算机】窗口上部的【搜索】文本框中，输入搜索关键字，如图3.41所示。

图3.41 输入搜索关键字

步骤03 按【Enter】键，Windows Vista即可自动开始查找并显示结果，如图3.42所示。

如果不是自己需要的文件，可以单击【高级搜索】按钮，如图3.43所示。在打开的窗口中根据文件位置、日期、名称、标记和作者等信息进行查找，如图3.44所示。

图3.42 显示搜索结果

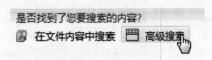

图3.43 单击【高级搜索】按钮

2. 设置文件和文件夹的常规属性

文件的属性包括只读、隐藏和存档等，而文件夹除了具有这三项属性外还具有共享属性，用户可通过设置来确定是否让文件或文件夹具有这些属性。

1）只读属性

在实际工作中，计算机中的有些文件或文件夹是不能随便被人修改的，可以通过一些保护措施将其保护起来，具体操作如下：

图3.44　高级搜索

步骤01　选中要设置的文件夹，单击鼠标右键，在弹出的快捷菜单中选择【属性】命令。

步骤02　弹出该文件夹的属性设置对话框，在【属性】栏中选中【只读】复选框，如图3.45所示。

步骤03　弹出【确认属性更改】对话框，选中相应的单选按钮，如图3.46所示，单击【确定】按钮。

图3.45　选中【只读】复选框

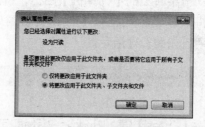

图3.46　【确认属性更改】对话框

步骤04　返回该文件夹的属性设置对话框，再次单击【确定】按钮，完成设置，这样别人就将无法对该文件夹中的所有内容进行更改了。

2）隐藏属性

前面我们提到了隐藏属性，当将文件设置为"隐藏"，并且在【文件夹选项】对话框中选中了【不显示隐藏的文件和文件夹】复选框，该文件就会被隐藏起来。

单击如图3.47中所示的【高级】按钮，还有更多属性可以设置，如存档和加密属性等，如图3.48所示。

图3.47　单击【高级】按钮

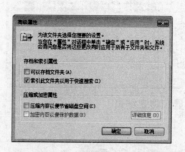

图3.48　【高级属性】对话框

3）共享属性

在对文件和文件夹进行管理的过程中，有时候可能需要将一些文件与别人共享，便于别人轻松地访问和查看文件内容，对于一些办公室人员来说，这一点尤其有用。在文件夹图标上单击鼠标右键，通过选择快捷菜单中的命令，即可设置文件夹的共享属性。

3. 规划文件和文件夹

对于办公人员而言，在处理众多文件过程中，也许会遇到找不到需要的文件、不知道一些文件的主题、或者到处都是文件和文件夹等问题，在这种情况下的计算机办公就会变得杂乱无章，从而大大降低工作效率。

因此在使用计算机进行办公时，应对计算机中的文件和文件夹进行统筹规划，将不同文件分类存放，这样才有利于文件的操作和管理。下面针对办公人员的工作需要，给出了一个参照结构，读者可按此方法结合实际情况统筹规划文件和文件夹，如图3.49所示。

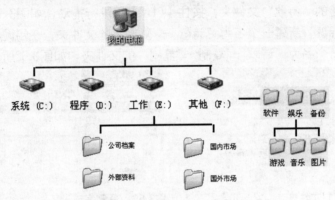

图3.49　统筹规划文件夹和文件

3.2.2　典型案例——创建文件夹体系

案例目标

本案例将在计算机中搜索一个名为"飞鱼的文件"的文件夹，然后在该文件夹中创建文件夹体系，最后将计算机中相应的文件复制或移动到"飞鱼的文件"文件夹下相应子的文件夹中。

操作思路：

步骤01　搜索"飞鱼的文件"文件夹。

步骤02　在其中创建多个子文件夹。

步骤03　在资源管理器中将计算机中的相应文件复制或移动到各个子文件夹中。

操作步骤

根据操作思路的分析，本案例大致可分为三个步骤：第一步，搜索文件夹；第二步，创建文件夹体系；第三步，移动和复制文件。

1. 搜索文件夹

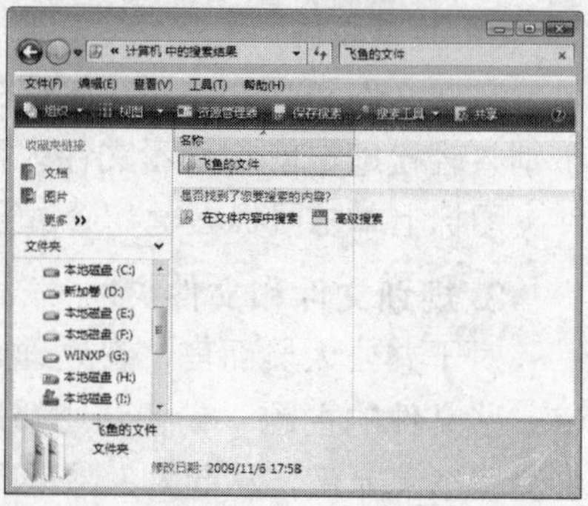

步骤01 双击桌面上的【计算机】图标，打开【计算机】窗口。

步骤02 将鼠标光标定位到【计算机】窗口上部的【搜索】文本框中，输入搜索关键字，这里输入"飞鱼的文件"。

步骤03 按【Enter】键，Windows Vista即可自动开始查找并显示结果，如图3.50所示。

图3.50 搜索结果

2. 创建文件夹体系

步骤01 双击搜索到的"飞鱼的文件"文件夹，将其打开。

步骤02 在窗口空白处单击鼠标右键，在弹出的快捷菜单中选择【新建】→【文件夹】命令，创建一个子文件夹，输入"诗歌"，再按【Enter】键，对其进行命名。

步骤03 选中新建的"诗歌"文件夹，按住【Ctrl】键进行拖动，如图3.51所示。

步骤04 释放鼠标键，新建一个名为"诗歌 – 复制"的文件夹，使用同样的方法，再拖动创建一个名为"诗歌 – 复制 – 复制"的文件夹，如图3.52所示。

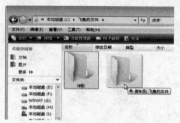

图3.51 复制文件夹

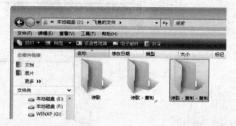

图3.52 复制完成

步骤05 依次选择新建的两个文件夹，按【F2】键对其进行重命名（分别为"散文"和"小说"）。然后按照前面的方法，在"散文"和"小说"文件夹下再新建几个子文件夹，完成"飞鱼的文件"文件夹系统的创建。

3. 移动或复制文件夹

步骤01 在【计算机】窗口的【收藏夹链接】窗格中，单击【文档】超链接，打开【文档】窗口，在窗口右侧显示其中的文件和文件夹，如图3.53所示。

步骤02 拖动其中的"约翰 济慈的诗"文件夹到J盘的"飞鱼的文件"文件夹中的"诗歌"子文件夹中，如图3.54所示。

图3.53 打开【文档】窗口

图3.54 复制文件夹

步骤03 按照同样的方法拖动其他两个需要的文件到目标位置。

案例小结

本案例通过创建一个文件夹体系，介绍了文件和文件夹的一些基础操作。需要注意的是，在同一磁盘分区下移动文件或文件夹时是直接拖动，复制文件或文件夹时要按住【Ctrl】键；在不同磁盘分区下移动文件或文件夹时要按住【Shift】键，复制文件或文件夹时是直接拖动。

3.3 上机练习

3.3.1 创建"公司部门"文件夹体系

本次练习将创建"公司部门"文件夹，并将相关文件复制或移动到该文件夹下，主要练习文件和文件夹的新建、重命名和复制等操作。

操作思路：

步骤01 先新建文件夹，并重命名为"公司部门"。

步骤02 在"公司部门"文件夹中新建子文件夹，将其复制后分别重命名。

> **注意** "公司部门"文件夹下的子文件夹有"行政部"、"销售部"和"网络部"。

3.3.2 查找计算机中的临时文件并将其彻底删除

本次练习将使用按文件类型查找的方法查找在Windows Vista操作系统中进行各种操作时产生的临时文件，删除这些文件后，清空回收站。

操作思路：

步骤01 打开【计算机】窗口，在该窗口的【搜索】文本框中输入"*.tmp"，然后按【Enter】键。

步骤02 在【计算机】窗口中显示搜索到的临时文件，删除文件。

步骤03 完成后，在【回收站】图标上单击鼠标右键，在弹出的快捷菜单中选择【清空回收站】命令。

3.4 疑难解答

问： 为什么我的计算机中的文件没有显示出扩展名？

答： 这是由系统设置所致。如果要显示文件的扩展名，可以在【计算机】窗口中执行【工具】→【文件夹选项】命令，打开【文件夹选项】对话框，单击【查看】选项卡，在【高级设置】列表框中取消选中【隐藏已知文件类型的扩展名】复选框，再单击【确定】按钮。

问： 为什么在文件夹上单击鼠标右键，在弹出的快捷菜单中没有【共享】命令？

答： 你可能是以标准用户的身份登陆计算机的，切换为管理员用户后，再去设置共享和安全属性就可以了。

问： 为什么计算机中有些文件夹和文件不可以重命名？

答： 如果不能对文件夹或某个文件进行重命名操作，可以检查一下文件夹所包含着的文件或某个文件是否正在运行，如在运行中，是不能进行重命名操作的，只有关闭文件后才可以进行重命名操作。另外，对一些系统文件和文件夹也不能进行重命名操作。

问： 打开一个文件并进行修改，进行保存时，系统提示"该文件为只读属性，不能保存该文件"，这是怎么回事？怎样才能保存？

答： 这是因为该文件被设置为了"只读"属性，所以不能保存，只能通过【另存为】命令进行保存。用户也可以打开【计算机】窗口，选定只读属性的文件，然后单击鼠标右键，在弹出的快捷菜单中单击【属性】命令，在打开的对话框中取消选中【只读】复选框，即可正常保存。

3.5 课后练习

选择题

1 选择不相邻的多个文件时，应配合按键盘上的（　　　）键，选择相邻的多个文件时，应配合按键盘上的（　　　）键。

A、【Shift】　　　　B、【Ctrl】　　　　C、【Alt】　　　　D、【Enter】

2 选择需删除的文件，按【Delete】键后，是将文件删除到了（　　）中。

A、【计算机】　　　B、【我的文档】　C、【回收站】　　　D、【网上邻居】

问答题

1 文件或文件夹显示的方式有哪些？含义分别是什么？

2 简述重命名文件夹的方法。

3 简述查找文件的方法。

上机题

步骤01 根据自己的工作需要，将计算机中的文件夹进行规划，并将其他相关文件或文件夹移动至不同的文件夹中。

步骤02 为自己的私人文件设置只读和隐藏属性，并将其隐藏。

步骤03 查看【回收站】窗口中的内容，将需要的文件和文件夹恢复到原始位置，将不需要的文件和文件夹彻底删除。

第4课

Windows Vista设置与
软件管理

▼ **本课要点**

桌面背景和屏幕保护程序设置

用户账户管理

安装软件的前期准备工作

安装软件

卸载不需要的软件

▼ **具体要求**

掌握桌面背景和屏幕保护程序的设置方法

熟悉用户账户的管理方法

通过不同方式查看计算机中安装的软件

掌握安装软件与卸载软件的方法

▼ **本课导读**

对于新安装的操作系统，所有的设置都是默认
的，必须通过具体设置，才能更符合用户个人
的需求。对操作系统进行适当的设置，可以让
其具有个性化的外观。同时，对操作系统进行
管理，根据需要安装一些办公软件，可以让计
算机运行得更加流畅，有助于提高用户的办公
效率。

4.1 Windows Vista的设置

本节将介绍如何配置个性化的系统环境，通过个性化设置，可以让Windows Vista操作系统更具个性，更有特点，更适合自己使用。

4.1.1 知识讲解

为了使自己的操作界面更符合自己的使用习惯，可以对Windows Vista进行个性化设置。Windows Vista的个性化设置包括桌面背景的设置和屏幕保护程序的设置等，下面将详细讲解这些内容。

1. 设置桌面背景

很多用户可能会厌烦不变的桌面背景，此时可根据自己的喜好更改背景图片，如将公司的产品图片设为桌面背景，或将自己喜欢的其他图片设为桌面背景等，为自己的计算机设置一张赏心悦目的桌面背景图片，不仅能展示自己的个性，也能让计算机操作更加愉快。设置桌面背景的具体操作步骤如下：

步骤01 在桌面空白处单击鼠标右键，在弹出的快捷菜单中选择【个性化】命令。

步骤02 在打开的【个性化】窗口中单击【桌面背景】超链接，如图4.1所示。

步骤03 在打开的【桌面背景】窗口的【选择桌面背景】列表框中选择系统自带的要设置为背景的图片的缩略图，如图4.2所示。

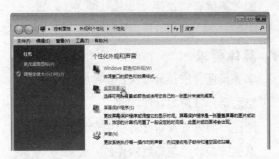

图4.1 单击【桌面背景】超链接

图4.2 选择要设为背景的图片

步骤04 若要自定义桌面背景，则单击【浏览】按钮，在打开的【浏览】对话框中选择计算机中要作为桌面背景的图片文件，如图4.3所示。

步骤05 单击【打开】按钮，返回【桌面背景】对话框。

步骤06 自定义桌面背景图片后，如果因为图片太大或太小而无法正常显示，可以在对话框下方选择定位模式，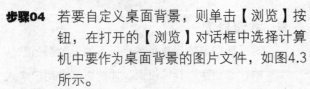、■■■和■单选按钮分别代表"适应屏幕"、"平铺"和

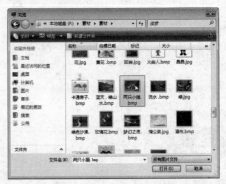

图4.3 【浏览】对话框

"居中"的定位模式，如图4.4所示。

步骤07 单击【确定】按钮便可改变桌面背景，如图4.5所示。

图4.4　选择定位模式　　　　　图4.5　改面桌面背景的效果

 定位背景图片有三种方式："适应屏幕"、"平铺"和"居中"，"适应屏幕"指图的大小自动调整为与屏幕同等大小，"平铺"是指图片按原始的大小平铺在屏幕上，"居中"是指图片按原始大小居于屏幕的正中作为背景。

2. 设置屏幕保护程序

屏幕保护程序（简称"屏保"）是指在一段指定的时间内没有使用鼠标或键盘时，在计算机屏幕上出现的移动的图片或图案。屏幕保护程序最初是被用来保护显示器的，以前的显示器由于技术原因，在高亮显示情况下，在一段时间内不使用计算机时，图像会长时间显示在屏幕固定的位置处，这对屏幕的损害很大，从而缩短显示器的使用寿命，因此需使用一些动态画面使荧光屏免受损伤。

随着计算机技术的迅速发展，现在的显示器对长时间静止画面的承受能力已经非常强了，尤其是液晶显示器，所以屏保的作用便发生了一些变化。现在屏保多被用作画面欣赏，或者利用屏保密码来保护计算机在主人离开时不被他人使用。设置屏幕保护程序的具体步骤如下：

步骤01 在桌面空白处单击鼠标右键，在弹出的快捷菜单中选择【个性化】命令。

步骤02 在打开的【个性化】窗口中单击【屏幕保护程序】超链接，打开【屏幕保护程序设置】对话框。

 用户也可以在【开始】菜单中选择【控制面板】命令，在打开的【控制面板】窗口中双击【个性化】图标，打开【屏幕保护程序设置】对话框。

步骤03 在打开的【屏幕保护程序设置】对话框的【屏幕保护程序】下拉列表中进行选择，这里选择【照片】选项，如图4.6所示。

步骤04 在【屏幕保护程序设置】对话框的【等待】数值框中设置计算机闲置多长时间将启用屏保程序，如"20分钟"，如图4.7所示。

图4.6　选择屏保类型　　　　　　　　　图4.7　设置等待时间

 启动屏幕保护程序的系统默认时间是10分钟，即10分钟内若用户没使用过计算机，屏幕保护程序将自动运行。

步骤05 单击【确定】按钮，应用设置。当计算机闲置20分钟后将进入屏幕保护程序，单击鼠标或按任意键可退出屏保。

如果要为屏幕保护程序加上密码，则需要选中【在恢复时显示屏幕登录】复选框，通过创建屏幕保护程序密码，可以使计算机更安全，这样可以在屏幕保护程序打开时锁定计算机。屏幕保护程序密码跟登录到Windows时使用的密码相同。

 所选择的屏幕保护程序不同，打开的设置对话框也不同。有的屏幕保护程序不能进行设置，或者有的计算机的硬件设备不支持，系统会给出提示，如图4.8所示。

图4.8　提示屏保不能设置

3. 设置用户账户

安装Windows Vista过程中，会要求用户创建一个用户账户，并默认使用该账户登录系统。在多人使用同一台计算机办公的情况下，还可以再建立多个用户账户，Windows Vista系统是个支持多用户账户的系统，多个用户使用同一台计算机是相对独立、互不影响的，需要对每个用户账户进行单独的管理。

1）添加新用户账户

添加新用户账户的具体操作如下：

步骤01 打开【开始】菜单，选择【控制面板】命令，打开【控制面板】对话框。

步骤02 单击【用户账户和家庭安全】超链接，打开【用户账户和家庭安全】窗口，如图4.9所示。

步骤03 在该窗口中单击【用户账户】超链接，打开【用户账户】窗口，如图4.10所示。

步骤04 单击【管理其他账户】超链接，打开【管理账户】窗口，如图4.11所示。

步骤05 在该窗口中单击【创建一个新账户】超链接，在打开窗口中的文本框中输入账户名称，如"同事"，并选择账户类型，如图4.12所示。

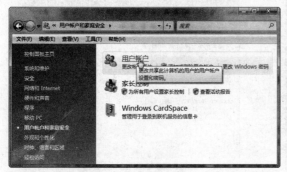

图4.9 【用户账户和家庭安全】窗口　　　　　图4.10 【用户账户】窗口

图4.11 【管理账户】窗口

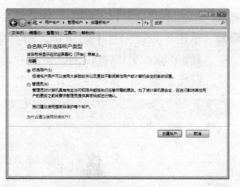

图4.12 输入新账户名称

步骤06 单击【创建账户】按钮，即会出现新建的账户名称及其类型，如图4.13所示。

一般情况下，在计算机中创建多个用户账户时，需要将其中一个账户创建为管理员，而将其他账户创建为受限或标准用户账户，从而方便对用户账户进行管理。

图4.13 创建一个新账户

2）更改用户账户

创建完用户账户后，还可以更改用户账户的信息，如名称和密码等，具体操作如下：

步骤01 在【控制面板】窗口中单击【用户账户和家庭安全】超链接，打开【用户账户和家庭安全】窗口。

步骤02 单击【用户账户】超链接，打开【用户账户】窗口。

步骤03 单击【管理其他账户】超链接，打开【管理账户】窗口。

步骤04 单击【同事】账户图标，打开如图4.14所示的【更改账户】窗口。

步骤05 在该窗口中单击某个需要修改的超链接，便可进入相应的页面进行更改设置。例如，在该窗口中单击【更改账户名称】超链接，打开【重命名账户】窗口，在该窗口中的文本框中可以输入新的账号名称，如图4.15所示。

图4.14 【更改账户】窗口

图4.15 更改名称

步骤06 单击【更改名称】按钮，此时用户账户的名称被改变，如图4.16所示。

步骤07 单击【更改图片】超链接，打开如图4.17所示的窗口。在列表框中用户可以选择Windows Vista提供的账户图片，也可以单击列表框下方的【浏览更多图片】超链接，选择计算机中的其他图片。

图4.16 新的账户名称

图4.17 选择账户图片

步骤08 单击【更改图片】按钮，应用设置，效果如图4.18所示。

3）为用户账户设置密码

为防止其他人通过该账户登录到系统查看个人文档，可以为账户创建密码，提高计算机的使用安全性，具体操作如下：

步骤01 打开【管理账户】窗口，单击要设置密码的账户图片。

步骤02 在打开的【更改账户】窗口中单击【创建密码】超链接。

步骤03 打开【创建密码】窗口，在【新密码】 图4.18 更改图片后的效果
文本框中输入要创建的密码，如图4.19所示。

步骤04 在【确认新密码】文本框中重复输入。

步骤05 单击【创建密码】按钮，此时将返回【管理账户】窗口，窗口右侧的账户图标将显示"密码保护"字样，如图4.20所示（单击左侧的【更改密码】和【删除密码】超链接，可以更改和删除密码）。

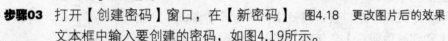

图4.19 输入新密码

图4.20 显示"密码保护"字样

 在【创建密码】窗口中的【密码提示】文本框中可以输入与密码相关的提示内容，如图4.21所示。为账户设置密码后，在登录时如果忘记了账户密码，可以通过密码提示内容提示密码。

 如果用户想删除账户，需在【更改账户】窗口中单击【删除账户】超链接，这时会弹出如图4.22所示的【删除账户】窗口，单击【保留文件】按钮，打开【确认删除】窗口，如图4.23所示，单击【删除账户】按钮，将不需要的账户删除。

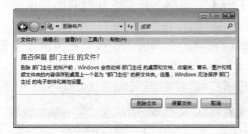

图4.22 【删除账户】窗口

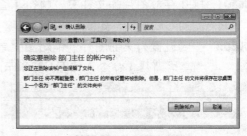

图4.23 【确认删除】窗口

4.1.2 典型案例——创建新账户并为其设置桌面背景及屏保

 案例目标

本案例介绍了如何创建一个新账户，然后将自己喜欢的一张图片设置为桌面背景，并将计算机设置为等待5分钟后进入屏幕保护程序。

操作思路：

步骤01 创建一个新账户，并根据需要进行设置。

步骤02 找到一张自己喜欢的图片，将其设置为桌面。

步骤03 设置计算机5分钟内无操作，自动启动"Windows徽标"屏幕保护程序。

1. 创建一个新的账户

步骤01 打开【开始】菜单，选择【控制面板】命令，打开【控制面板】窗口。

步骤02 单击【用户账户和家庭安全】超链接，打开【用户账户和家庭安全】窗口。

步骤03 单击【添加或删除用户账户】超链接，如图4.24所示，打开【管理账户】窗口。

步骤04 在【管理账户】窗口中单击【创建一个新账户】超链接，打开【创建新账户】窗口，在【新账户名】文本框中输入新的账户名，并设置账户类型，如图4.25所示。

图4.24　单击【添加或删除用户账户】超链接　　图4.25　创建新账户

步骤05 单击【创建账户】按钮，完成新账户创建。

2. 设置桌面背景及屏幕保护程序

步骤01 打开存放图片的文件夹，执行【查看】→【大图标】命令，让所有图片以缩略图的形式显示，如图4.26所示。

步骤02 在要设置为桌面图片的缩略图上单击鼠标右键，在弹出的快捷菜单中选择【设为桌面背景】命令，如图4.27所示。

图4.26　以缩略图形式显示图片　　　　图4.27　选择【设为桌面背景】命令

步骤03 返回桌面，可看到桌面背景已设置为了自己喜欢的图片，如图4.28所示。

步骤04 执行【开始】→【控制面板】命令，打开【控制面板】窗口。

步骤05 在该窗口中单击【外观和个性化】超链接，打开【外观和个性化】窗口。

步骤06 在该窗口中单击【屏幕保护程序】超链接，打开【屏幕保护程序设置】对话框，对屏幕保护程序进行如图4.29所示的设置。

图4.28　更改后的桌面背景

图4.29　设置屏幕保护程序

案例小结

　　本案例具体介绍了如何为计算机创建新的账户，以及如何设置桌面背景和屏幕保护程序，读者也可以根据自己的使用习惯与爱好，将自己的计算机设置得更具个性。

4.2　安装与卸载软件

　　在使用计算机进行办公的过程中常需要安装各种办公软件，不同用途的软件，其安装过程有所不同，但其安装操作方法是基本相同的。用户在安装软件之前，应先了解目前市场上软件的种类和掌握获取自己需要的软件的方法，以及学会查找安装软件时要使用的序列号。

4.2.1　知识讲解

　　安装一款软件时，每一环节都很重要，若忽视了某环节，该软件有可能安装不成功或不能正常运行。下面首先从查看计算机中的软件开始。

1. 查看计算机中已安装的软件

　　在办公的过程中，如果不确定是否已安装了需要使用的软件，可进行查看。查看已安装的软件的方法有以下两种。

　　1）利用【开始】菜单

　　在安装过程中，如果用户选择系统默认的设置进行安装，大多数软件都将出现在【开始】菜单的程序列表中，所以用户可以在【开始】菜单中查看已安装的软件。

　　2）利用【控制面板】窗口

　　执行【开始】→【控制面板】命令，打开【控制面板】窗口。在该窗口中单击【程序】超链接，打开【程序】窗口，在该窗口单击【卸载程序】超链接，如图4.30所示，打开【程序和功能】窗口，在窗口右侧的列表框中会列出计算机已安装的程序，如图4.31所示。

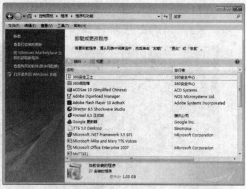

图4.30　单击【卸载程序】超链接　　　　　图4.31　【程序和功能】窗口

2. 选择需要的办公软件

在使用计算机办公时，经常需要安装一些常用软件来处理各种各样的文件。常用软件的种类很多，根据其性质的不同，可分为系统软件和应用软件。

➡️ **系统软件**：系统软件是为了管理、控制和维护计算机系统，为人们方便地使用计算机而设计的软件，主要包括操作系统（如Windows Vista）、语言处理程序和实用程序等。要想使用计算机工作，首先就需要一套系统软件。

➡️ **应用软件**：也称应用程序，是针对计算机用户在某一方面的实际需要而设计的程序，主要包括字处理软件（如Word）、辅助设计软件（如AutoCAD）和图形图像软件（如Photoshop和CorelDRAW），以及工具软件（如ACDSee和WinRAR）等。用户可根据自己的工作需要，选择相应类别的几款应用软件。

3. 获取软件的安装程序

获取自己需要的软件的安装程序，通常有以下几种途径。

1）从软件销售商处购买安装光盘

光盘是存储软件最常用的媒体之一，用户可以从软件销售商处购买自己所需的软件安装光盘。提醒读者不要购买盗版软件，因为盗版软件的安全性差，也不能得到软件商的技术支持。希望读者能主动维护知识产权，购买和使用正版软件。

2）从网上下载安装程序

网络是用户获取软件的重要途径，许多共享软件和免费软件都将其安装程序放置在网络上，通过网络我们可以下载所需的软件程序，安装并使用。注意在从网络上下载程序时，应找知名度较高的网站，因为专业网站在安全性方面会做得更好一些。

3）购买硬件或软件书时赠送

一些硬件设备在销售时，通常要附带其驱动程序或该硬件要使用的一些工具软件光盘。另外，一些软件方面的杂志或书籍也常会以光盘的形式为读者提供一些小的软件程序，这些软件大都是一些免费软件，且经过了测试，读者可放心使用。

4. 安装软件

获得需要的软件后，便可开始进行安装。如果是安装光盘，将其放入光驱后，通常会自动运行并打开初始界面，用户可通过单击其中的软件名称或类似于"安装"、

"Setup" 或 "Install" 的按钮启动安装向导。

若不是安装光盘，则可在得到的程序文件夹中找到以 "Setup"、"Install" 或该软件名命名的、扩展名为 "exe" 的可执行安装文件，双击它便可启动安装向导。

 某些从网上下载得到的软件安装程序不是一个文件夹，而是一个压缩文件，用户需将该文件解压后才能得到可执行的安装文件。

 在安装软件的过程中，用户经常会被提示输入安装的序列号（又叫注册码），一般在购买的安装光盘外包装或说明书中会印有该软件的序列号。

5. 指定软件的安装位置

安装软件就是将该软件的程序文件解析、注册并复制到计算机中，因此在安装过程中，需指定该软件的程序文件保存位置，系统默认的位置通常都为系统所在的磁盘分区，为了不占用系统的空间，且方便管理，建议将应用软件都安装到除系统盘之外的磁盘分区中。

6. 启动安装好的程序

有些安装好的程序会出现在【开始】菜单的程序列表中，有些安装好的程序会自动在桌面上创建快捷方式图标。要启动安装好的程序，主要有如下几种方法：

- 执行【开始】→【所有程序】命令，找到并单击安装好的程序，便可启动相应软件，有些程序的启动项位于下一级菜单中，如执行【开始】→【所有程序】→【Microsoft Office】→【Microsoft Office Word 2007】命令，可以启动Word 2007。
- 双击桌面上创建的快捷方式图标。
- 安装好程序后，计算机中可以由该程序打开和编辑的文档图标将会变为相应的程序图标，双击要打开的文档，便可启动相应的程序进行编辑。
- 找到并打开安装程序所在的文件夹窗口，然后双击其中以程序名称为文件名，扩展名为 "exe" 的可执行文件。

7. 卸载软件

在计算机中安装应用程序后，会占用一定的磁盘空间，某些程序还会占用一定的系统资源，对于不再使用的程序，可将其从计算机中卸载以释放磁盘空间，提高系统运行性能。

卸载程序可以通过【控制面板】窗口来实现，下面以卸载计算机中的Foxmail 6.5为例，具体操作如下：

步骤01 执行【开始】→【控制面板】命令，打开【控制面板】窗口。

步骤02 单击【卸载程序】超链接，如图4.32所示。

步骤03 在打开的【程序和功能】窗口中的列表框中选择要卸载的【Foxmail 6.5正式版】选项，如图4.33所示。

图4.32　单击【卸载程序】超链接

图4.33　选择要卸载的【Foxmail 6.5正式版】选项

步骤04　单击列表框上方的【卸载/更改】按钮。

　在【程序和功能】窗口中选择某些应用程序后，上方将显示【卸载】按钮，而选择有些程序时会显示【卸载/更改】按钮，单击该按钮后，可以选择是对程序进行卸载还是对程序进行添加或删除等更改操作，某些软件还将显示单独的【修复】按钮，单击该按钮可以修复出错的程序，按提示进行操作即可。

步骤05　在打开的【用户账户控制】对话框中单击【继续】按钮确认操作。

步骤06　在打开的对话框中单击【卸载】按钮进行确认，如图4.34所示。

步骤07　卸载完成后，弹出如图4.35所示的提示对话框，单击【确定】按钮完成操作。

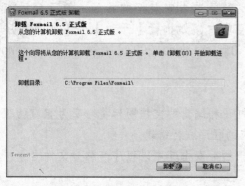

图4.34　单击【卸载】按钮

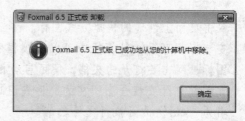

图4.35　提示对话框

　某些软件在卸载后，需要重新启动计算机以删除残留的链接文件。另外，某些软件自身提供了卸载功能，可以在【开始】菜单的程序列表中选择相应程序子菜单中的卸载命令，再按提示进行操作，如图4.36所示。

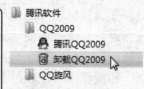

图4.36　卸载命令

4.2.2　典型案例——安装谷歌金山词霸

　　谷歌金山词霸是目前比较流行的一款翻译软件，本案例将以安装该软件为例介绍软件安装的方法。

操作思路:

步骤01 打开该软件安装程序所在的文件夹。

步骤02 双击安装文件图标,启动安装程序,按照提示完成安装。

步骤01 打开该软件的安装程序所在文件夹,如图4.37所示。

步骤02 双击安装程序图标,在打开的提示对话框中单击【继续】按钮确认操作,打开如图4.38所示的对话框。

图4.37 打开程序所在文件夹   图4.38 安装向导

步骤03 单击【下一步】按钮,打开如图4.39所示的【授权协议】页面。

步骤04 选中【我接受"授权协议"中的条款】复选框,单击【下一步】按钮。

步骤05 打开【选择安装位置】页面,如图4.40所示。

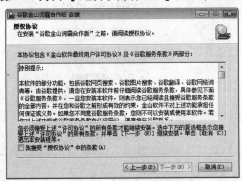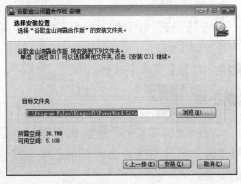

图4.39 【授权协议】对话框   图4.40 选择安装位置

 用户可以单击【浏览】按钮,在打开的如图4.41所示的对话框中设置新的安装位置。

步骤06 这里保持默认设置,单击【安装】按钮,开始进行安装,如图4.42所示。

步骤07 安装完成后打开如图4.43所示的页面,用户可根据需要选中该对话框中的复选框。

步骤08 单击【下一步】按钮,提示用户选择安装谷歌拼音输入法,如图4.44所示。如果用户没有相应的拼音输入法,或没有合适的输入法,可以直接单击【下一步】按钮。

图4.41　设置安装位置

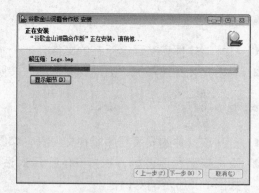

图4.42　正在安装

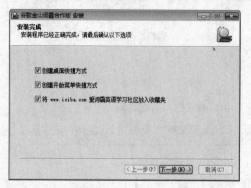

图4.43　安装完成

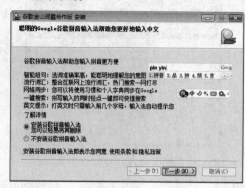

图4.44　提示是否安装输入法

步骤09 这里选中【不安装谷歌拼音输入法】单选按钮，单击【下一步】按钮，在打开的页面中提示已成功安装，如图4.45所示。

步骤10 单击【完成】按钮。

案例小结

本案例通过安装谷歌金山词霸详细介绍了安装软件的操作方法，读者可自己练习其他软件的安装。

图4.45　成功安装

4.3　上机练习

4.3.1　将自己喜欢的图片设置为桌面背景

桌面背景最能体现用户个性化的一面，可以将Windows Vista自带的图片设置成桌面背景，也可以将自己的照片设置成桌面背景。本次上机练习将一幅卡通人物的图片设置成桌面背景，最终效果如图4.46所示。

操作思路：

步骤01 打开【个性化】窗口，然后打开【桌面背景】窗口。

步骤02 单击【浏览】按钮，在打开的对话框中选择要设置为桌面背景的图片，单击【打开】按钮，返回【桌面背景】窗口，设置显示模式。

图4.46 修改桌面背景后的效果

4.3.2 安装图片浏览软件ACDSee 10

本次练习将安装图片浏览软件ACDSee 10，主要是让读者进一步掌握安装软件的步骤和操作方法，ACDSee 10的主界面如图4.47所示。

图4.47 ACDSee 10主界面

操作思路：

步骤01 从网上下载安装程序。

步骤02 找到可执行安装文件。

步骤03 指定软件的安装位置并进行安装。

4.4 疑难解答

问：某些软件在安装后，每当启动计算机时，都会自动运行，如何让其不自动运行？

答：单击【开始】按钮，执行【所有程序】→【启动】命令，在【启动】子菜单中的软件命令上单击鼠标右键，在弹出的快捷菜单中选择【删除】命令，在打开的提示对话框中单击【删除快捷方式】按钮，下次开机时，该软件就不会自动运行了。

问：在【用户账户】窗口中，为什么无法删除其他用户账户？

答: 在Windows Vista中，只有使用具有管理员权限的账户登录系统，才能删除其他账户，而且当前正在使用的账户不能删除（在创建用户账户时，可以选择该用户的权限是系统管理员还是标准用户）。

问: 创建了账户密码后，在启动Windows Vista时，我已经确信输入的密码是正确的了，但为什么系统仍提示我密码错误呢？

答: 如果已确信密码无误，这时仍不能进入系统可能有两方面的原因。一是要注意密码是否区分了大小写，如果不小心按下了【Caps Lock】键，输入的密码当然就不正确了；二是如果使用小键盘输入密码，有可能小键盘的数字输入状态并未打开，这时是不能输入数字的，按一下小键盘左上角的【Num Lock】键再进行输入。

4.5 课后练习

选择题

1 当在一个有多个用户的计算机中设置了屏幕保护程序并设置了密码后，退出屏幕保护程序时，会出现（　　）。

A、Windows用户选择界面 　　　　B、输入屏幕保护程序密码界面

C、系统登录界面 　　　　　　　　D、直接返回桌面

2 对于创建的用户，不能对其进行下面哪项操作（　　）？

A、更改图片 　　　　　　　　　　B、更改名称

C、更改权限 　　　　　　　　　　D、设置密码

问答题

1 如何在Windows Vista中创建新用户？

2 如何在【控制面板】窗口中删除应用程序，简述操作步骤。

3 如何查看计算机中安装了哪些软件？安装软件前需要做些什么准备工作？

上机题

1 为计算机更换漂亮的桌面背景。

2 把一组图片设置成屏幕保护程序，要求在10分钟之内没有对计算机进行任何操作时，便自动启动屏幕保护程序。

3 在计算机中安装压缩软件WinRAR。

4 练习在Windows Vista中添加一个新账户，并对该账户设置密码和用户图片。

第5课

Word 2007基础

▼ **本课要点**

Office 2007组件及其应用领域
认识Word 2007
文档操作
设置字符及段落格式
插入对象到Word 2007文档
使用Word 2007中的表格

▼ **具体要求**

Office 2007组件的启动与退出
掌握新建和保存Word 2007文档的方法
掌握选择、修改、删除、移动和复制文本的方法
掌握查找与替换文本的方法
掌握设置字符格式的方法
掌握设置段落格式的方法
掌握插入与编辑文本框、艺术字和图片的方法
掌握制作、编辑表格的方法

▼ **本课导读**

Word 2007是Microsoft公司推出的Office 2007中的组件之一，是一款专业的文档编辑软件。使用Word可以编辑各种文档，如信件、论文、小册子、报告和简介等。它以操作界面美观、功能强大且易学易用等特点，受到广大用户的青睐，是目前最为流行的文字处理软件之一。由于Office组件都是相通的，所以只要学会了Word操作，再学习其他办公软件就比较容易了。

5.1 认识Office 2007

Office软件是目前应用最为广泛的办公类专业软件之一。它充分利用了Windows速度快、功能强、多任务和图形化界面等优点，使得计算机办公操作更加方便和快捷。其中各组件都能胜任某一方面的具体工作，操作简单，功能强大，能制作出专业的各类文档。

5.1.1 知识讲解

Office 2007包含了多个不同的组件，每个组件都是具有某一专业用途的软件。下面先来认识一下这些组件的功能和各个组件的共性操作，如启动与退出等。

1. Office 2007各组件及其应用领域

Office 2007包括的组件有Word 2007，Excel 2007，PowerPoint 2007，Access 2007，Outlook 2007和Publisher 2007等，每个组件都是一个单独的软件，可以有针对性地完成某一方面的具体工作，它们几乎包含了办公领域的各个方面。这些软件的具体功能如下。

📁 Microsoft Office Word 2007

主要用于文字方面的处理，它具有直观、易学、易用等特点。使用它可制作出图文并茂的各种文档。

📁 Microsoft Office Excel 2007

主要用于制作各种办公中所需的电子表格，从而编辑、处理、统计和管理其中的数据，并能打印各种统计报告。对于管理人员或财务人员来说，经常需要处理大量的数据报表，利用Excel 2007，就可以轻松地完成这些工作。用户还可以利用Excel 2007提供的多种工具对表格中的数据进行各种处理，包括家庭财产统计、数据报表分析、课程表制作和个人账本小统计，等等。

📁 Microsoft Office PowerPoint 2007

主要用于制作包含文本、图表、图形、剪贴画、影片和声音等对象的幻灯片。目前它已经成为制作企业演示文稿、教学演示文稿和产品简介的专业软件。

📁 Microsoft Office Access 2007

是一种关系型数据库管理软件，它具有简便易用，消耗资源少，支持的SQL指令齐全等优点，现已被广泛应用于办公数据库管理及网站后台数据库管理。

📁 Microsoft Office Outlook 2007

是一个桌面信息管理软件，它可以帮助用户组织和使用各种信息，其最常用的功能是进行联系人和电子邮件的管理。

2. Office 2007组件的启动与退出

要想使用Office 2007各组件，就必须先启动它们。安装好Office 2007后，就可以启动其中的组件了，完成工作后就应该退出该组件。各个组件的启动与退出的方法都相同，因此只要掌握一个组件启动与退出的方法即可。

1）启动

下面以启动Word 2007为例，介绍Office 2007各组件的启动方法，共有以下三种启动方法：

- 执行【开始】→【所有程序】→【Microsoft Office】→【Microsoft Office Word 2007】命令，如图5.1所示。
- 若已为Word 2007创建了桌面快捷方式图标，可直接双击其图标 ![WE]。
- 双击计算机中已有的Word文档，如图5.2所示。

图5.1　执行命令

图5.2　双击已有的Word格式文档

2）退出

退出Office 2007各组件的方法也有好几种，下面以退出Word 2007为例进行介绍：

- 单击窗口左上角的 按钮，在弹出的菜单中选择【关闭】命令或单击菜单右下角的【退出Word】按钮。
- 单击Word 2007窗口标题栏右侧的【关闭】按钮。
- 在标题栏空白处单击鼠标右键，在弹出的快捷菜单中选择【关闭】命令。
- 在桌面任务栏的Word 2007窗口按钮上单击鼠标右键，在弹出的快捷菜单中选择【关闭】命令。
- 按【Alt + F4】组合键。

3）Office 2007的帮助系统

Office 2007自身带有帮助功能，用户在使用其中各组件的过程中若遇到不太明白的问题，可向软件寻求帮助。下面以Word 2007为例介绍Office 2007的帮助功能。

按照前面讲解的方法启动Word 2007，在Word 2007窗口中单击【Microsoft Office Word帮助】按钮 ，可以打开【Word帮助】窗口，如图5.3所示。

在【Word帮助】窗口工具栏下方的文本框（【搜索】文本框）中输入想要搜索的内容，然后单击【搜索】按钮即可搜索到需要的帮助内容。用户也可以直接在【浏览Word帮助】栏中选择需要查看的帮助项目。

图5.3　【Word帮助】窗口

5.1.2 典型案例——在Word 2007中查找"打印文件"的帮助信息

案例目标

使用Office中的帮助功能，用户可自主地获取需要的信息，本案例将使用Word 2007的帮助功能查找关于"打印文件"的帮助内容。

操作思路：

步骤01 启动Word 2007。
步骤02 打开【Word帮助】窗口。
步骤03 获取关于"打印文件"的帮助信息。

操作步骤

步骤01 执行【开始】→【所有程序】→【Microsoft Office】→【Microsoft Office Word 2007】命令，启动Word 2007程序。

步骤02 在Word 2007窗口的选项卡右侧单击【Microsoft Office Word帮助】按钮，打开【Word帮助】窗口。

步骤03 在【Word帮助】窗口的【搜索】文本框中输入"打印文件"文本。

步骤04 单击【搜索】按钮，显示搜索结果，如图5.4所示。

步骤05 在【打印文件】超链接上单击鼠标左键，查看帮助信息，如图5.5所示。

图5.4　显示搜索结果

图5.5　查看帮助信息

> 　用户也可以自最初打开的【Word帮助】窗口中单击【保存和打印】→【打印】→【打印文件】超链接，找到需要查看的帮助内容。

案例小结

本案例介绍了使用Word 2007的帮助功能搜索关于"打印文件"的帮助信息，在Office的其他组件中，查找帮助信息的方法完全相同。读者在使用Office 2007各组件的过程中，若遇到不清楚的问题，都可以通过该方法获取帮助。

5.2 文档的基本操作和文本的编辑

Word 2007是目前最流行的文字处理软件之一。Word 2007在文字处理方面拥有强大的优势，使用它可以方便地将文字输入到计算机中进行排版和打印，制作出漂亮、精美的简历、报告和文档等。

5.2.1 知识讲解

要在Word 2007的文档窗口中输入并编辑文本，需要先创建一个新文档，这是使用Word 2007必须掌握的内容。本节将介绍Word 2007文档和文本的基本编辑操作。

1. Word 2007的工作界面

启动Word 2007，即可进入Word 2007的工作界面，在这里就可以进行文字的输入和编辑操作了。如图5.6所示为Word 2007的工作界面，它主要包括【Office】按钮、快速访问工具栏、标题栏、功能选项卡、功能区、编辑区、状态栏和视图栏等几部分。

工作界面中每一部分都有特殊的功能，是编辑文字不可缺少的，下面分别介绍各部分的作用。

 【Office】按钮

图5.6 Word 2007的工作界面

该按钮位于整个Word 2007工作界面的左上角。单击该按钮可弹出一个菜单，如图5.7所示。该菜单集合了Word中与文档相关的常用命令，用户可以在该菜单的左侧选择【新建】、【打开】、【保存】和【打印】等命令进行操作，也可以在右侧选择最近使用过的文档，快速将其打开并进行相关操作。

> **技巧** 在【Office】菜单中还有一个【Word选项】按钮，单击此按钮会打开如图5.8所示的【Word选项】对话框，在该对话框中可对Word 2007进行高级设置。

图5.7 【Office】菜单

图5.8 【Word选项】对话框

快速访问工具栏

快速访问工具栏位于【Office】按钮的右侧，其中显示了常用的工具按钮，默认只有三个按钮，分别是【保存】按钮、【撤销键入】按钮和【重复键入】按钮，单击这些按钮可以执行相应的操作。

> **注意** 其中，【撤销键入】按钮和【重复键入】按钮在不同的操作下，名称也会不同。

单击快速访问工具栏右侧的 按钮，在弹出的下拉菜单中选择某个命令，使该命令项前面出现√标记，可以将其添加到快速访问工具栏中，如图5.9所示。

在弹出的下拉菜单中选择【在功能区下方显示】命令，可以改变快速访问工具栏的位置，如图5.10所示。

图5.9　添加命令按钮

新的位置

图5.10　快速访问工具栏显示在功能区下方

📁 标题栏

标题栏位于快速访问工具栏右侧，用于显示当前编辑的文档名和程序名，并提供对窗口进行最大化、最小化、还原及关闭的操作，如图5.11所示。

图5.11　标题栏

📁 功能选项卡和功能区

Office 2007较早期版本的一个最大的变化就是使用功能区替代了早期版本的菜单和工具栏。功能区又由选项卡和选项组组成，它们有着对应关系，如图5.12所示。

图5.12　功能区

功能区默认显示了8个选项卡，单击某个选项卡即可显示其下包括的所有组，每个组的下方显示了当前组的组名，其中又包括了与该组名相同的常用命令按钮或列表框。如果组的右下角有 按钮，单击它可以打开相关的对话框或任务窗格。

📁 编辑区

Word 2007工作界面中的空白区域即为文档编辑区，它是输入和编辑文本的区域，用户对文本进行的各种操作，结果都显示在这里，如图5.14所示。

图5.13　激活的选项卡　　　　　　　图5.14　编辑区

文档编辑区四周围绕着水平标尺、垂直标尺、垂直滚动条及水平滚动条等。标尺用来在排版文档时，设置缩进距离。拖动滚动条可将文档编辑区中没有显示出来的文本内容显示出来。文档编辑区中左上角还有一个跳动的光标，表示该处为文本插入点。

Office 2007各组件中编辑的文件不同，编辑区中显示的内容也不相同。当用户启动Word 2007后，一般会自动新建一个空白文档。

📁 状态栏和视图栏

状态栏位于窗口底部，状态栏中显示了当前文档的页数/总页数、字数，以及输入语言及输入状态等信息，如图5.15所示。

| 页面: 8/12 | 字数: 6,880 | 🌐 | 中文(中国) | 插入 | | 🔲🔳🔲🔲🔲 | 100% ⊖ ▽ ⊕ |

图5.15　状态栏和视图栏

在状态栏的右侧是视图栏，它包括视图按钮组🔲🔳🔲🔲🔲、当前显示比例和调节页面显示比例的控制滑块。单击不同的视图按钮可以切换视图显示方式，拖动100% ⊖ ▽ ⊕中的滑块可以调整编辑区中文档的显示比例。

2. 创建新文档

要使用Word 2007进行文本编辑工作，首先需要新建文档。启动Word后，会自动新建一篇名为"文档1"的空白文档，Word支持多窗口操作方式，因此在编辑过程中可以新建多篇空白文档。

新建的文档也可以是根据Word中的模板新建的带有格式和内容的文档。另外，还可以是根据已有的文档新建的一个与之类似的文档，下面分别进行介绍。

1）新建空白文档

启动Word 2007后，系统自动新建一篇空白文档并命名为"文档1"，以后如需再对

Word文档进行编辑，可再次新建，无需重新启动Word 2007，新建的文档依次命名为"文档2"、"文档3"……，具体操作步骤如下：

步骤01 启动Word 2007，单击【Office】按钮。

步骤02 在弹出的菜单中选择【新建】命令，打开【新建文档】对话框，如图5.16所示。

步骤03 在对话框左侧的【模板】栏中选择【空白文档和最近使用的文档】选项。

步骤04 在对话框中间的【空白文档和最近使用的文档】栏中选择【空白文档】选项。

图5.16 【新建文档】对话框

步骤05 单击【创建】按钮即可创建一个空白文档。

 在快速访问工具栏上添加【新建】按钮后，也可以直接单击该按钮快速创建空白文档。另外，按下【Ctrl+N】组合键，也可快速创建一个新的空白文档。

2）根据模板新建文档

根据Word 2007提供的模板，可快速新建具有格式和内容的文档，Word 2007为用户提供了许多已经设置好的文档模板，如信函、报告和公文等。在这些模板的基础上操作，不仅可以提高工作效率，还可以使文档的效果更加专业。

下面我们就以新建一个基于"平衡报告"模板的文档为例，介绍在Word 2007中使用模板新建文档的方法，具体操作步骤如下：

步骤01 启动Word 2007，单击【Office】按钮。

步骤02 在弹出的菜单中选择【新建】命令，打开【新建文档】对话框。

步骤03 在该对话框的【模板】栏中选择【已安装的模板】选项，在中间的栏中会显示出所有已安装的模板，如图5.17所示。

步骤04 这里我们选择【平衡报告】模板选项，在对话框右侧的区域可以预览模板，如图5.18所示。

步骤05 在对话框右侧模板预览窗格下方的【新建】栏中选中【文档】单选按钮。

步骤06 单击【创建】按钮，在文档编辑区中可以看到基于所选模板新建的报告，如图5.19所示。

 在新建的报告中已经设置好了部分格式，用户在其中的相应位置输入具体的内容即可。

 如果当前计算机已连接到了Internet中，选择【新建文档】对话框【Microsoft Office Online】栏中的【其他类别】选项，可连接到Office网站中，用户可以选择更多相应类型的模板，如图5.20所示。

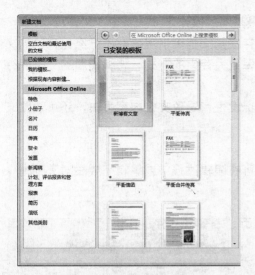

图5.17　选择【已安装的模板】选项

图5.18　选择【平衡报告】模板选项

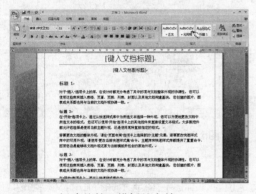

图5.19　新建的基于模板的文档

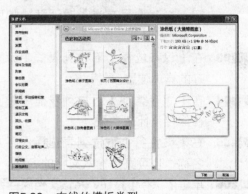

图5.20　在线的模板类型

3）根据已有的文档新建文档

在Word 2007中，用户还可以以已经创建好的文档为模板来创建新的文档，具体操作如下：

步骤01　启动Word 2007，单击【Office】按钮。

步骤02　在弹出的菜单中选择【新建】命令，打开【新建文档】对话框。

步骤03　在该对话框的【模板】栏中选择【根据现有内容新建】选项，打开【根据现有文档新建】对话框。

步骤04　在该对话框中找到并选中要使用的Word文档。

步骤05　单击【新建】按钮便可新建基于该文档的Word文档。

 根据现有文档新建文档实际上是将选中的现有文档当成文档模板，新建的文档中将包含模板文档中的所有内容和格式。

3. 保存文档

在Word中新建的文档被临时存储在计算机内存中，文档若未保存，在用户退出Word或者计算机关闭之后就会丢失。为了永久性地保存文档以便日后使用，要将编辑过的文档存储在磁盘中，因此保存操作也是文档编辑最基本的操作之一。

保存文档又可分为保存新建文档、保存已存在的文档等情况。对于已经保存过的文档，经过再次编辑后，可以直接保存，也可以采用另存为的方式，将编辑后的文档保存为另一个文档。

另外，为了防止突然断电或死机等意外情况发生，导致文档内容丢失，还可设置文档在一段时间后自动进行保存。

1）保存新建文档

新建文档后，可以马上对其进行保存，也可在编辑过程中或编辑完成后对其进行保存，具体操作如下：

步骤01 在要保存的文档窗口中，单击【Office】按钮。

步骤02 从弹出的菜单中选择【保存】命令，或者单击快速访问工具栏上的【保存】按钮，打开【另存为】对话框，如图5.21所示。

步骤03 在【保存位置】下拉列表框中设置要保存的具体位置。

步骤04 在【保存类型】下拉列表框中设置将文档保存为什么类型。

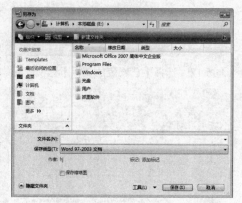

图5.21 【另存为】对话框

步骤05 在【文件名】下拉列表选择保存文档的名称，也可直接输入文档的名称。

步骤06 单击【保存】按钮，将该文档保存到指定位置，标题栏将显示保存后的文档名称。

 用户如果对保存过的文档或打开的文档进行了编辑修改，下次再执行【Office】→【保存】命令，或单击快速访问工具栏中的【保存】按钮 时，将不再打开【另存为】对话框，而直接按原位置、原文件名和原文档类型进行保存，并将原文档内容覆盖。

2）保存已存在的文档

对保存过的文档进行修改后，如果要将文档修改前后的内容均保存下来，可以使用【另存为】方法进行保存。另存文档的方法与保存文档的方法基本相同，只需执行【Office】→【另存为】命令或按【F12】键，然后在打开的【另存为】对话框中选择新的文档保存路径并重新命名，单击【保存】按钮即可。

3）自动保存文档

在利用Word 2007编辑文档的过程中，有时会遇到停电或计算机死机等意外情况，此时有可能会造成对文档编辑内容的丢失。如果设置了Word的自动保存功能，即使遇到上述情况，在重新启动计算机打开Word文档时，也可自动恢复保存的内容，从而减少数据的丢失。

设置自动保存文档的具体操作如下：

步骤01 打开【Word选项】对话框。

步骤02 在对话框左侧选择【保存】选项卡，如图5.22所示。

步骤03 在对话框右侧的【保存文档】栏中选中【保存自动恢复信息时间间隔】复选框。

步骤04 在复选框右侧的数值框中输入自动保存的时间间隔，这里输入"5"，如图5.23所示。

图5.22　选择【保存】选项卡

图5.23　输入时间间隔

步骤05 在【保存文档】栏中单击【浏览】按钮，在打开的对话框中分别设置自动恢复文件位置和默认文件位置。

步骤06 单击【确定】按钮，完成设置。

 自动保存文档的时间间隔也不宜设得过短，因为频繁地保存文档，会占用大量的系统资源，从而降低Word 2007的工作效率，一般设置为5～10分钟。

4. 打开文档

将文档保存到磁盘中后，如需再次编辑或查看，必须先执行打开操作，方法如下：

步骤01 启动Word 2007，单击【Office】按钮，打开【Office】菜单。

步骤02 选择【打开】命令（或按【Ctrl+O】组合键），打开【打开】对话框。

步骤03 在【查找范围】下拉列表中选择需打开文件的存放路径。

步骤04 在【文件类型】下拉列表中选择打开文档的类型，这样对话框中将只显示此类文件，以便于用户快速查找文档，这里选择【所有Word文档】选项。

步骤05 在中间的列表框中选择要打开的文档，如图5.24所示。

步骤06 单击【打开】按钮，打开该文档。

 若单击【打开】按钮右侧的下拉按钮，将弹出下拉菜单，在其中可选择打开文档的方式，如希望以只读方式打开文档，则选择【以只读方式打开】命令，如图5.25所示。

 启动Word 2007后，单击快速访问工具栏中的【打开】按钮也可打开【打开】对话框。

 双击计算机磁盘中保存的Word 2007文档，也可在启动Word 2007的同时打开该文档。如果要打开最近打开过的文档，可直接在【Office】菜单中右侧的【最近使用的文档】列表（列出了最近打开过的文档）中直接选择某个文档，打开该文档。

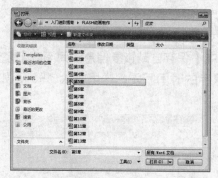

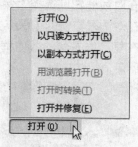

图5.24　选择要打开的文档　　　　　　　　图5.25　选择打开方式

5. 关闭文档

关闭文档的操作比较简单，可采用退出Word 2007的方法来关闭文档。除此之外，还可以通过执行【Office】→【关闭】命令或按【Alt+F4】组合键来关闭当前文档。

 如果用户没有对修改后的文档进行保存，关闭该文档时，程序会打开提示对话框询问用户是否进行保存，用户根据需要单击【是】或者【否】按钮即可。如果用户单击【是】按钮，后面的操作与保存文档相同。

6. 输入文本

输入文本就是编辑文档，在Word中输入文本的方法很简单，只需要在文档编辑区中单击，出现闪烁的光标后，在该位置输入文本即可。

除了普通的文字外，在Word中输入的文本内容还包括生僻汉字、特殊符号及日期时间等，它们的输入方法不尽相同，下面将逐一介绍。

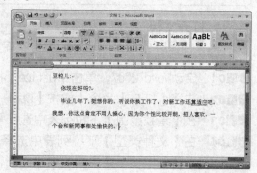

1）输入普通文本

从文本插入点处输入文本后，插入点将自动向后移。当需要分段时按【Enter】键，光标将从当前位置跳到下一行行首，上一段的段末会显示回车符 ↵，接着继续输入文本，一行

图5.26　输入普通文本

输入满后将自动跳至下一行进行，如图5.26所示。

 默认情况下，输入状态是"插入"状态，此时的状态栏中显示标识 插入 ，按下【Insert】键后会变为"改写"状态，此时的状态栏中标识为 改写 ，单击这里的"插入"或"改写"标识也可在"改写"和"插入"状态间进行切换。

2）输入符号

因为工作需要，有时需要在Word文档中输入一些特殊的符号，这时可采用Word 2007的插入功能，具体操作如下：

步骤01 定位好文本插入点，执行【插入】→【符号】→【其他符号】命令，打开【符号】对话框。

步骤02 在【符号】对话框中的【符号】选项卡的【子集】下拉列表中选择一种符号类型，如选择【几何图形符】选项，下面的列表框中就会显示出相应的子集符号，如图5.27所示。

步骤03 单击【插入】按钮将其插入到文档中。

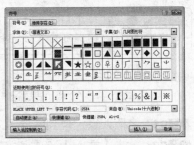

图5.27　选择需要的特殊字符

 用户在【子集】下拉列表中选择不同的选项，列表框中就会列出不同类型的符号，用户可在其中按需要进行选择。

 用户还可以在【符号】对话框中单击【特殊字符】选项卡，向文档中输入一些特殊的字符。另外，在【插入】选项卡的【特殊字符】组，执行【符号】→【更多】命令，也可以打开【插入特殊符号】对话框，用户可以从中选择，插入更多的特殊符号。

　　在【符号】对话框中选择某个符号后，单击【快捷键】按钮，会打开【自定义键盘】对话框，将鼠标光标定位到【请按新快捷键】文本框中，按需要设置的快捷键（如按【Ctrl+D】组合键），再单击【指定】按钮。这样，以后每次按【Ctrl+D】组合键，就可以在文档中直接插入该符号。

　　3）输入日期时间

　　在Word 2007中，可以非常方便地插入当前日期与时间，具体操作如下：

步骤01 将文本插入点定位到需要插入日期的位置。

步骤02 选择【插入】选项卡，在【文本】组中单击【日期和时间】按钮，如图5.28所示，打开【日期和时间】对话框。

图5.28　单击【日期和时间】按钮

步骤03 在【日期和时间】对话框的【可用格式】列表框中选择日期和时间的格式。

步骤04 在【语言（国家/地区）】下拉列表中选择日期和时间的语言类型，如图5.29所示。

步骤05 单击【确定】按钮即可输入日期和时间，如图5.30所示。

图5.29　在【日期和时间】对话框中进行选择

图5.30　输入日期和时间

7. 输入公式

在文档中输入公式的具体操作如下：

步骤01 将插入点定位到需要插入公式的位置。

步骤02 单击【插入】选项卡。

步骤03 在【符号】组中单击【公式】按钮，此时激活公式工具【设计】选项卡，其中列出了所有与公式相关的命令按钮，如图5.31所示。

图5.31 激活公式工具【设计】选项卡

步骤04 在【设计】选项卡的【结构】组中选择需要的公式结构，这里单击【上下标】下拉按钮，在弹出的下拉菜单中选择一种上下标形式，如图5.32所示。

步骤05 输入数值，如图5.33所示。

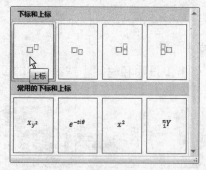

图5.32 选择上下标形式

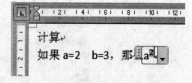

图5.33 输入数值

步骤06 在文档中单击任意空白位置完成公式的输入，【设计】选项卡被隐藏，最终的公式如图5.34所示。

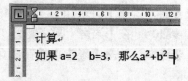

图5.34 公式输入完成

8. 选择文本

输入文本后，文本可能还存在错误，这时就需要再次对其进行编辑。另外，有时候还可能需要对输入的文本进行复制、字体设置和段落格式设置等编辑操作，要进行这些操作，都需要先选择文本。

选择文本的方法有以下几种：

- 将鼠标指针移到文档中，当鼠标指针变成I形状时，在要选中文本的起始位置按住鼠标拖动至终止位置，则起始位置和终止位置之间的文本被选中。

- 将文本插入点定位在需要选中文本的起始位置，然后在按住【Shift】键的同时单击终止位置，也可选中起始位置和终止位置之间的文本。

➡️ 将文本插入点定位在需要选中文本的起始位置，然后在按住【Shift】键的同时按方向键至需要的位置，也可选中相应的文本。

➡️ 在文本中某处双击鼠标，可选中光标所在位置的单字或词组。

➡️ 在文本任意位置快速地单击三次鼠标可选中光标所在位置的整个段落。

➡️ 按住【Ctrl】键的同时单击某句文本的任意位置可选中该句文本，如图5.35所示。

➡️ 按住【Alt】键的同时拖动鼠标可选中一块矩形文本，如图5.36所示。

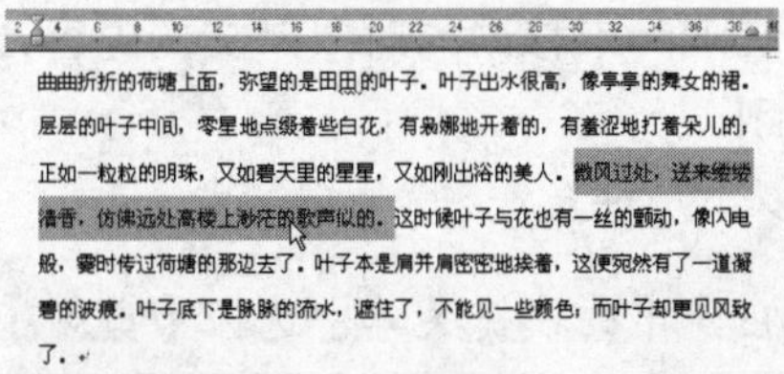

图5.35　选中整句文本 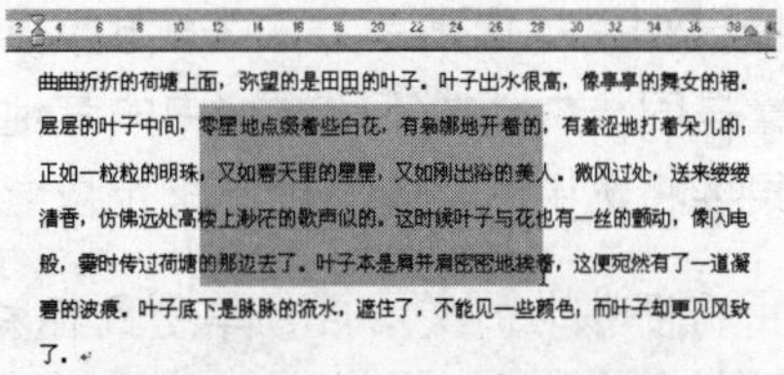　　　　　　　　图5.36　选中一块矩形文本

➡️ 将鼠标指针移至某行的左侧，当指针变成箭头形状📐时，单击鼠标可以选中该行。

➡️ 将鼠标指针移至段落的左侧，当指针变成箭头形状📐时，双击鼠标可以选中该段。

➡️ 将鼠标指针移动到文档正文的左侧，当指针变成箭头形状📐时，三击鼠标可选中整篇文档。

➡️ 将鼠标指针移至某行的左侧，当指针变成箭头形状📐时，向上或向下拖动鼠标可选中多行。

➡️ 将鼠标光标定位于文档中的任意位置，按【Ctrl+A】组合键可选中整篇文档。

➡️ 先选中一个文本区域，然后在按住【Ctrl】键的同时，使用鼠标在其他文本处拖动选中其他的文本，这些文本区域可以是连续的，也可以是不连续的，如图5.37所示。

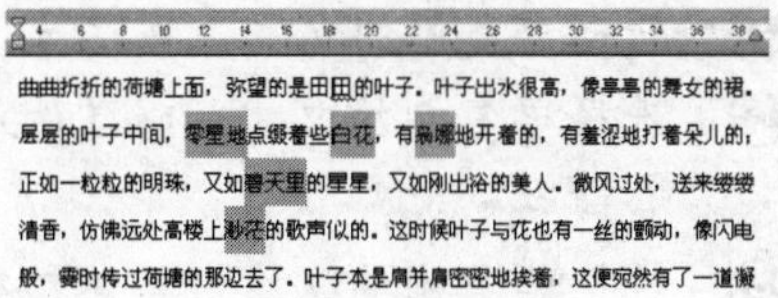

图5.37　选中不连续的文本

 在实际操作中，可配合使用以上各种选中文本的方法，以加快选中文本的速度。要取消文本的选择，单击文档任意位置即可。

9. 修改与删除文本

若在文档中输入了错误文字或多余的内容，则需要对文本进行适当的修改或删除操作。选择文本后，即可对这部分文本进行修改或删除了。要修改该文本，则在选中文本的基础上直接输入替换成的文本即可。删除文本的方法有以下几种：

➡️ 按【Delete】键可删除文本插入点右侧的字符。

➡️ 按【Backspace】键可删除文本插入点左侧的字符。

➡️ 按【Backspace】键或【Delete】键可删除选中的文本。

➡️ 按【Ctrl+Backspace】组合键或【Ctrl+Delete】组合键，可删除文本插入点附近的一个单词。

10. 移动与复制文本

在进行文本编辑时，如果需要将某些内容从一个位置移到另一个位置，或从一个文档移动到另一个文档，可以使用移动操作；如果要输入文档中已有的内容，还可以使用复制的方法来提高工作效率。移动文本和复制文本是在编辑文档时经常使用的编辑操作，下面我们分别进行介绍。

1）移动文本

在Word中移动文本的方法与移动文件和文件夹的方法相似，即可以通过右键快捷菜单、快捷键和鼠标拖动等方法来实现，只不过在Word中移动的对象是文本内容，移动的目标位置是同一文档或不同文档中的其他位置而已。

如果要将选中的文本移动到指定位置，有以下几种方法：

➡ 选中需要移动的文本后，单击鼠标右键，在弹出的快捷菜单中选择【剪切】命令，然后将文本插入点定位到目标位置，再次单击鼠标右键，选择【粘贴】命令。

➡ 选择要移动的文本后，单击【开始】选项卡【剪贴板】组中的【剪切】按钮 ✂，然后将文本插入点定位到目标位置，再单击【剪贴板】组中的【粘贴】按钮 。

➡ 选择需要移动的文本后，按住鼠标左键不放拖动文本到目标位置。

➡ 选择需要移动的文本后，按【Ctrl+X】组合键剪切，在目标位置按【Ctrl+V】组合键粘贴。

2）复制文本

复制文本的方法有以下几种：

➡ 选择要复制的文本，按住【Ctrl】键不放拖动文本到复制的目标位置。

➡ 选择要复制的文本，按【Ctrl+C】组合键复制文本，再在目标位置按【Ctrl+V】组合键粘贴。

➡ 选择要复制的文本，从右键快捷菜单中选择【复制】命令，然后将插入点定位到目标位置，从右键快捷菜单中选择【粘贴】命令。

➡ 选择要复制的文本，在【开始】选项卡的【剪贴板】组中单击【复制】按钮 复制，再在目标位置单击【粘贴】按钮 。

· 11. 查找与替换文本

Word为用户提供了一个查找/替换功能，通过它可查找文档中存在的一个字、一句话、一段内容甚至是一些符号，并可以根据需要来替换某些内容。【查找】和【替换】命令按钮在【开始】选项卡的【编辑】组中，如图5.38所示。

图5.38 【编辑】组中的【查找】和【替换】按钮

查找和替换文本的操作步骤如下：

步骤01 打开需要替换文本的文档，单击【开始】选项卡。

零起点 计算机办公应用培训教程（第3版）

步骤02 单击【编辑】组中的【查找】按钮，打开【查找和替换】对话框，如图5.39所示。

步骤03 单击【替换】选项卡。

步骤04 在【查找内容】下拉列表框中输入要查找的文本"土豆"。

步骤05 在【替换为】下拉列表框中输入替换后的文本"马铃薯"。

步骤06 单击【查找下一处】按钮，开始在文档中查找，当找到第一处"土豆"时，会暂时停止查找，并以蓝色底纹方式显示查找到的文字，如图5.40所示。

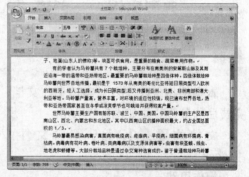

图5.39 【查找和替换】对话框 图5.40 查找第一处"土豆"

步骤07 单击【替换】按钮，可以对该处文本进行替换。

步骤08 继续单击【查找下一处】按钮，继续查找文档中该文本的位置。

步骤09 单击【全部替换】按钮，可以将文档中的所有的"土豆"文本替换为"马铃薯"。

步骤10 完成后会弹出提示对话框，提示共完成了几处替换，如图5.41所示。

步骤11 单击【确定】按钮，返回【查找和替换】对话框。

步骤12 单击【关闭】按钮关闭对话框。

步骤13 返回文档中，即可发现所有相关的文本都已被替换了，如图5.42所示。

图5.41 完成所有替换后的提示对话框 图5.42 完成所有替换的文档

 如果对查找内容的格式有更多的要求，比如说要区分大小写，或要设定搜索范围等，可单击【更多】按钮，打开如图5.43所示的扩展对话框，在其中进行选择和设置。例如，单击【格式】下拉按钮，弹出下拉菜单，如图5.44所示，选择【字体】命令，打开【查找字体】对话框，如图5.45所示，在该对话框中设置要查找的字体格式，最后单击【确定】按钮即可。

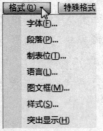

图5.43　打开扩展对话框　　　图5.44　【格式】下拉菜单　图5.45　【查找字体】对话框

在【查找和替换】对话框中，若切换到【定位】
选项卡，如图5.46所示，在其中进行选择，可以将光
标定位到特定页、行号、脚注、批注或其他对象上。

12. 撤销与恢复操作

如果在整理Word文档时进行了错误的操作，可以
对其进行撤销返回到前一步或前几步时的状态，单击 按钮，可返回上一步的操作；单
击 按钮，可以恢复到单击 按钮前的状态。单击这两个按钮右侧的下拉按钮，可在弹
出的下拉菜单中选择要撤销或恢复到的某一步操作。

图5.46　【定位】选项卡

> 按【Ctrl+Z】组合键，可撤销最近一步操作，连续按【Ctrl+Z】组合键可
> 撤销多步操作；按【Ctrl+Y】组合键，可恢复最近一步撤销操作，连续按
> 【Ctrl+Y】组合键可恢复多步撤销操作。

5.2.2　典型案例——创建"入党申请书"文档

 案例目标

本案例将创建"入党申请书"文档，主要让读者掌握文档的基本操作与编辑方法。
完成后的最终效果如图5.47所示。

文件位置：【\第5课\源文件\入党申请
书.docx】

操作思路：

步骤01　新建文档，并以名称"入党申请书"保存
　　　　　在指定位置。

步骤02　在文档中输入文本。

步骤03　编辑文档中的内容。

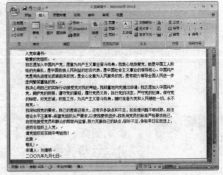

图5.47　"入党申请书"文档最终效果

操作步骤

1. 新建"入党申请书"文档并进行保存

步骤01　执行【开始】→【所有程序】→【Microsoft Office】→【Microsoft Office Word

2007】命令，启动Word 2007，系统会自动新建了一个名为“文档1”的文档。

步骤02 执行【Office】→【保存】命令，打开【另存为】对话框，在【保存位置】下拉列表中选择文档的保存位置，在【文件名】下拉列表框中输入文件名“入党申请书”。

步骤03 单击【保存】按钮完成保存操作。

2. 编辑“入党申请书”文档中的文本

步骤01 切换到相应输入法后，在第一行中输入标题“入党申请书”，按【Enter】键换行。

步骤02 在第二行中输入称呼，这里输入“敬爱的党组织:”文本，然后按【Enter】键换行。

步骤03 从第三行开始输入申请书的正文，在输入正文第二行中的“中国共产党”时，可选中正文第一行同样的文本内容，然后按住【Ctrl】键的同时将其拖动到指定位置进行复制，如图5.48所示。

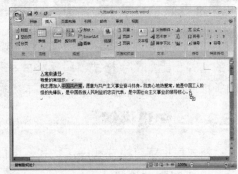

步骤04 释放鼠标即可在指定位置处复制选中的文本，然后输入后续内容，在输入“共产主义”文本时可采用同样的方法输入。

图5.48　复制重复的文本

步骤05 当要输入日期时，执行【插入】→【日期与时间】命令，打开【日期和时间】对话框，在【语言（国家/地区）】下拉列表中选择【中文（中国）】选项，在【可用格式】列表框中选择【二〇〇九年九月七日】日期样式选项。

步骤06 单击【确定】按钮在文档中插入所选样式的日期。

步骤07 输入完成后，发现将文本“衷”输入成了“哀”，因此先选中“哀”字，如图5.49所示，直接输入“衷”字进行修改。

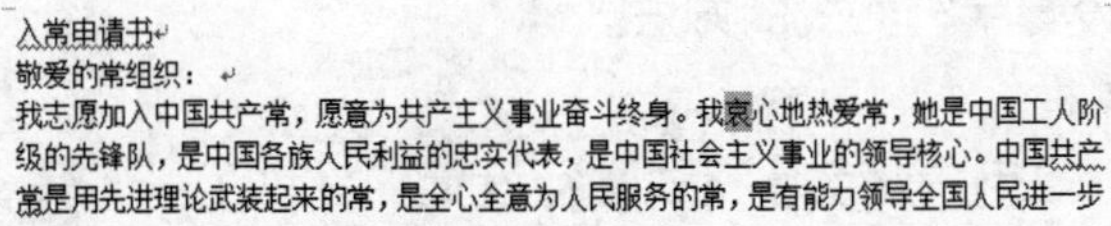

入常申请书
敬爱的常组织：
我志愿加入中国共产常，愿意为共产主义事业奋斗终身。我哀心地热爱常，她是中国工人阶
级的先锋队，是中国各族人民利益的忠实代表，是中国社会主义事业的领导核心。中国共产
常是用先进理论武装起来的常，是全心全意为人民服务的常，是有能力领导全国人民进一步

图5.49　选中错字

步骤08 又发现文档中的所有“党”都输入成了“常”，且有多处（见图5.49），这里使用查找替换的方法进行修改。

步骤09 打开【查找与替换】对话框。

步骤10 单击【替换】选项卡，在【查找内容】下拉列表框中输入“常”文本，在【替换为】下拉列表框中输入“党”文本，如图5.50所示。

查找和替换
查找(D)
替换(P)
定位(G)
查找内容(N): 常
选项: 区分全/半角
替换为(I): 党
更多(M) >>
替换(R)
全部替换(A)
查找下一处(F)
取消

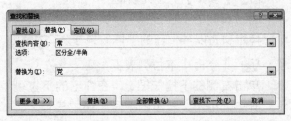

图5.50　查找与替换错别字

步骤11 单击【全部替换】按钮，完成替换操作。

步骤12 单击快速访问工具栏上的【保存】按钮，将完成后的文档保存。

步骤13 单击标题栏右侧的【关闭】按钮，退出"入党申请书"文档。

案例小结

本案例介绍了文档的创建与保存，以及文本的输入和编辑等基本操作。在编辑文本的过程中，读者可使用前面讲到的各种方法输入或修改文本。另外，在编辑的过程中，要记得经常保存文本，以防止因意外而造成损失。

5.3 设置字符与段落格式

在Word中输入文本后，为了使文档符合阅读习惯、美观和突出重点，用户可以设置它的格式，比如文字格式、段落格式和页面整体格式等。另外，用户还可以在文档中添加各种形象化的图形和表格，使文本数据更加直观、更易于理解。

5.3.1 知识讲解

格式包括字符格式和段落格式，下面分别进行讲解。

1. 设置字符格式

字符的格式设置包括对字符的字体、字号、颜色、字形和间隔等的设置。

字体、字号和颜色格式是文本格式中最常用的三种格式，其中，字体指文本的显示样式，如楷体、隶书等；字号指文本的大小；颜色就是文本显示的不同的颜色了。默认使用的文本格式为"宋体"、"五号"、"黑色"。对于文档中的标题、重点文本，以及海报等宣传性文档都应在输入文本后设置字体、字号和颜色。

字符格式设置可以通过浮动工具栏、【字体】组和【字体】对话框三种方式进行，下面具体介绍这三种设置字符格式的方法。

1）使用浮动工具栏

Word 2007为了方便用户对字体格式进行设置，提供了一个浮动工具栏，如图5.51所示。

当用户选择需设置的文本后，向右上方移动鼠标将自动浮现出该工具栏。其中，用于设置字体、字号和颜色的选项如下。

图5.51 浮动工具栏

【字体】下拉列表框 宋体

单击右侧的下拉按钮，在弹出的下拉列表中列出了系统支持的所有字体，而且每个字体选项将以其相应的字体效果显示，如图5.52所示。

【字号】下拉列表框 五号

单击右侧的下拉按钮，在弹出的下拉列表中列出了所有的字号选项，如图5.53所示。其中，用中文表示的字号（如"三号"、"小三"等），数字越大，文字越小，最大是"初号"，最小是"八号"；用数字表示的字号（如"8"、"10"等），数字越大，文字越大，最小是"5"。

📁 【颜色】按钮 ▲▾

单击【颜色】按钮右侧的下拉按钮 ▾，在弹出的下拉菜单中给出了多种颜色色块，如图5.54所示，单击所需的色块即可将文本更改为相应的颜色，选择【其他颜色】命令，可在打开的对话框中选择其他颜色。

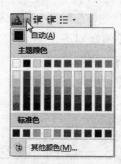

图5.52　【字体】下拉列表　　图5.53　【字号】下拉列表　　图5.54　【颜色】下拉菜单

2）使用【字体】组

在【开始】选项卡的【字体】组中也可设置字体、字号和颜色，如图5.55所示。它的使用方法与浮动工具栏相同，选中需设置的文本后，在【字体】下拉列表中选择所需的字体效果，在【字号】下拉列表中选择相应的字号，单击【颜色】按钮右侧的下拉按钮 ▾，在弹出的下拉菜单中设置文本的颜色。

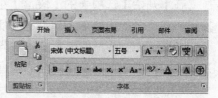

图5.55　【开始】选项卡的【字体】组

3）使用【字体】对话框

使用【字体】对话框也可以设置文本的字体、字号和颜色，具体操作如下：

步骤01　选中需设置格式的文本，单击【开始】选项卡。

步骤02　在【字体】组中单击右下角的对话框启动器按钮 ▣，打开【字体】对话框。

步骤03　在【中文字体】下拉列表中选择文本的字体。

步骤04　在【字号】列表框中选择所需的字号。

步骤05　在【字体颜色】下拉列表中选择文本颜色。

步骤06　单击【确定】按钮。

 　如果要设置格式的文本中除了汉字，还有数字和字母等，则可以在【字体】对话框的【中文字体】和【西文字体】下拉列表中分别选择不一样的字体。一般西文字体设置为 "Times New Roman" 格式。

---

2. 设置段落格式

一篇文档，如果从头到尾都是一种格式，会显得结构不清晰、层次不分明，给阅读的人造成困扰，这时，可以为段落设置格式，段落格式包括对齐、行距和段落间距等。

1）对齐

对齐是指段落在文档中的相对位置，有水平对齐和垂直对齐两个方面。

📁 **水平对齐**

在【开始】选项卡的【段落】组中，单击对应的命令按钮，可以设置段落的水平对齐方式，如图5.56所示。

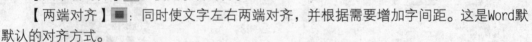

【文本左对齐】▤：使文字左对齐。

图5.56　【段落】组

【居中】▤：使文字居中排列。

【文本右对齐】▤：使文字右对齐。

【两端对齐】▤：同时使文字左右两端对齐，并根据需要增加字间距。这是Word默默认的对齐方式。

【分散对齐】▥：使段落两端同时对齐，并根据需要增加字符间距。

 两端对齐和分散对齐的区别是，设置两端对齐，除了段落的最后一行靠左对齐外，其他段落文本都均匀分布在左右边界之间；分散对齐会使包括最后一行在内的每一行文本都均匀分布在左右边界之间。

📁 **垂直对齐**

在【开始】选项卡的【段落】组中，单击对话框启动器按钮，在打开的【段落】对话框中切换到【中文版式】选项卡，如图5.57所示，单击【文本对齐方式】下拉按钮，在打开的下拉列表中可以设置段落的垂直对齐方式。

2）调整行距和段落间距

段间距是指段落之间的距离，包括段前和段后距离，行间距是指段落中行与行之间的距离。

图5.57　【中文版式】选项卡

➔ 将光标放置在需要设置格式的段落中的任何位置，然后在【段落】组中的【行距】下拉菜单中，选择适当的行距命令，如图5.58所示。

➔ 定位光标在需要设置格式的段落中，单击鼠标右键，在弹出的快捷菜单中选择【段落】命令，打开【段落】对话框，切换到【缩进和间距】选项卡，如图5.59所示，在【间距】栏的【段前】或者【段后】数值框中输入数值，改变段落的间距。

 在【行距】下拉菜单中选择【行距选项】命令，也可打开【段落】对话框。

 常用的行距选项有"单倍行距"、"1.5倍行距"和"2倍行距"，不同行距选项的效果如图5.60所示。

3）设置段落缩进

缩进是指相对于左和右的页边距设置文档中的文字的位置。设置段落的缩进可以使段落的层次更分明，Word中的段落缩进包括左缩进、右缩进、首行缩进和悬挂缩进等。设置段落缩进有两种方法，下面分别进行介绍。

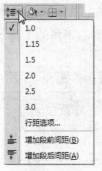

图5.58 选择行距

图5.59 【缩进和间距】选项卡

图5.60 不同行距效果

 使用【段落】对话框

在【段落】对话框中的【缩进和间距】选项卡中的【缩进】栏中可以设置缩进方式和数值，具体操作步骤如下：

步骤01 选择文档中除标题外的所有段落文本。

步骤02 打开【段落】对话框。

步骤03 在【缩进】栏的【左侧】数值框中输入左缩进值，如"2字符"。

步骤04 在【缩进】栏的【右侧】数值框中输入右缩进值，如"2字符"。

> **注意**
> 段落缩进值有"字符"和"厘米"两种单位，2字符的距离为0.75厘米。

步骤05 在【缩进】栏的【特殊格式】下拉列表中选择【首行缩进】选项。

步骤06 在右侧的数值框中输入缩进值，如"2字符"，如图5.61所示。

步骤07 单击【确定】按钮应用设置，此时文档中将显示设置段落缩进后的效果，如图5.62所示。

图5.61 设置缩进数值

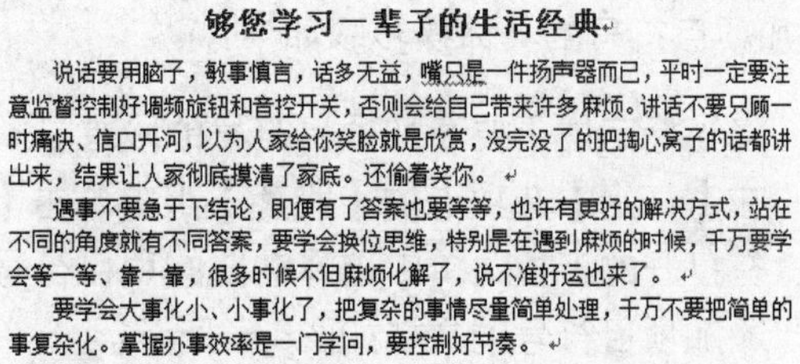

够您学习一辈子的生活经典

说话要用脑子，敬事慎言，话多无益，嘴只是一件扬声器而已，平时一定要注意监督控制好调频旋钮和音控开关，否则会给自己带来许多麻烦。讲话不要只顾一时痛快、信口开河，以为人家给你笑脸就是欣赏，没完没了的把掏心窝子的话都讲出来，结果让人家彻底摸清了家底。还偷着笑你。

遇事不要急于下结论，即便有了答案也要等等，也许有更好的解决方式，站在不同的角度就有不同答案，要学会换位思维，特别是在遇到麻烦的时候，千万要学会等一等、靠一靠，很多时候不但麻烦化解了，说不准好运也来了。

要学会大事化小、小事化了，把复杂的事情尽量简单处理，千万不要把简单的事复杂化。掌握办事效率是一门学问，要控制好节奏。

图5.62 设置缩进后的段落

>
> 在【段落】对话框中的【特殊格式】下拉列表中若选择【悬挂缩进】选项，再设置其值，可设置段落中除首行外的其他行的缩进距离。

📁 使用标尺

在打开的Word窗口中，一般情况下都有标尺，如果没有显示标尺，可以在【视图】选项卡中的【显示/隐藏】组中选中【标尺】复选框，或者单击功能区右下角的【标尺】按钮 📷，显示标尺（再次单击【标尺】按钮可将标尺隐藏）。

在水平标尺上有几个特殊的小滑块，可以用来调整段落的缩进量，如图5.63所示。

图5.63 显示标尺

各个滑块（移动鼠标指针到滑块上，会显示滑块名称）的作用如下：

【右缩进】◢：控制段落相对于右页边距的缩进量。

【左缩进】▭：控制段落相对于左页边距的缩进量。

【悬挂缩进】△：控制所选中段落除第一行以外的其他行相对于左页边距的缩进量。

【首行缩进】▽：控制所选中段落的第一行相对于左页边距的缩进量。

【制表符】▙：制表位的设置标志。

 用户还可以在【页面布局】选项卡的【段落】组中对缩进的方式和段落间距进行设置，如图5.64所示。

图5.64 【页面布局】选项卡

3. 添加项目符号或编号

在Word中，可以自动为文档增加段落编号，或者为每一个段落增加项目符号。添加编号是指在每个段落前添加有一定顺序的数字或字母，使各段的层次效果更明显；项目符号是指为每个必要的段落添加的标记。

添加项目符号的具体操作步骤如下：

步骤01 将光标定位于要添加项目符号的段首。

步骤02 在【开始】选项卡的【段落】组中单击【项目符号】下拉按钮，如图5.65所示，在打开的下拉菜单中选择需要的项目符号。

步骤03 添加项目符号的文档如图5.66所示。

 若在【项目符号】下拉菜单中选择【定义新项目符号】命令，可以打开【定义新项目符号】对话框，如图5.67所示，单击其中的【符号】按钮和【图片】按钮，可以在新打开的对话框中定义项目符号。

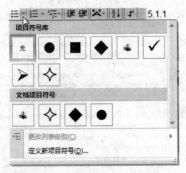
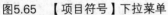

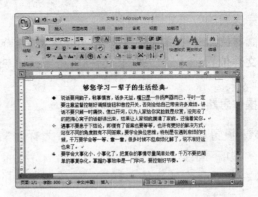

图5.65　【项目符号】下拉菜单　　　图5.66　添加项目符号的文档

　　添加编号的操作与添加项目符号的操作类似，在【开始】选项卡的【段落】组中打开【编号】下拉菜单，如图5.68所示，在打开的下拉菜单中选择编号样式，若选择【定义新编号格式】命令，打开【定义新编号格式】对话框，如图5.69所示，根据需要在对话框中进行设置。

图5.67　【定义新项目符号】对话框　图5.68　【编号】下拉菜单　图5.69　【定义新编号格式】对话框

　　添加编号的文档效果如图5.70所示。

4. 复制格式

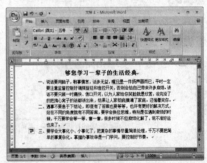

　　如果文档中有多处需要设置为相同格式的文字或段落，可使用【格式刷】按钮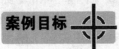来快速复制格式，具体操作如下：

步骤01　选择已设置了格式的文本。

步骤02　在【开始】选项卡的【剪贴板】组中，单击【格式刷】按钮，此时鼠标指针会变为
　　　　　形状。

图5.70　添加编号后的文档效果

步骤03　用该形状的鼠标指针选择要应用该格式的文本或段落即可。

5.3.2　典型案例——设置"入党申请书"文档格式

案例目标

　　本案例将结合前面介绍的格式设置方法，设置前面创建的"入党申请书"文档的格

式，完成后的效果如图5.71所示。

　　素材位置：【\第5课\源文件\入党申请书.docx】

　　文件位置：【\第5课\源文件\入党申请书格式设置.docx】

　　操作思路：

步骤01　设置标题文本的字体、颜色，为标题文本添加下画线。

步骤02　设置正文的字体、行间距，设置落款的对齐方式。

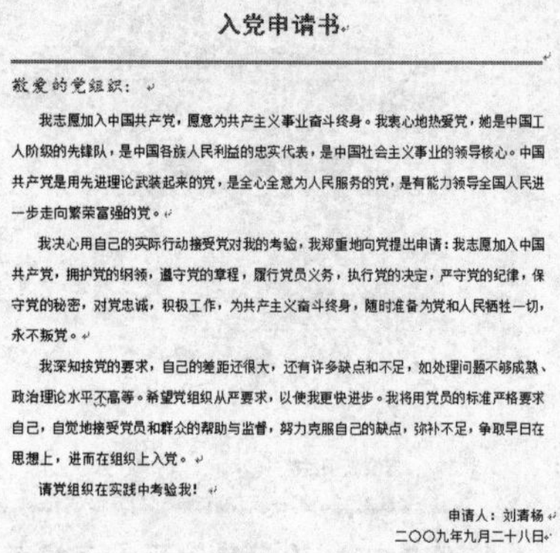

图5.71　文档设置后的最终效果

操作步骤

步骤01　打开"入党申请书"文档，并将其另存为"入党申请书格式设置.docx"文档。

步骤02　选中文档中第一行文本，在【开始】选项卡的【段落】组中单击【居中】按钮，然后在【字体】组中设置文本的字体为【黑体】、字号为【小二】，并设置为加粗显示。

步骤03　在【开始】选项卡的【字体】组中，打开【颜色】下拉菜单，选择红色，完成标题格式的设置，效果如图5.72所示。

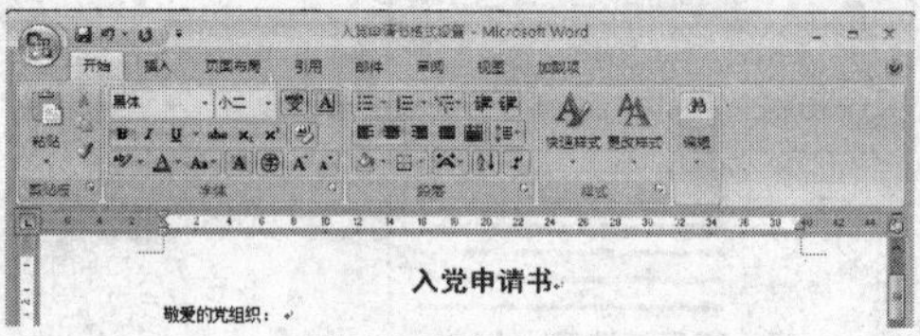

图5.72　设置标题格式

步骤04　在标题文本下面增加一个空行，单击【两端对齐】按钮▇。将文本插入点定位到该空行的行首，连续多次按空格键，输入一行空格。

步骤05　选中该行空格字符，在【开始】选项卡的【字体】组中，单击【下画线】按钮 Ｕ 右侧的下拉按钮，在弹出的下拉菜单中选择【双下画线】命令。

步骤06　单击【颜色】下拉按钮，在弹出的下拉菜单中选择红色，添加两条红色的下画线，如图5.73所示。

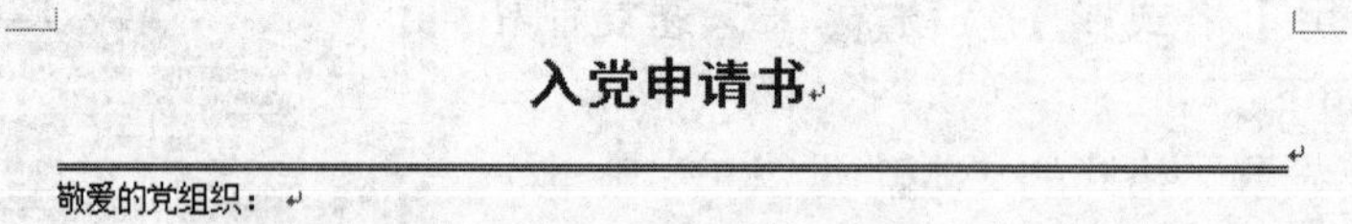

入党申请书

敬爱的党组织：

图5.73　添加下画线

步骤07　选中"敬爱的党组织："文本，用同样的方法将其设置为"四号"、"楷体"。

步骤08　选中文档正文，单击鼠标右键，在弹出的快捷菜单中选择【段落】命令。

步骤09　在打开的对话框中的【行距】下拉列表中选择【1.5倍行距】选项，在【特殊格式】下拉表中选择【首行缩进】选项，并设置缩进量为"2字符"，单击【确定】按钮。

步骤10　选中"入党申请书"文档的落款和日期，单击【开始】选项卡下【段落】组中的【右对齐】按钮，完成文档的设置。

案例小结

　　本案例完成了对文本字体、字号和加粗显示等的设置，并使用【段落】对话框对文本的行距进行了设置。读者在制作文档的过程中，可以使用前面介绍的多种方法对文档的字符和段落格式进行设置，不必局限于一种方法。

5.4 插入对象

　　为了使文档内容更丰富、直观，通常需要在文档中插入各种对象。

5.4.1 知识讲解

　　插入的对象包括文本框、艺术字、图片、自选图形及表格等，通过这些对象，可以直观地表达文档中的内容。
　　下面将具体讲解各种对象的插入方法。

1. 插入文本框

　　利用文本框可以设计出较为特殊的文档版式，因为在文本框中可进行输入文本和插入图片等操作，是文本与图形之间联系的桥梁之一。在文档中插入文本框的具体操作如下：

步骤01　打开要插入文本框的文档。

步骤02　切换到【插入】选项卡，在【文本】组中单击【文本框】下拉按钮，打开如图5.74所示的下拉菜单。

步骤03　选择【绘制文本框】命令（默认绘制的是横排文本框），这时鼠标指针会变成十字形状，移动鼠标到要放置文本框的地方，按住鼠标拖动，如图5.75所示。

步骤04　到合适大小后，松开鼠标，出现文本框形状，如图5.76所示。

说明　插入文本框后，光标会自动定位到文本框中，再添加所需的内容即可。

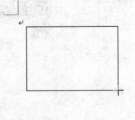
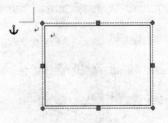

图5.74　【文本框】下拉菜单　　图5.75　绘制文本框　　　图5.76　绘制的文本框

插入竖排文本框与插入横排文本框的方法一样，只是在打开的【文本框】下拉菜单中应选择【绘制竖排文本框】命令。

如图5.77所示分别为横排文本框和竖排文本框的效果。

图5.77　文本框效果图

 在文本框中输入文本后，用户要再改变文本的方向，可将光标定位到文本框中，在文本框工具【格式】选项卡的【文本】组中单击【文字方向】按钮，可改变文本的方向，再次单击该按钮恢复原文本方向。

对已插入的文本框，可以继续进行编辑操作，如改变文本框的大小和形状、添加阴影效果等。编辑文本框有以下一些方法：

➡ 选中文本框，当鼠标指针变为双向箭头时，拖动鼠标改变文本框的大小（其中的文本大小不会改变）；当鼠标指针变为四向箭头时，拖动鼠标移动文本框位置。

➡ 选中整个文本框后，激活文本框工具【格式】选项卡，如图5.78所示。通过该选项卡修改文本框的样式、阴影效果、三维效果、排列方式和大小等。

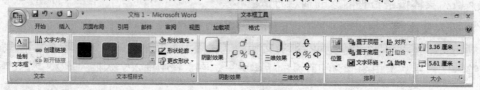

图5.78　文本框工具【格式】选项卡

2. 插入艺术字

艺术字是具有特殊效果的文字，是一种图形对象。Word本身为用户提供了很多艺术字样式，利用这些艺术字样式，可增加文档的艺术效果。

插入艺术字的具体操作如下：

步骤01　将鼠标光标定位到文档中要插入艺术字的位置。

步骤02　在【插入】选项卡的【文本】组中，单击【艺术字】下拉按钮，打开【艺术字】下拉菜单，如图5.79所示。

步骤03　在其中选择一种艺术字样式，打开【编辑艺术字文字】对话框，如图5.80所示。

图5.79　【艺术字】下拉菜单

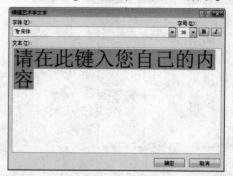

图5.80　【编辑艺术字文字】对话框

步骤04 在【文本】文本框中输入文字，然后单击【确定】按钮，在文档中插入的艺术字如图5.81所示。

 艺术字大小和位置的调整与文本框类似，这里不再赘述。另外，插入艺术字后，会激活艺术字工具【格式】选项卡，在该选项卡中，用户可以根据需要对插入的艺术字的样式、阴影效果、三维效果、排列和大小等进行设置。

3. 插入剪贴画和图片

在Word 2007文档中还可以插入各种样式的图片，如剪贴画或计算机中保存的图片等。

1）插入剪贴画

Word自带了许多实用精美的图片，从人物、动物、花草到建筑、商业，应有尽有，内容非常丰富。在文档中插入剪贴画的具体操作步骤如下：

步骤01 将光标定位在文档中要插入剪贴画的位置。

步骤02 在【插入】选项卡的【插图】组中，单击【剪贴画】按钮，在文档窗口的右侧打开【剪贴画】窗格，如图5.82所示。

步骤03 在【搜索文字】文本框中输入要搜索的种类，如"花朵"。

步骤04 单击旁边的【搜索】按钮，系统弹出提示框，询问是否包含来自Microsoft Office Online的数千张附加剪贴画和照片。

步骤05 单击【是】按钮，窗格中显示出如图5.83所示的搜索结果。

图5.81 插入的艺术字效果

图5.82 【剪贴画】窗格

图5.83 搜索结果

步骤06 单击一幅剪贴画，就将该剪贴画插入到了文档中，如图5.84所示。

步骤07 在【剪贴画】窗格中单击【管理剪辑】超链接，打开【收藏夹 – Microsoft 剪辑管理器】对话框，在【收藏集列表】列表框中展开【Office收藏集】选项，选择剪贴画的类型，这里选择【符号】选项，如图5.85所示。

步骤08 选择需要的剪贴画，在其右侧出现下拉按钮，单击该按钮，从打开的下拉菜单中选择【复制】命令，复制选择的剪贴画，如图5.86所示。

图5.84 插入剪贴画

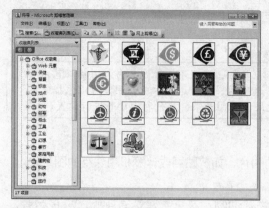
图5.85 选择收藏集中的剪贴画

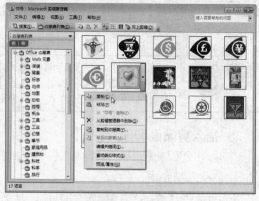
图5.86 选择【复制】命令

步骤09 关闭对话框，在文档中单击鼠标右键，从弹出的快捷菜单中选择【粘贴】命令，将另一幅剪贴画粘贴到文档中。

2）插入图片文件

插入图片与插入剪贴画的方法基本相同，在【插入】选项卡的【插图】组中，单击【图片】按钮，打开【插入图片】对话框，在对话框中选择图片的存储位置，选中要插入的图片，如图5.87所示，单击【插入】按钮即可插入图片。

图5.87 【插入图片】对话框

剪贴画和图片的大小和位置调整方法与文本框类似。插入剪贴画和图片后，都会激活图片工具【格式】选项卡，在其中可单击相应的命令按钮，对剪贴画和图片的样式效果进行设置。

4. 绘制图形

在Word 2007中，用户还可以绘制各种自选图形，具体操作步骤如下：

步骤01 在【插入】选项卡的【插图】组中单击【形状】下拉按钮，在打开的下拉菜单（如图5.88所示）中选择需要的图形命令，如选择【箭头总汇】栏中的【环形箭头】命令。

步骤02 当鼠标指针变为十字形状时，在文档中拖动鼠标进行绘制，如图5.89所示。

步骤03 释放鼠标，完成基本图形的绘制，如图5.90所示。

图5.88 【形状】下拉菜单

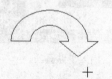
图5.89 绘制图形

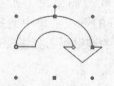
图5.90 完成绘制

绘制基本图形后，会激活绘图工具【格式】选项卡，在其中可对绘制的图形的形状样式、阴影效果和三维效果等进行设置。例如，在【形状样式】组中单击【其他】按钮，会打开样式库，如图5.91所示，选择一种样式，基本图形即会应用该样式，效果如图5.92所示。

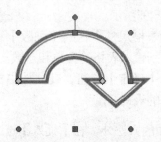

图5.91　形状样式库　　　　　　　　　　图5.92　设置形状样式后的图形

> **注意**　图形的大小和位置可以通过拖动鼠标进行调整，也可以通过单击绘图工具【格式】选项卡中的【大小】和【排列】组中的命令按钮进行设置。

5. 插入SmartArt图形

插入SmartArt图形，可以以直观的方式交流信息。

在Word中插入SmartArt图形的具体操作步骤如下：

步骤01　在【插入】选项卡的【插图】组中，单击【SmartArt】按钮，打开【选择SmartArt图形】对话框。

步骤02　在该对话框的左侧选择图形类型选项卡，在中间的列表框中选择需要的图形样式，如图5.93所示。

步骤03　单击【确定】按钮，返回文档编辑区，如图5.94所示。

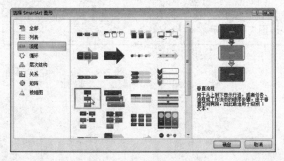

图5.93　【选择SmartArt图形】对话框　　　图5.94　插入SmartArt图形

步骤04　在激活的SmartArt工具【格式】选项卡中，设置SmartArt图形的形状样式、大小及排列方式等。

步骤05　在激活的SmartArt工具【设计】选项卡中设置SmartArt图形的布局及样式等。

6. 插入表格

有时需要在文档中插入表格（比如在制作工资单、课程表等有复杂分栏信息的文档时），在Word文档中插入表格的操作步骤如下：

步骤01 将鼠标光标定位到文档中需要插入表格的位置。

步骤02 切换到【插入】选项卡，在【表格】组中单击【表格】下拉按钮，在打开的下拉菜单中选择【插入表格】命令，打开【插入表格】对话框，如图5.95所示。

步骤03 在【表格尺寸】栏的【列数】和【行数】数值框中分别输入表格的列数和行数。

步骤04 单击【确定】按钮，在文档中插入设置了行数和列数的表格。

图5.95 【插入表格】对话框

除了上面的方法外，在【插入】选项卡的【表格】组中，单击【表格】下拉按钮，在打开的下拉菜单中可以直接选择要插入几行几列的表格，如图5.96所示，移动鼠标，在要插入的m×n表格的右下角单元格上单击（这里插入的是3×3表格），也可以插入所需行列数的表格。

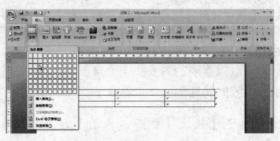

图5.96 选择表格行数和列数

另外，用户还可以套用系统提供的表格样式，快速地创建表格，在【插入】选项卡【表格】组中的【表格】→【快速表格】子菜单中选择需要的样式即可，如图5.97所示。

 在【表格】组中单击【表格】下拉按钮，在下拉菜单中选择【绘制表格】命令，用户可以手绘表格，如图5.98所示。

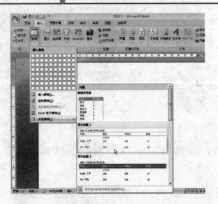

图5.97 选择表格样式

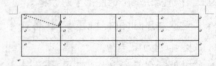

图5.98 手绘表格

7. 编辑表格

如果用户对创建的表格不满意，可以进行增加或者删除表格的列和行、合并或拆分表格等操作。

1）插入和删除单元格

要插入单元格，用户可以在表格工具【布局】选项卡的【行和列】组中单击对话框启动器按钮，打开【插入单元格】对话框，如图5.99所示，根据需要选择插入单元格的方式，单击【确定】按钮。

删除单元格只需在【行和列】组中单击【删除】下拉按钮，在打开的下拉菜单中选择【删除单元格】命令，打开如图5.100所示的【删除单元格】对话框，根据需要选择删除单元格的方式。

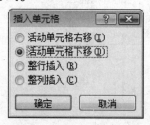

图5.99 【插入单元格】对话框

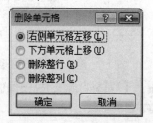

图5.100 【删除单元格】对话框

2）插入和删除行、列

在编辑表格中的内容时，经常需要插入行或列，下面以插入行为例进行介绍，具体操作步骤如下：

步骤01 选中表格中要插入行的上一行或下一行，如图5.101所示。

步骤02 在【布局】选项卡的【行和列】组中，选择插入行的方式，如图5.102所示为插入行和插入列后的效果。

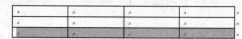

图5.101 选中行

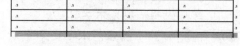

图5.102 插入行的效果

除了上面介绍的方法之外，用户还可以单击表格工具【布局】选项卡【行和列】组的对话框启动器按钮，在打开的【插入单元格】对话框中选中【整行插入】或【整列插入】单选按钮，然后单击【确定】按钮，插入行或列。

删除行和列的操作与删除单元格的步骤相同，在【行和列】组中单击【删除】下拉按钮，在打开的下拉菜单中选择【删除行】或【删除列】命令，直接删除行或列。

3）表格的拆分与合并

要将一个表格拆分为两个表格，具体操作如下：

步骤01 将光标定位于需拆分为第二个表格的首行中。

步骤02 在【布局】选项卡的【合并】组中，单击【拆分表格】按钮，表格就在插入点处被拆分为两个。

若想将两个表格重新组合，只需将两表格之间的回车符删除即可。

5.4.2 典型案例——制作"一周健康食谱表"

本案例将制作一个一周健康食谱的表格，如图5.103所示，主要是让读者掌握在文档中插入各种对象及制作表格的基本方法。

一周健康食谱表

	星期一	星期二	星期三	星期四	星期五	星期六	星期日
早餐	优酪乳	优酪乳	优酪乳	优酪乳	优酪乳	燕麦粥	水果沙拉
	玉米片	三明治	苜蓿芽饼	高纤苏打饼	肉松御饭团	优酪乳	奇异果
	葡萄	酸辣汤	酸辣汤	芒果	酸辣汤	苹果	小餐包
午餐	味噌汤	水饺	乌龙面	日式凉面	水饺	通心面	白饭
	豆腐	烫青菜	草虾	无糖绿茶	青菜蛋花汤	馄饨汤	虾酱空心菜
	水果沙拉	奇异果	蛤蜊	土司	苹果	优酪乳果汁	烤味噌鱼
晚餐	白饭	咖哩饭	炒河粉	牛腩饭	清蒸鳝鱼	涮涮锅	糙米饭
	豆腐	萵笋	苦瓜鸡汤	芝麻牛蒡丝	白饭	水蜜桃	烤肉排
	烤鸡腿	此菜汤	葡萄柚	白萝卜汤	素炒高丽菜	海鲜	干贝丝瓜

图5.103　表格最终效果

文件位置：【\第5课\源文件\一周健康食谱表.docx】

操作思路：

步骤01　制作艺术字作为表格标题。

步骤02　在表格中输入文本，并设置其中文本的格式。

操作步骤

步骤01　新建一个空白的Word文档，执行【Office】→【保存】命令，在打开的【另存为】对话框中设置文档的保存位置和文档名称，单击【确定】按钮保存文档。

步骤02　切换到【插入】选项卡，单击【文本】组中的【艺术字】下拉按钮，在下拉菜单中选择一种艺术字样式。

步骤03　在打开的【编辑艺术字文字】对话框中输入标题文本，并设置字体及字号等参数，如图5.104所示。

步骤04　单击【确定】按钮，在文档中插入艺术字，如图5.105所示，拖动其四周出现的控制点，调整艺术字的大小。

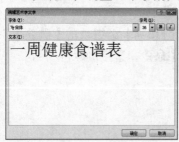

图5.104　设置标题文本　　　　　　　　　图5.105　插入艺术字

步骤05　按【Enter】键将文本插入点定位到下一行。

步骤06　打开【插入】选项卡，在【表格】组中单击【表格】下拉按钮，在打开的下拉菜单中选择【插入表格】命令。

步骤07　在打开的对话框中设置表格的列数为"8"，行数为"10"，单击【确定】按钮，在文档中插入表格。

步骤08 在第一行的第二个至最后一个单元格中分别输入"星期一"、"星期二"、"星期三"、"星期四"、"星期五"、"星期六"和"星期日"文本。

步骤09 在表格工具【布局】选项卡下,单击【对齐方式】组中的【水平居中】按钮,使文本居中显示。

步骤10 选中第二行、第三行和第四行的第一个单元格,切换到【布局】选项卡,在【合并】组中单击【合并单元格】按钮,将选中的单元格合并。

步骤11 按照相同的方法分别将第五行、第六行、第七行与第八行、第九行、第十行的第一个单元格合并,效果如图5.106所示。

步骤12 在其他的单元格中输入相应的文字。

步骤13 选中除第一行之外的所有内容,将字号设置为"小四"。

步骤14 单击鼠标右键,在弹出的快捷菜单中执行【单元格对齐方式】→【水平居中】命令,效果如图5.107所示。

图5.106 合并单元格

图5.107 输入并设置文字

步骤15 单击鼠标右键,在弹出的快捷菜单中选择【自动调整】→【根据内容调整表格】命令,完成表格的制作。

步骤16 同时选中标题艺术字与表格,在【开始】选项卡的【段落】组中单击【居中】按钮,使其居中显示。

案例小结

本案例通过插入艺术字与表格,介绍了在文档中插入对象的方法。对于其他对象(如图片和自选图形)的插入方法,读者可自行练习。

5.5 上机练习

5.5.1 制作公司结构图

本次上机练习将在Word 2007中创建一个公司结构图,如图5.108所示。

图5.108　公司结构图

素材位置：【\第5课\素材】

文件位置：【\第5课\源文件\结构.docx】

操作思路：

步骤01　插入SmartArt图形。

步骤02　输入相应内容。

 可以根据需要添加多个形状，并设置其效果。

5.5.2　制作宣传海报

本次上机练习将在Word 2007中制作一幅宣传海报，如图5.109所示。

素材位置：【\第5课\素材】

效果图位置：【\第5课\源文件\宣传海报.docx】

操作思路：

步骤01　新建文档，将背景图片插入到文档中，并调整图片的大小。

步骤02　绘制竖排文本框，输入文字，并设置字体、字号及文本颜色。

步骤03　设置文本框的填充色和边框颜色均为无。

图5.109　宣传海报

5.6 疑难解答

问：在对文本进行复制与移动操作时，往往会将文本的格式一同进行复制与移动，若希望移动或复制后的文本不再具有原来的格式，应该怎样操作呢？

答：先选中要复制或移动的文本，按【Ctrl+C】或【Ctrl+X】组合键进行复制或剪切操作。再将文本插入点定位到目标位置，执行【开始】→【粘贴】→【选择性粘贴】

命令，打开【选择性粘贴】对话框，在【形式】列表框中选择【无格式文本】选项，然后单击【确定】按钮，即可使移动或复制后的文本不再具有原来的格式。

问： ".docx"格式的Word 2007文档只能在Word 2007中才能打开编辑，如果要使其能在Word 2003版本中被编辑，该怎么办呢？

答： 单击【Office】按钮，在弹出的菜单中移动鼠标指向【另存为】命令，在弹出的子菜单中选择【Word 97 - 2003文档】命令，即可将Word 2007文档保存为与低版本兼容的文档。

问： 如何设置图片属性？

答： 对于插入到文档中的图片，我们可以对其属性进行一些简单的设置，如图片大小、颜色、亮度和对比度等。在图片上单击鼠标右键，在弹出的快捷菜单中选择【设置图片格式】命令，通过【设置图片格式】对话框来进行即可。

5.7 课后练习

选择题

1 （　　）主要用于显示与当前工作有关的信息。

　　A、任务栏　　　　B、工具栏　　　　C、状态栏　　　　D、任务窗格

2 在Word中选中需要复制的文本后，按（　　）组合键复制，然后在目标位置按（　　）组合键粘贴。

　　A、【Ctrl+C】　B、【Ctrl+V】　C、【Ctrl+A】

3 单击快速访问工具栏中的（　　）按钮，可将剪贴板中的文本粘贴至文档中。

　　A、　　　　　　B、　　　　　　C、　　　　　　D、

问答题

1 如何保存新建文档，如何保存已存在的文档？

2 如何在文档中选中需要的文本？

3 如何在文档中插入对象？

上机题

1 在Word 2007中查找关于"模板"的帮助内容。

2 根据模板创建一个"周年庆海报"文档，将其保存在"我的文档"文件夹中。

3 打开"周年庆海报"文档，在其中根据提示输入相应的文本并保存。

第6课

Word 办公高级应用

▼ **本课要点**

使用Word样式

页面设置

文档打印

▼ **具体要求**

掌握创建、应用和修改样式的方法

掌握创建、修改和套用模板的方法

掌握设置页面格式的方法

掌握创建页眉和页脚的方法

了解打印设置

掌握打印文档的方法

▼ **本课导读**

通过Word 2007，用户可以方便地制作出公文、书信和报告等各式各样的文档，并能对文档中的对象进行美化。通过Word 2007提供的内置样式和模板功能，用户在要创建类似的文档时，即可直接调用模板或保存的该类文档样式。这为用户制作大量同类格式文档的工作带来更大的方便，提高了文字处理效率。

6.1 创建和应用样式

　　由于办公人员日常处理的大部分文档的格式都差不多，因此，为了帮助用户提高文档的编辑效率，Word 2007还提供了"样式和模板"来创建具有特殊格式和样式的文本，然后在创建类似的文档时，即可直接调用该文档样式。

6.1.1　知识讲解

　　Word 2007中的样式有内置样式和自定义样式两种。内置样式是Word本身提供的样式；自定义样式是用户创建的样式。它们的使用方法没有什么区别，只是内置样式是不可以删除的。下面我们就来学习样式的相关知识。

1. 样式

　　样式是指一组字体、字号、段落等格式已被设置好的组合，它包含了对文档中正文、各级标题、页眉页脚等所需格式的设置。当将某种样式应用于文档中的某几个段落后，这几个段落将保持完全相同的格式设置，而在对该样式进行修改后，此修改内容也将同时作用于应用了该样式的所有段落。

　　使用样式可以自动生成文档的大纲和结构图，使文档更加井井有条，进行编辑和修改时会更加简单快捷，是生成文档目录的基础。

　　用户可使用【开始】选项卡中的【样式】组为文档设置样式，【样式】组如图6.1所示。

　　在【样式】组中单击【其他】按钮，打开样式库，如图6.2所示，在该样式库中可以选择需要的样式类型。

图6.1　【样式】组　　　　　　　　　　图6.2　样式库

 单击【样式】组的对话框启动器按钮，可以打开【样式】窗格，如图6.3所示。

　　单击【样式】组中的【更改样式】下拉按钮，在下拉菜单的【样式集】子菜单中也可以选择样式，如图6.4所示。

图6.3 【样式】窗格　　　　　　图6.4 【样式集】子菜单

2. 创建样式

除了可以应用系统自带的内置样式之外，用户还可以创建新的样式，创建的样式可以很方便地被应用到其他文档中。创建样式的具体操作步骤如下：

步骤01 在【开始】选项卡中的【样式】组中单击对话框启动器按钮。

步骤02 在打开的【样式】窗格中单击【新建样式】按钮 ，打开【根据格式设置创建新样式】对话框，如图6.5所示。

步骤03 在【名称】文本框中输入样式的名称。

步骤04 在【样式类型】下拉列表中选择要设置的样式类型，如图6.6所示。

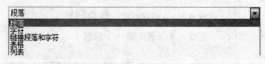

图6.5 【根据格式设置创建新样式】对话框　　图6.6 【样式类型】下拉列表

步骤05 单击【样式基准】下拉按钮，打开【样式基准】下拉列表，如图6.7所示，通过选择不同的选项，可设置基于现有的某种样式创建的一种新样式。

步骤06 单击【后续段落样式】下拉按钮，打开【后续段落样式】下拉列表，如图6.8所示，在其中可选择应用该样式的段落的后续段落的样式。

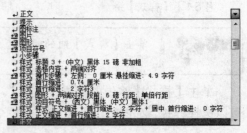

图6.7 【样式基准】下拉列表

步骤07 设置完成后，【根据格式设置创建新样式】对话框如图6.9所示。

步骤08 单击【确定】按钮，关闭【根据格式设置创建新样式】对话框，在【样式】窗格中可以看到创建的新样式，如图6.10所示。

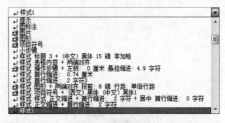

图6.8 【后续段落样式】下拉列表

图6.9 完成设置后的对话框

图6.10 显示新创建的样式

3. 应用与修改样式

1）应用样式

在编辑文档的过程中，选中某个段落或某些文本（或将文本插入点定位于某一段落中），在样式库或【样式】窗格中选择需要的样式，即可将该样式应用在段落或文本上，如图6.11所示为应用样式后的效果。

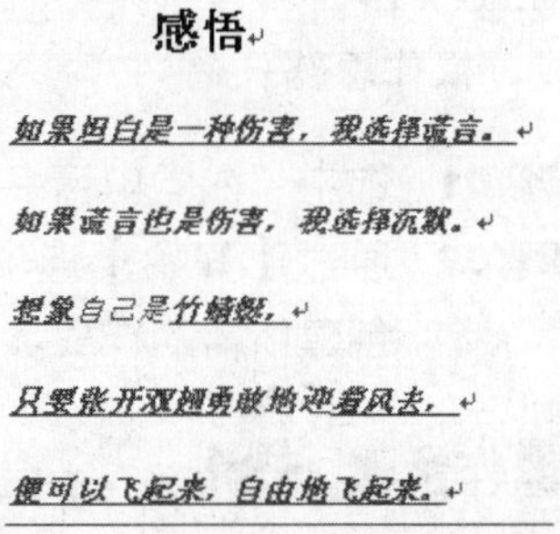

2）修改样式

如果现有的内置样式无法满足用户的要求，则可以在这些内置样式的基础上进行修改，打开样式库，选择【应用样式】命令，打开【应用样式】窗格如图6.12所示，可以对应用的样式进行修改。

感悟

如果坦白是一种伤害，我选择谎言。

如果谎言也是伤害，我选择沉默。

想象自己是竹蜻蜓，

只要张开双翅勇敢地迎着风去，

便可以飞起来，自由恣飞起来。

图6.11 应用样式后的效果

在【应用样式】窗格中，可以单击【样式名】下拉按钮，选择样式。若单击【修改】 修改... 按钮，可以打开【修改样式】对话框，如图6.13所示，在其中可直接对样式的属性进行设置，如果要对样式的格式进行修改，可单击左下角的【格式】下拉按钮，在其中进行更多的设置和修改。

 为段落设置样式后，在【根据格式设置创建新样式】对话框中单击【格式】下拉按钮，在弹出的下拉菜单中选择【快捷键】命令，可在打开的对话框中设置该样式的快捷键，以后将插入光标定位到段落中，按相应的快捷键，可快速应用样式。

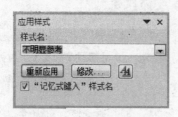

图6.12 【应用样式】窗口

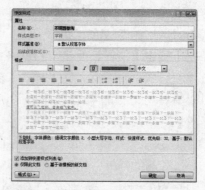

图6.13 【修改样式】对话框

6.1.2 典型案例——创建“入党申请书”标题样式

案例目标

本案例将为“入党申请书”文档的标题创建样式，效果如图6.14所示。

文件位置：【\第6课\源文件\入党申请书.docx】

操作思路：

步骤01 选中“入党申请书”文档标题。

步骤02 通过【开始】选项卡的【样式】组创建所需的样式。

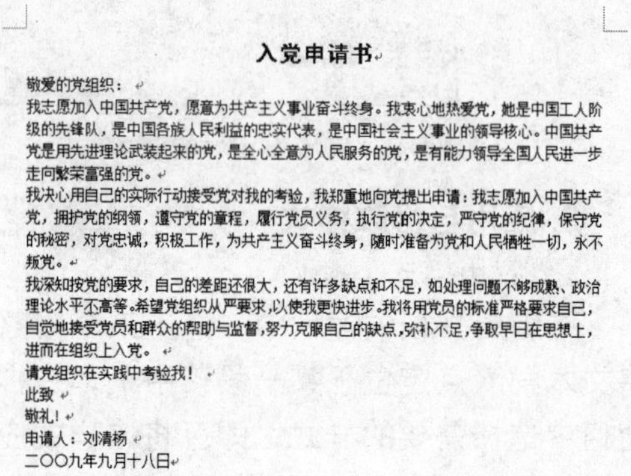

入党申请书

敬爱的党组织：

我志愿加入中国共产党，愿意为共产主义事业奋斗终身。我衷心地热爱党，她是中国工人阶级的先锋队，是中国各族人民利益的忠实代表，是中国社会主义事业的领导核心。中国共产党是用先进理论武装起来的党，是全心全意为人民服务的党，是有能力领导全国人民进一步走向繁荣富强的党。

我决心用自己的实际行动接受党对我的考验，我郑重地向党提出申请：我志愿加入中国共产党，拥护党的纲领，遵守党的章程，履行党员义务，执行党的决定，严守党的纪律，保守党的秘密，对党忠诚，积极工作，为共产主义奋斗终身，随时准备为党和人民牺牲一切，永不叛党。

我深知按党的要求，自己的差距还很大，还有许多缺点和不足，如处理问题不够成熟、政治理论水平不高等。希望党组织从严要求，以使我更快进步。我将用党员的标准严格要求自己，自觉地接受党员和群众的帮助与监督，努力克服自己的缺点，弥补不足，争取早日在思想上，进而在组织上入党。

请党组织在实践中考验我！

此致

敬礼！

申请人：刘清杨

二OO九年九月十八日

图6.14 设置样式后的“入党申请书”文档标题

操作步骤

步骤01 打开要进行样式设置的“入党申请书”文档，将文本插入点定位于标题中。

步骤02 在【开始】选项卡的【样式】组中单击对话框启动器。

步骤03 打开【样式】窗格，单击【新建样式】按钮，打开【根据格式设置创建新样式】对话框。

步骤04 在其中的【名称】文本框中输入“入党申请书标题”。

步骤05 在【样式类型】下拉列表中选择【段落】选项，在【样式基准】下拉列表中选择【正文】选项，在【后续段落样式】下拉列表中选择【正文】选项，如图6.15所示。

步骤06 在【格式】栏设置标题的格式。

步骤07 单击【确定】按钮，返回【样式】窗格，在其中即可看到新创建的样式，如图6.16所示，并且文档中的内容自动应用了该样式。

图6.15　创建新样式　　　　　　　　图6.16　显示新创建的样式

案例小结

本案例是为"入党申请书"标题设置样式，主要是让读者能灵活运用文档的样式设置功能。在应用样式前，需要先创建样式，对于已创建的样式，用户还可以在如图6.15所示的对话框中单击 格式(O)▾ 下拉按钮，通过弹出的下拉菜单对样式的格式进行修改。

6.2　页面设置

当用户完成了一篇文档的编辑，并对其进行了适当的格式设置后，还需要对文档进行页面设置，以使文档更清晰、更美观。

页面设置是指对文档纸张的纸型、方向、页边距、页眉页脚等参数进行的设置，这样在打印文档时就可以避免不必要的资源浪费。

6.2.1　知识讲解

对页面进行的设置将应用于文档中所有的页，主要包括设置页面格式、页眉页脚及插入页码等，下面分别进行讲解。

1. 设置页面格式

页面格式控制了文档内所有页面的外观。页面的外观包括页面大小、方向、页边距，以及页眉和页脚版式等。对页面进行格式设置主要使用【页面布局】选项卡和【页面设置】对话框。

【页面布局】选项卡如图6.17所示，在该选项卡的【页面设置】组中可以设置页面格式，如文本方向、页边距、纸张大小和行号等，在【页面背景】组中可以设置页面颜色和页面边框等。

> **说明**　在【页面设置】组中，每一个命令都对应一个下拉按钮，表示单击该下拉按钮，会打开下拉菜单，用户可以从下拉菜单中进一步选择要执行的命令。

图6.17 【页面布局】选项卡

📁 设置页面大小

页面大小也就是纸型，在Word文档中默认的页面大小为A4，除此之外，还有A3、B5和16开等，不同的文档，其页面大小可能有差异。

要设置页面大小，首先要单击【页面布局】选项卡，在【页面设置】组中单击【纸张大小】下拉按钮，在弹出的下拉菜单中选择所需的纸张类型，如图6.18所示。

如果需要的纸张较特殊，则选择【其他页面大小】命令，打开【页面设置】对话框，在【纸张大小】栏的【宽度】数值框和【高度】数值框中输入自定义的尺寸即可，如图6.19所示。

图6.18 【纸张大小】下拉菜单　　图6.19 设置页面大小

📁 设置页边距

页边距是指页面中文字与页面上、下、左、右边线的距离。在页面的四个角上有┘之类的符号，它表示输入文字的边界。

设置页边距的操作步聚如下：

步骤01 打开一个需要设置页边距的文档，单击【页面布局】选项卡。

步骤02 在【页面设置】组中单击【页边距】下拉按钮。

步骤03 在弹出的下拉菜单中选择所需的页边距，如选择【宽】命令，如图6.20所示。

这样进行设置后，中间可输入文本的范围更窄了。

 若选择【自定义边距】命令，则可在打开的对话框中的【页边距】选项卡的【页边距】栏的【上】、【下】、【左】和【右】4个数值框中分别设置文本边界与纸张边缘的距离，如图6.21所示。

📁 其他页面格式设置

在【页面设置】对话框的【页边距】选项卡下，在【纸张方向】栏中可以设置页面方向是纵向还是横向。

计算机办公应用培训教程（第3版）

图6.20 选择【宽】命令

图6.21 设置页边距

在【页面设置】对话框中切换到【版式】选项卡，如图6.22所示，在【页眉和页脚】栏中选中不同的复选框，可以让文档的奇偶页或首页呈现不同的页眉或页脚，还可以在【距边界】栏的两个数值框中精确设置页眉和页脚距文档边界的距离。

在【页面设置】对话框中切换到【文档网格】选项卡，如图6.23所示，在其中可以设置文字的排列方向、是否需要网格，以及每页文档包括的行数和字符数等内容。

图6.22 设置版式

图6.23 【文档网格】选项卡

2. 创建页眉和页脚

文档内容较长时，可以在文档中插入页眉和页脚，通过Word的页眉和页脚功能，可以在文档每页的顶部或底部添加相同的内容，如日期、公司徽标、文档标题、文件名或页码等。Word 2007提供了多种页眉、页脚样式供用户选择，用户可在此基础上快速制作出专业的文档效果。

在【插入】选项卡的【页眉和页脚】组中单击【页眉】下拉按钮，打开如图6.24所示的下拉菜单，可以在其中选择一种页眉的样式，选择样式后会进入页眉的编辑状态。若选择【编辑页眉】命令，也可以进入页眉的编辑状态。

选择任意一种页眉样式或选择【编辑页眉】命令后，都会激活页眉和页脚工具【设计】选项卡，如图6.25所示，在该选项卡中可以向页眉和页脚编辑区中快速添加常用的内容，还可以设置页眉和页脚的字体、字号、对齐方式和文字间距等。

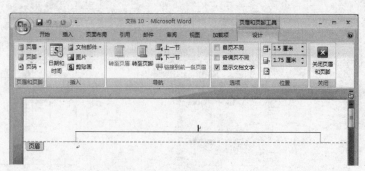

图6.24 【页眉】下拉菜单　图6.25 页眉和页脚工具【设计】选项卡

【页眉和页脚】组：在该组中可以设置页眉、页脚和页码。

【插入】组：设置页眉和页码的类型，可以是日期和时间、快速部件、图片，或者是剪贴画。

【导航】组：完成页眉和页脚的编辑切换，以及各小节的页眉和页脚切换。

【选项】组：可以为首页设置不同的页眉和页脚，为奇偶页设置不同的页眉和页脚，以及设置是否显示文档内容。

【位置】组：设置页眉和页脚在页面中的位置和对齐方式。

【关闭】组：单击【关闭页眉和页脚】按钮，可关闭页眉或页脚的编辑状态。

插入页脚的方法与插入页眉的方法相同，这里不再赘述。

 在页眉和页脚编辑状态下，文档编辑区中的其他内容显示为灰色，表示不可用，必须关闭页眉和页脚编辑状态，才能进行其他部分的编辑。

 用鼠标双击页眉或页脚区域，可快速进入页眉和页脚编辑状态，双击文档正文部分，即可快速退出页眉和页脚编辑状态。

3. 插入页码

用户可以为文档插入页码，这样，当要查看某一页内容时就非常方便了。使用Word 2007的自动生成页码功能，用户可以方便地为文档插入页码，并且可以设置页码的位置。

插入页码的具体操作如下：

步骤01 在【插入】选项卡下单击【页码】下拉按钮，弹出如图6.26所示的下拉菜单，根据需要在【页面顶端】子菜单中进行选择，设置页码在文档中显示的位置。

步骤02 选择【设置页码格式】命令，打开【页码格式】对话框，在【编号格式】下拉列表框中可设置页码的格式。

步骤03 选中【起始页码】单选按钮，在其右侧的数值框中设置页码的起始数字，如图6.27所示。

步骤04 完成后单击【确定】按钮，即可插入页码。

零起点 计算机办公应用培训教程（第3版）

图6.26 【页码】下拉菜单　　　　图6.27 【页码格式】对话框

页码其实属于页脚的内容，因此可通过插入页脚的方法插入页码。在文档中页脚的位置双击鼠标左键，打开页眉和页脚工具【设计】选项卡，在【页眉和页脚】组中单击【页码】下拉按钮，选择页码的显示位置及页码格式后，退出页眉和页脚的编辑即可。

4. 设置文档的背景

设置颜色背景是指把整个页面背景用一种或多种颜色表现出来，设置页面背景后，可使文档更加美观，这在制作海报等宣传资料时比较常用。可以使用【页面布局】选项卡中的【页面背景】组来设置文档背景，【页面背景】组如图6.37所示。

【水印】下拉按钮：设置页面水印。

【页面颜色】下拉按钮：设置页面颜色。

【页面边框】按钮：设置页面的边框。

1）设置页面背景颜色

设置页面背景颜色的具体操作如下：

图6.28 【页面背景】组

步骤01 打开要设置背景颜色的文档。

步骤02 在【页面布局】选项卡的【页面背景】组中单击【页面颜色】下拉按钮，在打开的下拉菜单中选择一种颜色即可，如图6.29所示。

如果在下拉菜单中选择【其他颜色】命令，将打开【颜色】对话框，如图6.30所示，用户可以在该对话框中选择更多其他的背景颜色。

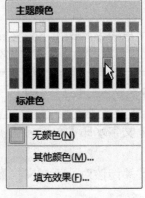

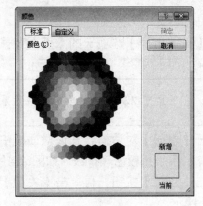

图6.29 选择背景颜色　　　　图6.30 选择一种颜色

用户可以在【页面颜色】下拉菜单中选择【填充效果】命令，打开【填充效果】对话框如图6.31所示，在其中切换不同的选项卡可进行背景效果设置、插入计算机的图片作为背景等操作。

 页面背景只能在计算机屏幕中显示出来，不能打印显示在纸张上。

2）设置页面边框

为页面添加边框也是美化整个页面的有效方法之一，Word 2007为用户提供了多种边框效果，设置页面边框的具体操作步骤如下：

步骤01 打开要设置页面边框的文档。

步骤02 在【页面布局】选项卡的【页面背景】组中单击【页面边框】按钮。

步骤03 在打开的【边框和底纹】对话框的【页面边框】选项卡中设置页面边框的效果，如图6.32所示。

图6.31 【填充效果】对话框　　　　图6.32 设置页面边框

步骤04 在【艺术型】下拉列表中选择需要的艺术型边框。

步骤05 设置完成后单击【确定】按钮即可。

3）设置水印效果

水印效果是指在页面中添加带水印的图片或文字衬于内容之下，水印效果默认可以打印在纸张中，设置水印效果的具体操作步骤如下：

步骤01 打开要设置水印效果的文档。

步骤02 在【页面布局】选项卡的【页面背景】组中单击【水印】下拉按钮，选择【自定义水印】命令，如图6.33所示。

 用户可以从下拉菜单中提供的系统自带水印样式中选择一种。

步骤03 打开【水印】对话框，在该对话框中选中【文字水印】单选按钮，设置文本的字体、字号和颜色等参数，如图6.34所示。

步骤04 单击【应用】按钮，再单击【关闭】按钮，关闭该对话框，文档最终效果如图6.35所示。

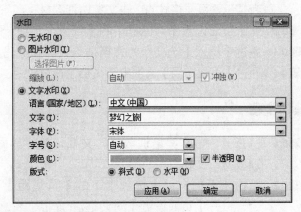

图6.33 【水印】下拉菜单　　　　图6.34 设置水印效果

图6.35 设置水印效果

说明

在【水印】对话框中若选中【图片水印】单选按钮，再单击【选择图片】按钮，在打开的对话框中可选择所需的图片作为文档背景，并自动转换为灰色的水印效果。

6.2.2 典型案例——设置"广告文案培训教材"页面格式

案例目标

本案例将设置"广告文案培训教材"文档的页面格式，效果如图6.36所示。

素材位置：【\第6课\素材\广告文案培训教材.doc】

文件位置：【\第6课\源文件\设置页面格式的广告文案培训教材.doc】

操作思路：

**01** 将"广告文案培训教材"文档另存

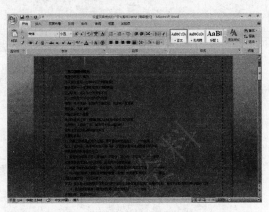

图6.36 设置页面格式后的最终效果

为"设置页面格式的广告文案培训教材"。

步骤02 在【页面设置】对话框中的【纸张】选项卡下设置纸张大小。

步骤03 通过【插入】选项卡为文档插入页眉和页码。

步骤04 通过【页面布局】选项卡为文档设置页边距、纸张大小、背景颜色和水印效果等。

操作步骤

步骤01 打开"广告文案培训教材"文档，并将其另存为"设置页面格式的广告文案培训教材"文档。

步骤02 单击【页面布局】选项卡下的【页边距】下拉按钮，选择【自定义边距】命令，打开【页面设置】对话框。

步骤03 在【页边距】选项卡的【上】和【下】数值框中输入"2.5"，在【左】数值框中输入"3.2"，【右】数值框中输入"2.5"，如图6.37所示。

步骤04 单击【纸张】选项卡，在【纸张大小】下拉列表中选择"A4"，如图6.38所示。

图6.37　设置页边距

图6.38　设置纸张大小

步骤05 单击【确定】按钮。

步骤06 在【插入】选项卡的【页眉和页脚】组中单击【页眉】下拉按钮，在打开的下拉菜单中选择页眉样式，插入页眉，如图6.39所示。

图6.39　插入页眉

步骤07 在页眉中的标题位置输入文本"教材组"，在页眉左侧的"年"位置输入"2009"，如图6.40所示。

130

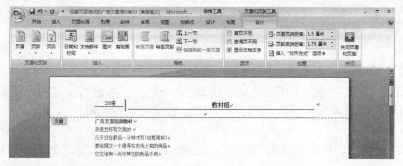

图6.40 设置页眉

步骤08 设置完成后，在【关闭】组中单击【关闭页眉和页脚】按钮。

步骤09 在【页面布局】选项卡的【页面设置】组中单击【页边距】下拉按钮，在打开的下拉菜单中选择【自定义边距】命令，设置页边距。

步骤10 在【页面布局】选项卡的【页面背景】组中单击【页面颜色】下拉按钮，在打开的下拉菜单中选择浅蓝色，将文档的背景颜色设置为浅蓝色。

步骤11 在【页面背景】组中单击【水印】下拉按钮，在打开的下拉菜单中选择【自定义水印】命令。

步骤12 在打开的【水印】对话框中，设置水印效果如图6.41所示。

步骤13 单击【应用】按钮，为文档应用水印效果。

步骤14 单击【关闭】按钮。

步骤15 在【页面布局】选项卡的【页面背景】组中单击【页面边框】按钮，打开【边框和底纹】对话框。

步骤16 在【艺术型】下拉列表中选择艺术边框，如图6.42所示。

图6.41 【水印】对话框

图6.42 选择艺术边框

步骤17 设置完成后单击【确定】按钮。

步骤18 在【插入】选项卡的【页眉和页脚】组中执行【页码】→【页面底端】→【普通数字2】命令。

步骤19 完成文档页面格式的设置后，单击【保存】按钮保存文档。

案例小结

　　本案例主要介绍了为一个文档设置页面格式的操作。在更改了页面格式后，文档中文本的布局可能会有所变化，因此用户也可在编辑文档之前，先设置好页面格式，这样就可根据具体的页面来编辑文档中的文本。

6.3 打印文档

对文档进行页面设置后，便可以通过打印机将其打印在纸张上了。Word 2007提供了打印预览和打印设置功能，使用Word的打印功能，用户可以进行指定打印范围，一次打印多份，对版面进行缩放、逆序打印，只打印奇数或偶数页等操作。

6.3.1 知识讲解

在打印之前，需要先预览打印的效果，确认无误后再开始打印，根据打印要求的不同，用户还可进行相关的打印设置，下面分别进行介绍。

1. 打印预览

打印预览是指在屏幕上预览文档打印后的实际效果。设置完页面格式后，打印文档之前，可以通过打印预览查看文档的打印效果，如果用户对文档中的某处不太满意，可以回到编辑状态下进行修改，直到满意为止。

单击【Office】按钮，在弹出的菜单中选择【打印】子菜单中的【打印预览】命令，即可预览文档的最终打印效果，此时会激活【打印预览】选项卡，如图6.43所示。其中，【页面设置】组用于对纸张大小和方向等参数进行重新设置，其他组中的命令按钮作用如下。

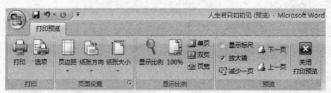

图6.43 【打印预览】选项卡

【打印】按钮：单击该按钮可以直接打印文档。

【选项】按钮：单击该按钮将打开【Word选项】对话框，用于设置打印选项。

【显示比例】按钮：单击该按钮将打开【显示比例】对话框，如图6.44所示，用于设置显示比例。

【单页】按钮：单击该按钮将在预览时只显示一页，如图6.45所示。

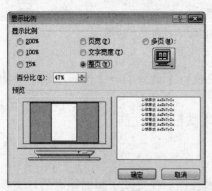

图6.44 【显示比例】对话框

图6.45 单页显示

【双页】按钮：当文档有多页时，单击该按钮将同时显示两页，如图6.46所示。

【页宽】按钮：单击该按钮将使页面宽度和窗口宽度显示一致。

【显示标尺】复选框：选中或取消选中该复选框，可以显示或隐藏标尺。

【放大镜】复选框：选中该复选框，在预览窗口中单击，可以放大到100%显示或切换到适应整页的缩放比例。

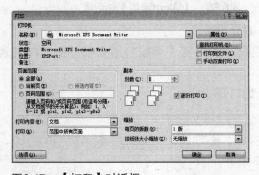

图6.46　双页显示

【减少一页】按钮：单击该按钮，当文档最后一页只有一行或两行文字时，通过缩小文本字号和间距，将其缩至上一页末。

【下一页】按钮：单击切换到下一页进行预览。

【上一页】按钮：单击切换到上一页进行预览。

【关闭打印预览】按钮：单击该按钮，退出打印预览窗口。

 从打印预览模式中退出的另一种快捷方式是按【Esc】键。

2. 打印设置

通过预览文档的打印效果，确认文档无误后，就可以开始打印了。在打印文档之前需要对打印机属性及打印的具体参数进行设置，具体操作如下：

步骤01 执行【Office】→【打印】命令，打开【打印】对话框，如图6.47所示。

 如果不需要对打印份数、打印范围等参数进行设置，可以直接执行【Office】→【打印】→【快速打印】命令，使用默认打印机直接对文档进行打印。

步骤02 在【名称】下拉列表中选择需要使用的打印机，单击【属性】按钮，在打开的对话框中设置打印机属性，如打印方向等，如图6.48所示。

图6.47　【打印】对话框　　　　图6.48　设置布局方向

说明 在【名称】下拉列表中选择打印机之后，系统会提示该打印机的状态和位置。

步骤03 单击【高级】按钮，在找开的对话框中设置纸张大小和图像质量等参数，如图6.49所示。

步骤04 连续单击【确定】按钮，返回【打印】对话框。

步骤05 在【页面范围】栏中可设置打印的页面范围，选中【全部】单选按钮，可打印整篇文档；选中【当前页】单选按钮，将只打印当前页面，选中【页码范围】单选按钮，在其右侧的文本框中可自定义打印的具体范围。

 说明 输入"1 – 10"表示将打印文档的第1页~第10页；输入"1, 3, 5"表示只打印第1页、第3页和第5页；输入"10 –"表示将打印第10页到最后一页。

步骤06 在【副本】栏的【份数】数值框中可以输入要打印的文档份数（在打印多份文档时，选中【逐份打印】复选框将逐份打印文档）。

步骤07 在【缩放】栏的【每页的版数】下拉列表中选择每张纸上要打印的文档页数，在【按纸张大小缩放】下拉列表中选择以哪种纸张类型进行缩放。

 技巧 单击左下角的【选项】按钮，打开【Word选项】对话框，在其中可以设置其他打印选项（如逆序打印等），如图6.50所示。

图6.49　设置纸张大小和图像质量

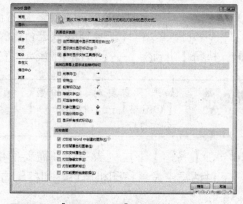

图6.50　【Word选项】对话框

步骤08 单击【确定】按钮，返回【打印】对话框。

步骤09 在【打印内容】下拉列表中选择要打印的内容（可以打印关键任务、样式表格和其他与文档相关的项目）。

步骤10 设置完成，单击【确定】按钮，开始打印。

3. 取消打印

在打印文档的过程中，有时会出现误操作，必须终止打印。要取消文档的打印，可以打开打印任务管理器进行操作，具体操作如下：

步骤01 单击【开始】按钮，选择【控制面板】命令，打开【控制面板】窗口。

步骤02 在【硬件和声音】栏中单击【打印机】超链接，打开【打印机】窗口，其中显示的便是安装的打印机，如图6.51所示。

步骤03 双击打印机图标，打开打印任务管理器，其中显示的是正在打印和准备打印的任务，如图6.52所示。

图6.51 【打印机】窗口

图6.52 显示打印任务

步骤04 用鼠标右键单击要取消的打印任务。

步骤05 在弹出的快捷菜单中选择【取消】命令，如图6.53所示。

如果没有启动后台打印（标志就是Windows任务栏通知区域没有出现打印机图标），可单击【取消】按钮或按【Esc】键；如果启动了后台打印，就可以在通知区域双击该打印机图标，在打开的打印机任务管理器中选择该任务，然后右击鼠标，从弹出的快捷菜单中选择暂停或取消打印任务。

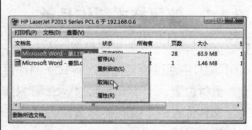

图6.53 选择【取消】命令

6.3.2 典型案例——打印"设置格式的广告文案培训教材"文档

案例目标

本案例将介绍打印"设置格式的广告文案培训教材"文档，要求将该文档用A4的纸张打印三份，并且是逐份打印。

素材位置：【\第6课\源文件\设置格式的广告文案培训教材.doc】

操作思路：

步骤01 打开"设置格式的广告文案培训教材"文档，再打开【打印】对话框。

步骤02 按需要进行设置，并进行打印。

操作步骤

步骤01 打开"设置格式的广告文案培训教材"文档。

步骤02 执行【Office】→【打印】命令，打开【打印】对话框。

步骤03 在【份数】数值框中设置打印的份数为"3"，并选中下面的【逐份打印】复选框。

步骤04 在【按纸张大小缩放】下拉列表中
选择【A4】选项，如图6.54所示。

步骤05 单击【确定】按钮开始打印。

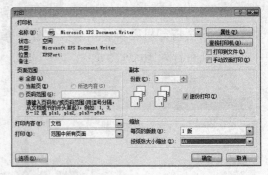

案例小结

本案例主要介绍了打印文档前的设置
操作。如果打印的文档只有一页，那么选不
选【逐份打印】复选框，结果是一样的，如
果打印的文档页数较多，最好选中【逐份打

图6.54 设置打印参数

印】复选框，这样系统将逐份打印文档，省去了手工分页的麻烦，并且不容易出错。

6.4 上机练习

6.4.1 使用样式制作目录

为文档的标题应用标题类的样式后，就可以制作该文档的目录了，本次练习将在
Word 2007中通过为文本设置样式来制作目录。

素材位置：【\第6课\素材\人生若只如初见.docx】
文件位置：【\第6课\源文件\目录.docx】
操作思路：

步骤01 打开需要制作目录的文档。

步骤02 选中一级标题，在【开始】选项卡的【样式】组中单击【其他】按钮。

步骤03 在打开的样式库中选择【标题1】命令。

步骤04 选择二级标题文本，在样式库中选择【标题2】命令。

步骤05 按照相同的方法依次设置其他级标题文本的样式。

步骤06 设置完成后，将光标定位到文档中的空白位置，比如文档的末尾处。

步骤07 打开【引用】选项卡，在【目录】组中单击【目录】下拉按钮，在打开的下拉菜单中选择【插入目录】命令，如图6.55所示。

步骤08 打开【目录】对话框，在该对话框的【目录】选项卡中取消选中【使用超链接而不使用页码】复选框，并设置【显示级别】值为"3"，如图6.56所示。

步骤09 单击【确定】按钮，在文档中插入目录如图6.57所示。

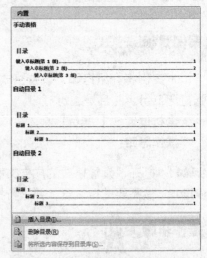

图6.55 选择【插入目录】命令

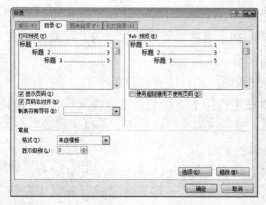

图6.56 【目录】对话框　　　　　　　　　图6.57 插入目录效果

步骤10 将文档另存为"目录.docx"文档。

6.4.2 打印"合作意向书"文档

本次练习将打印"合作意向书"文档，要求在一张纸上打印两份"合作意向书"，一共打印10份。

素材位置：【\第6课\素材\合作意向书.docx】

操作思路：

步骤01 打开"合作意向书"文档，复制生成第二页（与第一页完全一样）。

步骤02 执行【Office】→【打印】命令，打开【打印】对话框。

步骤03 在【缩放】栏的【每页的版数】下拉列表中选择【2版】选项，在【份数】数值框中输入"5"（5×2=10份）。

步骤04 单击【确定】按钮开始打印。

6.5 疑难解答

问： 为什么将图片插入页脚，并对图片的尺寸等参数做了相应的设置后，图片还是在页脚中，没有成为页面背景呢？

答： 这是因为插入到页脚处的图片仍然处于"嵌入型"环绕方式，只要将其设为其他的环绕方式即可。

问： 能不能删除不需要的样式呢？

答： 可以在选择要删除的样式后，单击【样式】窗格下方的【管理样式】按钮，在打开的【管理样式】对话框中单击【删除】按钮。此时，系统会自动弹出一个提示对话框，单击【是】按钮即可删除该样式。

问： 怎么让Word文档按纸张大小"缩放"打印在A4纸上？

答： 在打印文档的过程中，如果在Word 2007中设置的纸张和实质纸张的大小有区别，可进行打印缩放设置，即不管在Word 2007中设置的纸张大小，将文档内容全部缩放在实际的纸张上，方法是打开【打印】对话框，在【缩放】栏的【按纸张大小缩放】下拉列表中选择实际的纸张大小，如选择【A4】选项，即可将这些内容缩放打印在A4纸上。

问： 如果想打印一份页数很多的文档，需要全部双面打印，该怎么设置呢？

答： 如果需要对多页文档进行双面打印，可以在【打印】下拉列表中选择只打印文档的奇数页，在打印完毕后，将纸张全部翻面，重新放回到打印机中，再打印偶数页。

问： 如何在其他计算机上打印含有本机特有字体的文档？

答： 如果在文档中使用了另外安装的特殊字体，而其他计算机又未安装该字体，那么打印时就会遇到麻烦。有两种方法可以解决这个问题，一种是在目标计算机中安装该字体，另一种是把字体设置为嵌入。在Word 2007中嵌入字体的方法是：在Word 2007中打开要复制到其他计算机中进行打印的文档，在【打印】对话框中单击【选项】按钮，打开【Word选项】对话框，在【保存】选项卡下选中【将字体嵌入文件】复选框，单击【确定】按钮，然后对文档进行保存，并复制到其他计算机中，即可实现特殊字体的完整打印了。

6.6 课后练习

选择题

1 内置样式是Word本身提供的样式，自定义样式是用户创建的样式。它们的使用方法没有什么区别，但（　　）是不可以删除的。

A、自定义样式　　　　B、内置样式

2 模板实际上是一种特殊的Word文档，其后缀名为（　　）。

A、dotx　　　　　　B、docx　　　　　C、txt

3 在页眉和页脚区中可以像在文档中一样插入（　　），并能够对其进行各种格式设置。

A、文本　　　　　　B、图形

4 如果对预览效果不满意，可单击【打印预览】选项卡中的【关闭打印预览】按钮或按（　　）键返回页面视图进行调整。

A、【Ctrl】　　　　　B、【Esc】　　　　C、【Shift】

5 打印文档时，在【页码范围】文本框中输入"1－5"，"10"，"6－"的意思分别是（　　）。

A、第1页和第5页，第10页，第6页

B、第1页和第5页，第10页，第1页～第6页

C、第1页～第5页，第10页，第6页

D、第1页～第5页，第10页，第6页～最后一页

问答题

1 简述创建样式的方法和步骤。

2 如何修改文档样式？

3 如何套用文档模板？

4 页面设置包括哪些内容，是如何设置的？

5 如何设置页眉和页脚？

6 打印文档之前，为什么要先对其进行打印预览？

上机题

1 根据预设模板"平衡传真"新建一个文档，在其中输入文本并修改格式，最后在页眉处添加公司名称。

2 将上面新建的文档的标题和正文的样式创建为自定义样式。

3 打印新创建的文档。

第7课

Excel 2007基础

▼ **本课要点**

Excel 2007的基础

工作簿和工作表的基本操作

单元格操作

输入单元格内容

单元格格式设置

▼ **具体要求**

熟悉工作簿、工作表和单元格的关系

掌握新建、保存、打开和关闭工作簿的方法

掌握工作表的基本操作

掌握单元格的基本操作

掌握插入、复制和移动单元格的方法

掌握设置单元格格式的方法

▼ **本课导读**

Excel 2007是Office 2007系列办公软件中的一个重要组件，是一款功能强大、使用方便的电子表格制作软件。它具有图表制作、数据统计和数据分析等多种功能，而且操作简单、易学易懂。本章将着重介绍Excel 2007的一些基础知识，包括其操作界面的组成，以及工作簿、工作表和单元格的一些基本操作等。

7.1 初识Excel 2007

使用Excel 2007可以方便地处理一些比较复杂和繁琐的数据，能够极大地提高工作效率。Excel 2007广泛应用于财务、金融、经济、审计和统计等众多领域。

7.1.1 知识讲解

认识Excel 2007的操作界面是学习Excel的基础，也是初学者必须掌握的知识，本节就主要介绍Excel 2007的一些基本知识。

1. Excel 2007的工作界面

Excel 2007工作界面的布局与Word 2007很相似，但由于处理对象不同，也有一些特别的地方。执行【开始】→【所有程序】→【Microsoft Office】→【Microsoft Office Excel 2007】命令，启动Excel 2007并进入其工作界面，如图7.1所示。

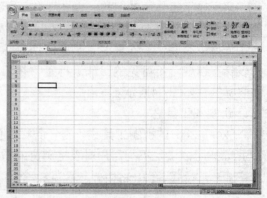

图7.1 Excel 2007的工作界面

Excel 2007的工作界面与Word 2007的工作界面相比，编辑区变为了一个个的小方格（即单元格），增加了行号和列标，有其特有的工作表标签，多了数据编辑栏，视图栏中的视图按钮组也发生了变化。下面我们就来认识Excel 2007的工作界面。

1）数据编辑栏

数据编辑栏由名称框、按钮组和编辑栏三部分组成，其主要功能是显示和编辑当前单元格中的数据或者公式，如图7.2所示，数据编辑栏位于工作表区的正上方，其各部分的功能如下：

图7.2 数据编辑栏

- **名称框：** 显示当前单元格的名称，名称由两部分组成：第一个大写英文字母表示单元格的列标，第二个数字表示单元格的行号。
- **按钮组：** 单击 ✕ 按钮可取消编辑；单击 ✓ 按钮可确认编辑；单击 𝒇ₓ 按钮，将打开【插入函数】对话框，在该对话框中可以选择要输入的函数。
- **编辑栏：** 显示单元格中输入或编辑的内容，可以在这里直接对单元格内容进行修改。

2）单元格

单元格是Excel工作界面中的矩形小方格，它是组成Excel工作表的基本单位，也是存储数据的最小单位，用户输入的所有内容都将存储和显示在单元格内，所有单元格组合在一起就构成了一个工作表。

3) 行号和列标

工作界面上方的英文字母表示列标，左侧的数字表示行号。每个单元格的位置都是由行号和列标来确定的，如B5单元格表示它处于表格中的B列的第5行。

 单元格区域使用左上角和右下角的单元格来表示，如图7.3所示深色的矩形块（包括左上角的白色单元格A2）就是一个单元格区域A2:C6，从左上角的单元格到右下角的单元格C6，包括3列×5行，共15个单元格。

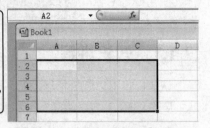

图7.3 单元格区域

4) 工作表标签栏

用于显示工作表的名称，单击工作表标签将激活相应的工作表。在工作表标签左侧是工作表标签滚动显示按钮 ◄◄ ► ►►。默认情况下，每个新建的工作簿含有3个工作表，当工作簿中有多个工作表时，某些工作表标签会被隐藏，单击标签滚动按钮可以滚动工作表标签以显示不可见的工作表标签，在工作表标签右侧的是【插入工作表】按钮。工作表标签栏如图7.4所示。

5) 视图工具栏

Excel 2007的视图工具栏（在任务栏右侧）中有3个进行视图模式切换的按钮，如图7.5所示，可以满足不同用户对表格浏览的需求。

图7.4 工作表标签栏   图7.5 视图工具栏

6) 工作表区

工作表区是Excel 2007工作界面中面积最大的部分，它又由许多小方格（一个小方格称为一个单元格）、行号和列标组成，每个单元格中可以输入一个数据，将所有数据组合在一起即形成一个Excel工作表。在工作表区的下方和右侧还带有相应的水平滚动条和垂直滚动条，通过拖动滚动条可以显示工作表中没有显示出来的数据。

2. 工作簿、工作表与单元格之间的关系

在Excel中，主要的操作对象是工作簿、工作表和单元格，三者构成了Excel的基本框架结构，一份完整的Excel文档也是由这三者构成的。

在学习用Excel制作表格前，需要先了解工作簿、工作表和单元格三者间的关系。

简单来说，工作簿就是一个Excel文档，启动Excel后将自动创建一个名为"Book1"的工作簿，主要用手运算和保存数据。

工作表是工作簿中的表格，是由排列成行和列的单元格组成，常称为电子表格，是用来存储和处理数据的场所。一般，在默认创建的"Book1"工作簿中，系统会自动创建3个名为"Sheet1"、"Sheet2"和"Sheet3"的工作表。

单元格是工作表中的每一个小格子，它是Excel中最基本的数据存储单元。

因此，工作簿、工作表和单元格之间的关系是属于包含与被包含的关系，如图7.6所示。

图7.6 工作簿、工作表与单元格的关系图

7.1.2 典型案例——切换工作表的视图模式

案例目标

本案例将介绍切换工作表的视图模式，让读者熟悉Excel 2007的工作界面。

素材位置：【\第7课\素材\员工登记表.xlsx】

操作思路：

步骤01 打开"员工登记表.xlsx"文档。

步骤02 使用视图模式切换按钮切换视图模式，并调整工作区的显示比例。

操作步骤

步骤01 打开"员工登记表.xlsx"文档，此时为普通视图模式，如图7.7所示。

步骤02 单击状态栏右侧的【页面布局】按钮，切换视图模式，如图7.8所示。

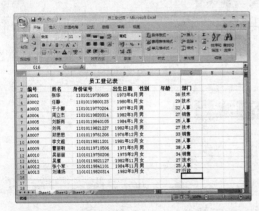

图7.7 普通视图模式

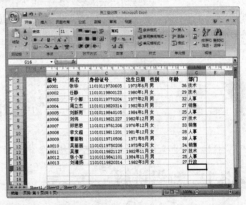

图7.8 页面布局视图模式

步骤03 单击状态栏右侧的【分页预览】按钮，切换视图模式，此时会弹出【欢迎使用"分页预览"视图】提示对话框，如图7.9所示。

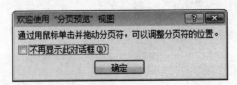

图7.9 提示对话框

步骤04 单击【确定】按钮，进入分页预览视图模式，如图7.10所示。

步骤05 单击状态栏最右侧的【放大】按钮⊕，将页面放大显示，如图7.11所示。

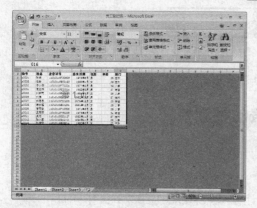 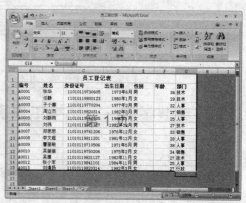

图7.10 分页预览视图模式 | 图7.11 放大页面的显示比例

步骤06 单击状态栏右侧的【普通】按钮⊞，
返回普通视图模式。

步骤07 单击工作表标签 Sheet2 ，查看
"Sheet2"工作表中的内容，如图
7.12所示。

案例小结

本案例介绍了在Excel中切换工作表视图模
式的常用方法，读者应自行熟悉Excel 2007工
作界面的各组成部分。

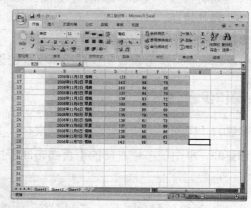

图7.12 "Sheet2"工作表

7.2 工作簿和工作表的基本操作

下面针对工作簿和工作表的基本操作分别进行介绍。

7.2.1 知识讲解

在Excel 2007中，工作簿的基本操作包括新建、保存、打开和关闭等。工作表的基
本操作包括选择、插入、重命名、移动、复制或删除等（这些操作通常是通过工作表标
签来完成的）。

1. 工作簿的基本操作

下面介绍Excel 2007工作簿的基本操作。

1) 新建工作簿

在Excel中创建一个工作簿的方法有以下几种：

- ➔ 启动Excel时，自动创建一个名为"Book1"的工作簿。
- ➔ 按【Ctrl+N】组合键新建一个工作簿。

零起点 计算机办公应用培训教程（第3版）

➡ 执行【Office】→【新建】命令，打开【新建工作簿】对话框，保持默认设置，如图7.13所示，单击【创建】按钮创建一个新的工作簿。

➡ 在【新建工作簿】对话框左侧的【模板】列表框中选择【已安装的模板】选项，在中间的列表框中选择一种模板，如图7.14所示，单击【创建】按钮，新建一个基于模板的工作簿。

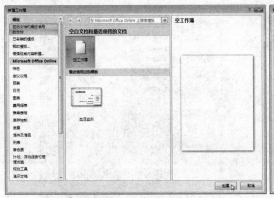 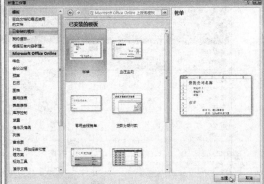

图7.13　【新建工作簿】对话框　　　　图7.14　选择模板

2）保存工作簿

在Excel 2007中，保存新建的工作簿和另存为其他工作簿的方法与保存新建Word文档和另存为其他Word文档的方法一样，这里不再赘述。需要注意的是，在新建的未保存过的工作簿中按【Ctrl+S】组合键，会弹出【另存为】对话框，提示用户设置保存位置和保存名称；若在已保存过的工作簿中进行了修改，再按【Ctrl+S】组合键，系统将直接保存工作簿，覆盖以前的内容，不再提示。

另外，用户可以在Excel中使用自动保存功能，以应对停电、计算机死机等意外情况。设置自动保存工作簿的具体操作如下：

步骤01　在【Office】菜单中单击【Excel 选项】按钮，打开【Excel 选项】对话框。

步骤02　在【Excel 选项】对话框左侧单击【保存】选项卡，在右侧的【保存工作簿】栏中选中【保存自动恢复信息时间间隔】复选框，在右侧的数值框中输入每次进行自动保存的时间间隔，如图7.15所示。

步骤03　单击【确定】按钮。

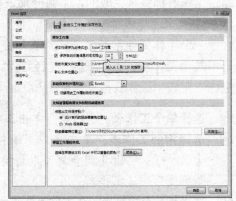

3）关闭工作簿

图7.15　设置【Excel选项】对话框

关闭工作簿的方法比较简单，单击工作簿窗口功能选项卡右侧的【关闭窗口】按钮或执行【Office】→【关闭】命令。

 关闭工作簿不会退出Excel，若要退出Excel，可单击Excel窗口标题栏最右侧的【关闭】按钮。

4) 打开工作簿

打开工作簿的方法也比较简单,执行【Office】→【打开】命令,打开【打开】对话框,在对话框中选择需要打开的工作簿,如图7.16所示,然后单击【打开】按钮即可。

用户还可以单击【Office】按钮,在打开的菜单右侧的【最近使用的文档】列表中单击需要打开的文档即可,如图7.17所示。

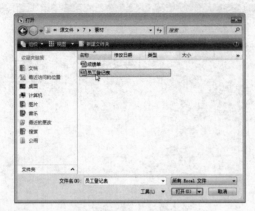

图7.16　打开工作簿

图7.17　选择要打开的文档

　按【Ctrl+O】组合键,可快速地打开【打开】对话框。

2. 工作表的基本操作

工作表是Excel中的基本概念,通常情况下所说的电子表格就是指工作表,用户所进行的数据编排都是在工作表中进行的。

工作表的基本操作包括选择、插入、重命名、移动、复制和删除等,这些操作都是通过工作表标签来完成的,下面分别进行介绍。

1) 选择工作表

一个工作簿通常有多张工作表,在实际应用中,需要经常在不同工作表之间切换,选中某个工作表,工作表区中就会显示相应工作表的内容。选择工作表通常在工作表标签栏中完成(工作表标签栏见图7.4所示),方法如下:

- **选择单个工作表**：利用鼠标单击工作表标签即可切换到该工作表。
- **选择相邻工作表**：单击◀或者▶按钮可以按顺序选择上一张或下一张工作表。按【Ctrl+Page Up】组合键可以切换到前一张工作表,按【Ctrl+Page Down】组合键切换到后一张工作表。
- **选择第一个或最后一个工作表**：单击◀◀或▶▶按钮可以选择第一个或最后一个工作表。
- **选择全部工作表**：在任意一个工作表标签上单击鼠标右键,在弹出的快捷菜单中选择【选定全部工作表】命令,可选择工作簿中的全部工作表。
- **选择不相邻的多个工作表**：单击所需的第一个工作表标签,按住【Ctrl】键不放并依次单击其他工作表标签,可同时选择不相邻的多个工作表。
- **选择相邻的多个工作表**：单击所需的第一个工作表标签,按住【Shift】键不放并单击要选择的最后一个工作表标签可选择相邻的多个工作表。

2）插入工作表

默认情况下，新建的工作簿包含有"Sheet1"、"Sheet2"和"Sheet3"三个工作表。如果仍无法满足需求，用户可以在工作簿中插入工作表。

插入工作表有三种方法，第一种方法是在工作表标签栏中单击【插入工作表】按钮，可以依次向右插入工作表，如图7.18所示。

Sheet1 Sheet2 Sheet3 ⬚ ▸   Sheet1 Sheet2 Sheet3 Sheet4 ⬚

图7.18 插入工作表

第二种方法是利用快捷菜单，具体操作如下：

步骤01 选择一个工作表，例如，选择"Sheet3"。

步骤02 在该工作表标签上单击鼠标右键，弹出快捷菜单，如图7.19所示。

步骤03 选择【插入】命令，打开【插入】对话框，如图7.20所示。

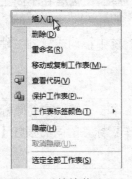

图7.19 快捷菜单   图7.20 【插入】对话框

步骤04 选择【工作表】选项（默认情况下，该选项处于选中状态）。

步骤05 单击【确定】按钮，在当前位置插入工作表，效果如图7.21所示。

第三种方法是在【开始】选项卡的【单元格】组中单击【插入】下拉按钮，在打开的下拉菜单中选择【插入工作表】命令，如图7.22所示。

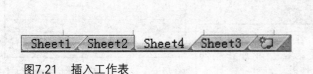

图7.21 插入工作表   图7.22 【插入】下拉菜单

3）重命名工作表

为了更好地体现工作表中的内容，便于用户查阅，可对工作表的默认名称进行重命名操作，具体操作如下：

步骤01 选择要重命名的工作表。

步骤02 在该工作表标签上单击鼠标右键，在弹出的快捷菜单中选择【重命名】命令，如图7.23所示。

步骤03 输入工作表名称，如输入"月报表"。

步骤04 按【Enter】键，工作表即被重命名为"月报表"，如图7.24所示。

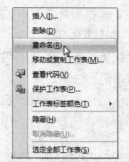

图7.23　选择【重命名】命令

图7.24　工作表标签处于可编辑状态

 用户也可以双击需要重命名的工作表标签，当工作表标签名称呈可编辑状态时，输入新的名称即可。

4）移动或复制工作表

有时，用户需要在同一工作簿内部移动或复制工作表，有时又需要在不同工作簿之间移动或复制工作表。

移动或复制工作表的操作类似于在Windows Vista操作系统中移动或复制文件，一般通过拖动鼠标即可完成。

📁 **在工作簿内部移动或复制工作表**

在工作簿内部移动工作表十分简单，选中需要移动的工作表标签，按住鼠标左键，沿着标签栏拖动到目标位置释放鼠标即可。如果在拖动工作表标签的同时按住【Ctrl】键，将复制选中的工作表。

📁 **在不同工作簿之间移动或复制工作表**

步骤01 打开需要进行操作的两个工作簿，在需要移动的工作表标签上单击鼠标右键。

步骤02 在弹出的快捷菜单中选择【移动或复制工作表】命令，打开【移动或复制工作表】对话框。

步骤03 在【工作簿】下拉列表中选择需移动到的目标工作簿，并在下面的列表框中设置工作表在新工作簿中的位置，如图7.25所示。

步骤04 单击【确定】按钮，完成移动工作表的操作。

图7.25　【移动或复制工作表】对话框

 在【移动或复制工作表】对话框中选中【建立副本】复选框，即可在不同工作簿之间复制工作表。

5）删除工作表

如果工作簿中存在不需要的工作表，可以将其删除。删除工作表后，右侧的工作表将左移。删除工作表的方法有以下两种：

📁 使用【开始】选项卡下的【删除】下拉按钮

步骤01 选择要删除的工作表。

步骤02 在【开始】选项卡的【单元格】组中单击【删除】下拉按钮，选择【删除工作表】命令，如图7.26所示。

📁 使用快捷菜单

步骤01 选择要删除的工作表。

步骤02 在该工作表标签上单击鼠标右键。

步骤03 在弹出的快捷菜单中选择【删除】命令，如图7.27所示。

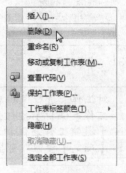

图7.26 选择【删除工作表】命令　　　图7.27 选择【删除】命令

6) 保护工作表

如果当前工作表中的内容十分重要，可允许他人查看但不允许其进行编辑，此时可以为工作表设置密码，将其保护起来，具体操作如下：

步骤01 选择需要保护的工作表。

步骤02 打开【审阅】选项卡，在【更改】组中单击【保护工作表】按钮，如图7.28所示。

步骤03 打开【保护工作表】对话框，如图7.29所示。

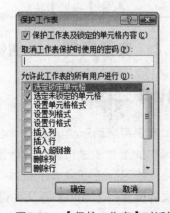

图7.28 单击【保护工作表】按钮　　　图7.29 【保护工作表】对话框

步骤04 在【取消工作表保护时使用的密码】文本框中输入设置的密码，在【允许此工作表的所有用户进行】列表框中设置允许用户进行的操作。

步骤05 单击【确定】按钮，打开【确认密码】对话框，如图7.30所示。

步骤06 在【重新输入密码】文本框中再次输入设置的密码。

步骤07 单击【确定】按钮，完成对工作表的保护。

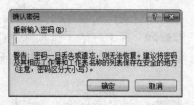

图7.30 【确认密码】对话框

当工作表处于保护状态时，如果用户对工作表进行非法编辑或修改，系统就会弹出一个信息提示框，提示用户要进行修改，需要先取消工作表保护，如图7.31所示。

图7.31 信息提示框

对工作表进行保护后，【更改】组中的【保护工作表】按钮将变为【撤销工作表保护】按钮，如图7.32所示，单击该按钮，会弹出如图7.33所示的【撤销工作表保护】对话框，在该对话框中输入设置的密码，最后单击【确定】按钮即可撤销对工作表的保护。

图7.32 按钮变化

图7.33 【撤销工作表保护】对话框

如果工作表中的数据非常重要，不希望别人查看，可以将工作表隐藏起来，在要隐藏的工作表标签上单击鼠标右键，在弹出的快捷菜单中选择【隐藏】命令即可。要取消工作的隐藏，可以在工作表标签栏上单击鼠标右键，在弹出的快捷菜单中选择【取消隐藏】命令，选择要取消隐藏的对象，单击【确定】按钮。

7.2.2 典型案例——创建并保存"零用金报销单"工作簿

案例目标

本案例将启动Excel新建一个工作簿，再将其保存为"零用金报销单.xlsx"，然后对工作簿中的工作表进行设置，使读者在熟悉启动Excel及在Excel中新建、保存工作簿等操作外，练习Excel工作表的基本操作。

文件位置：【\第7课\源文件\零用金报销单.xlsx】

操作思路：

步骤01 打开【新建工作簿】对话框。

步骤02 在【模板】列表框中选择【已安装的模板】选项。

步骤03 将新建的工作簿保存为"零用金报销单.xlsx"。

步骤04　在原有工作表之后插入新工作表。

步骤05　对"零用金报销单"工作簿中的所有工作表重新命名。

步骤06　对命名后的工作表进行保护设置。

操作步骤

步骤01　执行【开始】→【所有程序】→【Microsoft Office】→【Microsoft Office Excel 2007】命令，启动Excel 2007。

步骤02　单击【Office】按钮，选择【新建】命令，打开【新建工作簿】对话框。

步骤03　在【模板】列表框中选择【已安装的模板】选项。

步骤04　在【已安装的模板】列表框中选择【零用金报销单】选项，如图7.34所示。

步骤05　执行【Office】→【保存】命令，在打开的【另存为】对话框的【保存位置】下拉列表中选择文件保存的路径，在下方的【文件名】下拉列表框中输入"零用金报销单"，如图7.35所示。

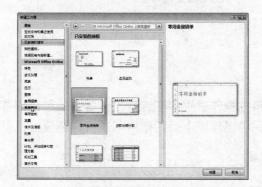

图7.34　选择【零用金报销单】选项 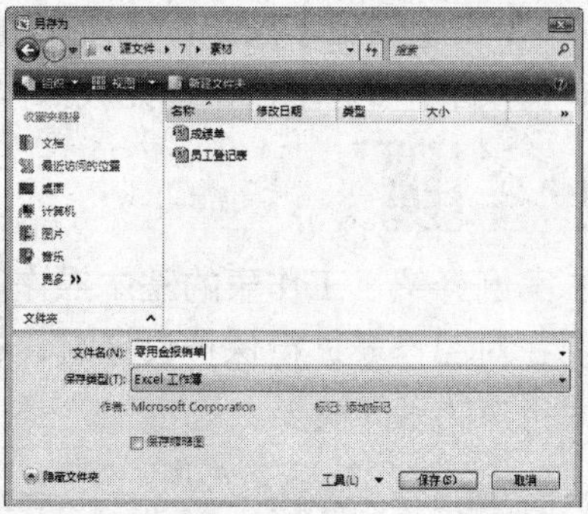　　　　图7.35　设置【另存为】对话框

步骤06　单击【保存】按钮，此时工作簿的名称变为"零用金报销单.xlsx"。

步骤07　单击工作表标签栏中的【插入工作表】按钮，在原有的工作表之后插入另外三个工作表。

步骤08　在"零用金报销单"工作表上单击鼠标右键，在弹出的快捷菜单中选择【重命名】命令，输入"行政部"。

步骤09　分别将其他工作表重命名为"销售部"、"人事部"和"网络部"，效果如图7.36所示。

图7.36　重命名工作表

步骤10　单击"销售部"工作表标签，切换到该工作表中。

步骤11　打开【审阅】选项卡，在【更改】组中单击【保护工作表】按钮，打开【保护工作表】对话框。

步骤12　在该对话框中选中【保护工作表及锁定的单元格内容】复选框，在【允许此工作表的所有用户进行】列表框中选中【选定锁定的单元格】、【选定未锁定的单元格】、【插入列】和【插入行】复选框，并在【取消工作表保护时使用的密码】文本框中输入密码，如图7.37所示。

步骤13 单击【确定】按钮，打开【确认密码】对话框，在其中重复输入刚才设置的密码，如图7.38所示。

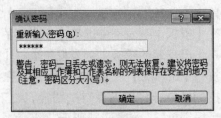

图7.37　设置【保护工作表】对话框　　图7.38　重复输入密码

步骤14 单击【确定】按钮，完成设置。

步骤15 单击【保存】按钮，完成操作。

案例小结

本案例介绍了工作表的基本操作，读者在操作过程中可综合工作簿的各种操作进行练习。在对工作表进行保护设置时，在【保护工作表】对话框中可进行详细设置，以方便不同用户的不同需要。

7.3　单元格的基本操作

单元格是构成工作表的基本元素，在表格中输入和编辑数据其实就是向单元格输入和编辑数据。在对单元格进行编辑之前，需要学会单元格的基本操作。

7.3.1　知识讲解

对单元格进行的基本操作主要包括单元格的选择、插入、合并与拆分、设置行高和列宽，以及单元格的删除等。

1. 选择单元格

制作Excel工作表其实很大程度上是对单元格进行操作，而对单元格进行操作首先应选择单元格，根据实际情况用户可使用不同的方法选择所需的单元格。

选择单个单元格：将鼠标指针移动到目标单元格上，当鼠标指针变为✚形状时，单击该单元格即可将其选中，选中后的单元格四周将出现黑色边框线。

选择连续的多个单元格：单击目标单元格区域内左上角的第一个单元格，按住鼠标左键不放并拖动鼠标至目标区域内右下角的最后一个单元格，释放鼠标即可将拖动过程中框选的所有单元格选中，被选择的单元格区域将出现灰色背景填充，且四周出现黑色粗边框线。

选择一列或一行：将鼠标指针移动到要选择的列标或行号处，当鼠标指针变为↓或
➡形状时，单击鼠标即可选中该列或该行，如图7.39所示。

选择不连续的多个单元格：单击需选择的第一个单元格后，按住【Ctrl】键不放单击其他单元格，被单击的单元格即同时被选中，如图7.40所示。

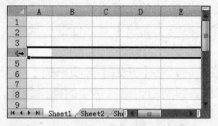
图7.39 选择一行

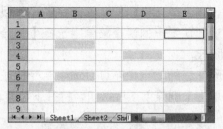
图7.40 选择不连续的多个单元格

选择一列或一行后拖动鼠标可选择多列和多行，使用【Ctrl + A】组合键可以快速地选中当前工作表中的所有单元格。

2. 复制和移动单元格

如果要在其他单元格中输入与已有单元格相同的内容，可以复制单元格，具体操作如下：

步骤01 选中要复制的单元格或单元格区域。

步骤02 在选中的对象上单击鼠标右键，在弹出的快捷菜单中选择【复制】命令，此时被选中的区域四周将出现虚线框。

步骤03 用鼠标右键单击要复制到的目标单元格或单元格区域，在弹出的快捷菜单中选择【粘贴】命令，将数据复制到指定的单元格或单元格区域中。

移动单元格的方法和复制单元格基本相同，只是在第2步中选择快捷菜单中的【剪切】命令。

3. 插入单元格

编辑完一个表格后，有时还需要在表格中加入一些内容，此时就可在原表格的基础上插入单元格，选择需要插入单元格的位置，在【开始】选项卡的【单元格】组中单击【插入】下拉按钮，在打开的下拉菜单中选择【插入单元格】命令，如图7.41所示，打开【插入】对话框，选中相应的单选按钮，再单击【确定】按钮即可，如图7.42所示。

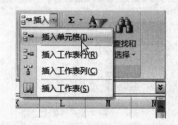
图7.41 选择【插入单元格】命令

图7.42 【插入】对话框

4. 删除单元格

删除单元格，不但删除了单元格，同时也删除了单元格中的数据。和插入单元格一样，删除单元格和插入单元格的操作很相似，在选中的单元格或单元格区域上单击鼠标右键，从弹出的快捷菜单中选择【删除】命令，打开【删除】对话框进行操作，如图7.43所示。

除此之外，用户还可以选中单元格或单元格区域，在【开始】选项卡的【单元格】组中单击【删除】下拉按钮，打开下拉菜单，如图7.44所示，选择需要的操作命令。

图7.43　【删除】对话框

图7.44　【删除】下拉菜单

5. 清除单元格

清除单元格和删除单元格不同，清除单元格只是删除单元格中的数据，而不删除单元格。要清除单元格，只需在【开始】选项卡的【编辑】组中单击【清除】下拉按钮 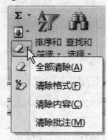，打开下拉菜单，如图7.45所示，选择相应的操作命令即可。

除此之外，用户还可以在选中的单元格上单击鼠标右键，在弹出的快捷菜单选择【清除内容】命令。

图7.45　【清除】下拉菜单

7.3.2　典型案例——制作"员工体检表"工作簿

案例目标

本案例将制作"员工体检表"，在制作时将输入表名、表头和单元格数据，并对工作表进行设置，主要练习单元格的合并、插入及清除等操作，完成后的效果如图7.46所示。

文件位置：【\第7课\源文件\员工体检表.xlsx】

操作思路：

步骤01　新建一个Excel工作簿，并将其保存为"员工体检表"。

步骤02　输入表名、表头和单元格数据。

步骤03　通过合并单元格设置表头。

步骤04　在工作表中插入整列，以便以后输入数据。

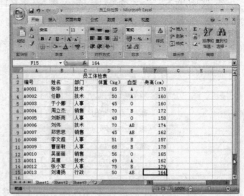
图7.46　表格最终效果

步骤05 清除不需要的单元格内容。

**操作步骤**

步骤01 启动Excel 2007，新建工作簿并将其保存为"员工体检表"。

步骤02 单击鼠标选择单元格A1，输入表名"员工体检表"，使用同样的方法选择单元格A2、B2、C2、D2和E2，分别输入"编号"、"姓名"、"部门"、"体重（kg）"和"身高（cm）"。使用同样的方法输入其他信息和数据，如图7.47所示。

步骤03 拖动鼠标选择A1:E1单元格区域，单击【开始】选项卡的【对齐方式】组中的【合并后居中】按钮，合并单元格，如图7.48所示。

图7.47 输入数据

	A	B	C	D	E
1			员工体检表		
2	编号	姓名	部门	体重（kg）	身高（cm）
3	A0001	张华	技术	65	170

图7.48 合并单元格

步骤04 单击E列的列标，在【开始】选项卡的【单元格】组中单击【插入】下拉按钮，在打开的下拉菜单中选择【插入工作表列】命令，在E列左侧插入整列单元格，效果如图7.49所示。

说明

添加的整列单元格是为了输入"血型"数据内容。

步骤05 按照输入数据的方法输入每个员工的血型，如图7.50所示。

	A	B	C	D	E	F
1			员工体检表			
2	编号	姓名	部门	体重（kg）		身高（cm）
3	A0001	张华	技术	65		170
4	A0002	任静	技术	50		160
5	A0003	于小娜	人事	45		160
6	A0004	周立杰	销售	70		172
7	A0005	刘新雨	人事	48		158
8	A0006	刘伟	技术	70		174
9	A0007	郑思思	销售	45		162
10	A0008	李文超	人事	51		157
11	A0009	曹丽敏	人事	68		178
12	A0010	吴丽丽	销售	56		165
13	A0011	吴雁	技术	49		162
14	A0012	张小军	人事	75		179
15	A0013	刘清扬	行政	50		164

图7.49 插入整列单元格

A	B	C	D	E	F
		员工体检表			
编号	姓名	部门	体重（kg）	血型	身高（cm）
A0001	张华	技术	65	A	170
A0002	任静	技术	50	A	160
A0003	于小娜	人事	45	O	160
A0004	周立杰	销售	70	B	172
A0005	刘新雨	人事	48	O	158
A0006	刘伟	技术	70	AB	174
A0007	郑思思	销售	45	AB	162
A0008	李文超	人事	51	B	157
A0009	曹丽敏	人事	68	B	178
A0010	吴丽丽	销售	56	O	165
A0011	吴雁	技术	49	AB	162
A0012	张小军	人事	75	B	179
A0013	刘清扬	行政	50	AB	164

图7.50 输入"血型"数据

步骤06 拖动鼠标选择E2:E15单元格区域，单击【开始】选项卡的【对齐方式】组中的【居中】按钮，使数据居中显示，如图7.51所示。

步骤07 选择E13单元格，在【开始】选项卡的【编辑】组中单击【清除】下拉按钮，在打开的下拉菜单中选择【清除内容】命令，将单元格中的内容清除，如图7.52所示。

图7.51　居中显示

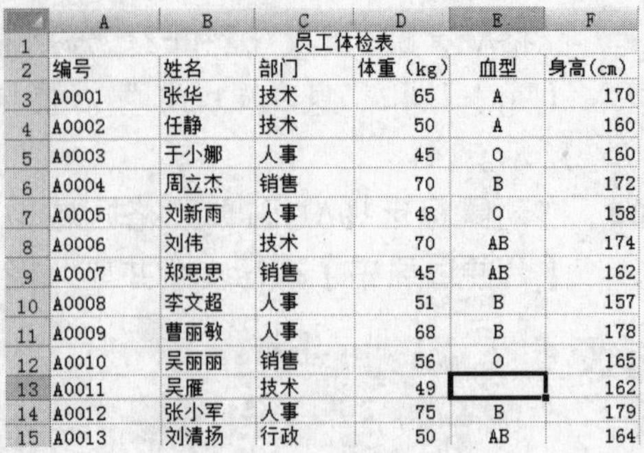

图7.52　清除单元格内容

步骤08 然后再在清除内容的单元格内输入正确的数据。

步骤09 单击【保存】按钮保存工作簿。

 说明 若删除了整行单元格，则下方的整行单元格会自动向上移一行，如图7.53所示是删除了原来的第14行单元格的效果。

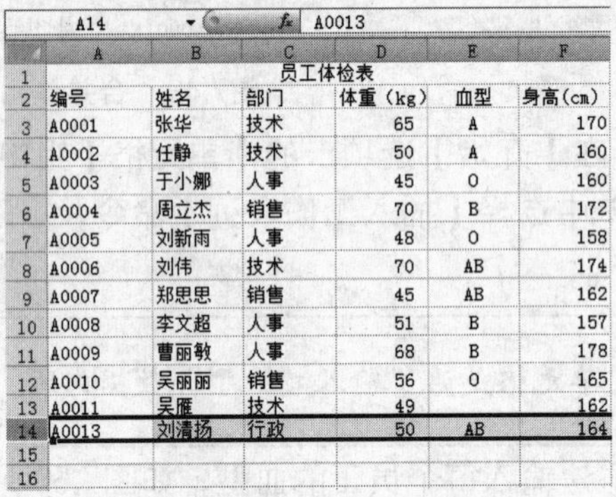

图7.53　删除原第14行单元格后的效果

案例小结

本案例重点介绍了对单元格的合并、插入和清除等操作，掌握单元格的各种基本操作对以后输入数据及设置单元格格式都有很大的帮助。

7.4 单元格格式设置

为了使工作表中的数据更加清晰明了，也为了让工作表更加美观实用，通常需要对工作表中的单元格进行格式设置。

零起点　计算机办公应用培训教程（第3版）

为了使制作的工作表内容更加便于阅读，我们应将表格的不同内容设置为不同的格式，如将表格标题设置得较明显，表头次之，表格内容为一般的格式。单元格格式设置包括设置数据类型、对齐方式、字体格式、边框和颜色，以及单元格背景等。

1. 设置文字和数字格式

单元格中的内容通常为文字和数字两种，因此内容格式的设置也包括这两个方面。

1）设置文字格式

在Excel 2007表格中输入文字数据之后，用户可以对其进行格式设置，以便表格中的数据更加有利于分析管理。文本格式主要包括字体、字号和颜色等，此外，用户还可以设置字符的特殊效果。

设置文字格式的操作步骤如下：

步骤01 选择需要改变文本格式的单元格或单元格区域。

步骤02 在所选的单元格上单击鼠标右键，从弹出的快捷菜单中选择【设置单元格格式】命令，打开【设置单元格格式】对话框的【字体】选项卡，如图7.54所示。

步骤03 用户根据需要设置文字的字体、字号和颜色等格式，在【特殊效果】栏中用户还可以设置文本的上标和下标。

步骤04 设置完成后，单击【确定】按钮。如图7.55所示为设置单元格文本格式后的效果。

图7.54 【设置单元格格式】对话框　　　　图7.55 设置文本格式后的效果

除此之外，还可以使用【开始】选项卡的【字体】组进行设置，选择需要改变文本格式的单元格或单元格区域，在【开始】选项卡的【字体】组中进行设置，如图7.56所示。

图7.56 【字体】组

2）设置数字格式

在Excel 2007中，除了可以设置文字格式外，还可以为数字设置不同的格式，其设置方法是在【设置单元格格式】对话框的【数字】选项卡的【分类】列表框中选择相应的数据格式，如图7.57所示，并在右侧设置具体的样式。需要注意，在【分类】列表框中选择不同的数据类型，右侧出现的设置参数也不同。

另外，用户还可以在【开始】选项卡的【数字】组中单击【数字格式】下拉按钮，在打开的下拉列表中选择需要的数据格式，如图7.58所示。

图7.57　选择数据格式

图7.58　【数字格式】下拉列表

　单击【开始】选项卡的【数字】组中的 %、,、 或 按钮，可以分别让数字显示为百分比样式、千位分隔样式、增加数字的小数位数和减少数字的小数位数。

2. 设置单元格数据对齐方式

单元格的数据对齐方式是指数据在单元格中的位置，包括水平对齐和垂直对齐两种。在Excel中所有的文本默认为左对齐，数字、日期和时间默认为右对齐，用户可以根据需要对单元格中的数据进行对齐方式的设置。如图7.59所示是设置了不同对齐方式的效果图。

设置对齐方式可通过【对齐方式】组或【设置单元格格式】对话框来完成。下面分别进行介绍。

1）通过【对齐方式】组设置

选择单元格中需对齐的数据后，在【开始】选项卡的【对齐方式】组中单击不同的对齐按钮即可使数据按该方式对齐，如图7.60所示。

图7.59　不同对齐方式的效果

图7.60　【开始】选项卡的【对齐方式】组

【顶端对齐】按钮 ：单击该按钮，可使数据位于单元格的顶端。

【垂直居中】按钮 ：单击该按钮，可使数据位于单元格垂直方向的中央。

【底端对齐】按钮 ：单击该按钮，可使数据位于单元格的底端。

【左对齐】按钮 ：单击该按钮，可使数据位于单元格左端。

【水平居中】按钮 ：单击该按钮，可使数据位于单元格水平方向的中央。

【右对齐】按钮：单击该按钮，可使数据位于单元格的右端。

> **说明** 【对齐方式】组中第一排的对齐按钮为垂直对齐按钮，第二排的对齐按钮为水平对齐按钮，在设置数据对齐方式时，可为同一个数据同时设置水平对齐和垂直对齐方式。

2) 通过【设置单元格格式】对话框设置

在【设置单元格格式】对话框的【对齐】选项卡中有更多的对齐方式可供选择，对于表格中的不同数据，可设置不同的对齐方式，如标题和表头可设置为水平、垂直居中对齐；文本类的数据可设置为水平左对齐；数值类数值可设置为水平右对齐。

下面以对表格中数据的对齐方式进行设置为例，具体操作如下：

步骤01 选择需设置对齐方式的单元格，如选择B2:E2单元格区域，如图7.61所示。

步骤02 单击【开始】选项卡。

步骤03 在【对齐方式】组中单击右下角的对话框启动器按钮，打开【设置单元格格式】对话框的【对齐】选项卡，如图7.62所示。

A	B	C	D	E
美晨商场2009年度相机销售情况				
季度 类别	一季度	二季度	三季度	四季度
佳能	500	550	650	800
索尼	550	600	450	550
尼康	610	660	700	600
富士	650	700	650	700

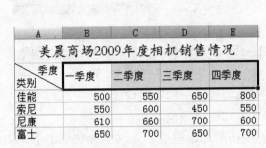

图7.61 选择要设置格式的单元格区域

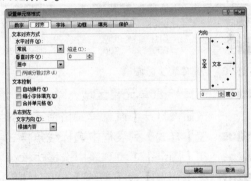

图7.62 【对齐】选项卡

> **说明** 在【设置单元格格式】对话框的【字体】选项卡中设置字体格式后，可单击【对齐】选项卡，设置对齐方式。

步骤04 在【文本对齐方式】栏的【水平对齐】下拉列表框中设置水平对齐方式，如"居中"。

步骤05 在【垂直对齐】下拉列表框中设置垂直对齐方式，如"居中"。

步骤06 单击【确定】按钮，返回Excel工作界面，查看设置对齐方式后的文本效果，如图7.63所示。

A	B	C	D	E
美晨商场2009年度相机销售情况				
季度 类别	一季度	二季度	三季度	四季度
佳能	500	550	650	800
索尼	550	600	450	550
尼康	610	660	700	600
富士	650	700	650	700

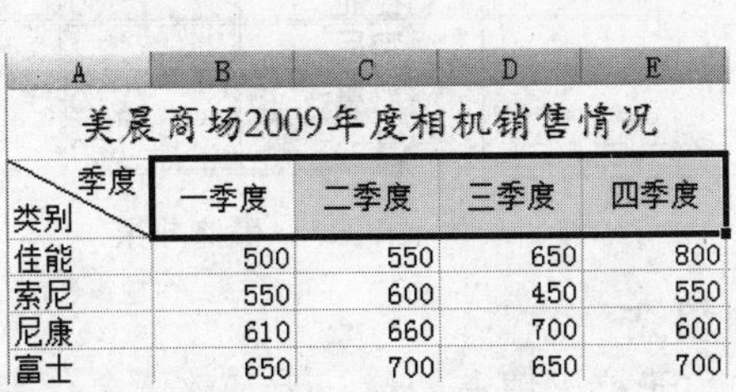

图7.63 设置对齐方式的效果

3. 设置单元格的边框和颜色

边框就是组成单元格的四条线段。Excel默认显示的浅灰色表框线是不会被打印输出的，也就是单元格默认是没有边框的。为了使制作的工作表更加美观、醒目，可以设置单元格的边框线，具体操作步骤如下：

步骤01 选择需要添加边框的单元格，如选择A2:E2表头区域，如图7.64所示。

步骤02 单击【开始】选项卡下的【字体】组中的【边框】按钮 右侧的下拉按钮。

步骤03 在弹出的下拉菜单中选择一种边框线样式，如图7.65所示。

图7.64 选择表头区域　　　　　　　　图7.65 选择边框样式

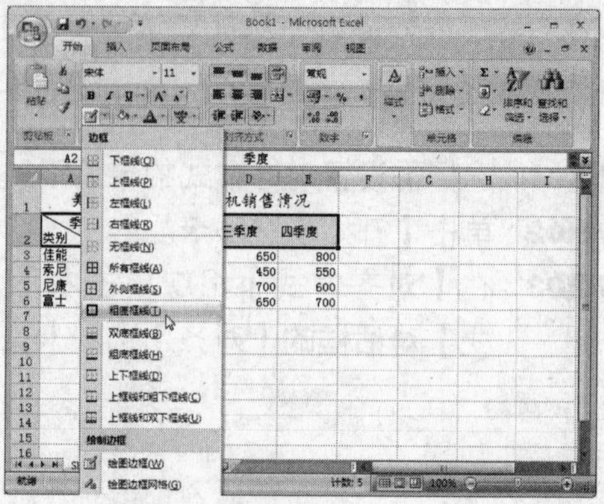

步骤04 选择A3:E6单元格区域，单击【开始】选项卡下的【字体】组中的对话框启动器按钮，打开【设置单元格格式】对话框，单击【边框】选项卡。

步骤05 在【样式】列表框中选择线条样式，如选择最后一种双线样式。

步骤06 在【颜色】下拉列表中选择边框线颜色，如选择绿色。

步骤07 在【预置】或【边框】栏单击相应的按钮添加边框线，如这里分别单击【外边框】按钮 和【内部】按钮 ，如图7.66所示。

步骤08 单击【确定】按钮，应用设置，返回工作表编辑区，便可看到A3:E6单元格区域添加了绿色的双线外边框和内部边框线，如图7.67所示。

图7.66 【边框】选项卡　　　　　　图7.67 最终效果

4. 设置单元格的背景填充

默认情况下，Excel中单元格无填充颜色。为了整体美化表格，还可以为表格中的单元格添加填充效果，具体操作步骤如下：

步骤01 选中要设置颜色的单元格或单元格区域。

步骤02 在【开始】选项卡下的【对齐方式】组中单击右下角的对话框启动器按钮，打开【设置单元格格式】对话框。

步骤03 在该对话框中单击【填充】选项卡，在【背景色】栏中选择背景颜色，如图7.68所示。

步骤04 单击【确定】按钮，选中的单元格或者单元格区域被填充了背景色，如图7.69所示。

图7.68 选择合适的颜色

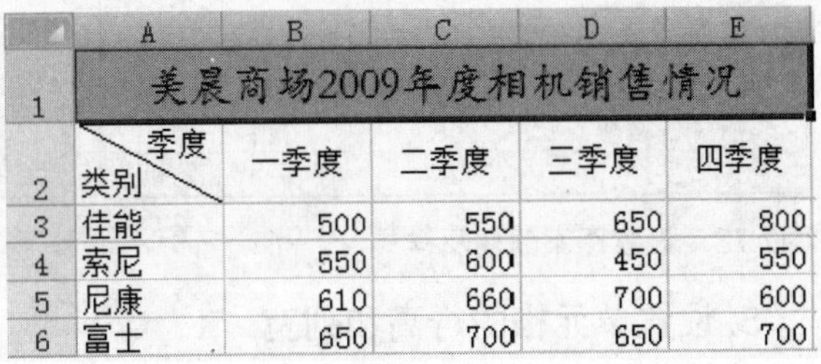

美晨商场2009年度相机销售情况

类别\季度	一季度	二季度	三季度	四季度
佳能	500	550	650	800
索尼	550	600	450	550
尼康	610	660	700	600
富士	650	700	650	700

图7.69 填充背景色的效果

注意 单击【其他颜色】按钮会打开【颜色】对话框，从中可选择更多的颜色。

　　用户还可以为单元格添加渐变效果。选择单元格或单元格区域，在【设置单元格格式】对话框的【填充】选项卡中单击【填充效果】按钮，打开【填充效果】对话框，在【颜色】栏设置两种渐变色，在【底纹样式】栏中选择一种填充效果，如图7.70所示，单击【确定】按钮，返回【设置单元格格式】对话框，如图7.71所示，再单击【确定】按钮，被选择的单元格区域即填充了渐变色，效果如图7.72所示。

图7.70 设置填充效果

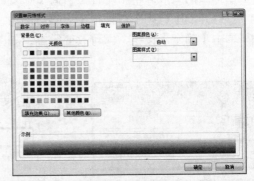

图7.71 返回【设置单元格格式】对话框

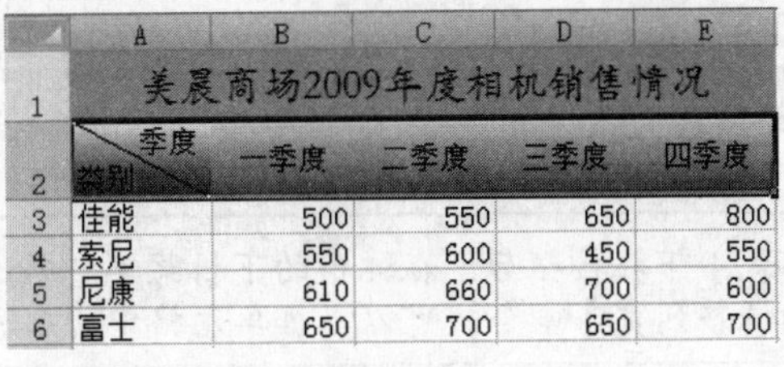

美晨商场2009年度相机销售情况

类别\季度	一季度	二季度	三季度	四季度
佳能	500	550	650	800
索尼	550	600	450	550
尼康	610	660	700	600
富士	650	700	650	700

图7.72 填充渐变色的效果

除此之外，在Excel中还可以填充图案，在【设置单元格格式】对话框中单击【填充】选项卡，在【图案颜色】下拉列表中选择一种颜色，在【图案样式】下拉列表中选择一种图案样式，如图7.73所示，最后单击【确定】按钮即可，效果如图7.74所示。

图7.73　设置图案颜色及样式

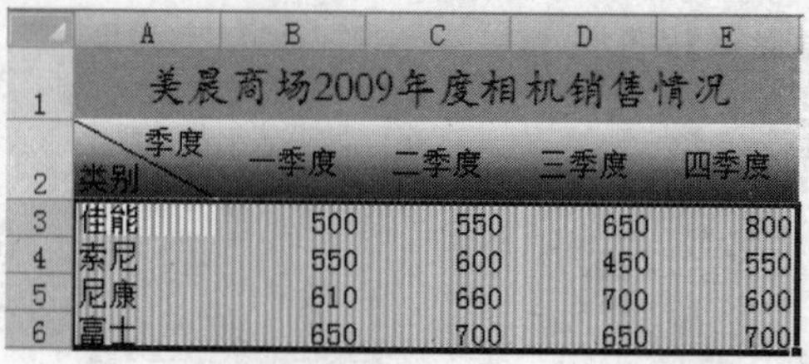

图7.74　填充图案的效果

5. 设置单元格的行高和列宽

若单元格中的数据过长或字号较大时，将会显示不完整，此时需要调整行高和列宽，使其更适合内容显示的需要。

将鼠标移至需要调整行高的行标的下方，鼠标指针会变成╬形状，按住鼠标不放进行拖动，便可调整行高。若要调整列宽，则将鼠标移至需要调整列宽的列标右侧，当指针变成╬形状时，再按住鼠标不放进行拖动即可调整列宽。

除此之外，用户也可以对单元格的行高和列宽进行精确调整，具体操作如下：

步骤01　选择要改变行高的单元格区域。

步骤02　在【开始】选项卡下【单元格】组中单击【格式】下拉按钮。

步骤03　在弹出的下拉菜单中选择【行高】命令。

步骤04　在打开的【行高】对话框中设置行高为"20"，如图7.75所示。

步骤05　单击【确定】按钮，即可改变行高，如图7.76所示。

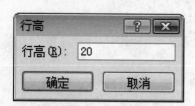

图7.75　设置行高

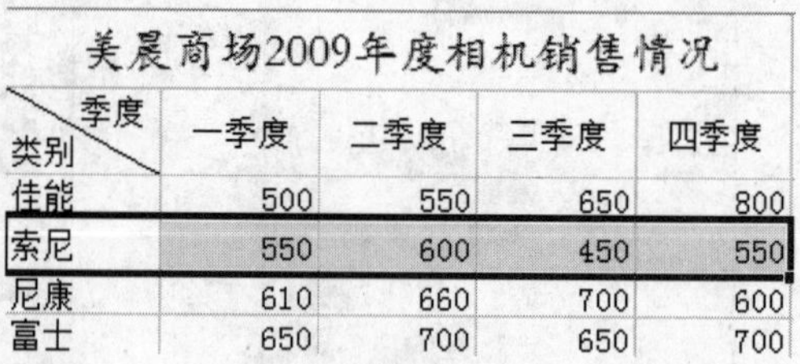

图7.76　改变行高后的效果

若在【格式】下拉菜单中选择【列宽】命令，则可以用与调整行高相同的方法调整列宽。

单击【格式】下拉按钮后，在弹出的下拉菜单中若选择【自动调整行高】和【自动调整列宽】命令，可以根据单元格中的内容自动调整行高与列宽。

7.4.2 典型案例——美化课程表

案例目标

本案例将对制作好的课程表进行美化操作，主要介绍设置数据对齐方式、字体格式、边框及单元格背景的方法，效果如图7.77所示。

素材位置：【\第7课\素材\课程表.x1sx】

文件位置：【\第7课\源文件\设置格式的课程表.x1sx】

操作思路：

步骤01 打开课程表。

步骤02 设置表名（表格标题）的字体和字号。

步骤03 给表头添加背景颜色，设置文字对齐方式。

图7.77 设置格式后的表格

操作步骤

步骤01 打开课程表，执行【Office】→【另存为】命令，打开【另存为】对话框，将其另存为"设置格式的课程表"。

步骤02 选择A1:F1单元格，然后在【开始】选项卡下，单击【对齐方式】组中的【合并后居中】按钮。

步骤03 单击【单元格】组中的【格式】下拉按钮，在其下拉菜单中选择【行高】命令。

步骤04 在打开的【行高】对话框中，将行高设置为"30"。

步骤05 单击【确定】按钮完成行高设置。

步骤06 选择表格标题所在单元格，在【字体】组中设置【字号】为"22"，【字体】为"隶书"，颜色为绿色，如图7.78所示。

步骤07 选择A2:B2单元格，在【字体】组中设置【字体】为"方正姚体"。

步骤08 单击【剪贴板】组中的【格式刷】按钮，将A8:B8单元格和A11:B11单元格中的字体设置成与A2:B2单元格的字体一样。

步骤09 按照同样的方法设置其他文本的字体及颜色，如图7.79所示。

课程表				
上午	8：30—12：00			
	星期一	星期二	星期三	星期四	星期五
第一节	语文	英语	数学	历史	数学
第二节	数学	生物	语文	英语	英语
第三节	英语	物理	地理	数学	地理
第四节	语文	数学	英语	语文	体育
下午	14：00—17：00			
第一节	生物	政治	文学概论	数学	英语
第二节	体育	历史	美学	语文	物理
晚自习	18：00—20：30			

图7.78 设置标题格式

	A	B	C	D	E	F
		课程表				
上午	8：30—12：00				
	星期一	星期二	星期三	星期四	星期五
第一节	语文	英语	数学	历史	数学
第二节	数学	生物	语文	英语	英语
第三节	英语	物理	地理	数学	地理
第四节	语文	数学	英语	语文	体育
下午	14：00—17：00				
第一节	生物	政治	文学概论	数学	英语
第二节	体育	历史	美学	语文	物理
晚自习	18：00—20：30				

图7.79 设置其他文本

步骤10 选择A2:F11单元格区域，在【单元格】组中单击【格式】下拉按钮，在打开的下拉菜单中选择【设置单元格格式】命令，在打开的【设置单元格格式】对话框中单击【边框】选项卡。

步骤11 在该选项卡中设置边框的线条样式、线条颜色及样式，如图7.80所示。

步骤12 单击【确定】按钮，完成设置，效果如图7.81所示。

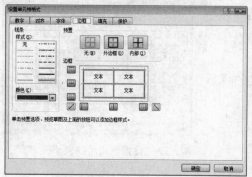

图7.80　设置边框

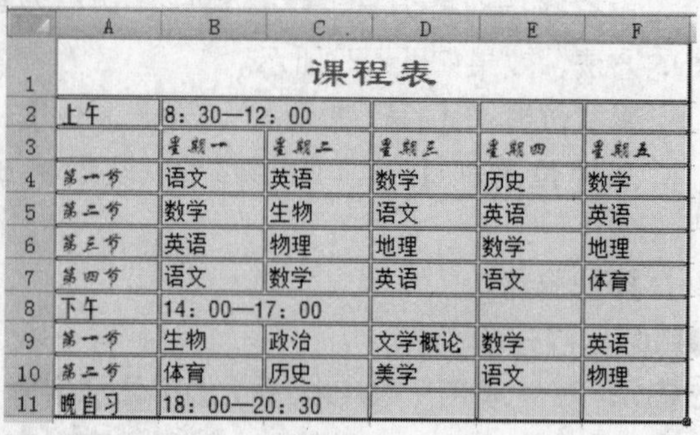

图7.81　设置边框后的效果

步骤13 选择表格标题所在单元格，单击鼠标右键，从弹出的快捷菜单中选择【设置单元格格式】命令，在打开的【设置单元格格式】对话框中单击【填充】选项卡，在【图案颜色】下拉列表中选择一种颜色，在【图案样式】下拉列表中选择一种样式，如图7.82所示。

步骤14 单击【确定】按钮，完成设置。

步骤15 选择A2:F11单元格区域，单击鼠标右键，从弹出的快捷菜单中选择【设置单元格格式】命令。

步骤16 在打开的【设置单元格格式】对话框中单击【填充】选项卡，设置白色到绿色的填充效果，如图7.83所示。

图7.82　设置填充效果

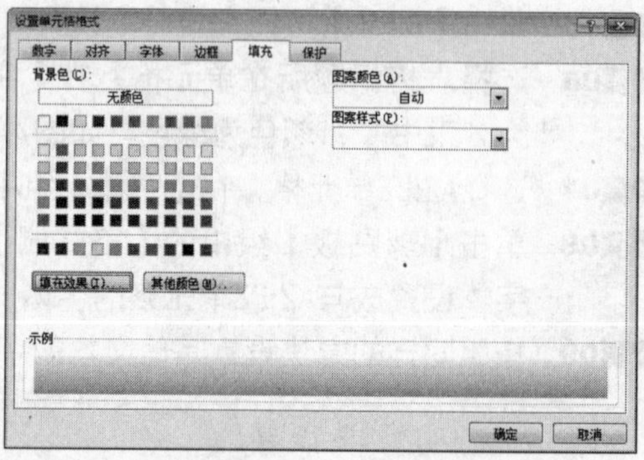

图7.83　设置渐变色

步骤17 单击【确定】按钮，完成设置。

案例小结

本案例介绍了如何进行工作表的格式设置，除了案例中提到的数据对齐方式、字体样式、边框及单元格背景等设置外，其他设置用户可自行练习。

7.5 上机练习

7.5.1 创建“记录”工作簿

这里练习创建“记录”工作簿，其中包括“员工基本资料”、“个人月销售记录”和“全年销售统计”3个工作表。

文件位置：【\第7课\源文件\记录.xlsx】

操作思路：

步骤01 启动Excel 2007。

步骤02 分别将“Sheet1”，“Sheet2”和“Sheet3”重命名为“员工基本资料”、“个人月销售记录”和“全年销售统计”。

步骤03 将工作簿命名为“记录”并进行保存。

7.5.2 创建“销量统计”工作表

这里练习创建“销量统计”工作表，如图7.84所示。

	A	B	C	D	E	F
1	洋洋食品有限责任公司2009年销量统计（万件）					
2	产品名称	一季度	二季度	三季度	四季度	
3	果冻	60	65	80	70	
4	薯片	120	130	125	128	
5	瓜子	70	77	74	80	
6	饼干	80	87	79	100	
7	桃豆	65	60	67	70	
8	锅巴	47	54	60	58	
9	山楂片	81	76	84	90	

图7.84 “销量统计”工作表

文件位置：【\第7课\源文件\销量统计.xlsx】

操作思路：

步骤01 在【设置单元格格式】对话框中设置边框和填充效果等。

步骤02 在【开始】选项卡的【字体】组中设置字体、字号及颜色等。

7.6 疑难解答

问： 如何输入百分比和货币等特殊类型数据？

答： 选择需要设置百分比或货币格式的单元格，在【开始】选项卡中单击【数字】组中的【数字格式】下拉按钮，在弹出的下拉列表中选择需要的选项。

另外，在【数字】组中还有快捷的按钮可将数据设置为货币样式或百分比样式。选择需要设置货币格式的单元格，在【开始】选项卡中单击【数字】组中的【会计数字格式】下拉按钮，在弹出的下拉菜单中选择货币格式；选择需要设置百分比格式的单元格，单击【数字】组中的【百分比】按钮。

问：为了便于区分不同的工作表标签，可以为其设置颜色吗？

答：可以。在需设置的工作表标签上单击鼠标右键，在弹出的快捷菜单中的【工作表标签颜色】子菜单中选择需要的颜色即可。

问：如何设置启动Excel 2007时打开指定的工作簿？

答：打开【Excel 选项】对话框，在左侧单击【高级】选项卡，在右侧的【常规】栏中的【启动时打开此目录中的所有文件】文本框中输入工作簿的存储路径即可。

问：在用Excel输入"01"时，为什么单元格中显示的是"1"呢？

答：这是因为Excel会忽略"01"中前面没有改变数值大小的"0"，若需输入"01"，可以在输入时在前面多输入一个英文输入状态下的"'"符号。

问：输入身份证号码（至少15位数）时，无论怎样拖动单元格调整宽度，都无法显示出全部数据，而是以科学记数法显示，怎么办呢？

答：在输入前先选择这些单元格区域，然后在【开始】选项卡的【数字】组中单击【数字格式】下拉按钮，在打开的下拉列表中选择【文本】选项，此时输入的数据将正确显示。

问：在单元格中输入数据时，按【Enter】键后将切换到下一个单元格中输入，怎样在同一个单元格中实现换行输入呢？

答：打开【设置单元格格式】对话框，在【对齐】选项卡中选中【自动换行】复选框，当输入的数据超过所在单元格的宽度或按【Enter】键时，数据就会自动换行。

7.7 课后练习

选择题

1 在Excel 2007工作表中，最上边的"A"到后面的"C，D，E…"是（　　　　），而最左边的"1，2，3…"是（　　　　）。

　　A、列标　　　　　　　　　　　　　　B、行号

　　C、自定义样式　　　　　　　　　　　D、内置样式

2 在Excel 2007中，默认工作簿的文件名是（　　　）。

　　A、Sheet1　　　　　　　　　　　　　B、Book1

　　C、Excel1　　　　　　　　　　　　　D、Xls1

3 工作表标签显示的内容是（　　　）。

　　A、工作表大小　　　　　　　　　　　B、工作表属性

　　C、工作表内容　　　　　　　　　　　D、工作表名称

4 单元格的位置用它的行、列标记表示，如D3表示第（　　　）的第（　　　）。

　　A、4列　　　　　　　　　　　　　　B、3列

　　C、4排　　　　　　　　　　　　　　D、3排

问答题

1 如何使表格中的文字和数据右对齐？

2 如何重命名工作表？

3 怎样调整单元格的行高和列宽？

4 怎样保护计算机中的工作表？

5 单元格格式包括哪些内容？

6 如何设置单元格的边框？

7 简述设置单元格背景的具体操作。

上机题

制作员工登记表，如图7.85所示。

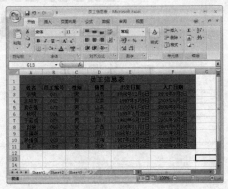

图7.85　员工登记表

1. 在【开始】选项卡的【字体】组中设置表格中的字体。
2. 在【设置单元格格式】对话框的【边框】选项卡中设置单元格的边框效果，在【填充】选项卡中设置单元格背景颜色。
3. 单元格的大小有差异，注意单元格的合并设置。

第8课

Excel 2007办公高级应用

▼ **本课要点**
数据的输入
公式与函数
图表与数据管理

▼ **具体要求**
掌握文本数据和数字数据的输入方法
掌握查找和替换数据的方法
掌握输入、显示、复制和删除公式的方法
掌握函数的应用
掌握图表的创建、修改与美化操作
掌握数据的排序和筛选方法

▼ **本课导读**
Excel 2007是一款功能强大的优秀电子表格处理软件，其优势就在于计算能力比较强大。它不仅具有数据存储、共享、运算和打印输出功能，还具有强大的数据综合管理与分析功能，可简单快捷地进行各种数据处理、统计分析和预测决策分析。本章将介绍输入文本和数字数据、查找和替换数据、输入公式、管理图表与数据等操作方法。

8.1 输入数据

电子表格主要用来存储和处理数据，因此数据的输入和编辑是制作电子表格的前提。在Excel工作表中可以输入多种类型的数据，其中最常见的有文本、数值、日期和时间等，下面将分别介绍它们的输入方法。

8.1.1 知识讲解

在Excel 2007中，可以在工作表中输入常量和公式两类数据。常量是可以直接输入到单元格中的数据，可以是数字（包括日期、时间、货币、百分比、分数、科学记数等），也可以是文本。公式可以是一个常量值、单元格引用、名字、函数或操作符的序列。

1. 输入文本数据

文本通常指字符或者任何数字和字符的组合。任何输入到单元格内的字符集，只要不被系统解释成数字数据和公式，则一律被视为文本。

输入文本的方法有如下几种：

➡ 在工作表编辑区中单击要输入的单元格，直接输入文本，按【Enter】键即可。

➡ 双击要输入文本的单元格，将文本插入点定位到单元格中，再输入所需数据。

➡ 选择单元格，将鼠标指针移到编辑栏处单击，将插入点定位到编辑栏中再输入文本。此时将激活✗和✔按钮，单击✗按钮可取消编辑，单击✔按钮可确认输入。

在一个单元格中输入文本后，按左、右方向键可切换到与它横向相邻的单元格中进行输入，按【Enter】键可切换到与它同列的下一个单元格中进行输入。

2. 输入数字数据

在单元格中输入数字后，数字将自动靠右对齐。如果输入的数字超过11位，将自动变成类似于"1.23E+11"的科学记数法形式；如果输入的数字小于11位但单元格的宽度不够容纳其中的数字时，将以"#####"的形式表示。

输入数字数据时，先在前面输入一个英文状态下的单引号"'"后再输入数字，可以将其转换为文本数据，使其在单元格中靠左对齐。

1）输入普通数字数据

输入普通数字数据的方法与输入文本数据的方法相同，即选择单元格，直接输入或在编辑栏中输入数据，完成后按【Enter】键或方向键，继续在其他单元格中输入数据。

2）输入特殊数字数据

在表格中常会输入货币、百分比等特殊格式的数字数据，这类数据前面或后面都有"￥"和"%"等固定的符号，如果手动输入会比较麻烦，在Excel中可以先设置好格式再输入，输入的数据将自动转换成相应的格式。

下面以输入货币型数字数据为例，介绍输入特殊数字数据的具体操作：

步骤01 选择需要输入特殊数据的单元格，这里选择B2:B3单元格区域。

步骤02 在【开始】选项卡的【单元格】组中执行【格式】→【设置单元格格式】命令，打开【设置单元格格式】对话框，切换到【数字】选项卡，在【分类】列表框中选择【货币】选项，在【货币符号】下拉列表中选择用户所需要的货币符号，如图8.1所示。

步骤03 单击【确定】按钮返回到工作表中。

步骤04 分别在B2和B3单元格中输入"200"和"240"，按【Enter】键，效果如图8.2所示。

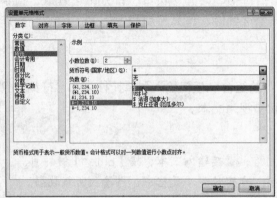

图8.1　选择货币符号

	A	B
1	商品	价格
2	索尼	$200.00
3	佳能	$240.00

图8.2　输入货币型数字数据

3）快速填充数据

在输入表格数据时，有时需要在相邻的单元格中输入相同的数据，这时可使用Excel 2007的快速填充功能，具体操作如下：

步骤01 在需要填充数据的第一个单元格中输入所需的数据。

步骤02 将鼠标指针移到单元格右下角的填充柄上，当鼠标指针变为＋形状时，按住鼠标左键不放并拖动至所需位置，如图8.3所示。

步骤03 释放鼠标键后，即可在单元格内填充相同的数据，如图8.4所示。

	A	B	C
1	商品	价格	
2	索尼	$200.00	
3	佳能		
4	尼康		
5	夏普		
6	诺基亚		
7	飞利浦		
8	海尔		
9	三星		
10	步步高		
11			$200.00
12			
13			

图8.3　拖动鼠标

	A	B	C
1	商品	价格	
2	索尼	$200.00	
3	佳能	$200.00	
4	尼康	$200.00	
5	夏普	$200.00	
6	诺基亚	$200.00	
7	飞利浦	$200.00	
8	海尔	$200.00	
9	三星	$200.00	
10	步步高	$200.00	
11			
12			
13			

图8.4　填充效果

4）填充序列

如果需要在相邻的单元格中输入有规律的数据，如等差或等比序列数据等，可利用Excel提供的序列数据输入功能快速输入这些数据。

📁 使用【序列】对话框

通过对话框填充序列数据可以只输入第一个数据，然后在对话框中进行设置，下面以输入等比序列为例，介绍使用【序列】对话框输入序列数据的方法，具体操作如下：

步骤01 输入序列数据的第一个值，如图8.5所示。

步骤02 按住【Shift】键，选定需要输入序列数据的单元格区域，如图8.6所示。

步骤03 在【开始】选项卡的【编辑】组中单击【填充】下拉按钮 ▣▾，打开下拉菜单，如图8.7所示。

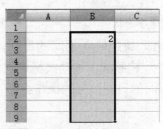
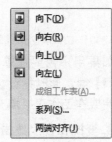

图8.5　输入序列数据的第一个数值　图8.6　选择单元格区域　　图8.7　【填充】下拉菜单

步骤04 选择【系列】命令，打开【序列】对话框，如图8.8所示。

步骤05 在【类型】栏中选中【等比序列】单选按钮，在【步长值】文本框中输入等比序列的步长值，如输入"4"。

步骤06 单击【确定】按钮，返回当前的工作表，Excel将根据设置的参数自动填充等比序列数据，如图8.9所示。

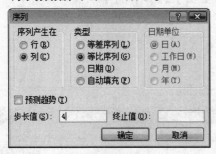

图8.8　【序列】对话框　　　　　　图8.9　自动填充等比序列数据

 在步骤2中，用户可以不选中单元格区域，直接在【序列】对话框的【序列产生在】栏中选中【行】或【列】单选按钮，在【终止值】文本框中输入终止值，也能得到同样的输出结果。

📁 **使用填充柄**

通过填充柄填充日期和星期等有规律的序列数据时，操作方法与填充相同数据的方法相同，即直接拖动即可自动输入顺序递增的数据。填充等差序列或等比序列时，则需要输入两个相邻的值，具体操作如下：

步骤01 选择需要输入序列的第一个单元格并在其中输入日期类型的数值，如在B1单元格中输入"10月1号"。

步骤02 将指针移到当前单元格的右下角，指针变为黑色的十字形状，如图8.10所示。

步骤03 按住鼠标左键不放，向需要填充的单元格区域拖曳鼠标，松开鼠标后，系统将在单元格区域自动完成日期序列数据的填充操作，如图8.11所示。

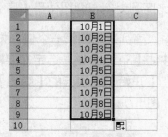

图8.10　指针变为十字形状　　　　　　图8.11　填充完成

如果用户需要在单元格区域中输入相同的日期，只需在按住鼠标左键的同时按下【Ctrl】键，此时指针会变为十形状，拖动鼠标到需要填充的区域的最后一个单元格，即可完成在工作表中填充相同的日期数据的操作。

3. 查找和替换数据

与Word一样，当工作表中的数据较多时，若需要找到想要的数据或对其中某些数据进行统一更改，可使用Excel的查找和替换功能，具体操作如下：

步骤01 打开工作表，在【开始】选项卡的【编辑】组中单击【查找和选择】下拉按钮。

步骤02 在打开的下拉菜单中选择【查找】命令，如图8.12所示。

步骤03 在打开的【查找和替换】对话框的【查找】选项卡的【查找内容】下拉列表框中输入要查找的内容，如输入"河北"，如图8.13所示。

图8.12　选择【查找】命令　　　图8.13　输入要查找的内容

步骤04 单击【选项】按钮，展开其他设置参数。

步骤05 在【范围】下拉列表中选择查找范围，如选择【工作表】选项；在【搜索】下拉列表中选择搜索的方式，如选择【按列】选项，如图8.14所示。

步骤06 单击【查找全部】按钮，查找所有满足条件的单元格，查找结果如图8.15所示。

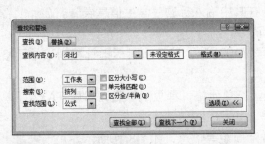

图8.14　设置其他参数

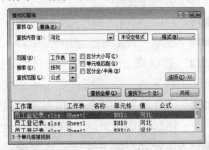

图8.15　查找结果

　　替换数据的方法和查找数据的方法类似，在【查找和替换】对话框中切换到【替换】选项卡，在【替换为】下拉列表框中输入要替换的数据，设置好其他的替换参数，如图8.16所示，单击【全部替换】按钮就可以将查找到的数据替换为新的内容。

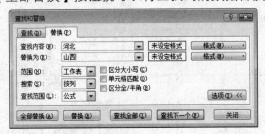

图8.16　设置替换参数

8.1.2　典型案例——制作学生信息表

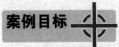

案例目标

　　本案例将制作一个学生信息表，效果如图8.17所示。

	A	B	C	D	E	F	G	H
1	学生信息表							
2	学生编号	姓名	性别	籍贯	政治面貌	出生日期	入学日期	入学成绩
3	A001	杨若兰	女	河北	党员	92.08.01	2009.9.1	540
4	A002	王芷	女	北京	党员	93.04.02	2009.9.1	537
5	A003	孟晓晓	男	山西	党员	92.02.13	2009.9.1	530
6	A004	张梦然	男	河北	党员	92.07.23	2009.9.1	529
7	A005	史艳艳	女	河北	党员	92.08.16	2009.9.1	519
8	A006	刘清杨	女	北京	党员	93.09.09	2009.9.1	516
9	A007	田岚	男	山西	党员	93.06.24	2009.9.1	510
10	A008	杨清臣	男	上海	党员	92.10.13	2009.9.1	509
11	A009	刘蒙蒙	女	江苏	党员	93.12.27	2009.9.1	506
12	A010	王琳	女	江苏	党员	92.12.06	2009.9.1	506
13	A011	孟强	男	北京	党员	92.03.15	2009.9.1	502

图8.17　最终效果

　　文件位置：【\第8课\源文件\学生信息表.xlsx】

　　操作思路：

步骤01 启动Excel，输入数据，同时灵活运用填充柄填充序列和修改数据。

步骤02 查找和替换数据信息。

步骤03 保存表格。

操作步骤

步骤01 启动Excel 2007，选择A1单元格，在其中输入标题"学生信息表"。

步骤02 在A2～H2各单元格中分别输入各项表头名称。

步骤03 在A3单元格中输入第一个学生编号"A001"，然后将鼠标指针移到该单元格的右下角，鼠标指针变为➕形状。

步骤04 按住鼠标左键不放向下拖动鼠标至A13单元格，释放鼠标后，即可在A3:A13单元格区域中填入依次递增的学生编号，如图8.18所示。

步骤05 使用同样的方法填充入学时间和政治面貌等信息，如图8.19所示。

2	学生编号	姓名
3	A001	
4	A002	
5	A003	
6	A004	
7	A005	
8	A006	
9	A007	
10	A008	
11	A009	
12	A010	
13	A011	

图8.18 填充编号

	A	B	C	D	E	F	G	H
1	学生信息表							
2	学生编号	姓名	性别	籍贯	政治面貌	出生日期	入学日期	入学成绩
3	A001	杨若兰	女	河北	党员	92.08.01	2009.9.1	540
4	A002	王芷	女	北京	党员	93.04.02	2009.9.1	537
5	A003	孟晓晓	男	山西	党员	92.02.13	2009.9.1	530
6	A004	张梦然	男	河北	党员	92.07.23	2009.9.1	529
7	A005	史艳艳	女	河北	党员	92.08.16	2009.9.1	519
8	A006	刘清杨	男	山西	党员	93.09.09	2009.9.1	516
9	A007	田岚	男	山西	党员	93.06.24	2009.9.1	510
10	A008	杨清臣	男	上海	团员	92.10.03	2009.9.1	509
11	A009	刘素素	女	江苏	团员	93.12.27	2009.9.1	506
12	A010	王琳	女	江苏	团员	92.12.06	2009.9.1	506
13	A011	孟强	男	北京	团员	92.03.15	2009.9.1	502

图8.19 输入其他信息

步骤06 选中A1:H1单元格区域，单击【合并后居中】按钮，合并单元格，并使文本居中。

步骤07 在【开始】选项卡的【字体】组中，将表格的标题文字设置为"黑体"，文字大小为"14"并加粗。

步骤08 选择全部表头单元格，使用同样的方法将表头内容的字体设置为"华文中宋"，大小设置为"12"，单击▆按钮，使内容居中。

步骤09 单击鼠标右键，在弹出的快捷菜单中选择【设置单元格格式】命令，在打开的【设置单元格格式】对话框的【填充】选项卡中，设置表头的背景色，如图8.20所示。

步骤10 选中A3:H3单元格区域，单击▆按钮，使内容居中显示。

步骤11 单击鼠标右键，在弹出的快捷菜单中选择【设置单元格格式】命令，在打开的【设置单元格格式】对话框的【边框】选项卡中，进行添加边框操作，如图8.21所示。

图8.20 设置背景填充色

图8.21 设置边框

步骤12 按下【Ctrl+F】组合键，打开【查找和替换】对话框，在该对话框中进行设置，将表格中的"团员"替换为"党员"。

步骤13 单击【查找全部】按钮，查找到要替换的内容，如图8.22所示。

步骤14 单击【全部替换】按钮，这时，会弹出提示框，提示替换的数量，如图8.23所示。

图8.22 查找要替换的内容

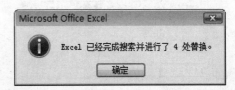

图8.23 提示框

步骤15 单击【确定】按钮，然后单击【关闭】按钮，关闭【查找和替换】对话框。

步骤16 执行【Office】→【另存为】命令，打开【另存为】对话框，设置好保存位置，将工作簿保存为"学生信息表"。

案例小结

　　本案例制作了"学生信息表"，涉及到的知识点包括Excel 2007的启动、单元格的基本操作及数据输入、数据的查找与替换，以及工作簿的保存操作等。读者在输入数据的过程中，应灵活使用各种填充数据的方法，以减少重复输入相同数据的工作量。

8.2 公式与函数

　　Excel电子表格最强大的功能不是简单地输入数据和美化表格，而是实现公式和函数的计算，例如，对工作表中的数据进行求和、求乘积、求平均数等运算，实现对工作表中数据的处理和分析，生成图表，对数据进行分析，为办公提供方便。本节主要介绍Excel 2007公式和函数的相关知识，让读者对Excel有更加深入的了解。

8.2.1 知识讲解

　　在工作表中输入数据后，可通过Excel中的公式和函数功能对这些数据进行自动、精确、高速的运算处理。

1. 输入公式

　　公式是在工作表中对数据进行计算的等式，是由一个或多个数值和运算符组成的，以等号开头，使用公式可以对工作表中的数值进行加、减、乘、除等各种运算。

　　在单元格中输入公式的具体操作如下：

步骤01 分别在A1、A2和A3单元格中任意输入3个数据，这里输入"3"、"6"和"9"。

步骤02 选择要输入公式的单元格，这里选择A4单元格。

步骤03 在编辑栏中输入计算公式（"=A1*A2*A3"），如图8.24所示。

> **说明** 在公式中输入单元格地址（如A1、A2等）时，既可通过手动输入，也可在输入时单击相应的单元格，其地址将自动添加到编辑栏中。

步骤04 按【Enter】键或单击编辑栏左侧的【输入】按钮☑，A4单元格中会自动出现计算后的结果，如图8.25所示。

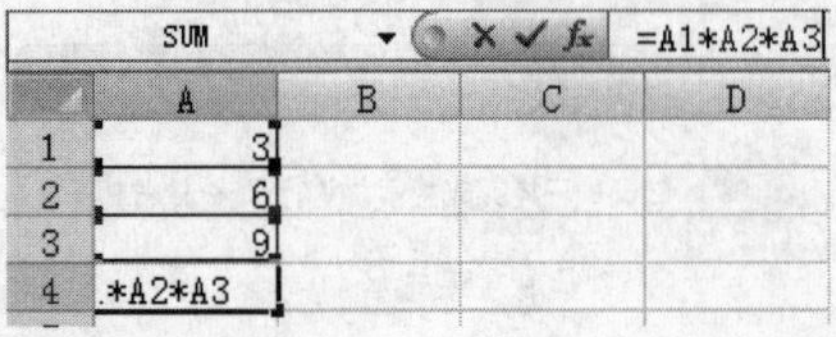

图8.24 输入公式 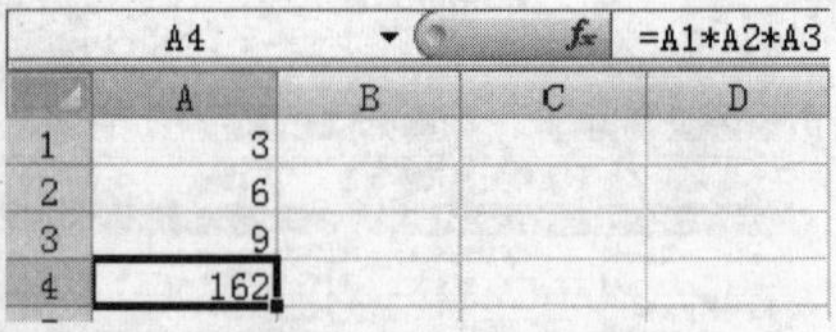   图8.25 计算结果

> **说明** 若要取消已经输入的公式，可单击编辑栏左侧的【取消】按钮☒。

2. 显示与修改公式

在单元格中输入公式并按【Enter】键后，单元格中将只显示公式计算的结果，而公式本身则只在编辑栏中显示，为方便用户修改公式，可通过设置，让工作表在显示公式内容与显示结果之间切换。选中要显示公式的单元格后，单击【公式】选项卡，在【公式审核】组中单击【显示公式】按钮，单元格中显示的就不再是公式的结果，而是公式本身，如图8.26所示。

如果输入的公式存在错误或修改表格的过程中公式需要变化，此时可以修改公式。修改公式有两种方法：一是直接在单元格中进行修改，二是在编辑栏中进行修改。

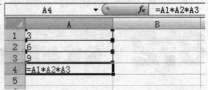

图8.26 显示公式

在单元格中进行修改：双击需要修改公式的单元格，使公式处于可编辑状态，定位鼠标光标至错误的运算符或单元格引用处，按【Delete】键或【Backspace】键将其删除，然后输入正确的内容，按【Enter】键，完成公式的修改，并计算出修改后的正确结果。

在编辑栏中进行修改：选择要修改公式的单元格，然后在编辑栏中定位鼠标光标至错误位置，按【Delete】键或【Backspace】键将其删除，然后输入正确的公式。

3. 移动与复制公式

移动公式的操作比较简单，选中要移动的公式所在的单元格，将鼠标指针移到其边框上，此时鼠标指针变为十字箭头形状，如图8.27所示。按住鼠标左键不放并拖动鼠标至目标单元格中，释放鼠标即完成移动公式的操作，如图8.28所示。

A4		▼		f_x	=A1*A2*A3
	A	B	C	D	
1	3				
2	6				
3	9				
4	162				
5					
6					

C4		▼		f_x	=A1*A2*A3
	A	B	C	D	
1	3				
2	6				
3	9				
4			162		
5					
6					

图8.27　鼠标变为十字箭头形状　　　　　图8.28　移动公式

复制公式的具体操作如下：

步骤01 选择需要复制的公式所在的单元格（F2单元格）。

步骤02 在【开始】选项卡的【剪贴板】组中单击【复制】按钮（或在选取的单元格上单击鼠标右键，在弹出的快捷菜单中选择【复制】命令），如图8.29所示。

F2		▼		f_x	=B2+C2+D2+E2
	A	B	C	D	E	F
1	姓名	语文	数学	英语	历史	总计
2	刘洋	88	99	100	86	373
3	王琳	90	88	97	90	
4	杨浩	86	90	88	94	
5	张倩	96	92	90	89	

图8.29　选择【复制】命令后的效果

步骤03 选取要粘贴公式的目标单元格（F3单元格）。

步骤04 在【开始】选项卡的【剪贴板】组中单击【粘贴】下拉按钮，选择【公式】命令，粘贴公式如图8.30所示。

F3		▼		f_x	=B3+C3+D3+E3
	A	B	C	D	E	F
1	姓名	语文	数学	英语	历史	总计
2	刘洋	88	99	100	86	373
3	王琳	90	88	97	90	365
4	杨浩	86	90	88	94	
5	张倩	96	92	90	89	

图8.30　复制完成后的效果

 若用户在【粘贴】下拉菜单中选择【选择性粘贴】命令（或在单元格上单击鼠标右键，从快捷菜单中选择【选择性粘贴】命令），可以打开【选择性粘贴】对话框，在其中选中【公式】单选按钮，如图8.31所示，单击【确定】按钮也可以完成公式的复制操作。

 选择带有公式的单元格，将鼠标指针移至该单元格右下角，当指针变为十字形状时，按住鼠标左键不放并拖动也可复制公式，如图8.32所示。

F2		▼		f_x	=B2+C2+D2+E2
	A	B	C	D	E	F
1	姓名	语文	数学	英语	历史	总计
2	刘洋	88	99	100	86	373
3	王琳	90	88	97	90	365
4	杨浩	86	90	88	94	358
5	张倩	96	92	90	89	367

图8.31　选中【公式】单选按钮　　　　图8.32　拖动鼠标复制公式

4. 相对引用和绝对引用

在使用公式和函数进行计算时，会涉及到单元格的引用，单元格引用是指在Excel公式中使用单元格的地址来代替单元格。引用的作用在于标示工作表中的单元格和单元格区域，指明使用数据的位置。单元格的引用把单元格中的数据和公式联系了起来。

在Excel中，引用分为相对引用、绝对引用和混合引用，含义分别如下。

1）相对引用

相对引用就是直接使用行号和列标，当复制含有公式的单元格数据时，公式中的相对引用会随存放计算结果的单元格位置的不同而发生相应的改变。引用的单元格与包含公式的单元格的相对位置保持不变，这就是相对引用。

例如，在A4单元格中输入的公式为"=A1*A2*A3"，将该公式复制到同行的其他单元格中时，公式即会发生变化，如B4单元格中的公式会变为"=B1*B2*B3"、C4单元格中的公式会变为"=C1*C2*C3"，这就是相对引用。

2）绝对引用

将公式复制到新位置时，公式中的单元格地址始终保持不变，计算结果与放置公式的单元格位置无关，这就是绝对引用，引用时在单元格的列标和行号之前分别添加"$"符号，如"=$A$1+$B$1+$C$1"。

例如，通过在编辑栏中添加"$"符号，将前面工作表中F2单元格的公式变为"=$B$2+$C$2+$D$2+$E$2"，再将该公式复制到其他单元格中时，结果将不会发生任何改变。此时使用填充柄计算F3:F5单元格区域的数据，计算结果与F2单元格内的数据相同。

3）混合引用

混合引用是指在同一个公式中对部分单元格采用相对引用，而对另一部分单元格采用绝对引用，如公式"=$C$3+E3"。当复制使用了混合引用的公式时，绝对引用的单元格地址不会发生改变，相对引用的单元格地址将发生变化。

5. 删除公式

删除公式的方法非常简单，只需选中包含公式的单元格，再按【Delete】键即可。删除公式时，Excel将清除公式及其计算结果，若只希望删除公式而需要保留计算结果，可进行如下操作：

步骤01 选择要删除公式的单元格，按【Ctrl+C】组合键执行复制操作。

步骤02 选择目标单元格，打开【选择性粘贴】对话框，选中【数值】单选按钮。

步骤03 单击【确定】按钮，再删除原单元格中的公式及其计算结果即可。

6. 函数的使用

Excel 2007提供了大量的函数，函数相当于预设的公式，它可以将指定的参数按特定的顺序或结构进行计算。

函数一般由函数名称和函数参数组成。函数的参数是函数进行计算所必需的初始值。用户把参数传递给函数，函数按特定的指令对参数进行计算，把计算的结果返回给用户。函数的参数可以是数字、文本、逻辑值、单元格的引用，也可以是常量公式或其他函数。

在Excel中，输入函数一般有两种方法：

📁 在编辑栏中直接输入

如果对需要使用的函数比较熟悉，知道函数名和函数的参数，可以在编辑栏中直接输入。

在编辑栏中输入函数的步骤如下：

步骤01 选取需要应用函数的单元格。

步骤02 在Excel编辑栏中输入等号"="，然后输入函数名（在输入函数名时，系统会自动提示可选的函数名，如图8.33所示）。

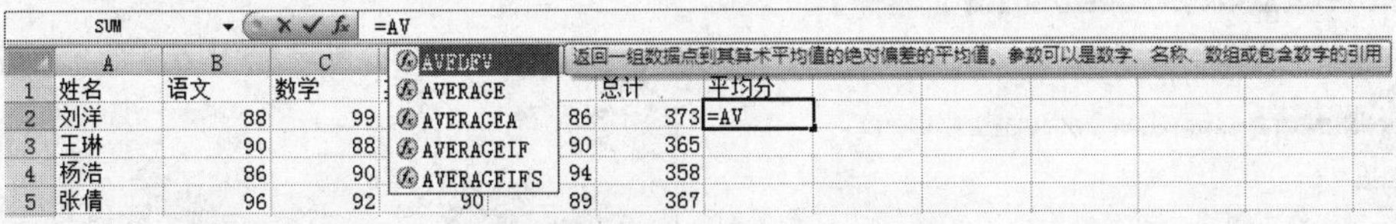

图8.33 系统将自动提示可选的函数名

步骤03 在需要选择的函数名选项上双击鼠标左键，系统将自动提示函数参数，如图8.34所示。

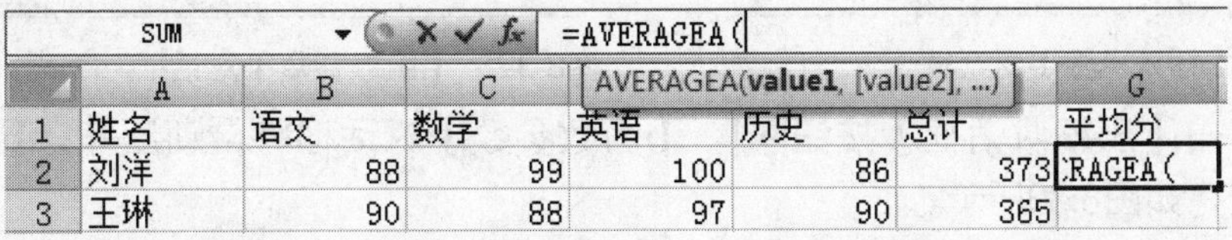

图8.34 系统提示函数参数

步骤04 函数参数输入完成后，输入右括号，如图8.35所示。

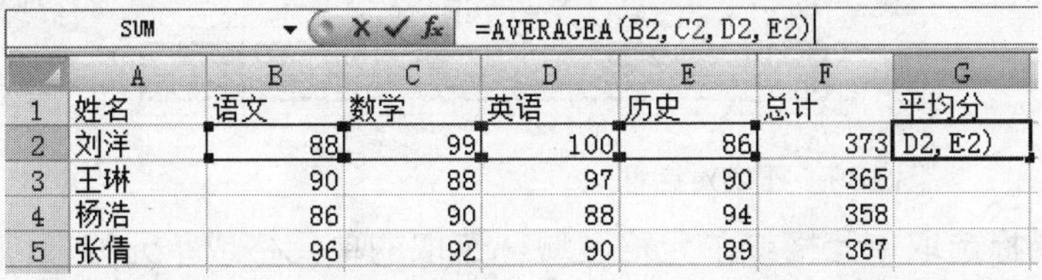

图8.35 输入参数和右括号

步骤05 单击编辑栏左侧的【输入】按钮✓或按【Enter】键，系统会将结果填写到选取的单元格中，如图8.36所示。

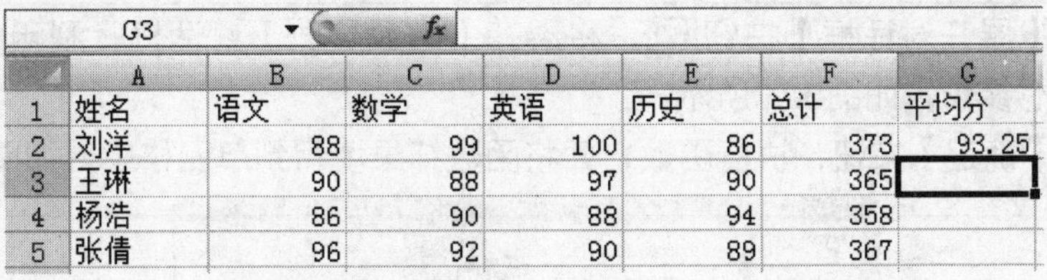

图8.36 执行函数并显示结果

📁 使用【插入函数】对话框

【插入函数】对话框是在Excel中输入函数的重要工具，使用【插入函数】对话框输入函数的操作步骤如下：

步骤01 选取需要使用函数的单元格。

步骤02 在【公式】选项卡的【函数库】组中单击【插入函数】按钮 *fx*，或单击编辑栏左侧的【插入函数】按钮f_x，在单元格和编辑栏中将自动填写"="，并打开【插入函数】对话框，如图8.37所示。

步骤03 在【选择函数】列表框中找到需要的函数，如"AVERAGE"函数（如果需要的函数不在里面，可以打开【或选择类别】下拉列表进行选择，或在【搜索函数】文本框中输入需要的函数进行查找）。

步骤04 单击【确定】按钮，打开【函数参数】对话框，如图8.38所示。

图8.37 【插入函数】对话框

图8.38 【函数参数】对话框

步骤05 单击【压缩对话框】按钮，【函数参数】对话框将自动压缩，显示出工作表，如图8.39所示。

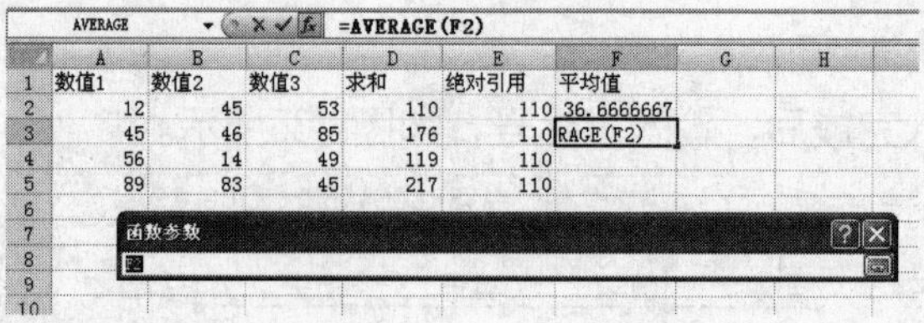

图8.39 压缩对话框

步骤06 使用鼠标选取单元格或单元格区域，选取的单元格或单元格区域地址将自动添加到【函数参数】对话框中。

 用户也可以在参数文本框中直接输入参数。

步骤07 单击【展开对话框】按钮，将展开【函数参数】对话框，利用相同的方法选取其他参数，如图8.40所示。

步骤08 单击【确定】按钮，执行函数，并将函数结果填写到单元格中，如图8.41所示。

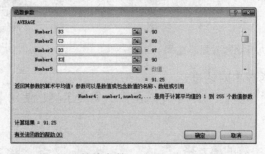

图8.40 设置其他参数

	A	B	C	D	E	F	G
G3				f_x	=AVERAGE(B3,C3,D3,E3)		

	A	B	C	D	E	F	G
	姓名	语文	数学	英语	历史	总计	平均分
	刘洋	88	99	100	86	373	93.25
	王琳	90	88	97	90	365	91.25
	杨浩	86	90	88	94	358	
	张倩	96	92	90	89	367	

图8.41　执行函数并显示结果

 使用【插入函数】对话框的最大优点就是引用的单元格和单元格区域很准确，不容易发生输入错误的问题。

8.2.2　典型案例——计算员工平均工资及工资总和

 **案例目标**

本案例将计算"工资表"中员工的平均工资及实发工资总和，主要介绍公式和函数的应用，计算的结果如图8.42所示。

	A	B	C	D	E	F	G	H
1	北京经纬房地产有限责任公司2009年11月员工工资表							
2	姓名	应领工资			应扣工资			实发工资
3		基本工资	业务提成	奖金	迟到	事假	旷工	
4	杨若兰	1600	1200	100	50	0	0	2850
5	王芷	1500	1350	150	0	20	0	2980
6	孟晓晓	1200	780	0	0	0	0	1980
7	张梦然	1200	1200	100	100	0	0	2400
8	史艳艳	1200	1000	50	0	20	0	2230
9	刘清杨	1200	600	0	0	0	0	1800
10	田岚	1200	800	0	0	0	0	2000
11	杨清臣	1200	700	0	50	0	0	1850
12	刘蒙蒙	1200	600	0	0	0	0	1780
13	王琳	1000	400	0	0	0	0	1400
14	孟强	1000	600	0	0	0	0	1600
15							合计	22870
16							平均工资	2079.091

图8.42　表格最终效果

文件位置：【\第8课\源文件\工资表.xlsx】

操作思路：

步骤01　打开"工资表"，输入公式，计算出第一个员工的实发工资。

步骤02　用复制公式的方法计算出其他员工的实发工资。

步骤03　使用【插入函数】对话框输入函数，计算出员工本月的平均收入。

 **操作步骤**

步骤01　打开"工资表"，选择要输入公式的单元格H4。

步骤02　单击编辑栏，将光标插入点定位到编辑栏中，直接输入"="，然后选择单元格B4，按【+】键输入加号，选择C4，再按【+】键，选择D4。

 将应发工资加完后，要减掉需扣发的工资。

步骤03 继续输入"-E4-F4-G4"。

步骤04 按【Enter】键,在H4单元格中计算出B4~G4单元格区域中数值的差。

步骤05 选择单元格H4,将鼠标指针指向该单元格的右下角,待指针变为 ✚ 形状时,按住鼠标左键拖动,到需要复制公式的单元格区域,释放鼠标左键,复制公式结果如图8.43所示。

	H4	▼	●	*fx*	=B4+C4+D4-E4-F4-G4			
	A	B	C	D	E	F	G	H
1	北京经纬房地产有限责任公司2009年11月员工工资表							
2	姓名	应领工资			应扣工资			实发工资
3		基本工资	业务提成	奖金	迟到	事假	旷工	
4	杨若兰	1600	1200	100	50	0	0	2850
5	王芷	1500	1350	150	0	20	0	2980
6	孟晓晓	1200	780	0	0	0	0	1980
7	张梦然	1200	1200	100	100	0	0	2400
8	史艳艳	1200	1000	50	0	20	0	2230
9	刘清杨	1200	600	0	0	0	0	1800
10	田岚	1200	800	0	0	0	0	2000
11	杨清臣	1200	700	0	50	0	0	1850
12	刘蒙蒙	1200	600	0	0	20	0	1780
13	王琳	1000	400	0	0	0	0	1400
14	孟强	1000	600	0	0	0	0	1600
15							合计	

图8.43 计算实发工资

步骤06 选择单元格H15,打开【插入函数】对话框。

步骤07 在【选择函数】列表框中选择要使用的求和函数"SUM",如图8.44所示。

步骤08 单击【确定】按钮,打开【函数参数】对话框,系统自动在【Number1】文本框中输入要计算的单元格区域"H4:H14",如图8.45所示。

图8.44 选择求和函数　　图8.45 输入要计算的区域

步骤09 单击【确定】按钮,公司员工的工资合计即被计算出来,存放于H15单元格中。

步骤10 选择单元格H16,打开【插入函数】对话框。

步骤11 在【选择函数】列表框中双击要使用的平均值函数"AVERAGE",打开【函数参数】对话框,单击【Number1】文本框右侧的【压缩对话框】按钮 🖳,显示出工作表。

步骤12 使用鼠标在工作表中选取单元格或单元格区域,如图8.46所示。

	AVERAGE	▼	✕ ✓ *fx*	=AVERAGE(H4:H14)			
	A	B	C	D	E	F	H
1	北京经纬房地产有限责任公司2009年11月员工工资表						
2	姓名	应领工资			应扣工资		实发工资
3		基本工资	业务提成	奖金	迟到	事假 旷工	
4	杨若兰	1600	1200	100	50	0 0	2850
5	王芷	1500	1350	150	0	20 0	2980
6	孟晓晓	1200	780	0	0	0 0	1980
7	张梦然	1200	1200	100	100	0 0	2400
8	史艳艳	1200	1000	50	0	20 0	2230
9	刘清杨	1200	600	0	0	0 0	1800
10	田岚	1200	800	0	0	0 0	2000
11	杨清臣	1200	700	0	50	0 0	1850
12	刘蒙蒙	1200	600	0	0	20 0	1780
13	王琳	1000	400	0	0	0 0	1400
14	孟强	1000	600	0	0	0 0	1600
15						合计	22870
16						平均工资	H4:H14

图8.46 选取要计算的单元格区域

步骤13 展开【函数参数】对话框，单击【确定】按钮，计算出结果。

步骤14 按照前面讲解的方法为表格添加边框，最终效果如图8.42所示。

 计算数据平均值时，也可以先选择需求平均值的所有单元格数据，然后切换到【公式】选项卡，在【函数库】组中单击【自动求和】下拉按钮 Σ 自动求和 ▼ ，在打开的下拉菜单中选择【平均值】命令，如图8.47所示。

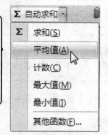

图8.47 选择【平均值】命令

案例小结

本案例计算出"工资表"中员工工资的平均金额，主要是让读者掌握和巩固输入公式、复制公式和使用【插入函数】对话框进行各种函数运算的方法。

8.3 图表与数据的排序和筛选

为了更直观地显示工作表数据，以便于数据的理解，Excel 2007提供了十分强大的图表功能，这些功能大大丰富了Excel的表现手法。除此之外，用户还可对工作表中的数据进行排序和筛选，使数据结构更加清晰。

8.3.1 知识讲解

下面主要介绍创建图表、排序和筛选数据等操作。

1. 创建图表

在公司的销售分析和生产分析等文档中，都需要使用图表。Excel 2007为用户提供了各式各样的图表，如柱形图、条形图及饼图等，用户可以根据表格中的数据快速建立一个既美观又实用的图表，在Excel 2007工作表中创建图表的方法很简单，具体的操作如下：

步骤01 打开需要制作图表的工作表，选择要包含在图表中的单元格区域，如图8.48所示。

姓名	应领工资			应扣工资			实发工资
	基本工资	业务提成	奖金	迟到	事假	旷工	
杨若兰	1600	1200	100	50	0	0	2850
王芷	1500	1350	150	0	20	0	2980
孟晓晓	1200	780	0	0	0	0	1980
张梦然	1200	1200	100	100	0	0	2400
史艳艳	1200	1000	50	0	20	0	2230
刘清杨	1200	600	0	0	0	0	1800
田岚	1200	800	0	0	0	0	2000
杨清臣	1200	700	0	50	0	0	1850
刘蒙蒙	1200	600	0	0	20	0	1780
王琳	1000	400	0	0	0	0	1400
孟强	1000	600	0	0	0	0	1600
						合计	22870
						平均工资	2079.091

北京经纬房地产有限责任公司2009年11月员工工资表

图8.48 选择单元格区域

步骤02 打开【插入】选项卡，在【图表】组中单击对话框启动器按钮，打开【插入图表】对话框，如图8.49所示。

步骤03 在【插入图表】对话框的左侧列表框中选择【柱形图】选项卡，在右侧的列表框中选择【簇状圆柱图】选项。

 用户也可以直接在【图表】组中单击需要的图表类型对应的下拉按钮，在下拉菜单中进行选择。

步骤04 单击【确定】按钮，即可在工作表中创建一个簇状圆柱图，如图8.50所示。

图8.49 【插入图表】对话框

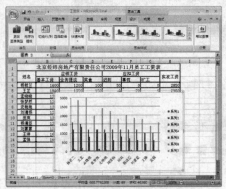

图8.50 创建图表

2. 数据的排序

Excel 2007为用户提供了许多操作和处理数据的有效工具，如排序和筛选等。排序是指按照字母的升序（降序）或数值顺序来组织数据，排序后的数据一目了然，便于用户对数据进行分析。排序的具体操作如下：

步骤01 打开"工资表.xlsx"工作簿，选择"sheet2"工作表，选中H列。

步骤02 打开【数据】选项卡，在【排序和筛选】组中，单击【排序】按钮，打开【排序】对话框，如图8.51所示。

步骤03 单击【选项】按钮，在打开的【排序选项】对话框中设置排序方式，这里选中【按列排序】单选按钮，如图8.52所示。

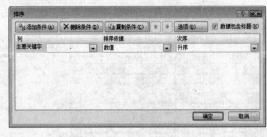

图8.51 【排序】对话框

图8.52 【排序选项】对话框

步骤04 单击【确定】按钮，返回【排序】对话框，在【主要关键字】下拉列表中选择【实发工资】选项。

步骤05 在【排序依据】下拉列表中选择【数值】选项。

步骤06 在【次序】下拉列表中选择【降序】选项，如图8.53所示。

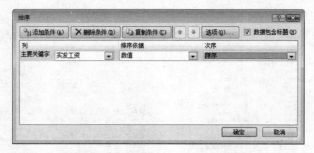

图8.53　设置参数

步骤07　单击【确定】按钮完成设置，如图8.54所示。

	A	B	C	D	E	F	G	H
1	性名	基本工资	业务提成	奖金	迟到	事假	旷工	实发工资
2	王芷	1500	1350	150	0	20	0	2980
3	杨若兰	1600	1200	100	50	0	0	2850
4	张梦然	1200	1200	100	100	0	0	2400
5	史艳艳	1200	1000	50	0	20	0	2230
6	田岚	1200	800	0	0	0	0	2000
7	孟晓晓	1200	780	0	0	0	0	1980
8	杨清臣	1200	700	0	50	0	0	1850
9	刘清杨	1200	600	0	0	0	0	1800
10	刘素素	1200	600	0	0	20	0	1780
11	孟强	1000	600	0	0	0	0	1600
12	王琳	1000	400	0	0	0	0	1400

图8.54　排序效果

 在【排序】对话框中若单击【添加条件】按钮，将添加【次要关键字】栏，可以设置按照多列或者多行进行排序。

3. 数据的筛选

查找数据中满足条件的记录可使用数据筛选的方法来完成。使用Excel 2007提供的数据自动筛选功能，可以把不符合设置条件的数据记录暂时隐藏起来，使用户能从大量数据中快速查找到需要的部分，并对其进行编辑和排序等操作。

Excel提供了两种数据筛选的方法：自动筛选和高级筛选。

1）自动筛选

自动筛选的具体操作如下：

步骤01　打开工作表，选中需筛选工作表的
任意一个单元格。

步骤02　打开【数据】选项卡，在【排序和
筛选】组中单击【筛选】按钮。

步骤03　工作表中每个字段名右侧会出现自
动筛选按钮，如图8.55所示。

步骤04　单击自动筛选按钮，在弹出的下拉
菜单中选中所有数据对应的复选

	A	B	C	D	E	F	G
1				成绩单			
2	姓名	性别	语文	数学	英语	地理	总成绩
3	王芷	女	98	94	96	94	382
4	杨若兰	女	96	100	98	86	380
5	张梦然	男	90	99	100	90	379
6	史艳艳	女	88	87	87	98	360
7	田岚	男	89	92	89	88	358
8	孟晓晓	女	95	89	92	83	359
9	杨清臣	男	87	97	96	92	372
10	刘清杨	女	91	88	100	97	376
11	刘素素	女	85	84	83	96	348
12	孟强	男	96	96	88	86	366
13	王琳	女	84	83	90	88	345

图8.55　在工作表中出现自动筛选按钮

框，在【数字筛选】子菜单中选择【高于平均值】命令，如图8.56所示，工作表
中将显示总成绩高于平均分的记录，如图8.57所示。

图8.56 选择筛选对象

			成绩单			
	A	B	C	D	E	F	G
2	姓名	性别	语文	数学	英语	地理	总成绩
3	王芷	女	98	94	96	94	382
4	杨若兰	女	96	100	98	86	380
5	张梦然	男	90	99	100	90	379
9	杨清臣	男	87	97	96	92	372
10	刘清杨	女	91	88	100	97	376
12	孟强	男	96	96	88	86	366

图8.57 显示筛选出的记录

 进行数据筛选后，如需取消筛选，可再次单击【数据】选项卡下【排序和筛选】组中的【筛选】按钮。

2）高级筛选

高级筛选像自动筛选一样能筛选数据记录，但不需要使用自动筛选按钮，只用在工作表中单独的条件区域中输入筛选条件即可。高级筛选功能可以规定很复杂的筛选条件。

如果用户要使用高级筛选，一定要先建立一个条件区域。条件区域用来指定筛选的数据必须满足的条件。在条件区域中输入的列名要与数据库中的字段名完全相同。

使用高级筛选的具体操作如下：

步骤01 打开工作表，在任意单元格区域中输入筛选条件，如在H4单元格中输入文本"性别"，在H5单元格中输入"女"，在I4单元格中输入"总成绩"，在I5单元格中输入">350"，如图8.58所示。

步骤02 打开【数据】选项卡，在【排序和筛选】组中，单击【高级】按钮，打开【高级筛选】对话框，选择需筛选的单元格区域，如图8.59所示。

			成绩单					
	A	B	C	D	E	F	G	H	I
2	姓名	性别	语文	数学	英语	地理	总成绩		
3	王芷	女	98	94	96	94	382		
4	杨若兰	女	96	100	98	86	380	性别	总成绩
5	张梦然	男	90	99	100	90	379	女	>350
6	史艳铅	女	88	87	87	98	360		
7	田岚	男	89	92	89	88	358		
8	孟晓晓	男	95	89	92	83	359		
9	杨清臣	男	87	97	96	92	372		
10	刘清杨	女	91	88	100	97	376		
11	刘素素	女	85	84	83	96	348		
12	孟强	男	96	96	88	86	366		
13	王琳	女	84	83	90	88	345		

图8.58 输入筛选条件

图8.59 【高级筛选】对话框

步骤03 选中【在原有区域显示筛选结果】单选按钮。

步骤04 单击【高级筛选】对话框中【条件区域】文本框右侧的国按钮，折叠【高级筛选】对话框。

步骤05 选择H4:I5单元格区域，如图8.60所示。

步骤06 单击【高级筛选－条件区域】对话框中的国图标，展开【高级筛选】对话框。

步骤07 单击【确定】按钮，在数据库中显示高级筛选后的结果，如图8.61所示。

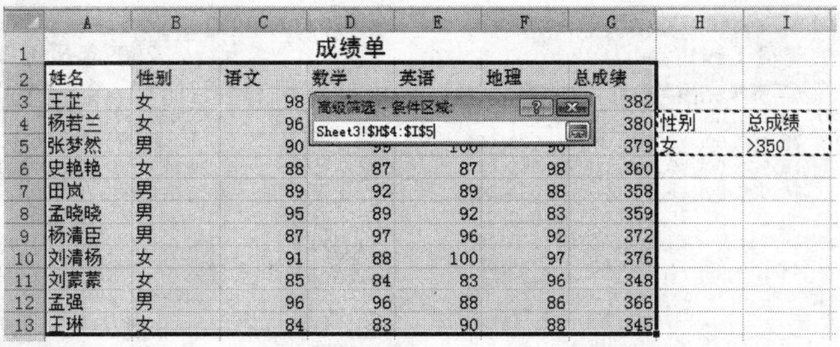

图8.60　选择条件区域

	A	B	C	D	E	F	G
1				成绩单			
2	姓名	性别	语文	数学	英语	地理	总成绩
3	王芷	女	98	94	96	94	382
4	杨若兰	女	96	100	98	86	380
6	史艳艳	女	88	87	87	98	360
10	刘清杨	女	91	88	100	97	376

图8.61　筛选结果

8.3.2　典型案例——制作"员工销售总额"图表

案例目标

本案例将对员工销售额进行排序，并用图表直观地显示销售额的具体情况，效果如图8.62所示。

文件位置：【\第8课\源文件\员工销售总额.xlsx】

操作思路：

步骤01　打开"员工销售总额"工作簿。

步骤02　按销售总额的多少进行降序排列。

步骤03　创建图表直观显示销售情况。

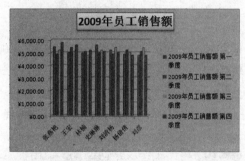

图8.62　最终效果

操作步骤

步骤01　打开"员工销售总额"工作簿，如图8.63所示。

步骤02　打开【数据】选项卡，在【排序和筛选】组中单击【排序】按钮，打开【排序】对话框。

步骤03　在【主要关键字】下拉列表中选择【第四季度】选项，在【排序依据】下拉列表中选择【数值】选项，在【次序】下拉列表中选择【降序】选项，排序结果如图8.64所示。

步骤04　选择任意一个单元格。

步骤05　打开【插入】选项卡，在【图表】组中单击对话框启动器按钮，打开【插入图表】对话框。

	A	B	C	D	E
1			2009年员工销售额		
2	姓名	第一季度	第二季度	第三季度	第四季度
3	林楠	¥4,980.00	¥5,100.00	¥4,800.00	¥5,200.00
4	王宏	¥5,000.00	¥5,400.00	¥5,100.00	¥5,600.00
5	杨倩倩	¥4,890.00	¥5,200.00	¥5,000.00	¥4,800.00
6	刘清杨	¥5,200.00	¥4,900.00	¥5,400.00	¥4,800.00
7	刘彦	¥4,800.00	¥5,100.00	¥5,400.00	¥4,800.00
8	史琳琳	¥5,600.00	¥5,000.00	¥5,200.00	¥5,100.00
9	张燕艳	¥5,460.00	¥4,900.00	¥5,200.00	¥5,800.00

	A	B	C	D	E
1			2009年员工销售额		
2	姓名	第一季度	第二季度	第三季度	第四季度
3	张燕艳	¥5,460.00	¥4,900.00	¥5,200.00	¥5,800.00
4	王宏	¥5,000.00	¥5,400.00	¥5,100.00	¥5,600.00
5	林楠	¥4,980.00	¥5,100.00	¥4,800.00	¥5,200.00
6	史琳琳	¥5,600.00	¥5,000.00	¥5,200.00	¥5,100.00
7	刘清杨	¥5,200.00	¥4,900.00	¥5,400.00	¥4,800.00
8	杨倩倩	¥4,890.00	¥5,200.00	¥5,000.00	¥4,800.00
9	刘彦	¥4,800.00	¥5,100.00	¥5,400.00	¥4,800.00

图8.63　员工销售总额　　　　　　　　　　图8.64　排序后的效果

步骤06 选择【簇状柱形图】选项，然后单击【确定】按钮，创建如图8.65所示的图表。

步骤07 在图表工具【布局】选项卡中，单击【标签】组中的【图表标题】下拉按钮，在打开的下拉菜单中选择【图表上方】命令，如图8.66所示。

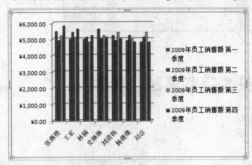

图8.65　创建图表　　　　　　　　　　　图8.66　选择【图表上方】命令

步骤08 在图表中设置图表的标题为"2009年员工销售额"，如图8.67所示。

步骤09 保持标题的选中状态，打开【格式】选项卡，在【形状样式】组中单击【其他】按钮，在打开的样式库中选择一种样式。

步骤10 单击工作表其他位置，退出标题编辑状态。

步骤11 选中整个图表，在【格式】选项卡的【形状样式】组中单击【形状填充】下拉按钮，在打开的下拉菜单中选择【橙色】命令，为图表填充颜色。

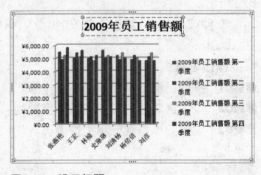

图8.67　设置标题

步骤12 单击【保存】按钮保存工作簿。

案例小结

　　本案例主要介绍了数据的排序及图表的创建，将员工销售总额直观地显示出来。请注意，在选择图表依据的数据区域时应正确选择，否则图表表达出来的效果就是错误的。

8.4 上机练习

8.4.1 制作"进货表"

下面练习制作一张"进货表"，效果如图8.68所示，主要是让读者掌握输入文字、数据和公式的操作方法，进一步巩固复制公式和运用函数的操作。

文件位置：【\第8课\源文件\进货表.xlsx】

操作思路：

	A	B	C	D	E	F
1			小小电器进货表			
2	进货日期	商品名称	单位	单价	进货数量	总金额
3	2009.10.1	手机	部	2360	100	¥236,000.00
4	2009.10.1	数码相机	部	3260	68	¥221,680.00
5	2009.10.1	冰箱	台	3100	76	¥235,600.00
6	2009.10.2	电视机	台	3640	48	¥174,720.00
7	2009.10.2	空调	台	3800	92	¥349,600.00
8	2009.10.3	手机	部	1680	80	¥134,400.00
9	2009.10.3	数码相机	部	2620	40	¥104,800.00
10	2009.10.3	电风扇	台	1860	80	¥148,800.00
11	2009.10.3	微波炉	台	2860	90	¥257,400.00
12	2009.10.4	洗衣机	台	2470	46	¥113,620.00
13	2009.10.4	电视机	台	1480	60	¥88,800.00

图8.68　进货表

步骤01　创建"进货表"。

步骤02　对表格中相同的文字和数据进行复制。

步骤03　在计算总金额数据时，先输入公式计算出第一个，再用复制公式的方法计算出其他总金额。

8.4.2 为"进货表"排序

下面练习为"进货表"排序，如图8.69所示。

文件位置：【\第8课\源文件\进货表（排序）.xlsx】

操作思路：

	A	B	C	D	E	F
1			小小电器进货表			
2	进货日期	商品名称	单位	单价	进货数量	总金额
3	2009.10.2	空调	台	3800	92	¥349,600.00
4	2009.10.3	微波炉	台	2860	90	¥257,400.00
5	2009.10.1	手机	部	2360	100	¥236,000.00
6	2009.10.1	冰箱	台	3100	76	¥235,600.00
7	2009.10.1	数码相机	部	3260	68	¥221,680.00
8	2009.10.2	电视机	台	3640	48	¥174,720.00
9	2009.10.3	电风扇	台	1860	80	¥148,800.00
10	2009.10.3	手机	部	1680	80	¥134,400.00
11	2009.10.4	洗衣机	台	2470	46	¥113,620.00
12	2009.10.3	数码相机	部	2620	40	¥104,800.00
13	2009.10.4	电视机	台	1480	60	¥88,800.00

图8.69　对进货表排序

步骤01　打开"进货表"。

步骤02　选择任意单元格。

步骤03　在【排序】对话框的【关键字】下拉列表中选择【总金额】选项。

步骤04　在【次序】下拉列表中【降序】选项。

8.5 疑难解答

问：如何在单元格中输入符号？

答：选中单元格，打开【插入】选项卡，单击【文本】组中的【符号】按钮，在打开的【符号】对话框中单击【符号】选项卡，在【字体】下拉列表中，选择字体，在【子集】下拉列表中选择符号类型，然后双击要插入的符号，单击【关闭】按钮即可完成符号的插入。

问：在Excel中调试一个复杂的公式时，我想知道公式某一部分的值，该如何操作呢？

答：在单元格内选择公式中需要计算的部分，然后按【F9】键，Excel就将被选定的部分替换成计算的结果。

问：在单元格中输入数据时，按【Enter】键后将切换到下一个单元格中输入，怎样在同一个单元格中实现数据的换行输入呢？

答：打开【设置单元格格式】对话框，在【对齐】选项卡中选中【自动换行】复选框，当输入的数据超过所在单元格的宽度或按【Enter】键时，数据就会自动换行。

8.6 课后练习

选择题

1 Excel中的数值是指可用于计算的数据，常见的有整数、小数、分数和逻辑值等，数值中可以包含符号。在单元格中输入数值后，数值将自动（　　）。

A、靠右对齐　　　　　B、靠左对齐　　　　　C、靠中对齐

2 在工作表中创建图表，需要使用（　　）选项卡。

A、【开始】　　　　　　　　　　B、【插入】

C、【数据】　　　　　　　　　　D、【视图】

3 高级筛选是在工作表中单独的条件区域中输入（　　）。

A、筛选数据　　　　　　　　　　B、筛选结果

C、筛选条件　　　　　　　　　　D、筛选内容

问答题

1 在电子表格中如何复制公式？

2 在电子表格中对数据进行排序和筛选有什么用处？

3 相对引用和绝对引用有什么区别？

4 简述在单元格中输入函数的操作方法。

5 简述如何在工作表中创建图表。

上机题

1 为前面的"进货表"筛选"手机"项目，如图8.70所示。

图8.70　筛选"手机"项目

素材位置：【\第8课\源文件\进货表.xlsx】

（1）打开"进货表"。

（2）单击任一单元格，这里单击"商品名称"列中的任一单元格。

（3）在【数据】选项卡中，单击【排序和筛选】组中的【筛选】按钮，然后单击"商品名称"右侧的下拉按钮，在打开的下拉菜单中只选中"手机"复选框，单击【确定】按钮。

2 制作"发货汇总表"，效果如图8.71所示。

	A	B	C	D	E	F	G
1	发货日期	厂家	商品名称	型号	单价	数量	合计
2	2009/8/6	甲公司	诺基亚	N73	￥3,000.00	10	￥30,000.00
3	2009/7/24	甲公司	三星	SGH-D908	￥2,600.00	8	￥20,800.00
4	2009/7/15	甲公司	诺基亚	N73	￥3,000.00	6	￥18,000.00
5	2009/6/28	甲公司	三星	SGH-E848	￥2,700.00	12	￥32,400.00
6	2009/6/22	甲公司	摩托罗拉	RAZR2 V8	￥3,500.00	6	￥21,000.00
7	2009/6/21	甲公司	诺基亚	6300	￥1,800.00	4	￥7,200.00
8	2009/5/18	甲公司	摩托罗拉	A1200	￥2,000.00	7	￥14,000.00
9		甲公司 汇总					￥143,400.00
10	2009/8/1	乙公司	诺基亚	N76	￥3,500.00	6	￥21,000.00
11	2009/7/28	乙公司	三星	SGH-U608	￥3,500.00	4	￥14,000.00
12	2009/7/12	乙公司	摩托罗拉	A1200	￥2,000.00	5	￥10,000.00
13	2009/6/15	乙公司	三星	SGH-D908	￥2,600.00	5	￥13,000.00
14	2009/6/3	乙公司	诺基亚	N76	￥3,500.00	3	￥10,500.00
15	2009/5/28	乙公司	三星	SGH-E848	￥2,700.00	8	￥21,600.00
16		乙公司 汇总					￥90,100.00
17		总计					￥233,500.00

图8.71　发货汇总表

文件位置：【\第8课\源文件\发货汇总表.xlsx】

1. 创建"发货汇总表"。

2. 通过【设置单元格格式】对话框输入货币数据。

3. 运用公式和函数进行运算。

4. 对"厂家"列进行排序，接着选中"厂家"列中任一单元格，在【数据】选项卡中，单击【分级显示】组中的【分类汇总】按钮，在打开的对话框的【分类字段】下拉列表中选择【厂家】选项，在【汇总方式】下拉列表中选择【求和】选项，在【选定汇总项】列表框中选中【合计】复选框。

5. 单击【确定】按钮。

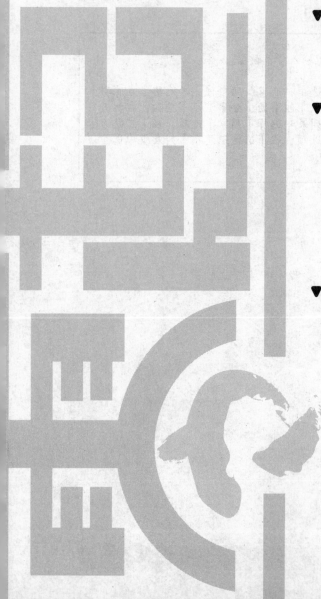

第9课

PowerPoint 2007基础

▼ **本课要点**

PowerPoint 2007基础
制作幻灯片

▼ **具体要求**

熟悉PowerPoint 2007的工作界面
掌握演示文稿的新建方法
掌握编辑幻灯片的方法
掌握幻灯片版式的应用
掌握演示文稿字体和段落格式的设置
掌握插入对象的操作方法
掌握幻灯片背景的设置

▼ **本课导读**

PowerPoint 2007是一款功能强大的幻灯片制
作软件,集图片、文字、声音和动画于一体,
创建具有悦耳的音像效果、图文并茂的演示文
稿,可以生动、形象、准确地向观众展示产品
和成果等。同时,使用PowerPoint 2007也能
创建电子教案、专业简报等,在教学、讲座和
会议等方面的运用非常普遍。
本课将介绍PowerPoint 2007的基础知识和操
作方法,包括如何编辑和应用幻灯片版式,在
演示文稿中输入文字、设置文字和段落格式,
以及插入艺术字、自选图形和图片对象等。

9.1 PowerPoint 2007基础

PowerPoint 2007是Microsoft公司推出的Office 2007组件之一，是一种操作简单，专门用于制作演示文稿的软件，使用它制作的演示文稿广泛应用于演讲、做报告和授课等各种场合。

9.1.1 知识讲解

要想利用PowerPoint 2007制作出形象生动、图文并茂的幻灯片，首先要了解相关的基础知识，本节将介绍如何使用PowerPoint 2007的工作界面、调整视图方式，以及如何新建演示文稿等内容。

1. PowerPoint 2007的工作界面

启动与退出PowerPoint 2007的方法与Word 2007、Excel 2007的操作方法类似。启动PowerPoint 2007后，系统会自动创建一个默认文件名为"演示文稿1"的空白演示文稿，打开如图9.1所示的PowerPoint 2007工作界面。

1）编辑区

编辑区主要用于显示和编辑幻灯片的内容，为幻灯片添加并编辑文本，添加图形、动画或声音，创建超链接等操作都在这里进行。它是演示文稿的核心部分。

 通过幻灯片编辑区可以直观地看到幻灯片的效果。

2）【幻灯片/大纲】任务窗格

【幻灯片/大纲】任务窗格位于PowerPoint 2007窗口的左侧，单击不同的选项卡，可在不同的窗格之间进行切换。

📁 【大纲】窗格

单击【大纲】选项卡，可切换到该窗格中，它以大纲的形式列出了当前演示文稿中各张幻灯片的文本内容，如图9.2所示。

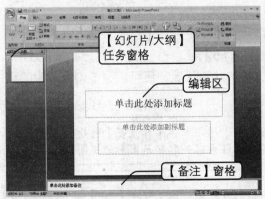

图9.1　PowerPoint 2007工作界面

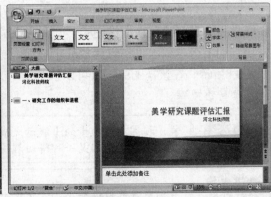

图9.2　【大纲】选项卡

📁 【幻灯片】窗格

单击【幻灯片】选项卡可切换到【幻灯片】窗格中，其中列出了当前演示文稿中所有幻灯片的缩略图，单击某张缩略图，该幻灯片将在编辑区中显示，如图9.3所示。

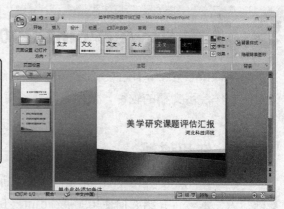

| 注意 | 在【幻灯片】窗格中可以快速切换幻灯片，但无法编辑幻灯片内容；而在【大纲】窗格中既可切换幻灯片又可对其内容进行编辑。 |

图9.3 【幻灯片】窗格

3）【备注】窗格

【备注】窗格位于幻灯片编辑区的下方，供用户自己查阅或在播放演示文稿时对各幻灯片进行附加说明，如提供幻灯片展示内容的背景和细节等，以使放映者能够更好地介绍幻灯片中展示的内容。

2. PowerPoint 2007的视图方式

视图方式是指PowerPoint演示文稿在计算机屏幕上的显示方式。PowerPoint 2007为用户提供了多种视图方式，视图切换按钮位于状态栏的右侧，分别为【普通视图】按钮、【幻灯片浏览】按钮和【幻灯片放映】按钮，单击其中的按钮可快速切换至相应的幻灯片视图方式。

📁 普通视图

单击【普通视图】按钮，即可切换至普通视图，在【视图】选项卡的【演示文稿视图】组中单击【普通视图】按钮，也可切换至普通视图。

普通视图是程序默认的视图，主要用于编辑幻灯片的总体结构或单独编辑某张幻灯片。

📁 幻灯片浏览视图

单击【幻灯片浏览】按钮，或者单击【视图】选项卡的【演示文稿视图】组中的【幻灯片浏览】按钮，即可切换至幻灯片浏览视图，如图9.4所示。在此视图方式下不能编辑幻灯片中的具体内容。

📁 幻灯片放映视图

单击【幻灯片放映】按钮，可进入幻灯片放映视图。在【视图】选项卡的【演示文稿视图】组中单击【幻灯片放映】按钮，或按【F5】键，也可进入幻灯片放映视图，如图9.5所示。在该视图中不仅可以预览演示文稿的放映状况，还可以测试幻灯片中的动画和声音效果等。

| 说明 | 在【视图】选项卡的【演示文稿视图】组中单击【备注页】按钮，可打开备注页视图，它是一种将幻灯片和备注内容一起显示出来的视图。 |

| 技巧 | 在幻灯片放映过程中，若想退出幻灯片放映视图，可按【Esc】键。 |

3. 演示文稿与幻灯片的概念

演示文稿是PowerPoint文档的表现方式，它就相当于Word中的文档和Excel中的工作簿。因此PowerPoint文档的基本操作实质上就是演示文稿的基本操作，它包括新建、保存、打开和关闭演示文稿等。

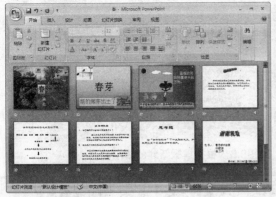

图9.4 幻灯片浏览视图

图9.5 幻灯片放映视图

演示文稿是由一系列组织在一起的幻灯片构成的，根据不同方法创建的演示文稿中包含的幻灯片数量也不同，在制作幻灯片的过程中经常需要增加和组织幻灯片，这就涉及到幻灯片的各种基本操作。

4. 新建PowerPoint 2007演示文稿

在PowerPoint 2007中，新建演示文稿的操作方法与在Word 2007中新建文档、在Excel 2007中新建工作簿的操作类似。

1）新建空白演示文稿

与Office中的Word、Excel组件相同，启动PowerPoint 2007后，系统会自动新建一个空白演示文稿，默认文件名称为"演示文稿1"，另外创建空白演示文稿的操作如下：

步骤01 执行【Office】→【新建】命令，打开【新建演示文稿】对话框，如图9.6所示。

步骤02 在【空白文档和最近使用的文档】列表框中选择【空白演示文稿】选项，单击【创建】按钮。

2）根据模板新建演示文稿

通过模板创建演示文稿，能够使用户集中精力创建文稿的内容而不用设计文稿的版式。根据模板新建演示文稿的具体操作如下：

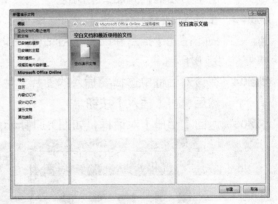

图9.6 【新建演示文稿】对话框

步骤01 执行【Office】→【新建】命令，打开【新建演示文稿】对话框。

步骤02 在【模板】列表框中，选择【已安装的模板】选项，在右侧选择需要的设计模板样式，如图9.7所示。

步骤03 单击【创建】按钮，即可得到根据该模板新建的演示文稿，如图9.8所示。

图9.7 选择模板样式

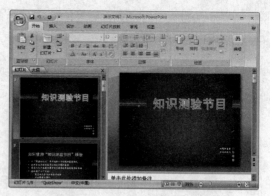

图9.8 根据模板新建的演示文稿

 用户在【模板】列表框中若选择【已安装的主题】选项，则可在右侧选择主题样式，根据这个主题样式新建演示文稿。

3）新建相册演示文稿

如果要使用很多图片来制作演示文稿，可以采用插入相册的功能，这样就可以快速地将需要的图片生成幻灯片，具体操作如下：

步骤01 启动PowerPoint 2007，打开【插入】选项卡。

步骤02 在【插入】选项卡的【插图】组中单击【相册】下拉按钮，在打开的下拉菜单中选择【新建相册】命令，打开【相册】对话框，如图9.9所示。

步骤03 在该对话框中单击【文件/磁盘】按钮，打开【插入新图片】对话框，如图9.10所示。

步骤04 在该对话框中选择要插入的图片文件，然后单击【插入】按钮。

步骤05 返回【相册】对话框，如图9.11所示。

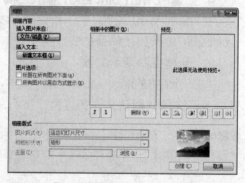

图9.9 【相册】对话框

图9.10 【插入新图片】对话框

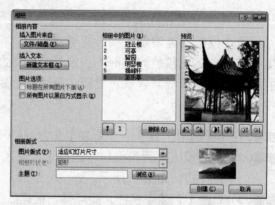

图9.11 插入图片后的【相册】对话框

再次单击【文件/磁盘】按钮，可以继续插入图片。单击 ↓ 按钮或 ↑ 按钮，可以调整图片在演示文稿中的先后位置；单击 🔄 按钮或 🔄 按钮，可以使图片向左或者向右旋转90°，改变图片在幻灯片中的放置方向；单击 🔆 按钮或 🔆 按钮可以调整图片的对比度，单击 🔆 按钮或 🔆 按钮可以调整图片的亮度。

步骤06 打开【图片版式】下拉列表，选择图片在幻灯片中的放置方式，在【相框形状】下拉列表中选择图片的边框样式。

步骤07 单击【浏览】按钮，为相册选择合适的主题，如图9.12所示。

步骤08 单击【创建】按钮，完成的效果如图9.13所示。

图9.12 设置参数

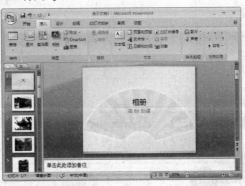

图9.13 创建效果

9.1.2 典型案例——根据模板新建"招标方案"演示文稿

案例目标

本案例将创建一个"招标方案"演示文稿，主要介绍在PowerPoint 2007中如何根据Microsoft Office Online中的"计划、评估报告和管理方案"模板类型新建一个如图9.14所示的演示文稿。

文件位置：【\第9课\源文件\招标方案.pptx】

操作思路：

步骤01 打开【新建演示文稿】对话框。

步骤02 根据"计划、评估报告和管理方案"类型模板新建演示文稿。

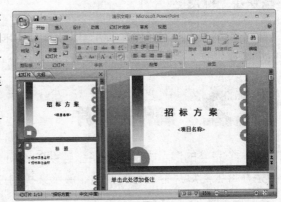

图9.14 最终效果

操作步骤

步骤01 启动PowerPoint 2007，执行【Office】→【新建】命令，打开【新建演示文稿】对话框。

步骤02 在该对话框中的【Microsoft Office Online】列表框中选择【计划、评估报告和管理方案】选项，中间的列表框中会显示"正在搜索"的提示信息，如图9.15所示。

步骤03 稍等片刻，在线模板搜索完毕，在中间的列表框中选择"招标方案"模板样式，如图9.16所示。

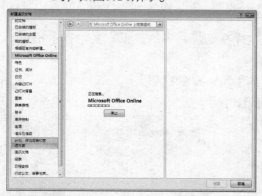 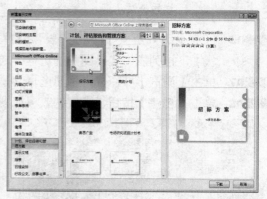

图9.15 搜索模板   图9.16 选择模板样式

步骤04 单击【下载】按钮，弹出如图9.17所示的【正在下载模板】对话框。

 如果用户不想继续下载该模板，可单击【停止】按钮。

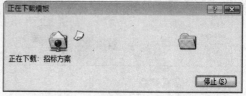

步骤05 系统自动将该模板下载到用户的计算机中并生成新建的演示文稿。

图9.17 【正在下载模板】对话框

步骤06 创建完成后单击【保存】按钮。

案例小结

本案例主要利用了Microsoft Office Online上的模板新建了一个演示文稿，希望读者能够掌握根据模板新建演示文稿的方法。

9.2 制作幻灯片

一个完整的演示文稿是由多张连续的幻灯片组成的，对演示文稿的所有编辑操作也都是在每张幻灯片中进行的，制作演示文稿的过程就是制作幻灯片的过程。

9.2.1 知识讲解

幻灯片的基本操作包括编辑幻灯片、应用版式、输入和编辑文本、插入图形对象、设置幻灯片背景等，下面分别进行介绍。

1.编辑幻灯片

幻灯片的编辑操作包括新建、选择、移动、复制和删除等。

1）选择幻灯片

对幻灯片进行操作前需要先选择该幻灯片。在普通视图的【大纲/幻灯片】任务窗格中单击某张幻灯片可选择单张幻灯片，按住【Shift】键或【Ctrl】键并单击鼠标，可选择连续或不连续的多张幻灯片。

2）新建幻灯片

新建的空白演示文稿中默认只有一张幻灯片，此时就需要新建幻灯片，新建幻灯片的方法有以下几种：

⊙ 在【幻灯片】窗格中选择一张幻灯片，单击【开始】选项卡，在【幻灯片】组中单击【新建幻灯片】下拉按钮，在弹出的下拉菜单中选择幻灯片的版式，如图9.18所示，即可在选择的幻灯片后新建一张该版式的幻灯片，如图9.19所示。

图9.18　选择幻灯片版式　　　　图9.19　新建一张幻灯片

⊙ 在【幻灯片】窗格中选择某张幻灯片后，按【Enter】键即可在该幻灯片下方插入一张默认版式的幻灯片。

⊙ 在【幻灯片】窗格中选择某张幻灯片后，按【Ctrl+M】组合键可插入一张默认版式的幻灯片。

⊙ 在普通视图的【幻灯片】窗格中单击鼠标右键，在弹出的快捷菜单中选择【新幻灯片】命令，可在当前幻灯片后面新建一张幻灯片。

⊙ 在普通视图的【大纲】窗格中，将鼠标光标移至幻灯片图标█与幻灯片标题之间，然后按【Enter】键，可在该张幻灯片前面新建一张幻灯片；将鼠标光标移至幻灯片标题末尾，然后按【Enter】键，可在该张幻灯片后面新建一张幻灯片。

在【大纲】窗格中将鼠标光标移至幻灯片标题末尾，按【Enter】键新建幻灯片时，如果当前幻灯片中包含其他内容，则这些内容将被移到新建的幻灯片中，标题保留在原幻灯片中。

3）移动或复制幻灯片

⊙ 插入幻灯片或制作完演示文稿后，可能需要重新调整某些幻灯片的位置，因为幻灯片的位置决定了它在整个演示文稿中的播放顺序，此时可移动幻灯片，方法为：在【幻灯片】窗格中，选择需要移动的幻灯片，按住鼠标左键不放并拖动（此时鼠标指针会变为▶形状），到达适当的位置后，释放鼠标即可完成移动。如图9.20和图

9.21所示分别为移动中和移动后的效果。

图9.20　移动中

图9.21　移动后

在制作演示文稿的过程中，如果需要新制作的幻灯片与已有的某张幻灯片非常相似，可复制该幻灯片，再对其进行编辑。复制幻灯片的操作与移动类似，只需在移动的过程中按住【Ctrl】键即可，此时鼠标指针会变为形状。

技巧 选择需要移动或复制的幻灯片，按【Ctrl+X】组合键或【Ctrl+C】组合键，在目标位置按【Ctrl+V】组合键，也可以移动或复制幻灯片。

4）删除幻灯片

对于演示文稿中不需要的幻灯片，可将其删除。在幻灯片浏览视图、普通视图的【大纲/幻灯片】任务窗格中都可以删除幻灯片，方法是：选择要删除的幻灯片，按【Delete】键或在【开始】选项卡的【幻灯片】组中单击【删除】按钮。

注意 要恢复删除的幻灯片，可以单击快速访问工具栏中的【撤销】按钮，或者按【Ctrl+Z】组合键。

2. 应用幻灯片版式

幻灯片版式是指幻灯片中文本、图像等元素的布局方式。设计演示文稿的布局即是要选择一个合适的版式，这在幻灯片应用中也是比较重要的一个环节。

PowerPoint为用户提供了11种内置的标准版式，用户可根据需要为所有幻灯片应用同一种版式，制作出统一的效果，或为不同的幻灯片应用不同的版式，让演示文稿在外观上看起来更加丰富多彩。

应用幻灯片版式的具体操作如下：

步骤01 在普通视图模式下，选择要应用幻灯片版式的幻灯片。

步骤02 在【开始】选项卡下单击【幻灯片】组中的【版式】下拉按钮，从弹出的下拉菜单中选择一种版式，如图9.22所示。应用版式后的效果如图9.23所示。

为幻灯片应用版式后，幻灯片中通常会出现带有虚线边框的占位符，它是幻灯片的重要组成部分。占位符主要分为文本占位符与项目占位符两种，如图9.24所示。

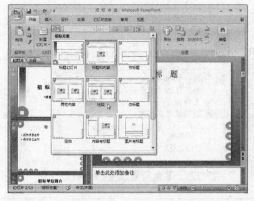

图9.22 选择版式

图9.23 应用版式

➡️ **文本占位符**：在文本占位符中单击，其中的提示文字将自动消失，输入所需的文本即可。文本占位符又分为标题占位符（"单击此处添加标题"）、副标题占位符（"单击此处添加副标题"）和普通文本占位符（"单击此处添加文本"）。

➡️ **项目占位符**：用于容纳图片、图表、图示、表格和媒体剪辑等对象，在其中的对应按钮上单击，即可根据提示，插入相应的对象。

图9.24 文本占位符和项目占位符

 用户可以将占位符看作是一个文本框，设置占位符格式的操作方法与在Word中设置文本框的方法相同。

3. 输入内容

向幻灯片占位符中输入文本内容方法有两种，一种是在幻灯片编辑区中直接输入，另一种是从【大纲】任务窗格中输入。

1）在幻灯片编辑区中输入文本

在PowerPoint 2007界面左侧的【幻灯片】任务窗格中选择需输入文本内容的幻灯片，幻灯片编辑区中便显示出该张幻灯片，在需输入内容的文本占位符中单击，将光标插入其中，便可输入所需的文本内容，如图9.25所示。

2）利用【大纲】窗格输入文本

在【大纲】窗格中输入文本的操作如下：

步骤01 在【大纲】窗格的幻灯片图标后面，输入的文本将作为该张幻灯片的标题。

图9.25 输入文本

步骤02 输入完标题后，按【Ctrl + Enter】组合键则在该幻灯片中建立下一级小标题，可输入下一级文本内容，如图9.26所示。

步骤03 输入完一个小标题后，按【Enter】键可建立同层次的另一个标题，如图9.27所示。

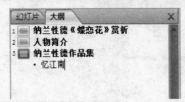

图9.26 输入小标题

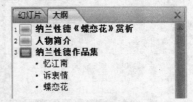

图9.27 建立同层次另一个标题

 将鼠标光标插入小标题中，按【Tab】键可以将小标题降一级，按【Shift+Tab】键可以使小标题升一级。

3）添加和编辑幻灯片备注

幻灯片备注也是演示文稿的组成要素之一，用于辅助说明演示文稿幻灯片的备注信息。在普通视图中选中要添加备注的幻灯片，在【备注】窗格中单击，然后直接输入备注的内容即可，如图9.28所示。

 要扩大备注内容的显示空间，可移动鼠标指针到【备注】窗格的上边框，当指针变成双向箭头时向上拖动鼠标即可。

4. 美化输入的文本

输入文本后，像美化Word文本一样，也可对幻灯片中的文本进行美化，一般包括设置文本格式和设置项目符号两种。

1）设置文本格式

在PowerPoint 2007中设置文本格式，包括字体、字号、颜色及段落格式设置等，首先选中要设置文本格式的文字，然后在【开始】选项卡下的【字体】组单击相应的按钮即可，如图9.29所示。

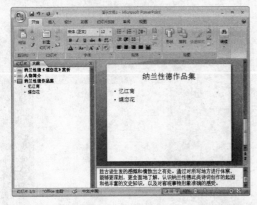

图9.28 输入备注

图9.29 【开始】选项卡的【字体】组

 与Word、Excel等软件相同，选择文本后，在浮动工具栏中，或在单击【字体】组中的对话框启动器按钮打开的对话框中，都可以设置文本格式。

2）设置项目符号

默认情况下，幻灯片中的项目符号为实心小圆点，用户可根据需要更改项目符号的样式，具体操作如下：

步骤01 选择需要设置项目符号的幻灯片。

步骤02 选择需设置项目符号的文本，如图9.30所示。

步骤03 打开【开始】选项卡，单击【段落】组中【项目符号】按钮右侧的下拉按钮。

步骤04 选择【项目符号和编号】命令，打开【项目符号和编号】对话框。

步骤05 单击【自定义】按钮，打开【符号】对话框，在【字体】下拉列表中选择"Wingdings"选项，在中间的列表框中选择符号样式，如图9.31所示。

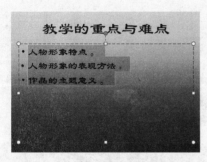

图9.30　选择需设置项目符号的文本　　　　图9.31　选择符号样式

步骤06 单击【确定】按钮，返回【项目符号和编号】对话框，在【大小】数值框中输入项目符号的大小，如"100"。

步骤07 单击【颜色】下拉按钮，在弹出的下拉菜单中选择项目符号的颜色，如红色。

步骤08 单击【确定】按钮，返回幻灯片编辑区，即可查看修改后的项目符号效果，如图9.32所示。

5. 设置段落格式

与Word一样，在PowerPoint中，除了可以对文字格式进行编辑外，还可以对段落格式进行编辑。对段落格式的编辑主要包括设置段间距、行间距及段落对齐方式等。

在普通视图下，将鼠标光标定位到需设置格式的段落中，在【开始】选项卡的【段落】组中，单击对话框启动器按钮，打开【段落】对话框，如图9.33所示。在该对话框中就可设置段落的对齐方式和行距等参数。

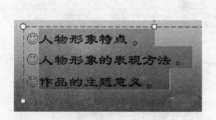

图9.32　修改后的项目符号效果　　　　图9.33　【段落】对话框

在【开始】选项卡的【段落】组中也可设置段落的对齐方式、行距及项目符号等属性。

6. 插入图形对象

为了使幻灯片的内容更加丰富多彩，通常需要在幻灯片中插入各种图形对象，如自选图形、图片、图表、艺术字和剪贴画等。

1）添加图片

演示文稿以展示为主，除了文本外，图片是必不可少的。所以在制作演示文稿之前，一般都收集了与此相关的图片，插入图片的具体操作如下：

步骤01 打开并选择需插入图片的幻灯片。

步骤02 单击右侧占位符中的"插入来自文件的图片"按钮 ，如图9.34所示，打开【插入图片】对话框，图9.35所示。

步骤03 选择图片文件。

图9.34 单击"插入来自文件的图片"按钮　　图9.35 【插入图片】对话框

步骤04 单击【插入】按钮，即可将图片插入到幻灯片中，如图9.36所示。

2）插入剪贴画

与Word 2007一样，在PowerPoint 2007中也可以插入Office 2007自带的剪贴画，读者可根据自己的需要选择剪贴画插入，具体操作步骤如下：

步骤01 在需要插入剪贴画的幻灯片中单击占位符中的"剪贴画"按钮 ，或单击【插入】选项卡中【插图】组的【剪贴画】按钮，打开【剪贴画】窗格，如图9.37所示。

图9.36 插入图片的效果　　　　　图9.37 打开【剪贴画】窗格

步骤02 在【搜索文字】文本框中输入需插入剪贴画的类型，如"人物"。

步骤03 单击【搜索】按钮，开始搜索相关的剪贴画，并显示在窗格下方，单击需要的图片缩略图，即可将其插入幻灯片中，如图9.38所示。

3）插入SmartArt图形

插入SmartArt图形的具体操作如下：

图9.38　插入剪贴画

步骤01 选择需插入SmartArt图形的幻灯片，单击【插入】选项卡，在【插图】组中单击【插入SmartArt图形】按钮，打开【选择SmartArt图形】对话框。

步骤02 在左侧的列表框中选择图形类别，如"关系"选项卡，在中间的列表框中选择所需的样式，如图9.39所示。

步骤03 单击【确定】按钮。

步骤04 在插入的SmartArt图形的各个形状中单击，将光标插入其中，然后输入所需的文本，如图9.40所示。

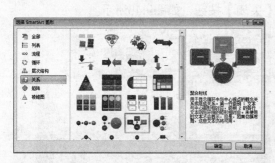

图9.39　选择图形类别和样式

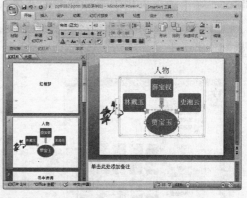

图9.40　输入文本

步骤05 单击SmartArt工具【设计】选项卡，在【SmartArt样式】组中单击【更改颜色】下拉按钮，打开下拉菜单如图9.41所示，选择所需的颜色，效果如图9.42所示。

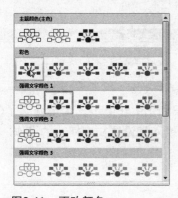

图9.41　更改颜色

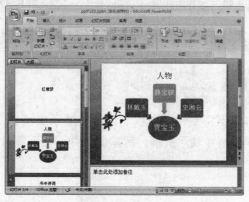

图9.42　更改颜色后的效果

在幻灯片的占位符中单击【插入SmartArt图形】按钮，也可打开对话框，选择SmartArt图形样式进行插入。

7. 设置背景

新建幻灯片或在编辑幻灯片的过程中，为了使演示文稿更加美观，一般都要为幻灯片设置背景。通过设置幻灯片的颜色、阴影、图案或者纹理，可以改变幻灯片的背景，具体操作如下：

步骤01 打开需设置幻灯片背景的演示文稿，选择需设置背景的幻灯片。

步骤02 打开【设计】选项卡，在【背景】组中单击【背景样式】下拉按钮，打开下拉菜单如图9.43所示，选择【设置背景格式】命令，打开【设置背景格式】对话框。

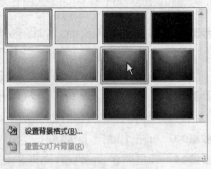

 用户也可以直接在下拉菜单中选择背景样式。

图9.43 【背景样式】下拉菜单

步骤03 在【填充】栏中选择所需的背景填充方式，这里选中【渐变填充】单选按钮，在【预设颜色】下拉列表中选择填充的渐变色效果，如图9.44所示。

步骤04 单击【全部应用】按钮，然后单击【关闭】按钮，如图9.45所示。

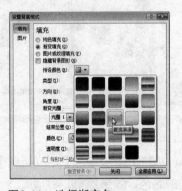

图9.44 选择渐变色

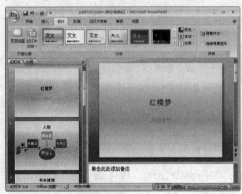

图9.45 填充渐变色后的效果

9.2.2 典型案例——制作中秋节贺卡

本案例将制作"中秋节贺卡"演示文稿，最终效果如图9.46所示，主要介绍了使用设计模板制作演示文稿、新建幻灯片、插入图片，以及输入和设置文本格式的操作。

206

图9.46　幻灯片最终效果

文件位置：【\第9课\源文件\中秋节贺卡.pptx】

操作思路：

步骤01　使用设计模板新建一个演示文稿。

步骤02　在第一张幻灯片中插入图片，输入文本并设置格式。

步骤03　保存"中秋节贺卡.pptx"演示文稿。

操作步骤

步骤01　启动PowerPoint 2007，执行【Office】→【新建】命令。

步骤02　在打开的【新建演示文稿】对话框左侧的列表框中选择【贺卡】选项，单击左侧中间列表框中的【节日】超链接，再在对话框中间的列表框中选择【中秋贺卡-嫦娥与玉兔】选项，如图9.47所示。

步骤03　单击【下载】按钮，弹出【正在下载模板】提示框，等待一会儿，将在新建的幻灯片中应用该模板。

图9.47　选择模板

步骤04　选择第一张幻灯片，在【开始】选项卡的【幻灯片】组中单击【版式】下拉按钮，在打开的下拉菜单中选择【两栏内容】命令。

步骤05　调整每个占位符的大小，然后将右下侧的占位符删除，如图9.48所示。

步骤06　在标题的位置处输入文本"中秋贺卡"，然后单击【开始】选项卡下【段落】组中的【文本左对齐】按钮，使文本左对齐。

步骤07　在【字体】组中将其字体设为"华文彩云"。

步骤08　单击左下侧占位符中的"插入来自文件的图片"按钮，打开【插入图片】对话框，选择所需的图片后，单击【插入】按钮将图片插入到幻灯片中，如图9.49所示。

图9.48　调整占位符

图9.49　插入图片

步骤09 选择第二张幻灯片，按照提示输入文本，如图9.50所示。

步骤10 打开【插入】选项卡，在【文本】组中单击【艺术字】下拉按钮，在打开的下拉菜单中选择一种艺术字样式。

步骤11 在【幻灯片】窗格中，选择第一张幻灯片，然后按下【Enter】键插入一张新的幻灯片。

步骤12 打开【开始】选项卡，在【幻灯片】组中，单击【版式】下拉按钮，在其下拉菜单中选择【图片与标题】版式命令。

步骤13 插入如图9.51所示的图片。

图9.50　输入文本

图9.51　插入图片

步骤14 在文本占位符中插入文本，并设置字体及字号。

步骤15 保存演示文稿。

案例小结

本案例制作了"中秋节贺卡"演示文稿，在制作过程中进行了幻灯片的添加、文本的输入、字体格式的设置和图片的插入等操作，主要是让读者巩固所学知识，掌握制作演示文稿的基本方法。

9.3　上机练习

9.3.1　制作"招标方案"演示文稿

本练习将完善在9.1.2节中根据模板新建的"招标方案"演示文稿，主要是让读者进一步掌握演示文稿的制作方法和技巧。制作的演示文稿其中的一张幻灯片如图9.52所示。

文件位置：【\第9课\源文件\招标方案（练习）.pptx】

操作思路：

步骤01 打开先前创建的"招标方案"演示文稿。

步骤02 在【设计】选项卡的【背景】组中修改背景样式。

步骤03 添加幻灯片，在其中输入文字并设置文字的格式，然后插入剪贴画。

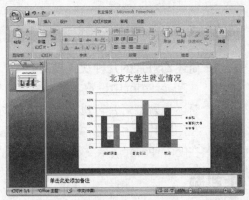
图9.52 幻灯片效果

步骤04 为每一张幻灯片应用不同的版式。

步骤05 制作完成所有的幻灯片，最后保存演示文稿。

9.3.2 制作"就业情况"演示文稿

本练习将制作"就业情况"演示文稿，主要是让读者掌握演示文稿中图表的制作方法，演示文稿的最终效果如图9.53所示。

文件位置：【\第9课\源文件\就业情况.pptx】

操作思路：

步骤01 在PowerPoint 2007中打开【开始】选项卡。

步骤02 在【幻灯片】组中单击【版式】下拉按钮，在打开的下拉菜单中选择【标题和内容】版式命令。

步骤03 输入标题"北京大学生就业情况"。

步骤04 单击占位符中的【图表】按钮，在打开的【插入图表】对话框中选择一种图表样式。

图9.53 插入图表的效果

步骤05 在打开的表格中输入数据。

步骤06 制作完成后保存演示文稿。

9.4 疑难解答

问： 在PowerPoint 2007中添加一张新的幻灯片后，占位符中显示的"单击此处添加标题"文字或按钮内容，在放映时会显示出来吗？

答： 占位符中的系统默认内容是不会被放映出来的。单击这些文本内容或按钮，可输入文本或插入相应的对象。

问： 如果不小心将【大纲】任务窗格关闭了，该怎样恢复显示呢？

答： 在普通视图下，将【大纲】窗格关闭后，如果要恢复显示，可先切换到幻灯片浏览视图，然后再切换回普通视图，【大纲】窗格即可恢复显示。另外，也可以双击【普通视图】按钮 来实现。

问： 如何在放映时隐藏幻灯片呢？

答： 在普通视图下，选中需要隐藏的幻灯片，单击【幻灯片放映】选项卡下的【隐藏幻灯片】按钮，即可使该幻灯片在放映时隐藏。再次单击【隐藏幻灯片】按钮，可取消幻灯片的隐藏。

9.5 课后练习

选择题

1 在幻灯片的视图模式切换按钮中， 按钮代表（　　）。

A、普通视图　　　　　　　　　　B、大纲视图

C、幻灯片浏览视图　　　　　　　D、幻灯片放映视图

2 在幻灯片中可以插入（　　）。

A、文本　　　　　　　　　　　　B、剪贴画

C、图片　　　　　　　　　　　　D、图表

问答题

1 简述幻灯片的几种视图模式。

2 在PowerPoint中设置字体格式与在Word中设置字体格式是否一样？

3 简述设置幻灯片背景的具体操作方法。

4 在幻灯片的占位符中输入文本内容有哪两种方法？

5 在PowerPoint演示文稿中插入剪贴画有哪几种方法？

上机题

根据模板创建一个"生日贺卡"的演示文稿，最终效果如图9.54所示。

文件位置：【\第9课\源文件\生日贺卡.pptx】

1. 在【新建演示文稿】对话框中，单击【幻灯片背景】中的【人物】超链接，在打开的列表中选择"男孩和泡泡设计模板"。
2. 新建一张空白的幻灯片，插入一幅图片，将其设置为幻灯片的背景，根据需要选择版式。
3. 在幻灯片中插入艺术字，然后保存"生日贺卡.pptx"演示文稿。

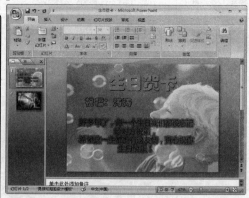

图9.54　生日贺卡

第10课

PowerPoint 2007办公高级应用

▼ **本课要点**

插入视频、声音、超链接

运用母版

动画设置

幻灯片放映

▼ **具体要求**

掌握插入视频、声音、图表和表格的方法

掌握动作按钮的设置

掌握设计幻灯片母版的方法

掌握动画的设置方法

掌握不同的放映方式

掌握放映时的控制

▼ **本课导读**

前一课学习了PowerPoint 2007的基本操作，本课将学习PowerPoint 2007在办公中的高级应用，包括幻灯片母版的设计方法与应用、在幻灯片中插入影片或声音等多媒体元素、为幻灯片设置动画效果、控制幻灯片放映等。

10.1　插入对象

在PowerPoint 2007幻灯片中，可以插入音频和视频等多媒体元素，多媒体能为演示文稿增添魅力，让幻灯片变得有声有色，无论从听觉上、视觉上都能给观众带来不一样的感受。

除此之外，用户还可以为幻灯片添加超链接。使用超链接，可从演示文稿的当前幻灯片快速跳转到其他幻灯片中，合理地添加超链接，可使演示文稿中的内容更丰富。

10.1.1　知识讲解

本节将讲解如何在幻灯片中插入视频、声音、图表和表格。

1. 插入视频或声音

在幻灯片中不仅可以插入剪辑管理器中的声音和影片、插入计算机中保存的声音和影片文件，还可以插入CD乐曲及录制的声音文件等。

1）插入剪辑管理器中的声音和影片

插入剪辑管理器中的影片或声音的具体操作如下：

步骤01　在【幻灯片】窗格中选择需要插入影片的幻灯片。

步骤02　打开【插入】选项卡，在【媒体剪辑】组中单击【影片】下拉按钮。

步骤03　在打开的下拉菜单中选择【剪辑管理器中的影片】命令，如图10.1所示。

步骤04　打开【剪贴画】任务窗格，在影片列表框中选择所需的影片，即可将其添加到幻灯片中，使用鼠标将其移动到合适的位置，如图10.2所示。

　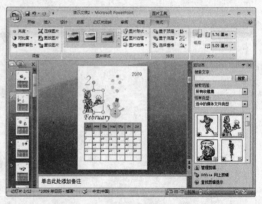

图10.1　选择【剪辑管理器中的影片】命令　　　图10.2　将影片剪辑添加到幻灯片中

如果要添加声音，则在【媒体剪辑】组中单击【声音】下拉按钮，在弹出的下拉菜单中选择【剪辑管理器中的声音】命令，打开【剪贴画】窗格，选择需要插入的声音剪辑，打开选择播放方式的对话框，如图10.3所示，单击【自动】或【在单击时】按钮即可，此时幻灯片中将出现声音图标 ，如图10.4所示。

2）插入计算机中的声音或影片文件

PowerPoint 2007剪辑管理器中的声音或影片剪辑有限，在实际制作时，往往需要插入与幻灯片内容相符的声音或影片文件，如解说词和背景音乐等。这就需要插入外部的声音文件或影片文件，具体操作如下：

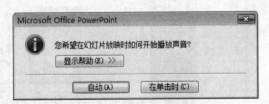

图10.3　提示对话框

图10.4　出现声音图标

步骤01　选择需要插入声音的幻灯片。

步骤02　单击【插入】选项卡。

步骤03　在【媒体剪辑】组中单击【声音】下拉按钮，在弹出的下拉菜单中选择【文件中的声音】命令，如图10.5所示。

步骤04　打开【插入声音】对话框，选择需要的声音文件，如图10.6所示。

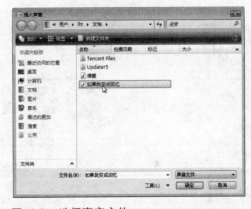

图10.5　选择【文件中的声音】命令

图10.6　选择声音文件

步骤05　单击【确定】按钮，在弹出的提示对话框中选择播放方式，即可将声音插入到幻灯片中。

　单击占位符中的【插入媒体剪辑】按钮，可打开如图10.7所示的【插入影片】对话框，选中所需的影片或声音文件后单击【确定】按钮，也可将计算机中的文件插入幻灯片中。

2. 插入超链接

在浏览网页的过程中，当鼠标变为小手形状时，轻轻单击就可以跳转到相应的页面，这就是超链接。在PowerPoint 2007中，也可以为文本或者图片添加超链接，这样在放映时，即可轻松链接到需要的页面。插入超链接的具体操作如下：

步骤01　在幻灯片中选择要添加超链接的图片。

步骤02　打开【插入】选项卡，在【链接】组中的【链接】下拉菜单中选择【超链接】

命令，如图10.8所示，打开【插入超链接】对话框。

图10.7　【插入影片】对话框　　　　　　　　　　　图10.8　选择【超链接】命令

步骤03　在【插入超链接】对话框中左侧的【链接到】列表框中选择【本文档中的位置】选项，在【请选择文档中的位置】列表框中选择目标对象，右侧将同步显示幻灯片的预览效果，如图10.9所示。

步骤04　单击【确定】按钮，即可将源文件与目标对象链接起来。添加超链接后的文本下方会有下划线，如图10.10所示。

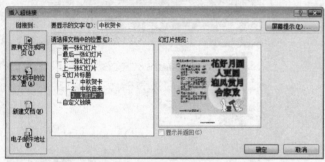

图10.9　选择目标对象　　　　　　　　　　　图10.10　添加超链接后的文本

3. 插入动作按钮

动作按钮是指可执行操作的按钮，通过动作按钮可跳转到相应的幻灯片中，如首页幻灯片、最末一页幻灯片等。插入动作按钮的具体操作如下：

步骤01　选择需要插入动作按钮的幻灯片。

步骤02　打开【插入】选项卡，在【插图】组中的单击【形状】下拉按钮，在弹出的下拉菜单的【动作】栏中选择相应的按钮命令。

步骤03　在幻灯片中拖动鼠标绘制按钮，松开鼠标，弹出【动作设置】对话框。

步骤04　在【单击鼠标】或者【鼠标移过】选项卡中设置需要进行的操作，如图10.11所示。

步骤05　单击【确定】按钮，完成设置。

图10.11　设置动作属性

案例目标

本案例将为"日本流行动漫"中的幻灯片插入音频、超链接和动作按钮等对象，效果如图10.12所示。

动漫音乐与影片片断

- 火影忍者疾风传
- 死神剧场版
- 蜡笔小新
- 多啦A梦

流行动漫

火影忍者
死神
海贼王
……

图10.12　最终效果

素材位置：【\第10课\素材\日本流行动漫.pptx】

文件位置：【\第10课\源文件\动漫.pptx】

操作思路：

步骤01　在幻灯片中插入来自外部的音频文件，并调整声音图标的位置。

步骤02　添加超链接和动作按钮。

步骤03　将演示文稿另存为"动漫.pptx"。

操作步骤

步骤01　打开"日本流行动漫.pptx"演示文稿。

步骤02　选择第五张幻灯片，打开【插入】选项卡，在【媒体剪辑】组中单击【声音】下拉按钮，在打开的下拉菜单中选择【文件中的声音】命令。

步骤03　在打开的【插入声音】对话框中选择需要的声音文件，如图10.13所示。

步骤04　单击【确定】按钮，弹出提示对话框，单击【自动】按钮。

步骤05　将声音文件插入到幻灯片中，使用鼠标拖动声音图标到幻灯片的右下角位置，如图10.14所示。

步骤06　在【幻灯片】窗格中选择第四张幻灯片，在该幻灯片中选择右侧的图片，然后打开【插入】选项卡，在【链接】组中单击【超链接】按钮，打开【插入超链接】对话框。

步骤07　在该对话框中选择目标对象，如图10.15所示。

步骤08　单击【确定】按钮，完成设置。

步骤09　选择最后一张幻灯片，然后在【插图】组中单击【形状】下拉按钮，在下拉菜单中选择【动作按钮】栏中的按钮命令。

步骤10 在幻灯片中拖动鼠标，松开鼠标键后，弹出【动作设置】对话框。

步骤11 切换到【鼠标移过】选项卡，选中【无动作】单选按钮和【播放声音】复选框，并在下面的下拉列表中选择【箭头】选项，如图10.16所示。

图10.13 选择声音文件

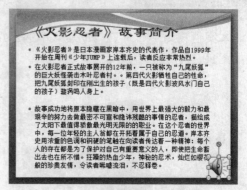

图10.14 拖动声音图标到合适位置

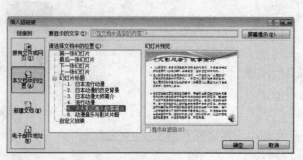

图10.15 选择超链接的目标对象

图10.16 设置动作按钮的属性

步骤12 单击【确定】按钮，将演示文稿另存为"动漫.pptx"。

案例小结

本案例介绍了在幻灯片中插入声音文件与超链接，以及设置动作按钮的方法，希望读者可以掌握在幻灯片中添加对象的操作。

10.2 应用母版

在PowerPoint 2007中，使用母版可以在演示文稿中制作统一的标志和背景、设置标题和主要文字的格式。

10.2.1 知识讲解

本节具体介绍母版的相关知识，使读者了解母版的几种类型，并学习如何为幻灯片设置母版。

1. 母版简介

如果要为演示文稿中的每一张幻灯片添加相同的背景或内容，就必须为演示文稿设计一个母版。

幻灯片母版用于统一和存储幻灯片的模板信息，包括文本、占位符的大小和位置，以及动画方案和配色方案等。

2. 母版的类型

PowerPoint为用户提供了幻灯片母版、讲义母版和备注母版，每种母版对应一种设置模式，通过它们可对幻灯片、讲义和备注信息进行统一设置，各种母版类型的作用分别如下：

📁 幻灯片母版

通过该母版可快速设置统一的幻灯片风格，即在母版上进行的更改和设置将应用于当前演示文稿中的所有幻灯片中。例如，需要在所有幻灯片中添加一张图片、设置一种字体等，就可以通过幻灯片母版来完成，从而省去了重复编辑的麻烦。

📁 讲义母版

讲义是为了方便演讲者在演讲时使用的纸稿，纸稿中显示了每张幻灯片的大致内容、要点等。讲义母版就是设置该内容在纸稿中的显示方式。在讲义母版中可以查看在一页纸张中放置2张、3张或6张等幻灯片后的版面效果，并可设置页眉和页脚内容，以方便用户打印后装订成讲义使用。

📁 备注母版

在备注母版中显示有幻灯片的缩略图和用于添加参考资料等备注的文本占位符，可以输入关于该幻灯片的备注信息，并可进行打印输出。

 更换幻灯片母版后，幻灯片中的内容不会改变，母版上的文本只用于样式，幻灯片的文本应在普通视图下的幻灯片中输入。

3. 设计幻灯片母版

通过设计幻灯片母版，可以使一个演示文稿中的所有幻灯片具有相同的版式和格式，设计母版的具体操作如下：

步骤01 打开要进行母版设计的幻灯片，如图10.17所示。

步骤02 在【视图】选项卡下单击 🔲 幻灯片母版 按钮，进入幻灯片母版视图，同时在窗口中激活【幻灯片母版】选项卡，如图10.18所示。

图10.17　打开要进行母版设计的幻灯片

图10.18　激活【幻灯片母版】选项卡

步骤03 在标题占位符中单击鼠标，出现光标插入点，在【开始】选项卡下的【字体】组和【段落】组中，设置字体的格式。使用同样的方法在正文占位符中选择需设置格式的标题级别，并将其设置为所需的格式。

步骤04 在【幻灯片母版】选项卡下单击【编辑样式】下拉按钮，在弹出的下拉菜单中选择【设置背景格式】命令，打开【设置背景格式】对话框，在【填充】栏中设置所需的填充方式，如图10.19所示。

步骤05 设置完成后，单击【全部应用】按钮，然后单击【关闭】按钮。

步骤06 单击【关闭母版视图】按钮，关闭幻灯片母版视图，可见演示文稿中的所有幻灯片都使用了设置的母版格式，如图10.20所示。

图10.19　设置背景格式

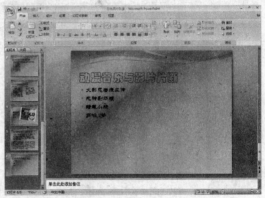

图10.20　设置母版的效果

4. 在母版中添加页眉和页脚

页眉和页脚实际上就是显示在每张幻灯片相应位置的幻灯片编号、日期、演示文稿名称和公司名称等信息，用户只需添加一次页眉、页脚，即可在当前演示文稿的所有幻灯片的相应位置显示该内容。

添加页眉和页脚的具体操作如下：

步骤01 打开需要添加页眉和页脚的幻灯片，单击【视图】选项卡下的【幻灯片母版】按钮，打开幻灯片母版视图。

步骤02 单击【插入】选项卡下的【页眉和页脚】按钮，打开【页眉和页脚】对话框，如图10.21所示。

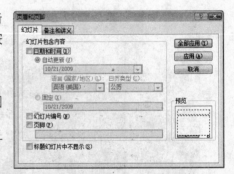

步骤03 选中【日期和时间】复选框，可为幻灯片添加日期和时间；选中【自动更新】单选按钮，可以自动更新添加的日期和　图10.21　【页眉和页脚】对话框

时间；选中【固定】单选按钮，在下面激活的文本框中可以输入要显示的日期和时间。

如果选中【固定】单选按钮并在其下的文本框中输入显示的日期和时间后，以后打开演示文稿，都将显示该日期和时间。

步骤04 选中【幻灯片编号】复选框，可以在幻灯片的页脚位置添加编号，当增加或删除幻灯片时，编号将会自动更新；如果选中【标题幻灯片中不显示】复选框，则第一张幻灯片中将不显示编号。

步骤05 选中【页脚】复选框，将激活其下的文本框，在该文本框中输入的内容将在幻灯片的底部显示。

步骤06 设置完成后，单击【全部应用】按钮可使设置应用于所有幻灯片，单击【应用】按钮则只应用于当前幻灯片。

在【幻灯片母版】选项卡下，选中【标题】和【页脚】复选框时，可直接在页眉、页脚区添加或修改内容。

10.2.2 典型案例——设置"员工培训"母版

本案例将为如图10.22所示的"员工培训"演示文稿创建一个母版，使每张幻灯片都具有相同的背景和演示文稿名称，最终效果如图10.23所示。

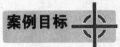

图10.22 原始演示文稿

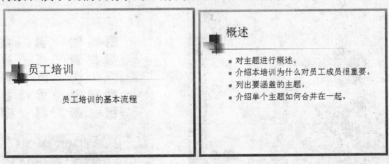

图10.23 设置母版最终效果

素材位置：【\第10课\素材\员工培训.pptx】

操作思路：

步骤01 进入幻灯片母版编辑视图。

步骤02 插入一幅图片，使其成为幻灯片背景图案。

步骤03 在幻灯片中插入文本框并输入文字，设置样式后放于适当位置。

操作步骤

步骤01 打开"员工培训.pptx"文档，单击【视图】选项卡下的【幻灯片母版】按钮，进入幻灯片母版视图。

步骤02 在【幻灯片母版】选项卡下的【背景】组中单击对话框启动器按钮，打开【设置背景格式】对话框。

步骤03 在【设置背景格式】对话框中，选中【图片或纹理填充】单选按钮。

步骤04 单击【文件】按钮，在打开的对话框中选择"培训.jpg"背景图片，然后缩小文本占位符的宽度，效果如图10.24所示。

步骤05 在【插入】选项卡下的【文本】组中，单击【文本框】按钮，绘制一个文本框，输入"员工培训基本流程"。

步骤06 在绘图工具【格式】选项卡下，单击【形状样式】组中的 ▼（【其他】）按钮，从打开的样式库中选择一种样式，如图10.25所示。

步骤07 文本框设置完成后，将其拖曳到幻灯片中的合适位置。

图10.24　设置背景

图10.25　选择形状样式

步骤08 设置完成后，单击【关闭母版视图】按钮。

步骤09 将演示文稿另存为"员工培训母版.pptx"。

案例小结

　　本案例设置了"员工培训"演示文稿的母版，应用了母版后，该演示文稿中的所有幻灯片都将具有与母版相同的样式。

10.3　幻灯片的动画设置与放映

　　为了使演示文稿在放映时更加生动，可以为幻灯片添加一些动画效果。PowerPoint

2007内置了很多动画效果，另外，用户也可以自定义动画。

10.3.1 知识讲解

本节将介绍幻灯片的切换效果、动画的设置和幻灯片的放映操作等基础知识。

1. 设置幻灯片切换效果

幻灯片切换效果就是在放映幻灯片时，一张幻灯片放映完成，开始放映第二张幻灯片时的过渡效果，PowerPoint 2007提供了多种幻灯片切换效果，设置幻灯片切换效果的步骤如下：

步骤01 选择要设置切换效果的幻灯片。

步骤02 打开【动画】选项卡，在【切换到此幻灯片】组中单击【其他】按钮，在打开的样式库中选择一种切换效果，如图10.26所示。

步骤03 单击【切换声音】下拉按钮，选择切换时的声音，如图10.27所示。

步骤04 单击【切换速度】下拉按钮，选择切换速度，如图10.28所示。

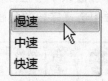

图10.26　选择切换方式　　　　图10.27　选择切换声音　　　图10.28　选择切换速度

步骤05 在【换片方式】栏中选中【单击鼠标时】复选框（表示在放映幻灯片时，只有单击鼠标，幻灯片才会进行切换）。

 若想使幻灯片自动切换，可选中【在此之后自动设置动画效果】复选框，并在其后的数值框中输入幻灯片切换的间隔时间。

步骤06 设置完成后，单击【全部应用】按钮将设置的效果应用到所有幻灯片中。

2. 设置对象的动画效果

在PowerPoint中，除了可以设置幻灯片的切换效果外，还可以为幻灯片中的各对象添加动画效果。

1）直接添加动画效果

快速直接地为幻灯片中各个对象设置不同的动画效果的方法如下：

步骤01 选择幻灯片中需要设置动画效果的对象。

步骤02 打开【动画】选项卡，在【动画】组中单击【动画】下拉按钮，在打开的下拉列表中选择需要的动画效果，如图10.29所示。

在为对象选择动画后，系统会自动放映设置该动画后对象的效果，方便用户预览并决定是否选用该动画。在为除标题文本外的其他文本对象设置动画时，将在【淡出】、【擦除】和【飞入】栏中出现更多动画效果以供选择，如图10.30所示。

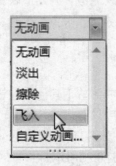

图10.29 【动画】下拉列表

图10.30 文本对象的【动画】下拉列表

2）自定义动画

如果用户需要为对象设置更加丰富的动画效果，再使用快速添加动画的方法就不能实现了，此时可自定义动画。

选择对象，在【动画】组中单击【自定义动画】按钮，打开【自定义动画】窗格，单击【添加效果】下拉按钮，在弹出的下拉菜单中选择所需的动画类别命令，再在打开的子菜单中选择需要的动画效果命令即可。

 在【动画】下拉列表中选择【自定义动画】选项，也可以打开【自定义动画】窗格，该窗格是选择和编辑动画的场所，其下方的空白区域称为动画效果列表，设置动画后，所有的动画都会在此显示。

在【自定义动画】窗格中，用户可选择4种类型的动画，即"进入"动画、"强调"动画、"退出"动画和"动作路径"动画，其动画效果分别如下：

"进入"动画：为对象设置该类动画后，放映幻灯片时，对象最初并不在幻灯片中，而是从其他位置进入幻灯片，并最终显示在相应的位置上，如图10.31所示是为对象设置了"菱形"的进入效果。

图10.31 为对象设置"菱形"的进入效果

"强调"动画：为对象设置该类动画后，放映幻灯片时，对象一开始就显示在幻灯片中，然后PowerPoint会以指定的方式强调该对象，引起观众的注意，主要用于对重点内容的突出显示，如图10.32所示是为对象设置了"更改字号"的强调效果。

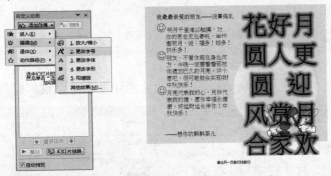

图10.32　为对象设置"更改字号"的强调效果

"退出"动画：为对象设置该类动画后，放映幻灯片时，对象会以指定的方式从幻灯片中消失，如图10.33所示的是为对象设置了"飞出"的退出效果。

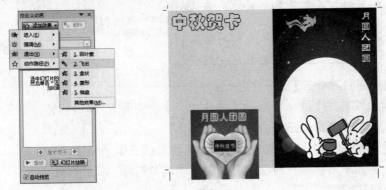

图10.33　为对象设置"飞出"的退出效果

"动作路径"动画：为对象设置该类动画后，放映幻灯片时，对象将沿指定的路径进入到幻灯片中的相应位置，如图10.34所示的是为对象设置了"对角线向右下"的路径效果。

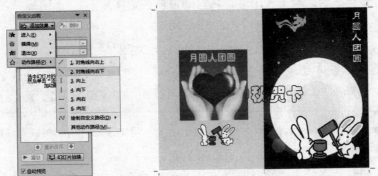

图10.34　为对象设置"对角线向右下"的路径效果

 在每个动画类型子菜单中，都有【其他效果】（或【其他动作路径】）命令，选择该命令，可在打开的对话框中选择更多的进入、强调、退出或动作路径的效果。

3. 设置放映方式

制作演示文稿的最终目的就是放映演示文稿，用户除了可以设置幻灯片的动画效果之外，还可以对幻灯片放映进行整体控制。为了适应不同的放映场合，幻灯片可以有不同的放映方式，可根据具体情况对其进行设置。

设置幻灯片放映方式的具体操作如下：

步骤01 打开需要进行放映方式设置的演示文稿。

步骤02 打开【幻灯片放映】选项卡，在【设置】组中单击【设置幻灯片放映】按钮，打开【设置放映方式】对话框，如图10.35所示。

步骤03 在【放映类型】栏中选择放映类型，在【放映幻灯片】栏中指定在幻灯片放映过程中包含的幻灯片。

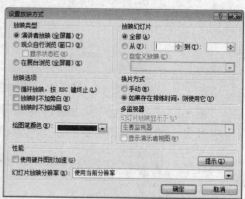

若选中【全部】单选按钮，所有幻灯片都将参与放映；若选中下面的单选按钮，可在后面的数值框中设置从开始到结束放映的幻灯片编号。

图10.35 【设置放映方式】对话框

步骤04 设置完成后，单击【确定】按钮。

在【设置放映方式】对话框中的【放映类型】栏中有3个单选按钮，含义分别如下，用户可根据实际情况选择相应的放映类型。

◉ **演讲者放映 (全屏幕)(P)**：该单选按钮为系统默认选中的单选按钮，是一种传统的全屏放映方式，常用于演讲者在放映幻灯片时手动切换幻灯片和动画效果。

◎ **观众自行浏览 (窗口)(B)**：该单选按钮可使幻灯片在标准窗口中放映，提供用户控制的工具栏，常用于观众自行浏览演示文稿。

◎ **在展台浏览 (全屏幕)(K)**：该单选按钮可使幻灯片在放映时自动进入全屏放映效果，幻灯片放映完成后，若无人干涉，将自动重新开始播放。

4. 放映幻灯片

设置好放映方式后，便可以开始放映幻灯片了，在【幻灯片放映】选项卡下的【开始放映幻灯片】组中，有如图10.36所示的几种放映方式按钮，下面分别介绍。

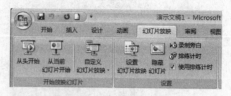

图10.36 【开始放映幻灯片】组

【从头开始】：不管当前选择的是哪张幻灯片，都将从第一张幻灯片开始放映（同【F5】键）。

【从当前幻灯片开始】：将从当前选择的幻灯片开始向后放映，与按【Shift+F5】组合键（或单击状态栏右侧的【幻灯片放映】按钮）效果相同。

【自定义幻灯片放映】：该方式用于播放选择的幻灯片，具体操作如下：

步骤01 单击该按钮，打开【自定义放映】对话框，如图10.37所示。

步骤02 单击【新建】按钮，打开【定义自定义放映】对话框，如图10.38所示。

图10.37 【自定义放映】对话框

图10.38 【定义自定义放映】对话框

步骤03 在【在演示文稿中的幻灯片】列表框中选择需要放映的幻灯片，单击【添加】按钮，将其添加到【在自定义放映中的幻灯片】列表框中，单击【确定】按钮。

 在【在自定义放映中的幻灯片】列表框中选择幻灯片，单击右侧的箭头按钮，可以调整该幻灯片在放映时的顺序，如图10.39所示。

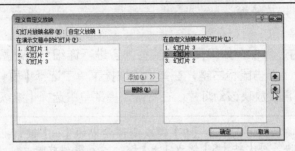

图10.39 调整幻灯片放映顺序

在幻灯片放映过程中，一般单击鼠标可放映下一个对象或切换至一下张幻灯片，放映完成后，在黑色屏幕上单击鼠标，即可退出幻灯片放映状态。

5. 自动放映

如果制作的演示文稿是宣传类演示文稿，要求自动放映，无需他人执行单击鼠标等操作，则可为演示文稿排练计时，具体操作如下：

步骤01 打开需要自动放映的演示文稿，单击【幻灯片放映】选项卡。

步骤02 单击【设置】组中的【排练计时】按钮，进入放映排练状态，此时幻灯片全屏放映，同时打开【预演】工具栏，并自动为该幻灯片计时，如图10.40所示。

步骤03 单击鼠标或单击【预演】工具栏中的➡按钮，切换到第二张幻灯片后，【预演】对话框中的时间又将从头开始为第二张幻灯片的放映进行计时，如图10.41所示。

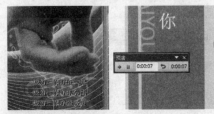

图10.40 打开【预演】工具栏

图10.41 第二张幻灯片重新计时

步骤04 按照相同的方法对演示文稿中各对象的放映时间进行预演，最后弹出提示对话框，如图10.42所示，提示总共的排练计时时间，并询问是否保留幻灯片的排练时间，单击【是】按钮。

步骤05 切换至幻灯片浏览视图，每张幻灯片的下面都将显示出该幻灯片在排练时所用的放映时间，如图10.43所示，在以后进行放映时，将会按照该时间进行幻灯片的放映。

图10.42　提示对话框　　　　　　　图10.43　查看排练时间

6. 放映时的控制

在幻灯片的放映过程中，如果需要对某一幻灯片进行更多的说明和讲解，可以采用其他控制方法，如暂停放映等。

1）暂停放映

在放映幻灯片的过程中，如果需要对某些内容进行详细介绍，可以暂停幻灯片的放映。在播放的幻灯片上单击鼠标右键，在弹出的快捷菜单中选择【暂停】命令，即可暂停该幻灯片的放映，要再次放映该幻灯片，在右键快捷菜单中选择【继续执行】命令即可。

 在放映幻灯片时，按【S】键或小键盘中的【+】键，也可以暂停幻灯片的放映，再次按【S】键或【+】键，可以继续放映。

2）在幻灯片上做标记

对于特别重要，需要在播放时讲解的内容，可以为其做上标记，具体操作如下：

步骤01 在放映幻灯片时单击鼠标右键，在弹出的快捷菜单中执行【指针选项】→【圆珠笔】命令，如图10.44所示。

步骤02 按住鼠标左键不放，在需要重点指出的位置拖动，画出线条和圆圈等标记。

步骤03 在给重点部分绘制了线条或圆圈等标记符号后，当幻灯片播放完后系统会提示是否保留所做的标记，如图10.45所示。

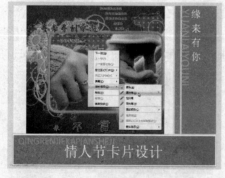

图10.44　选择【圆珠笔】命令

图10.45　提示对话框

步骤04 单击【保留】按钮，即可将标记保留在幻灯片中，单击【放弃】按钮则不会保留所做的标记。

3）定位幻灯片

定位幻灯片的方法有如下几种：

定位到上一张幻灯片：在幻灯片放映过程中，单击鼠标右键，在弹出的快捷菜单中选择【上一张】命令，可快速切换到当前幻灯片的上一张幻灯片并进行播放。

定位到下一张幻灯片：在幻灯片放映过程中，单击鼠标右键，在弹出的快捷菜单中选择【下一张】命令，可快速切换到当前幻灯片的下一张幻灯片并进行播放。

定位到任意一张幻灯片：在幻灯片放映过程中，单击鼠标右键，在弹出的快捷菜单中选择【定位到幻灯片】命令，再在弹出的子菜单中选择具体需要定位的幻灯片，如图10.46所示。

图10.46　选择【定位到幻灯片】命令

　如果选择【上一张】或【下一张】命令后，却未能定位到相应的幻灯片中，可能是因为当前演示文稿设置了动画效果，选择这两个命令后，将播放单击鼠标前或后的动画效果。选择【上次查看过的】命令，则可切换到上一张幻灯片。

10.3.2　典型案例——设置动画

案例目标

本案例将为幻灯片中的对象设置动画效果，并为幻灯片设置动态的切换效果，如图10.47和图10.48所示分别为幻灯片中对象的动画效果和幻灯片切换时的动态效果。

图10.47　对象的动画效果

图10.48　切换效果

素材位置：【\第10课\素材\日本流行动漫.pptx】

文件位置：【\第10课\源文件\日本流行动漫（动画）.pptx】

操作思路：

步骤01　为幻灯片中的各对象设置动画效果。

步骤02　设置幻灯片切换效果。

操作步骤

步骤01　打开"日本流行动漫.pptx"幻灯片。

步骤02 在第一张幻灯片中分别选中标题文本和副标题文本，打开【动画】选项卡。

步骤03 在【动画】中单击【自定义动画】按钮，打开【自定义动画】任务窗格。

步骤04 单击【添加效果】下拉按钮，选择【进入】→【百叶窗】命令，如图10.49所示。

步骤05 在【开始】下拉列表中选择【单击时】选项，设置该动画效果在单击鼠标时出现；在【方向】下拉列表中选择【水平】选项，设置该动画效果的出现方式；在【速度】下拉列表中选择【中速】选项，设置该动画效果放映的速度，如图10.50所示。

步骤06 将鼠标指针移至任务窗格的动画效果列表中设置的标题动画效果上，单击其右侧的 ▼ 按钮，如图10.51所示，选择【效果选项】命令，打开【百叶窗】对话框。

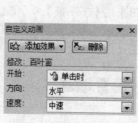

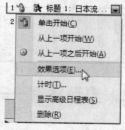

图10.49 选择动画效果　　　　　图10.50 其他设置　　　　　图 10.51 选择【效果选项】命令

步骤07 在打开的对话框的【声音】下拉列表中选择【推动】选项，设置该动画效果的声音，如图10.52所示，完成后单击【确定】按钮。

步骤08 选择第二张幻灯片中的文本内容，在【自定义动画】任务窗格的【添加效果】下拉菜单中选择【进入】→【其他效果】命令，在打开的对话框中将动画效果设置为"上升"，如图10.53所示。

步骤09 依次设置其他对象的动画效果及声音，如图10.54所示。从上到下即序号"1"到"3"，表示各动画效果的放映先后顺序。

图10.52 设置声音

图10.53 设置"上升"动画效果

图10.54 幻灯片中的动画效果

步骤10 选中第二张幻灯片，打开【动画】选项卡，单击【切换到此幻灯片】组中的【切换方案】下拉按钮，在其下拉菜单中选择一种幻灯片的切换方案，并在右侧的【声音】及【速度】下拉列表中选择需要的选项。

步骤11 按照同样的方法设置切换到其他幻灯片的切换效果。

步骤12 将演示文稿另存为"日本流行动漫（动画）.pptx"。

案例小结

本案例对"日本流行动漫.pptx"演示文稿中的幻灯片对象进行了动画设置，并为幻灯片之间的切换设置了动态效果，使该演示文稿更具观赏性。

10.4 上机练习

10.4.1 制作"滨海风光宣传手册"演示文稿

本练习将制作"滨海风光宣传手册"演示文稿，主要是让读者通过练习，进一步掌握制作幻灯片的方法，其中，部分幻灯片的效果如图10.55所示。

图10.55 部分幻灯片效果

文件位置：【\第10课\源文件\滨海风光宣传手册.pptx】

操作思路：

步骤01 根据设计模板新建"滨海风光宣传手册"演示文稿。

步骤02 制作幻灯片，包括插入文本框、图片、艺术字、视频和声音等。

步骤03 可以根据需要更改插入的图片的形状样式。

步骤04 进行幻灯片切换的动画设置和对象的动画设置。

10.4.2 设置"滨海风光宣传手册"演示文稿放映方式

本练习将设置"滨海风光宣传手册"演示文稿的放映方式，主要是让读者通过练习，进一步掌握幻灯片的放映方式设置。

步骤01 设置在展台上自动放映"滨海风光宣传手册"演示文稿。

步骤02 设置只放映演示文稿的前三张幻灯片。

10.5 疑难解答

问： 在演示文稿中插入声音后，无论将声音图标放在哪里似乎都影响观看幻灯片的效果，怎么办呢？

答： 可以将声音图标隐藏起来，方法为：双击声音图标，激活声音工具【选项】选项卡，在该选项卡中选中【放映时隐藏】复选框，那么在放映幻灯片时，会隐藏声音图标。

问： 除了在幻灯片中插入声音外，还可以用什么方法给幻灯片添加声音呢？

答： 还可以使用录音的方法为幻灯片添加声音效果，单击【幻灯片放映】选项卡下的 录制旁白 按钮，打开【录制旁白】对话框，单击【确定】按钮，将在放映幻灯片的过程中进行录音。

10.6 课后练习

选择题

1 在设置幻灯片的放映方式时，PowerPoint 2007提供了（ ）放映方式。

A、演讲者放映　　　　　　　　　　　　　B、在展台浏览

C、观众自行浏览　　　　　　　　　　　　D、混合放映

2 在放映幻灯片时，按（ ）键可从第一页开始放映。

A、【F5】　　　　B、【Enter】　　　　C、【F2】　　　　D、【Esc】

3 在放映幻灯片时，要暂停放映可以直接按（ ）键。

A、【S】或【+】　　　　B、【S】或【-】　　　　C、【F】或【+】

问答题

1 简述如何为幻灯片设置动画。

2 幻灯片母版的作用是什么？怎样创建幻灯片母版？

3 简述如何在放映过程中在幻灯片上做标记。

上机题

制作"环保宣传页"演示文稿，并设置动画效果（部分幻灯片效果如图10.56所示）。

图10.56 部分幻灯片效果

 1. 新建一个演示文稿，并将其保存为"环保宣传页"。
2. 打开【动画】选项卡，在【动画】组中单击【自定义动画】按钮，打开【自定义动画】任务窗格。
3. 为各个对象设置动画效果。

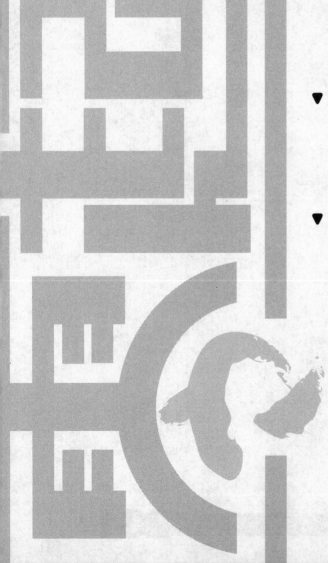

第11课

办公辅助工具

▼ **本课要点**
打印机的使用
USB移动存储器的使用
辅助软件的使用

▼ **具体要求**
掌握打印机的安装与设置方法
掌握USB移动存储器的使用方法
熟悉几种办公辅助软件的使用方法

▼ **本课导读**
在使用计算机进行办公的过程中，为了提高办公效率，增加办公效益，还可能用到一些办公辅助设备，如打印机和移动存储设备等。各种办公辅助设备已成为现代化办公领域中不可或缺的重要部分。另外，一些常用工具软件，如压缩软件、看图软件及翻译软件等也对计算机办公有一定的辅助作用。本课将学习有关辅助工具的使用。

11.1　打印机

打印机是日常办公中主要的外设之一，在计算机中制作的许多文件都需要通过它打印到纸张上。下面介绍打印机的类型及安装、使用和维护的方法。

11.1.1　知识讲解

在办公领域中，打印机是必不可少的辅助工具。在选购打印机时，需要了解打印机的类型，并根据实际需要进行选择。使用打印机之前，需要掌握打印机的安装和设置方法。另外，了解打印机的日常维护和维修方法，可帮助用户更好地使用打印机。

1. 打印机的类型

目前在办公中用得较多的打印机主要是喷墨打印机和激光打印机，不同类型的打印机打印原理和性能各不相同，因此用户一定要根据办公的实际需要进行选购。

喷墨打印机采用墨水作为打印原料，如图11.1所示。该类打印机的优点是能打印彩色的图片，并且在色彩、图片细节方面优于其他打印机，它的打印质量接近激光打印机，既能满足专业设计或出版公司的印刷要求，又能胜任日常办公中的黑白文字和表格打印任务，但其缺点是打印速度较慢，墨水等耗材较贵且用量较大。

激光打印机采用硒鼓作为打印原料，是复印机、计算机和激光技术的综合产品，分为黑白、彩色和网络打印机三种类型，如图11.2所示。激光打印机具有很高的稳定性，打印效果非常好，可以提供高速度、高品质、高精度的打印质量，是目前办公领域使用最广泛的打印机类型。它除了可以打印普通的文本文件外，还可进行胶片打印、多页打印、邮件合并、手册打印、标签打印、海报打印、图像打印和信封打印等。

图11.1　喷墨打印机

图11.2　激光打印机

2. 打印机的连接

要想使用打印机，还必须将其与计算机连接起来。打印机的连接很简单，主要包括两部分，一是连接打印机的端口，二是连接计算机的端口，主要是用购买打印机时配备的数据线进行连接，具体操作步骤如下：

步骤01　连接打印机接口。将计算机关闭，找到打印机的数据线，将其一端连接到打印机的接口上，如图11.3所示。

步骤02　连接计算机接口。将数据线的另一端连接到计算机主机箱背面的接口中，即将打印机常见的USB、LPT或COM端口插入到计算机机箱后面相应的插口中，如图11.4所示。

图11.3　连接打印机接口　　　　　　　图11.4　连接计算机接口

步骤03 连接电源线。将电源线的"D"型插头插入打印机的电源插口中，另一端插入电源插座插口。

3. 打印机的安装

将打印机与计算机进行正确连接以后，还要在计算机中安装相应的打印机驱动程序，然后打印机才能正常工作。

通常情况下，连接好打印机后，打开打印机电源开关并启动计算机，操作系统会自动检测到新硬件，然后打开一个安装向导对话框，用户根据其中的提示便可进行驱动程序的安装。另外，用户也可以手动启动该向导，具体操作如下：

步骤01 执行【开始】→【控制面板】→【打印机】命令，打开如图11.5所示的窗口。

步骤02 单击【添加打印机】按钮，打开如图11.6所示的【添加打印机】对话框。

图11.5　打开【打印机】窗口　　　　　图11.6　【添加打印机】对话框

步骤03 根据需要进行选择，这里选择【添加本地打印机】选项，打开【选择打印机端口】页面，选择计算机与打印机交换信息的端口，如图11.7所示。

 由于向导自动判断打印机使用的端口，这里保持默认设置即可。

步骤04 单击【下一步】按钮，进入【安装打印机驱动程序】页面，选择打印机的制造商和型号，这里选择【Canon LBP - 3260】选项，如图11.8所示。

 用户可以将商家提供的打印机驱动程序安装光盘放入光驱，单击【从磁盘安装】按钮，并在打开的对话框中选择相应文件进行安装。

图11.7　【选择打印机端口】页面　　　　　图11.8　选择要安装的打印机

步骤05　单击【下一步】按钮，打开如图11.9所示的页面，在其中对打印机进行命名，并选择是否将其设置为默认的打印机。

　如果在一台计算机上安装了多台打印机，不进行打印机选择而直接打印时，将使用默认打印机。

步骤06　单击【下一步】按钮，系统自动开始安装所选的驱动程序，如图11.10所示。

图11.9　命名打印机　　　　　　　　　图11.10　正在安装

步骤07　稍后，在该对话框中提示已成功安装，并提示可以打印测试页，如图11.11所示，单击【完成】按钮即可使用该打印机了。此时，【打印机】窗口中会出现安装的打印机，如图11.12所示。

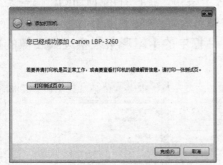

图11.11　选择是否打印测试页　　　　　图11.12　显示安装好的打印机

　除了按照上述方法进行安装外，也可以直接双击商家提供的打印机驱动程序安装光盘中的"Setup"文件，然后根据安装向导进行安装。

除了打印机之外，其他的计算机外设（如扫描仪、传真机、刻录机等）均需正确连接硬件并安装相应的驱动程序才能正常工作，其安装方法与打印机的安装类似。

 对于很流行的打印机型号，连接到计算机并打开电源后，Windows Vista会自动识别并进行安装，无需手动安装驱动程序。

4. 打印机的设置

安装好打印机之后，还可根据实际需要对其属性进行设置。如可将经常要使用的纸型、墨盒、打印质量等常用打印参数设为默认值，以免每次打印前都进行设置。

不同的打印机可设置的属性选项也不相同，但一般都可更改端口、设置是否共享或设置打印机的默认选项等。下面以设置前面安装的Canon LBP-3260打印机的属性为例进行介绍（其他打印机可参照该方法进行设置），具体操作如下：

步骤01 执行【开始】→【控制面板】→【打印机】命令，打开【打印机】窗口，在Canon LBP-3260打印机图标上单击鼠标右键，在弹出的快捷菜单中选择【属性】命令，打开【Canon LBP-3260属性】对话框，如图11.13所示。

步骤02 单击【打印首选项】按钮，打开【Canon LBP-3260打印首选项】对话框，如图11.14所示。

图11.13　【Canon LBP-3260属性】对话框　　图11.14　【Canon LBP-3260打印首选项】对话框

步骤03 在【纸张/质量】选项卡中单击【高级】按钮，在打开的【Canon LBP-3260高级选项】对话框中设置文档所用纸张的输出尺寸，如图11.15所示。

步骤04 在【Canon LBP-3260高级选项】对话框中的【图形】栏中设置图像的打印质量，如图11.16所示。

图11.15　【Canon LBP-3260高级选项】对话框　　图11.16　设置打印质量

步骤05 设置完成后，连续单击【确定】按钮。

5. 打印机的日常维护

在使用打印机的过程中要注意以下事项：

- ➡️ 打印机应放置在清洁、无腐蚀、无酸碱、无振动和远离热源的地方。
- ➡️ 避免日光直晒，环境温度应保持稳定，不能剧变。
- ➡️ 保证交流用电输入有良好的接地，即一定要将打印机的三芯插头插在具有接地处理的电源插座上，否则机壳上会带110V左右的交流电。
- ➡️ 墨盒在长期不使用时应放置于干燥处，避免日光直射。
- ➡️ 不要使墨盒完全倾斜，不要拆开墨盒。
- ➡️ 打印机卡纸后，要及时取出，避免打印机温度过高。
- ➡️ 不要一味追求打印速度，无故介入打印过程。
- ➡️ 打印机在工作时不要打开前盖。
- ➡️ 清洁打印机时，若发现打印机内部有灰尘，应使用真空吸尘器清除废物。
- ➡️ USB接口的打印机在工作或启动状态下，千万不要将插头从计算机主机中拔出来，这样会损害USB接口和打印机接头。
- ➡️ 使用喷墨打印机时，需确保打印机在一个稳固的水平面上工作，不要在打印机顶端放置任何物品。

11.1.2　典型案例——管理打印任务

案例目标 ✛

用户可以一次性地向打印机发送多个打印任务，打印机在打印第一个任务的同时，会对其他任务进行预处理，并将其安排在当前任务的后面，形成打印队列。本案例将介绍结束或停止某个任务的打印，并取消队列中的某个等待打印的任务。

操作思路：

步骤01 暂停打印机的某个正在打印的任务。

步骤02 取消打印队列中等待打印的任务。

操作步骤 🏃

步骤01 当向打印机发送了打印任务时，任务栏右侧的通知区域中将出现打印机的图标，双击该图标，将在打开的窗口中显示发送到打印机的任务，如图11.17所示。

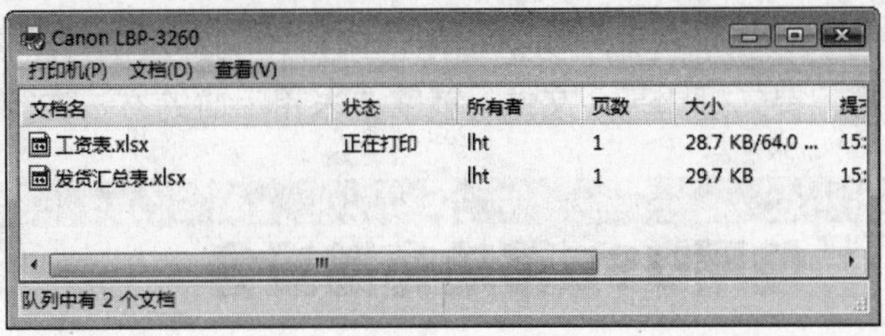

图11.17　显示打印机的任务

步骤02 选择要暂停正在进行的打印任务，在其上单击鼠标右键，在弹出的快捷菜单中选择【暂停】命令，如图11.18所示，文档就停止打印了，如图11.19所示。

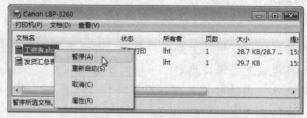

图11.18 选择【暂停】命令

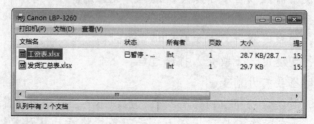

图11.19 暂停打印

步骤03 要重新开始停止了的任务，可在其上单击鼠标右键，在弹出的快捷菜单中选择【重新启动】命令。

 打印过程中若出现问题，如缺纸、堵纸（卡纸）时，通过该窗口可了解故障情况。

步骤04 若要取消文档的打印，只需在打印任务队列中选中该文档，在其上单击鼠标右键，在弹出的快捷菜单中选择【取消】命令，此时会弹出提示框，询问是否删除该文档，如图11.20所示，单击【是】按钮，这样该打印任务将从打印队列中删除，如图11.21所示。

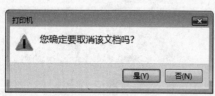

图11.20 提示框

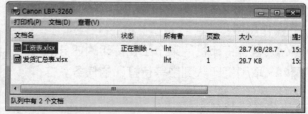

图11.21 删除打印任务

案例小结

本案例介绍了暂停或取消打印任务。当用户向打印机发送了打印任务后，若发现发送错误，或有其他用户要先打印某个文件，就需要采用上面的方法进行操作。

11.2 使用USB移动存储设备

USB移动存储设备主要用于存储数据文件或与计算机进行文件交换，随着移动存储技

零起点 计算机办公应用培训教程（第3版）

术的发展，出现了容量大、携带方便的移动存储设备，如U盘、MP3及移动硬盘等。

11.2.1　知识讲解

移动存储器是目前非常流行的一种数据存储设备，由于其使用方便且容量较大，广泛应用于各行各业。目前市场上比较流行的USB移动存储设备主要是U盘、MP3和移动硬盘，它们的使用方法基本相同，只是MP3还可以播放存储的.mp3格式的音频文件，而其中移动硬盘的容量一般远远大于U盘和MP3。

下面我们就来介绍如何使用USB移动存储设备。

1. 安装USB移动存储器

USB移动存储器的安装方法相当简单，只需将USB移动存储器连接到计算机的USB接口，系统会自动安装该USB移动存储器的驱动程序，大部分常规USB设备都不用手工安装驱动程序即可使用。

成功安装USB移动存储器后，会在通知区域显示一个USB设备图标，如图11.22所示。

图11.22　USB设备图标

 数码相机和硬盘式数码摄像机通过USB接口与计算机相连后，其中的存储卡和硬盘也被系统识别为移动存储器。

2. 移除USB移动存储器

USB移动存储器的优势就在于可以即插即用，不必关闭计算机电源，与计算机进行连接即可使用，使用完以后也可以非常简单方便地与计算机断开。但是，有一点需要注意，那就是在使用过程中，不能直接将其与计算机的USB接口断开，需要先在计算机中进行移除操作后，才能取下。如果强行拔下USB移动存储器，则有可能会出现数据错误的现象，甚至损坏USB移动存储器。

移除USB移动存储器的具体操作步骤如下：

步骤01 在通知区域双击USB移动存储设备图标。

步骤02 打开【安全删除硬件】对话框，如图11.23所示，在列表框中选中要删除的USB设备，然后单击【停止】按钮。

步骤03 在打开的【停用硬件设备】对话框中单击【确定】按钮，如图11.24所示。

图11.23　【安全删除硬件】对话框

图11.24　【停用硬件设备】对话框

步骤04 随后，系统进行移除工作，成功后弹出【安全地移除硬件】对话框，如图11.25所示。

步骤05 单击【确定】按钮关闭对话框，然后将USB移动存储器与计算机断开。

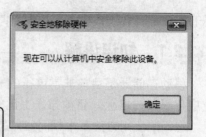

 移除USB移动存储设备时，其实是断开它与计算机的连接，并不是删除USB移动存储器中的文件。

图11.25 【安全地移除硬件】对话框

3. 使用USB移动存储器

将USB移动存储器与计算机连接并成功安装后，打开【计算机】窗口，在【有可移动存储的设备】栏中可以看到USB移动存储器的盘符，如图11.26所示。此时就可以将文件复制到USB移动存储器中，也可将USB移动存储器中的文件复制到其他磁盘中了。同时，还可以在USB移动存储器中进行文件的删除、创建及磁盘的格式化等。

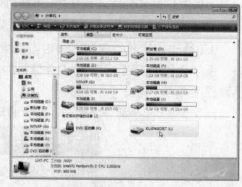

图11.26 【计算机】窗口

11.2.2 典型案例——复制文件到USB移动存储器

案例目标

在使用USB移动存储设备的过程中，经常需要将某些文件复制到其中，如果容量不够大，还可以将其中的某些文件删除。本案例将介绍如何将文件复制到USB移动存储设备中，并删除其中不需要的文件，最后将USB移动存储器与计算机断开。

操作思路：

步骤01 将USB移动存储器插入计算机的USB接口。

步骤02 打开USB移动存储器。

步骤03 进行文件的复制和删除操作。

操作步骤

步骤01 将U盘插入计算机的USB接口中。

步骤02 执行【开始】→【计算机】命令，打开【计算机】窗口。

步骤03 打开"文档"文件夹，在其中选择"小鸡快跑"文件，按【Ctrl+C】组合键执行复制操作，如图11.27所示。

步骤04 返回【计算机】窗口，双击U盘驱动器的盘符，打开U盘，按【Ctrl+V】组合键执行粘贴操作，系统开始将选中的内容复制到U盘中，并显示复制进度，如图11.28所示。

图11.27 复制文件

图11.28 复制文件

步骤05 选中要删除的文件，单击鼠标右键，在弹出的快捷菜单中选择【删除】命令，如图11.29所示。

图11.29 选择【删除】命令

步骤06 完成操作后，单击通知区域中的 图标，再选择弹出命令，如图11.30所示。

图11.30 移除USB移动存储设备

步骤07 待出现"安全地移除硬件"提示信息后，将U盘轻轻拔出即可。

要想将文件快速复制到USB移动存储器上，可以在要进行复制的文件上单击鼠标右键，在弹出的快捷菜单中执行【发送到】→【＊＊＊】命令（"＊＊＊"是可移动磁盘的盘符），如图11.31所示。

图11.31 将文件发送到可移动存储器

本案例介绍了关于USB移动存储器中文件的相关操作，除此之外，用户还可对移动存储器进行格式化等操作。

11.3 常用辅助软件

在进行办公操作的过程中，除了会用到打印机等硬件设备之外，还会用到一些常用的辅助软件，这类软件是专门针对有各种需求的计算机用户而设计的。利用这些辅助软件可以大大提高工作效率。

11.3.1 知识讲解

常用的辅助软件有压缩软件、图片浏览软件和翻译软件等，这类软件的特点是小巧实用，操作简单，由于篇幅有限，本节主要介绍其中的几款常用软件。

1. 压缩软件WinRAR

WinRAR是一款常用的压缩软件，它可以将文件、文件夹压缩保存在计算机中，从而节约磁盘空间，需要使用这些文件和文件夹时，再将其解压开。

1）压缩文件或文件夹

将文件或文件夹压缩打包，一方面可以节省磁盘空间，另一方面也方便通过网络进行文件传输。

📁 通过快捷菜单压缩文件或文件夹

在需要压缩的文件或文件夹上单击鼠标右键，弹出的快捷菜单中提供了四种压缩方式。

【添加到压缩文件】命令：选择该命令，在打开的【压缩文件名和参数】对话框中可设置压缩文件名、保存路径和压缩方式等参数。

【添加到***】命令：其中，"***"表示压缩文件或文件夹名，选择该命令，可将所选文件或文件夹按默认设置进行压缩，生成的压缩包将放在当前文件夹中。

【压缩并E-mail】命令：选择该命令，可将文件或文件夹压缩后直接以邮件方式发送。

【压缩到***并E-mail】命令：其中"***"表示压缩文件名，选择该命令可在发送压缩文件后保留备份。

例如，选择【添加到"天安门20091011.rar"】命令，会打开显示压缩进度的对话框，如图11.32所示。稍等片刻便可在当前位置生成一个.rar文件，如图11.33所示。

图11.32　显示压缩进度

天安门20091011

图11.33　压缩后的文件

📁 通过工具按钮压缩文件或文件夹

通过工具按钮压缩文件或文件夹的具体操作步骤如下：

步骤01 执行【开始】→【所有程序】→【WinRAR】→【WinRAR】命令，启动WinRAR程序。

步骤02 在窗口的地址栏中选择需压缩的文件或文件夹所在的文件夹位置，如图11.34所示，在下方的列表框中选择需压缩的文件或文件夹。

步骤03　单击工具栏中的【添加】按钮。

步骤04　打开【压缩文件名和参数】对话框，在【压缩文件名】文本框中输入文件名，如图11.35所示。

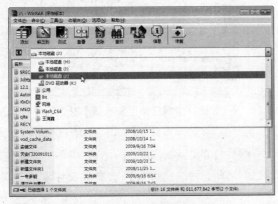

图11.34　选择要压缩的文件的位置

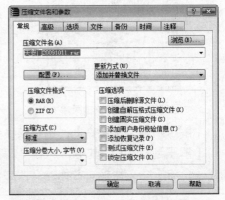

图11.35　输入压缩文件名

步骤05　单击【浏览】按钮，打开【查找压缩文件】对话框，如图11.36所示。

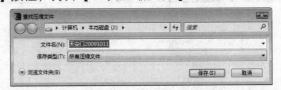

图11.36　【查找压缩文件】对话框

步骤06　设置压缩文件的保存路径。

步骤07　单击【保存】按钮，在返回的【压缩文件名和参数】对话框中单击【确定】按钮，开始压缩。

 压缩文件时，在【压缩文件名和参数】对话框的【压缩选项】栏中若选中【压缩后删除源文件】复选框，则在压缩后只保存压缩文件，删除了源文件，否则两个文件会同时存在。

2）解压缩文件

从网上下载的文件或收取的邮件附件基本上都是压缩文件，不能直接打开，需要解压后才能正常使用。解压的方法有两种，即通过WinRAR窗口解压文件和通过快捷菜单解压文件两种。通常情况下都使用快捷菜单直接进行文件的解压，在压缩文件上单击鼠标右键，在弹出的快捷菜单（如图11.37所示）中进行选择。

【解压文件...】：选择该命令，将打开【解压路径和选项】对话框，在【目标路径】下拉列表框中已默认显示解压后的文件与解压前的文件放置在同一位置，如图11.38所示。如需选择其他位置，可在对话框右侧的列表框中进行选择，然后单击【确定】按钮。

图11.37　右键快捷菜单

图11.38　【解压路径和选项】对话框

　　【解压到当前文件夹】：选择该命令，可将压缩文件直接解压到当前的文件夹中。

　　【解压到***\】：其中，"***"表示压缩文件的名称，选择该命令，可在当前位置创建一个与压缩文件相同名称的文件夹，然后将解压后的文件放入该文件夹中。

如果需压缩或解压缩的文件较大，选择压缩或解压缩命令后，还会打开一个进度提示对话框，显示相应的进度。

　　3）为压缩文件设置密码

　　为了文件的安全性，在压缩文件时可以设置密码，这样在解压文件时，必须输入正确的密码才能解压使用，设置密码的具体操作如下：

步骤01　启动WinRAR，选择要进行加密保护的压缩文件，如图11.39所示。

步骤02　单击工具栏中的【添加】按钮，打开【压缩文件名和参数】对话框。

步骤03　单击【高级】选项卡。

步骤04　单击【设置密码】按钮，打开【带密码压缩】对话框。

步骤05　在中间的两个文本框中输入相同的密码，如图11.40所示。

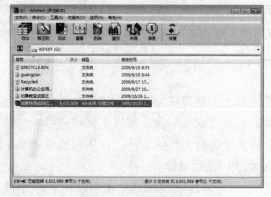

图11.39　选择要进行加密的压缩包

图11.40　输入密码

步骤06　单击【确定】按钮。

压缩文件时，用户也可以直接在【压缩文件名和参数】对话框中单击【高级】选项卡，然后设置密码。

2. 看图软件ACDSee

ACDSee是一款功能较强的图形图像浏览工具，它支持多种图像格式。通过它可以方便地浏览计算机中的各种图片，并将图片导出到其他位置或转换成其他格式。下面以ACDSee 10.0为例进行讲解。

1）浏览图片

在ACDSee中浏览图片非常方便，通过它不仅可以快速浏览多张图片，还可以仔细查看每张图片，使用ACDSee浏览图片的一般方法如下：

步骤01 在Windows Vista中找到需查看图片所在的文件夹。

步骤02 在需要查看的图片文件上单击鼠标右键，在弹出的快捷菜单中选择【使用ACDSee打开】命令，如图11.41所示。

步骤03 打开ACDSee快速查看窗口，如图11.42所示。

图11.41 选择【使用ACDSee打开】命令

图11.42 打开ACDSee快速查看窗口

步骤04 单击窗口上方的【下一个】按钮，可浏览下一张图片（若单击【上一个】按钮，浏览上一张图片）。

步骤05 单击窗口上方的【放大】按钮或【缩小】按钮，对图片进行放大或缩小，如图11.43为缩小显示图片的效果。

步骤06 单击【完整查看器】按钮，进入ACDSee完整图片查看窗口，如图11.44所示。

图11.43 缩小显示图片

图11.44 完整图片查看窗口

步骤07 单击工具栏中的【自动播放】按钮，自动播放当前文件夹中的图片。

步骤08 浏览完毕后，单击标题栏右侧的【关闭】按钮，关闭窗口。

执行【开始】→【所有程序】→【ACD Systems】→【ACDSee 10.0】命令，启动ACDSee 10.0后，在图片浏览窗格中双击一张图片，也可切换到完整图片查看窗口。

2）编辑图片

使用ACDSee除了可浏览图片外，还可对图片进行相应的编辑操作，下面介绍旋转和裁剪图片的方法，具体操作如下：

步骤01 打开需编辑的图片，在快速查看窗口上单击【完整查看器】按钮，打开完整查看图片窗口，如图11.45所示。

步骤02 单击窗口上方的【向左旋转】按钮 或【向右旋转】按钮 ，旋转图片，如图11.46所示。

图11.45　原始图片

图11.46　向右旋转

步骤03 单击窗口左下方的【裁剪】按钮 ，对右侧图片上出现的白色裁剪框进行缩放，并移动到需要保留的部分上，如图11.47所示。

步骤04 单击【完成】按钮。

步骤05 单击窗口上方的【保存】按钮 ，打开【图像另存为】对话框，选择图片文件的保存位置，并设置图片的名称，如图11.48所示。

步骤06 单击【保存】按钮。

图11.47　裁剪图片

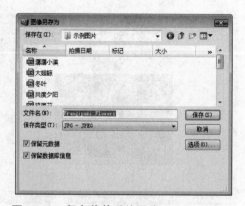

图11.48　保存裁剪后的图片

3. 翻译软件——金山词霸

在日常的办公过程中，经常会遇到一些不认识的英文单词，使用金山词霸的词典查询功能即可快速查询某个单词、短语的中文含义。金山词霸有许多版本，其使用方法类似，下面就以谷歌金山词霸合作版为例进行介绍。

1）查询词义

谷歌金山词霸的功能之一就是查询单词的含义，下面就介绍利用谷歌金山词霸查询单词含义的具体操作步骤：

步骤01 执行【开始】→【所有程序】→【谷歌金山词霸合作版】→【谷歌金山词霸合作版】命令，启动谷歌金山词霸，如图11.49所示。

步骤02 在上方的文本框中输入需查询的单词，如"pigeon"，在下方的列表框中将显示该单词的含义，后方还显示与该单词相应的短语，如图11.50所示，将鼠标指针移到相应的短语上还将显示该短语的中文含义。

步骤03 单击【查词】按钮，打开该单词的具体解释窗口。

步骤04 单击列表框中的【朗读】按钮，可以听到该单词的正确读音，如图11.51所示。

  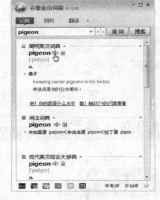

图11.49　启动谷歌金山词霸　　图11.50　查询单词　　图11.51　单击【朗读】按钮

 单击【朗读】按钮右侧的【加入生词本】按钮，在打开的对话框中单击【确定】按钮，可将该单词加入生词本，如图11.52所示。以后如需查看这些单词，可执行【开始】→【所有程序】→【谷歌金山词霸合作版】→【生词本】命令，在打开的窗口中进行查看，如图11.53所示。

图11.52　将单词加入生词本　　　　图11.53　查看生词本

2）翻译整段文字

如果在实际办公中，需要对整段文字进行翻译，可使用谷歌金山词霸的翻译功能，具体操作步骤如下：

步骤01 执行【开始】→【所有程序】→【谷歌金山词霸合作版】→【谷歌金山词霸合作版】命令，启动谷歌金山词霸。

步骤02 单击【翻译】选项卡，在【翻译文字】文本框中输入需翻译的中文或英文，如图11.54所示。

步骤03 单击【翻译】按钮，稍等片刻，下方的列表框中即显示出对应的译文，如图11.55所示。

图11.54 输入一段英文

图11.55 显示译文

11.3.2 典型案例——备份修改后的图片

案例目标

公司中的各类文件往往纷繁复杂，而且越积越多，因此每隔一段时间，就应对计算机中的各类重要资料进行备份，即将其打包并压缩存放。本案例将通过ACDSee对需要处理的图片进行修改，然后利用WinRAR对G盘下的"重要图片"文件夹进行压缩，使其成为一个压缩文件。

操作思路：

步骤01 启动ACDSee，将需要的图片整理好。

步骤02 启动WinRAR，对图片所在的文件夹进行压缩。

操作步骤

步骤01 执行【开始】→【所有程序】→【ACD Systems】→【ACDSee 10.0】命令，启动ACDSee 10.0。

步骤02 在左侧的【文件夹】窗格中选择图片所在的文件夹，如图11.56所示。

步骤03 在浏览窗格中选择需要修改的图片，双击鼠标左键，打开完整图片查看窗口，如图11.57所示。

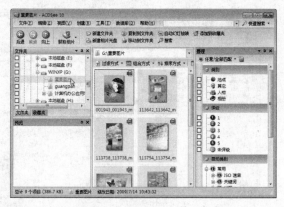

图11.56　选择图片所在文件夹

图11.57　完整查看图片窗口

步骤04　在左侧工具箱中单击【灰度】按钮 ，转换彩色图片为黑白图片效果。

步骤05　单击【保存】按钮，打开【图像另存为】对话框，为图片重命名并保存，如图11.58所示。

步骤06　按照同样的方法设置其他图片并保存。

步骤07　完成后关闭ACDSee。

步骤08　执行【开始】→【所有程序】→【WinRAR】→【WinRAR】命令，启动WinRAR程序。

步骤09　选择G盘中的"重要图片"文件夹，如图11.59所示。

图11.58　【图像另存为】对话框　　　图11.59　选择文件夹

步骤10　单击工具栏中的【添加】按钮，打开【压缩文件名和参数】对话框的【常规】选项卡，在【压缩文件名】文本框中为压缩后的文件命名，这里保持默认设置，在【压缩文件格式】栏中选中【RAR】单选按钮，如图11.60所示。

步骤11　设置完毕，单击【确定】按钮，WinRAR程序开始压缩选中的文件夹，并显示压缩进度，如图11.61所示。压缩完毕后，在G盘下将生成一个"重要图片.rar"文件。

案例小结

对重要资料进行压缩备份，将有助于以后的管理，同时也可节约磁盘空间。以后再次使用时，应先将其解压缩，或者直接双击该压缩文件，在WinRAR中将其打开，并对文件进行相应的操作。

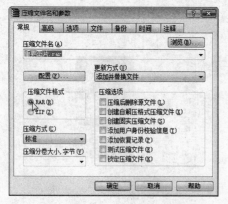
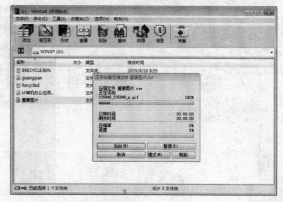

图11.60　设置【压缩文件名和参数】对话框　　图11.61　显示压缩进度

11.4 上机练习

11.4.1 安装并设置打印机

本次练习要求安装一台打印机，其中包括硬件的连接、驱动程序的安装，以及进行打印首选项的相关设置等。通过该练习，让读者再次熟悉打印机的安装和设置方法。

操作思路：

步骤01 确定打印机的品牌及型号，并将其与计算机正确连接。

步骤02 启动计算机，使用系统自动打开的安装向导，安装打印机的驱动程序。

步骤03 安装好打印机后，设置其打印首选项，要求使用A4的纸张输出。

11.4.2 解压缩前面备份的图片文件

本次练习要求将前面压缩的"重要图片"文件解压缩到桌面上。

操作思路：

步骤01 在"重要图片.rar"文件上单击鼠标右键，选择快捷菜单中的【解压文件】命令。

步骤02 在打开的对话框中，设置解压缩后的文件夹保存位置为桌面。

步骤03 开始解压缩，完成后在桌面上查看生成的文件夹。

11.5 疑难解答

问： 某台打印机收到的打印请求已开始排队，但该打印机仍处于空闲状态，这是什么原因呢？

答： 打印机在本不应该空闲时处于空闲状态，可能有以下原因。

1 正在过滤当前的打印请求。

2 打印机存在故障。

3 网络问题可能中断打印进程。

问： 我的U盘有128MB，可我用WinRAR对一个较大的文件压缩后，还有250MB，请问有什么办法能再减小文件的大小以使用U盘携带呢？

答： 采用分卷压缩的方式即可实现，方法是在进行压缩设置的【压缩文件名和参数】对话框中的【压缩分卷大小，字节】下拉列表中，以字节为单位设置每个分卷文件的大小，这样可将一个大的文件压缩成多个小文件，使用多个U盘或一个U盘使用多次就可以转移了，但在解压时必须保证所有分卷文件都保存在同一个文件夹中。

问： 如何将图片快速设置为桌面背景？

答： 在ACDSee中查看到漂亮的图片时，还可将其快速设置为桌面背景，其方法为在需要设置为墙纸的图片上单击鼠标右键，在弹出的快捷菜单中选择【壁纸】命令，再在弹出的子菜单中选择墙纸显示方式，返回桌面即可查看设置后的桌面效果。

11.6 课后练习

选择题

1 下列哪种打印机最适合办公环境？（　　）

　　A、针式打印机　　　　　　　　　B、喷墨打印机

　　C、激光打印机　　　　　　　　　D、热转换固体彩色打印机

2 下列哪种不是常见的打印机端口？（　　）

　　A、USB　　　　　B、PS2　　　　C、LPT　　　　D、COM

问答题

1 常用打印机的种类有哪些？各种打印机的优缺点是什么？

2 简述如何使用USB移动存储设备？

上机题

1 将公司中的常用文档、表格等内容打包压缩成一个文件。

2 使用ACDSee浏览计算机中的图片，试着将一张图片打印出来。

> 使用ACDSee浏览并找到图片，根据需要对图片进行编辑，然后执行【文件】→【打印】命令，将其打印出来。

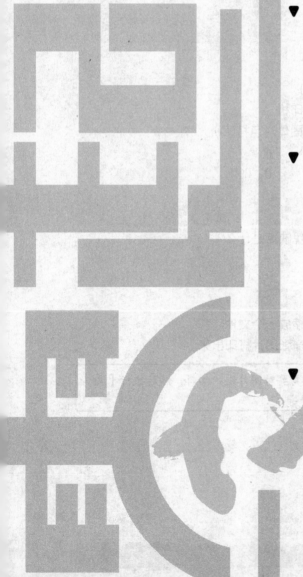

第12课

局域网与互联网

▼ **本课要点**

访问局域网中其他计算机

信息资源共享

网上搜索信息

网上下载资源

▼ **具体要求**

了解局域网的概念

掌握局域网中访问其他计算机的方法

掌握局域网资源共享的方法

掌握在局域网内发送消息的方法

掌握在网上搜索资源的方法

掌握网络下载的操作

了解网上娱乐

▼ **本课导读**

随着网络技术的发展，网络已逐渐在计算机办公中起到越来越重要的作用。我们不仅可以从网络中下载共享的资源，而且还可以浏览信息、使用搜索引擎搜索自己需要的资源、通过通信软件实现网络中各用户的通信与交流等。本课将学习网络在计算机办公中的具体应用。

12.1 局域网

局域网是指一个公司或单位（通常是办公室）的所有计算机连接构成的局部网络，它的特点是组网方便、传输速度快、维护简单，因此常被运用于政府、公司、企业和学校等区域内。局域网中的各台计算机可以互相访问、互相传输信息以实现资源共享等。

12.1.1 知识讲解

计算机网络就是把分布在不同地理位置的计算机用通信线路相互连接成一个规模大、功能强的网络系统，它可以使众多计算机方便地互相传递信息和共享各种资源等。

目前，计算机网络广泛地应用在人们的工作和学习中，可以利用网络进行电子商务活动、访问计算机中的资源、召开网络会议、发送邮件和下载网络资源等。

1. 局域网简介

按照计算机网络覆盖范围的大小、地理位置和网络的分布距离等因素，可将网络分为局域网（LAN）、城域网（MAN）和广域网（WAN）三类。而在公司内部，通常使用的是局域网。

局域网（LAN, Local Area Network）又称为局部网，其特点是实用性强、维护简单、组网方便、传输效率高，一般在1～10 km的范围内。为了方便办公，现在许多公司、政府机构、学校和单位等组织通常将办公室里的所有计算机连接起来，这就形成了局域网。

2. 访问局域网中的资源

将区域内的多台计算机通过网线、路由器连接起来，并进行相应的设置后，用户就可以访问局域网中共享的文件资源了，方法有两种。

📁 通过【网络】窗口访问

通过【网络】窗口可查看到局域网中的所有计算机，然后进入某台计算机查看其中的共享文件，具体操作如下：

步骤01 执行【开始】→【网络】命令，打开【网络】窗口，如图12.1所示。

步骤02 双击需要查看资源的用户，在打开的窗口中显示出该用户共享出来的所有资源，如图12.2所示。

图12.1 【网络】窗口

图12.2 显示共享资源

步骤03　双击其中的文件夹，查看其中的详细内容。

📁　通过输入IP地址访问

通过输入具体某台计算机的IP地址，可快速打开该台计算机并显示其中共享的资源，步骤如下：

步骤01　单击【开始】按钮，打开【开始】菜单。

步骤02　在【开始】菜单的搜索文本框中输入 "\\" 和需要访问的计算机IP地址（或者计算机名称），这里输入 "\\192.168.0.30"，如图12.3所示。

步骤03　按下【Enter】键，打开如图12.4所示的窗口，在其中可看到所访问的计算机中的共享资源。

图12.3　输入搜索对象

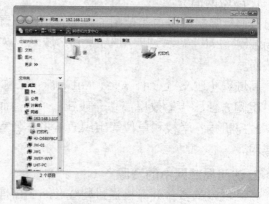

图12.4　查看搜索的对象

3. 资源共享

资源共享，即将本地计算机中的资源提供给局域网中其他用户访问或使用。在局域网中可以访问其他计算机中的资源，但访问的前提是其他计算机用户将资料在网络中共享。对文件夹或磁盘进行共享设置后，局域网中的其他用户对其可进行各种操作，包括复制、移动和删除等。

　资源设置为完全共享时，局域网中的任何用户都可对其进行修改，网络安全性很低，设置之前应考虑文件的重要性，做好备份工作。

设置资源共享的具体操作如下：

步骤01　打开需要共享的文件夹所在的窗口，选择该文件夹，如图12.5所示。

步骤02　单击【共享】按钮，打开【文件共享】对话框，如图12.6所示。

步骤03　在上方的下拉列表中选择共享该资料的用户，如【Everyone】（这个列表中的所有用户）选项，如图12.7所示。

步骤04　单击【添加】按钮将其添加到下方的列表框中，如图12.8所示。

图12.5　选择文件夹

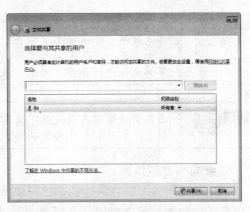

图12.6　【文件共享】对话框

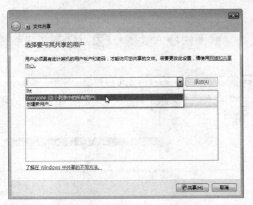

图12.7　选择【Everyone】选项

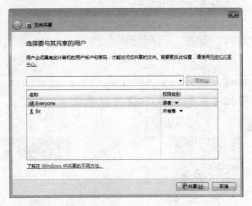

图12.8　添加到列表框中

步骤05　单击【共享】按钮，再在打开的对话框中单击【完成】按钮，完成文件夹的共享，如图12.9所示。

只能共享文件夹和磁盘，不能对单独的文件进行共享。共享后的文件夹左下角有图标，共享文件夹后，再次单击【共享】按钮，在打开的对话框中单击【停止共享】按钮，可停止共享该文件夹。

如果希望该共享文件可以被其他用户修改，可在【文件共享】对话框的【权限级别】列中单击 ▼ 按钮，在弹出的下拉列表中选择【参与者】或【共有者】选项，如图12.10所示，单击【共享】按钮，再在打开的对话框中单击【完成】按钮即可。

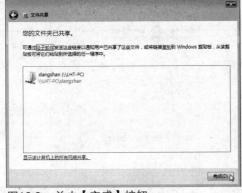

图12.9　单击【完成】按钮

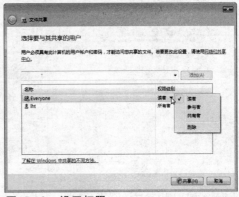

图12.10　设置权限

默认添加的用户权限级别为"读者"，只能查看共享文件夹中的文件，无其他权限。如选择【参与者】选项，其他用户可以查看其中的文件，并可添加文件和修改添加的文件；如选择【共有者】选项，其他用户可以对共享的文件进行查看、修改、添加和删除等操作。

 在需要共享的文件夹上单击鼠标右键，在弹出的快捷菜单中选择【共享】命令，也可打开【文件共享】对话框。

4. 给同事发送信息

利用局域网的即时通信功能，还可以给公司内的其他同事发送消息，方便快捷，从而提高工作效率。下面就以"飞鸽传书"（IPMsg）为例，讲解如何在局域网中发送信息，具体操作如下：

步骤01 安装"飞鸽传书"程序后，用鼠标双击其桌面快捷方式图标UM，打开"飞鸽传书"程序主界面，如图12.11所示。

步骤02 切换到【飞鸽】选项卡，打开所在公司的工作组，如图12.12所示。

步骤03 在列表框中双击发送消息的对象，在打开的对话框中输入发送的消息，如图12.13所示。

图12.11 "飞鸽传书"主界面　　图12.12 【飞鸽】选项卡　　图12.13 输入消息

步骤04 单击【发送】按钮，将消息发送给所选对象，如图12.14所示。

步骤05 若要随信息发送文件，则单击【发送消息】窗口中的【传送文件】按钮，如图12.15所示。

图12.14 发送消息　　　　　　　　图12.15 单击【传送文件】按钮

步骤06　打开【打开】对话框，选择要传送的文件，如图12.16所示。

步骤07　单击【打开】按钮，此时在【发送消息】窗口中会显示刚刚选择发送的文件，如图12.17所示。

图12.16　选择文件

图12.17　显示要发送的文件

步骤08　单击【发送】按钮，显示文件正在传输，等待对方接收即可，如图12.18所示。

 除了发送单个文件，还可发送整个文件夹，在【发送消息】窗口中单击【传送文件夹】按钮即可。

步骤09　对方发送整个文件夹后，在弹出的窗口中单击【接收】按钮，如图12.19所示。

图12.18　等待对方接收

图12.19　单击【接收】按钮

步骤10　文件接收完毕，弹出如图12.20所示的【另存为】对话框，在该对话框中选择接收的文件要保存的位置。

步骤11　单击【保存】按钮，保存成功后，会弹出提示框，提示是否将其打开进行查看，如果不需要查看可直接单击【关闭】按钮。

 在传送文件或文件夹的过程中，当接收方还没有单击【接收】按钮下载文件或文件夹时，若发送者退出或重启了"飞鸽传书"程序，则两者之间的连接将断开，接收者不能接收到该文件。

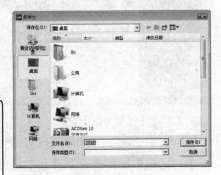

图12.20　【另存为】对话框

案例目标

在办公过程中，经常需要将一些文件打印出来。如果局域网中有一台计算机连接了打印机，并且该用户对打印机进行了共享，局域网中的其他用户就可添加网络打印机，从而可以使用该打印机打印文件，本案例就介绍添加网络打印机的方法。

操作步骤

步骤01 双击用户共享文件中的打印机图标，如图12.21所示。

步骤02 在打开的对话框中单击【安装驱动程序】按钮，如图12.22所示。

图12.21　网络打印机的用户窗口　　　　图12.22　单击【安装驱动程序】按钮

步骤03 执行【开始】→【控制面板】命令，打开【控制面板】窗口，如图12.23所示。

步骤04 在【硬件和声音】栏中单击【打印机】超链接，打开【打印机】窗口，如图12.24所示。

图12.23　【控制面板】窗口　　　　　　图12.24　【打印机】窗口

在打开的窗口中即可看到添加的共享打印机。此时使用Word等软件时，在【打印机】对话框中即可查看到添加的打印机选项。

本案例介绍了如何通过局域网添加网络打印机。在办公的过程中，读者还可以利用局域网的即时通信工具发送一些通知文件等，交流信息。而且，不单单是Word文档，文件夹、软件等其他程序也可利用局域网进行传送，同时，利用局域网还可以共享文件。

12.2 Internet的使用

除了局域网，办公中的计算机还经常需要连入Internet中，本节就介绍关于Internet的知识。

12.2.1 知识讲解

随着计算机网络的诞生，尤其是Internet的发展与普及，人们的工作和生活方式出现了翻天覆地的变化，丰富的网上资源使越来越多的人们受益匪浅。

1. Internet简介

Internet是国际信息互联网，又称为互联网，通过TCP/IP（传输控制协议/网际协议）协议进行数据传输，将世界各地的计算机及类型不同、规模各异的网络连接在一起，形成一个庞大的网络系统，遍布世界各地。接入Internet的任何一台计算机都是Internet的一部分，任何人通过Internet都可以同世界各地的人们自由地进行信息交换。

2. 连接Internet

将计算机连入Internet的方式有很多种，目前常用的方式有ADSL宽带上网、专线上网和无线上网等。

ADSL上网是目前使用最为广泛的上网方式，它具有独享带宽、安全可靠、安装方便、一线多用及费用低廉等特点，通过网络运营商可申办。

对于拥有局域网的大型单位或业务量较大的个人，可以使用专线上网，该方式只需到Internet服务提供商（ISP）处租用一条专线，同时申请IP地址和注册域名，即可将计算机直接连入Internet。专线上网不仅速度快、线路稳定，且专线24小时开通。

无线上网是一种互联网接入方式，采用的是无线通信技术。无线上网摆脱了有线的束缚，不受地域和物理设备等条件的限制。

3. 浏览网页

Internet中包含了大量的信息。这些信息都以网页的形式存在于网络上，用户在访问这些信息时，需要使用网页浏览工具，Windows操作系统自带的IE（Internet Explorer）浏览器是最常用的Web浏览器之一。双击桌面上的 图标，即可启动IE浏览器。

如果知道要访问的域名或IP地址，可直接在IE浏览器的地址栏中输入该网址。这里输入搜狐网站的 "www.sohu.com"，按【Enter】键，在打开的窗口中便可浏览到该网页的内容，如图12.25所示。

将鼠标指针悬停在某文字或图片对象上，若鼠标指针变为了 形状，说明这些文字或图片是超链接，此时单击该超链接，即可打开超链接的目标网页。例如，在搜狐首页上单击【校友录】文本超链接，会打开如图12.26所示的页面。

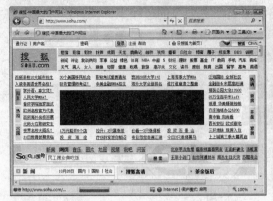

图12.25　浏览网页

图12.26　打开的目标超链接网页

 一般网页的首页上显示了大量的超链接，需要单击超链接，才能查看其中的内容，根据存放的位置不同，有时需要单击多个超链接，才能打开需要查看的网页。

在IE浏览器窗口的地址栏两侧有一些常用的工具按钮，单击相应的按钮，可快速对网页进行相关的浏览操作。

➔ 单击【后退】按钮<, 可返回到上次查看过的网页。

➔ 单击【前进】按钮➜，可查看在单击【后退】按钮前查看的网页。

➔ 单击【前进】按钮右侧的下拉按钮，可查看刚才访问的网页列表，如图12.27所示。

➔ 单击【主页】按钮，可打开在浏览器中预先设置的起始主页。

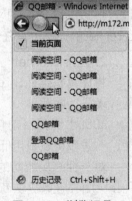

图12.27　浏览记录

4. 搜索网上信息

如果想要在众多的网页中快捷、高效地找到需要的办公资料，打开网页，一一查找是不现实的，这时可使用搜索的方法。

1）搜索文字资料

一般，使用搜索引擎搜索资源，搜索引擎其实也是网站，用户可通过输入需要查询的内容关键字来快速找到相关的信息，Internet中提供的搜索引擎较多，百度（www.baidu.com）、谷歌（www.google.com）、搜狗（www.sogou.com）、爱问网（www.iask.com）及有道网（www.youdao.com）等。

不管什么搜索引擎，其搜索资料的方法类似，一般是先输入关键字作为查找的依据，开始搜索后，搜索引擎会自动搜索出相关的网址列表，进入这些网页后即可进行查看。下面以在百度搜索引擎中进行搜索为例进行介绍，具体操作如下：

步骤01 启动IE浏览器，在地址栏中输入百度搜索引擎的网址（www.baidu.com），按【Enter】键进入百度首页，如图12.28所示。

步骤02 在中间的搜索框中输入需搜索的关键字，如图12.29所示。

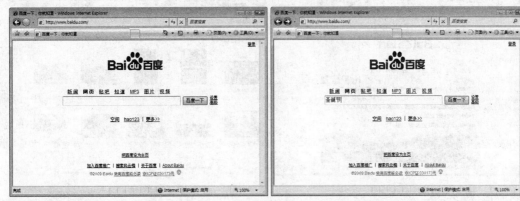

图12.28　百度首页　　　　　　　　　　　　　图12.29　输入关键字

步骤03 单击【百度一下】按钮，将打开包含关键字的搜索结果列表，如图12.30所示。

步骤04 单击要查看的网页的超链接，在打开的网页中即会显示出相应的内容，拖动鼠标查看相应的信息，如图12.31所示。

图12.30　搜索结果　　　　　　　　　　　　　图12.31　查看信息

 如果打开的网页中并没有自己需要的资料，可关闭该网页，再次单击搜索结果列表中的超链接打开其他网页进行查看。另外，在搜索结果列表下方列出了与输入关键字类似的其他搜索关键字，也可单击它们进行查看。

2）搜索非文字资料

要搜索图片、音乐、视频等其他资料，应先切换到对应的搜索类型选项卡中，再进行搜索。

如在百度搜索引擎中搜索"60年大庆"图片，进入百度搜索引擎后，单击【图片】选项卡，在中间的搜索框中输入关键字"60年大庆"，如图12.32所示。

单击【百度一下】按钮，在打开的网页中将显示搜索到的所有图片缩略图，如图12.33所示。

图12.32　输入关键字

图12.33　显示图片缩略图

单击这些缩略图，可在打开的网页中查看图片的原始效果，如图12.34所示。

5. 下载网络资源

Internet中保存了大量的资源，除了前面介绍的文字资料外，还有以文件形式保存的资源，如软件、办公范文等，要使用它们，必须先将其下载到计算机中。下载网络资源常通常有两种方法，一种是使用浏览器直接下载，另一种是利用工具软件下载。

图12.34　查看图片原始效果

1）直接下载

使用浏览器可直接下载各种图片、网页、电影和音乐资源等，不需要借助工具软件，操作方便简单。

复制文本内容：在浏览器窗口中用鼠标选定需要的文字，单击鼠标右键并选择【复制】命令，打开文字编辑软件（如Word），新建一个文档，单击鼠标右键并选择【粘贴】命令，最后将文档保存即可。

保存网页：在打开的浏览器窗口中执行【页面】→【另存为】命令，如图12.35所示，打开【保存网页】对话框，选择保存位置进行保存，如图12.36所示。

图12.35　选择【另存为】命令

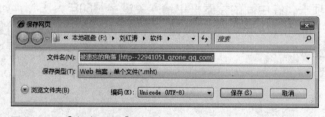

图12.36　【保存网页】对话框

保存图片：在浏览页面的图片上单击鼠标右键，从弹出的快捷菜单选择【图片另存为】命令，打开【保存图片】对话框，进行保存设置后，单击【保存】按钮，如图12.37所示。

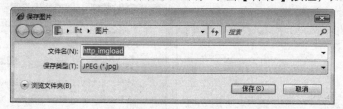

图12.37　【保存图片】对话框

下载网站中提供的资源：许多网站都为其中的资源提供了下载超链接，可直接单击对应的超链接或按钮直接下载。这里以在如图12.38所示的页面中下载"QQ旋风"软件为例，介绍如何利用网站中提供的下载超链接进行下载，具体操作如下：

步骤01 用鼠标左键单击 立即下载 按钮。

步骤02 此时本地计算机自动与远程服务器建立连接，弹出如图12.39所示的【文件下载–安全警告】对话框。

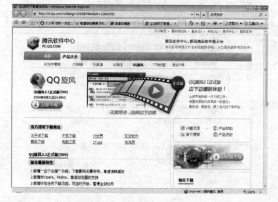

图12.38　资源网页

图12.39　【文件下载–安全警告】对话框

步骤03 单击【保存】按钮，打开【另存为】对话框，如图12.40所示。

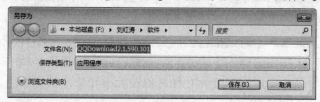

图12.40　打开【另存为】对话框

步骤04 选择保存路径，单击【保存】按钮，系统自动开始下载，如图12.41所示。

2）使用工具软件下载

直接下载虽然方便，但在下载过程中一旦网络中断，所有下载信息将丢失，所以人们常常使用工具软件进行下载。

目前流行的下载软件比较多，如有迅雷、网际快车和网络蚂蚁等，这些下载软件都具有下载速度快、支持断点续传且易于管理等优点。下面就以使用迅雷下载谷歌金山词霸合作版为例进行介绍，具体操作如下：

步骤01 通过搜索等方法找到需要下载的资源所在的网站，如图12.42所示。

图12.41　自动下载　　　　　　　　　　　　图12.42　资源所在的网页

步骤02 在需下载的目标超链接上单击鼠标右键，在弹出的快捷菜单中选择【使用迅雷下载】命令，如图12.43所示。

步骤03 打开【建立新的下载任务】对话框，设置保存名称，如图12.44所示。

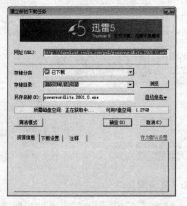

图12.43　选择【使用迅雷下载】命令　　　　图12.44　【建立新的下载任务】对话框

步骤04 单击【存储目录】下拉列表框右侧的【浏览】按钮。

步骤05 打开【浏览文件夹】对话框，选择文件的保存位置，如图12.45所示。

步骤06 单击【确定】按钮，返回【建立新的下载任务】对话框并单击【确定】按钮。

步骤07 在迅雷主界面中会显示下载的文件名称、大小和速度等，如图12.46所示。

步骤08 下载完成后，在主界面的【任务管理】窗格中，打开"已下载"文件夹，可以看到刚刚下载的软件，如图12.47所示。

 在已下载的任务中的任意一个任务上单击鼠标右键，在弹出的快捷菜单中可对这些任务执行如打开对应文件夹或删除下载的内容等操作。

图 12.45　选择文件的保存位置

图12.46　显示下载状态

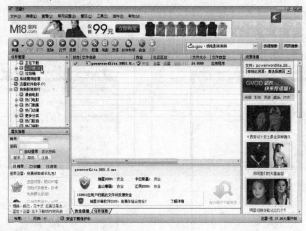

图12.47　查看已下载的软件

12.2.2　典型案例——下载ACDSee看图软件

案例目标

本案例将利用QQ旋风工具的搜索引擎搜索ACDSee 10，并使用QQ旋风下载该工具软件，保存到G盘的"soft"文件夹中。

操作思路：

步骤01　启动QQ旋风，使用其自带的搜索引擎找到要下载的软件资源。

步骤02　使用QQ旋风下载ACDSee工具软件，保存到G盘的"soft"文件夹中。

操作步骤

步骤01　执行【开始】→【所有程序】→【腾讯软件】→【QQ旋风】命令，启动QQ旋风，如图12.48所示。

步骤02　在右侧的资源库中，单击【搜索】选项卡，打开QQ旋风的搜索界面，如图12.49所示。

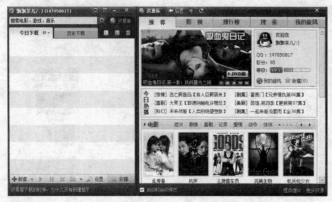

图12.48　QQ旋风工作界面　　　　　　　　　　　　图12.49　搜索引擎界面

步骤03 在搜索文本框中输入"ACDSee 10"，QQ旋风会提示搜索到的资源数量，如图12.50所示。

步骤04 单击【搜索】按钮，打开如图12.51所示页面，其中显示了所有的搜索结果。

图12.50　输入"ACDSee 10"　　　　　　　　　图12.51　搜索结果

步骤05 单击要下载的资源右侧的【下载】超链接，打开【新建任务-QQ旋风2】对话框，如图12.52所示。

步骤06 单击【浏览】按钮，打开【浏览文件夹】对话框，选择文件的保存位置，如图12.53所示。

步骤07 单击【确定】按钮，返回【新建任务-QQ旋风2】对话框。

图12.52　【新建任务-QQ旋风2】对话框

步骤08 单击【确定】按钮开始下载，在下载窗口中查看详细的下载信息，如图12.54所示（同时，在桌面的右上角也会显示下载的进度）。

步骤09 下载完成后，会在右下角弹出如图12.55所示的提示信息。

> 单击【打开】超链接，可直接打开下载的文件，单击【打开文件夹】超链接，可打开保存文件的文件夹，单击【查看下载任务】超链接，可打开QQ旋风的工作界面，显示下载的相关信息，如图12.56所示。

图12.53　选择保存位置

图12.54　开始下载

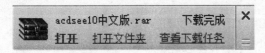

图12.55　提示信息

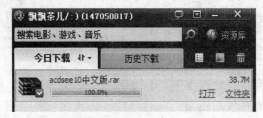

图12.56　下载任务的相关信息

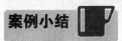现在，很多提供资源下载服务的网站都会支持某些下载软件，所以在选择下载工具软件时，应先查看常访问的资源下载网站支持什么样的下载工具，这对提高下载速度有很大帮助。

案例小结

　　本案例利用了Internet丰富的信息资源，搜索到需要的ACDSee 10，并下载到本地计算机中，主要介绍了搜索和下载的方法，这也是Internet中最常用的两项操作。

12.3　上机练习

12.3.1　使用"飞鸽传书"发布消息

　　本次练习将利用"飞鸽传书"给局域网中所有用户发送放假通知的消息。

　　操作思路：

步骤01　启动"飞鸽传书"，将文件通过程序发送出去。

步骤02　接收文件，并将其下载到本地计算机中以便查阅。

12.3.2　浏览腾讯主页

　　本练习将打开腾讯主页，并浏览其中内容。

　　操作思路：

步骤01　双击桌面上的IE快捷方式图标，启动IE浏览器。

步骤02 在地址栏中输入 "http://www.qq.com"，按下【Enter】键，打开腾讯主页。

步骤03 在主页中练习单击图片、文本超链接打开网页，脱机浏览网页，使用工具栏中的按钮浏览网页等。

12.3.3 搜索并下载暴风影音播放器

本练习将利用百度搜索引擎搜索并下载暴风影音播放器到本地计算机中。

操作思路：

步骤01 在搜索引擎中搜索相关信息。

步骤02 单击一个搜索出的相关超链接，打开下载网页。

步骤03 选择一个下载超链接，分别使用直接下载和工具软件下载的方法下载该软件。

12.4 疑难解答

问： 下载过程中可不可以停止或取消下载？

答： 使用迅雷可同时下载多个资源，并且在下载资源过程中，若发现该资源无需下载可取消，若发现该资源的下载速度较慢可暂停，方法是在迅雷下载界面中需要执行暂停或取消操作的任务上单击鼠标右键，在弹出的快捷菜单中选择【暂停任务】或【删除任务】命令。

问： 如果遇到计算机重启、断电等意外情况，如何继续下载资料？

答： 在使用迅雷下载资料的过程中，如遇到意外断电或需要关闭计算机等情况后，下次启动计算机后，可接着上一次下载的内容接着下载，无需重新下载。只需要在迅雷的工作界面中选择要继续的任务，然后单击【开始】按钮即可接着上次的位置继续下载。

问： 如何搜索同时包含多个关键字的资料？

答： 若需要搜索的内容中包含多个关键字，可输入多个关键字进行搜索（不同关键字之间用一个空格隔开），可以获得更精确的搜索结果。

问： 搜索不到需要的资料时怎么办？

答： 使用搜索引擎搜索资料时，如果没有找到理想的资料，这时可采用下面的方法进行处理。

更换关键字：没有搜索到需要的资料可能是关键字选择不正确，关键字是最能表达需搜索内容的中心词语，如想了解"惠普打印机的型号、性能和评价等相关信息"，此时可输入关键字"惠普 打印机"，然后再寻找相关的网页超链接。

更换搜索引擎：不同的搜索引擎搜索的网页范围是不同的，所以在一个搜索引擎中没有找到所需的资料时，可更换一个搜索引擎再试试。

发布求助信息：很多搜索引擎都提供了求助版块，如百度知道、爱问知识人等，其使用方法类似，发布需了解的内容后，等网上的其他人回答。不过使用该方法要求等待较长时间，而且回答的内容也可能不完全正确。

12.5 课后练习

选择题

1 按照计算机网络覆盖范围的大小、地理位置和网络的分布距离等因素，可将计算机网络分为（　　）。

A、城域网　　　　　　　　　　　　B、广域网

C、局域网　　　　　　　　　　　　D、电话网

2 连入Internet的方式有多种，较常用的有（　　）。

A、拨号上网　　　　　　　　　　　B、ADSL上网

C、专线上网　　　　　　　　　　　D、以上都不正确

3 在局域网中访问其他计算机的方法包括（　　）。

A、通过"飞鸽传书"程序访问　　　B、通过【网络】窗口访问

C、通过Internet访问　　　　　　　D、通过【开始】菜单的【搜索】文本框

4 下面选项中哪些是浏览网页的方法（　　）？

A、在IE浏览器地址栏中输入网址再按【Ctrl】键。

B、单击网页中的文本或者图像超链接。

C、在IE浏览器的地址栏中输入网址并按【Enter】键。

问答题

1 如何在局域网中设置文件夹共享？

2 在Internet中下载资源有哪些方法？具体怎样操作？

上机题

1 在Internet中搜索关于国庆期间公交限行的信息，并利用"飞鸽传书"程序发送给局域网中的所有同事。

> 1. 首先利用关键词"国庆 公交限行"进行搜索。
> 2. 将相关的网页保存到计算机中。
> 3. 将其中的信息复制并粘贴到"飞鸽传书"【发送信息】窗口中，发送给所有同事。

2 利用百度搜索引擎（http://www.baidu.com）搜索QQ聊天工具软件最新版本，并将其下载到自己的计算机中。

> 1. 在搜索到的网页列表中查找一个有软件下载地址的网页。
> 2. 将QQ聊天工具软件下载到自己的计算机中。

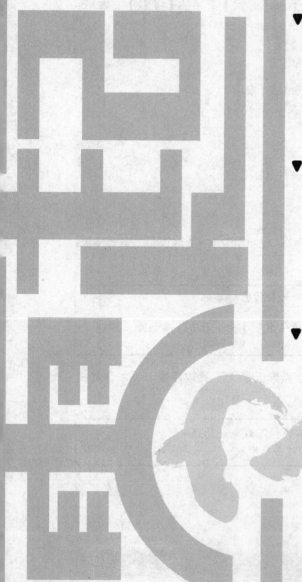

第13课

电子邮件

▼ **本课要点**

电子邮件与电子邮箱

在网上收发电子邮件

Foxmail 6.5的使用

邮件的日常管理

▼ **具体要求**

了解电子邮件与电子邮箱的基本知识

掌握电子邮箱的申请方法

掌握利用IE浏览器收发电子邮件的方法

掌握Foxmail 6.5的使用方法

掌握邮件的日常管理方法

▼ **本课导读**

在网络技术日趋成熟的今天，网络通信以其快速、准确的信息传播特点，得到了广泛的应用。因此，随着Internet应用技术的不断发展，人们的联系方式也发生了变化。在人们的日常生活和工作当中，电子邮件的应用越来越广泛。

13.1 电子邮件与电子邮箱

在快节奏、高效率的现代社会，电子邮件以其快速、方便且可靠地传递和接收信息，成为人们生活和工作中不可缺少的交流方式之一。

13.1.1 知识讲解

在网上收发电子邮件前，读者应了解与其相关的一些术语，如电子邮件、电子邮箱、电子邮箱地址，它们是三个不同的概念，但又互相联系。

1. 电子邮件的基础知识

电子邮件又称为E-mail（或"伊妹儿"），是一种基于计算机和通信网的信息传递技术，它通过网络将电子信件进行异地之间的传送和接收，不但可以传递和存储文字信息，而且还可以传递图片、视频、动画和语音等类型的信息。

1）电子邮件的特点

与普通信件相比，电子邮件具有以下几方面的特点：

- **价钱更便宜：** 电子邮件的价钱比普通邮件要便宜许多，且传送的距离越远，相比之下就便宜得越多。
- **速度更快捷：** 只需几秒钟时间即可完成电子邮件的发送和接收。
- **内容更丰富：** 电子邮件不仅可以像普通邮件一样传送文本，还可以传送声音和视频等多种类型的文件。
- **使用更方便：** 收发电子邮件都是通过计算机完成的，并且接收邮件无时间和地域限制，操作起来也比手工更加方便。
- **投递更准确：** 电子邮件投递的准确性极高，因为它将按照全球唯一的邮箱地址进行发送，确保准确无误。

2）电子邮箱

电子邮箱用于发送、接收及保存电子邮件，是接收和发送电子邮件的载体，相当于传统通信中邮局的信箱。

3）电子邮箱地址

与普通信件需要填写收信人地址一样，发送电子邮件也需要知道收件人的电子邮箱地址，信件才能进行投递。在网上申请的电子邮箱都会有一个唯一的电子邮箱地址，只有这样才能保证电子邮件正确发送或接收到该邮箱中，在发送电子邮件时必须填写收件人的邮箱地址。

电子邮箱地址的格式为：user@mail.server.name，其中，"user"是收件人的账号，是用户自己设置的；"@"（读音[at]）用于连接前后两部分；"mail.server.name"是收件人的电子邮件服务器名，如"sina.com"就是一个电子邮箱服务器名，"happyliu@sina.com"就是一个电子邮箱地址，它表示在电子邮件服务器sina.com上有用户名为"happyliu"的电子邮箱。

4）电子邮件常用名词

电子邮件具有其特有的专有名词，如收件人、抄送、暗送、主题、附件和正文等，具体含义如下。

收件人：指邮件的接收者，指收信人的邮箱地址。

抄送：一封邮件同时发送到其他地址。在抄送方式下，各收件人知道发件人除了把该邮件发送给自己以外，还发送给了另外的哪些人。

暗送：指用户给收件人发出邮件的同时，把该邮件暗中送给另外的人。与抄送不同的是，收件人并不知道发件人把该邮件暗送给其他人。

主题：指信件的主题，即这封信的名称。

附件：指随同邮件一起发送的附加文件，如文档、图片、声音和视频文件等。

正文：指电子邮件的主体部分，即邮件的详细内容。

2. 申请电子邮箱

要在网上收发电子邮件，必须先申请一个电子邮箱，网络中有许多提供邮箱申请服务的网站，用户可直接到这类网站上申请，申请方法类似。目前的电子邮箱分为收费和免费两种。

1）申请免费邮箱

免费邮箱是指用户无需为使用此类邮箱支付费用。现在，网站提供的免费电子邮箱的容量越来越大，在网易和新浪网站上都可以申请到1G以上空间的免费邮箱，被普通用户接受，使用广泛。

部分提供免费邮箱申请服务的网站：

网易邮箱　http://www.163.com

新浪邮箱　http://www.sina.com.cn

搜狐邮箱　http://www.sohu.com

TOM免费邮箱　http://mail.tom.com

搜狗邮箱　http://www.sogou.com

雅虎邮箱　http://cn.yahoo.com

下面以从新浪网站上申请一个免费电子邮箱为例，讲解免费电子邮箱的申请方法，具体操作如下：

步骤01 启动IE浏览器，在地址栏中输入申请电子邮箱的网址"www.sina.com"，按【Enter】键打开新浪网首页，如图13.1所示。

步骤02 单击页面上方的【邮箱】超链接，打开新浪邮箱首页，如图13.2所示。

步骤03 选择需申请的邮箱类型，这里单击【注册免费邮箱】按钮。

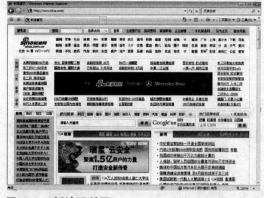

图13.1　新浪网首页

图13.2　新浪邮箱首页

步骤04 打开免费邮箱申请页面，在【邮箱名称】文本框中输入需申请的电子邮箱名称，在【验证码】文本框中输入其后面显示的内容，如图13.3所示。

步骤05 单击【下一步】按钮，在新打开页面中输入邮箱密码、密码查询问题和验证码等信息。如图13.4所示。

 因为邮箱地址是全球唯一的，同一网站提供的电子邮件服务器名相同，不同的是用户名，因此，如果设置的用户名已经有人使用则会出现提示信息，此时，就要重新设置用户名。

图13.3 输入邮箱名称

 在设置邮箱密码时，不要使用过于简单或太有规律性的数字与字母组合（如常用的英文单词、生日日期等），否则容易被别人破解。只要记得住，最好使用字母与数字的组合，并且位数不能太少。

步骤06 填写完成后，单击【提交】按钮，即可进入刚刚申请的邮箱，如图13.5所示。

图13.4 输入其他信息   图13.5 申请成功

2）申请收费邮箱

收费邮箱是指用户需要为使用此类邮箱支付费用。收费邮箱相对于免费邮箱，提供的服务更多，而且邮件的安全性能更好。此类邮箱一般容量较大、功能全面（如可以为用户提供在线杀毒、垃圾邮件防范、捆绑手机号码及新邮件短信通知等服务），倍受广大办公用户青睐。

部分提供收费邮箱注册服务的网站如下：

新浪邮箱　http://www.sina.com.cn

网易收费邮箱　http://www.163.com

21cn收费邮箱　http://www.21cn.com

网易188邮箱　http://www.188.com

亿邮收费邮箱　http://www.eyou.com

申请收费邮箱的方法与申请免费邮箱的方法类似，具体操作如下：

步骤01 进入网易首页，单击【VIP邮箱】超链接，如图13.6所示。

步骤02 进入VIP邮箱的登录页面，如图13.7所示。

图13.6　网易首页

图13.7　邮箱登录页面

步骤03 单击【注册】按钮，打开如图13.8所示的页面，一般网站上会提供几种收费邮箱的服务类型，根据自己的需求和承受能力选择适合的方式。

步骤04 选择邮箱类型后，单击【用户注册】中的【页面注册】子选项卡，打开页面，输入用户名、密码和提示问题及答案，如图13.9所示。

步骤05 输入联系方式及验证码，如图13.10所示。单击【注册】按钮，

图13.8　选择邮箱类型

系统将向手机发送短信密码，将发送到手机的密码输入下一页面后，即可确认申请成功。

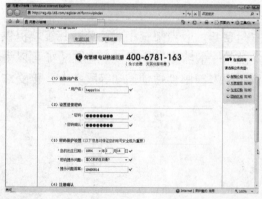

图13.9　输入用户名等信息

图13.10　输入联系方式

步骤06 申请成功后，邮件服务商将与用户联系，然后选用一种合适的付费方式（如服

务商上门收费、通过手机支付、通过网上银行支付等）为邮箱支付费用。

13.1.2 典型案例——在搜狐首页申请免费邮箱

案例目标

本案例将在搜狐网站上申请一个免费邮箱。

操作思路：

步骤01 打开搜狐主页，进入申请免费邮箱的页面。

步骤02 输入用户名、密码、密码提示问题及答案。

步骤03 将资料提交给网站，提示注册成功后进入邮箱。

操作步骤

步骤01 打开IE浏览器，在地址栏中输入搜狐首页网址 "http://www.sohu.com"，按 【Enter】键打开网站首页，如图13.11所示。

步骤02 单击【邮件】超链接，打开【搜狐邮箱】页面，在该页面中单击【注册免费邮 箱】按钮，如图13.12所示。

图13.11 打开搜狐首页

图13.12 单击【注册免费邮箱】按钮

步骤03 打开【搜狐通行证–新用户注册】页面，输入用户账号、密码、密码提示问题 及答案等，然后输入验证码，如图 13.13所示。

步骤04 输入完成后单击【完成注册】按 钮，打开如图13.14所示的页面， 提示邮箱已申请成功，并显示新注 册的邮箱地址。

步骤05 单击 登录2G免费邮箱 按钮， 打开如图13.15所示的网页，即进 入邮箱。

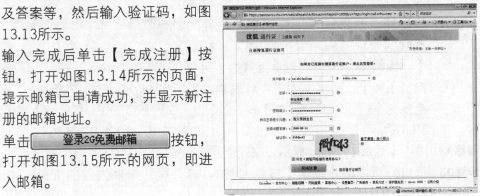

图13.13 输入注册信息

图13.14 提示注册成功

图13.15 进入邮箱

案例小结

本案例介绍了如何在搜狐网中申请免费电子邮箱。通过本案例的学习，读者主要要掌握申请免费电子邮箱的方法，为以后利用电子邮箱收发电子邮件来传递信息打下基础。

13.2 电子邮件的收发

申请电子邮箱之后，便可登录并使用电子邮箱了。登录电子邮箱后，才可以编写和发送邮件，根据实际需要还可以随邮件发送相应的文件。

13.2.1 知识讲解

通过IE浏览器收发电子邮件，不需要借助其他程序即可登录邮箱，这是一种最常用、最简便的收发电子邮件方式。在邮箱中可以进行收发电子邮件、阅读并处理电子邮件、管理电子邮箱等操作。

1. 编写并发送电子邮件

有了自己的邮箱后，就可以给亲朋好友发送电子邮件了。发送邮件之前应先撰写邮件内容。通过IE浏览器发送邮件，具体操作步骤如下：

步骤01 启动IE浏览器，在地址栏中输入搜狐网的网址"www.sohu.com"，按【Enter】键打开，在网页上方的【用户名】和【密码】文本框中分别输入电子邮箱地址和对应的密码，如图13.16所示。

图13.16 输入用户名及密码

步骤02 单击【登录】按钮，显示正在登录界面，稍后，即可进入电子邮箱。

步骤03 单击网页中的【写信】按钮 写信，打开撰写邮件内容的页面，如图13.17所示。

步骤04 在【收件人】文本框中输入收件人的电子邮箱地址，在【主题】文本框中输入该邮件的主题（即标题），在【正文】编辑框中输入邮件的内容，如图13.18所示。

图13.17　写信页面

图13.18　填写内容

步骤05 单击【信纸】按钮，在主题下方出现的信纸栏中会显示各种信纸效果，如图13.19所示。

步骤06 从中选择一种需要的信纸样式，如图13.20所示。

图13.19　显示信纸

图13.20　选择一种信纸

步骤07 单击【上传附件】超链接，打开【选择文件】对话框，选择附件，如图13.21所示。

步骤08 单击【打开】按钮，返回写邮件页面，此时在【上传附件】超链接下显示文件上传的进度，如图13.22所示。

图13.21　选择要上传的附件

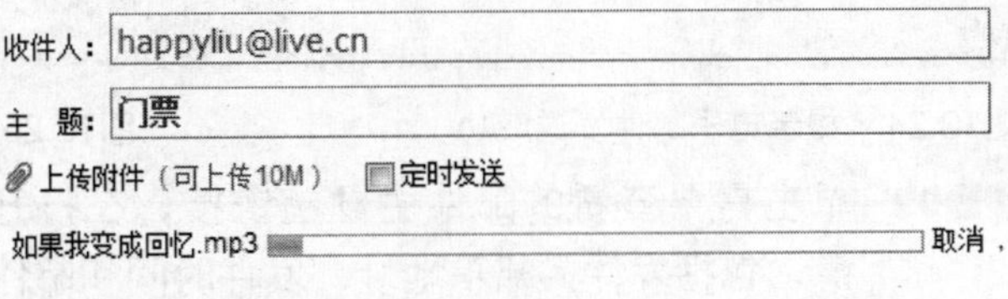

收件人：happyliu@live.cn

主　题：门票

📎 上传附件（可上传10M）　☐ 定时发送

如果我变成回忆.mp3 ▐▐▐▐▐▐▐▐▐▐▐▐ 取消

图13.22　显示上传文件的进度

步骤09 文件上传成功后的效果如图13.23所示。

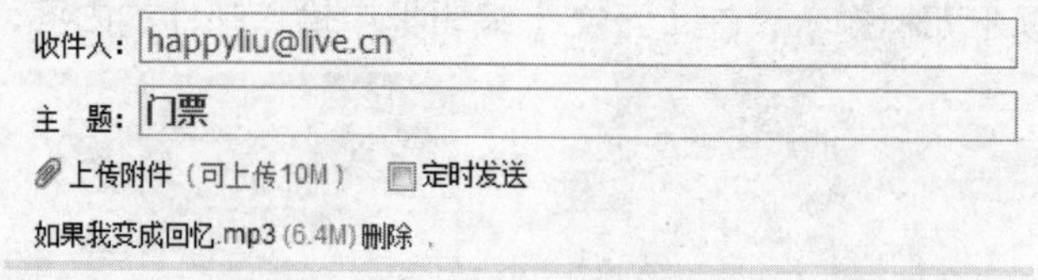

收件人：happyliu@live.cn

主　题：门票

📎 上传附件（可上传10M）　□ 定时发送

如果我变成回忆.mp3 (6.4M) 删除

图13.23　附件上传成功

步骤10 单击窗口上方的【发送】按钮，稍后，在打开的网页中提示邮件已成功发送，如图13.24所示。

 说明 单击【收件人】文本框右侧的相应超链接，可以以抄送或密送等方式向多人发送电子邮件。

2. 接收并阅读电子邮件

与发送电子邮件对应的是接收邮件，邮件发送之后，其他人需要接收邮件并阅读。接收邮件的方法很简单，只需打开邮箱，单击收到的邮件，查看内容即可，只是接收到有附件的邮件时，需要将附件下载到计算机中或直接打开查看，下面以接收并阅读带附件的电子邮件为例进行讲解，具体操作步骤如下：

步骤01 登录到邮箱后，单击【收信】按钮📧 收信，或【收件箱】超链接，进入收件箱，如图13.25所示。

 说明 如果单击【未读邮件】超链接，可打开【未读邮件】页面，在打开的网页会显示所有未读的邮件。

图13.24　提示电子邮件发送成功

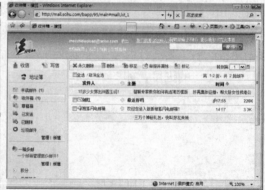

图13.25　进入收件箱

步骤02 单击需要查看的邮件主题超链接，在打开的页面中即显示了该邮件的详细信息，包括发件人邮箱地址、发件时间和邮件内容等，如图13.26所示。

 说明 如果邮件前有✉图标，表示该邮件未被打开查看过。

步骤03 从图中可以看到此邮件带了附件，单击该附件的名称超链接，则在邮件的下方会显示该附件的信息，如图13.27所示。

步骤04 单击【下载】超链接，打开【文件下载】对话框，如图13.28所示。

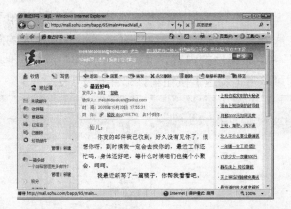

图13.26　显示邮件内容

附件预览

修改.doc(168.7K)
下载

图13.27　附件预览

图13.28　打开【文件下载】对话框

步骤05　单击【保存】按钮，可打开【另存为】对话框，如图13.29所示，设置保存名称和位置，单击【保存】按钮。

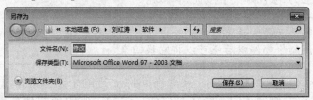

图13.29　设置【另存为】对话框

 说明　若在【文件下载】对话框中单击【打开】按钮，可直接打开附件进行浏览。

3. 电子邮件的回复、转发与删除

收到的邮件需要根据其内容进行各种处理或归类，方便以后查阅或节省有限的邮箱空间。在邮件查看页面中有许多按钮，单击它们可对邮件进行处理。

1）回复邮件

收到邮件后，一般情况下，出于礼貌应给对方回复一份邮件，即针对该邮件的内容进行答复。回复邮件时，只需单击邮件上方的【回复】按钮☒回顾，打开【写邮件】窗口，此时【收件人】文本框中已自动加载了来信人的邮件地址，主题默认为"Re：××××"，【正文】编辑框中默认载入了来信的正文，如图13.30所示。

写好邮件后，单击【发送】按钮即可将邮件发送出去。

2）转发邮件

接收到电子邮件后，如想将该邮件中的内容或附件与其他朋友分享，可以使用转发

电子邮件的方式，将邮件发送给其他人，方法是：打开需转发的电子邮件，单击邮件上方的【转发】按钮 ，在打开的窗口中根据提示填写收件人的邮箱地址等信息，下方的【正文】编辑框中是原邮件的内容，此时也可在其中添加其他内容，如图13.31所示，编辑完成后，即可单击【发送】按钮将该邮件转发出去。

图13.30　回复电子邮件

图13.31　转发电子邮件

3）删除邮件

对于电子邮箱中的垃圾邮件或是已经阅读，又不想保存的邮件，可以将其删除，让邮箱留出更多的使用空间，具体操作如下：

步骤01　进入收件箱，将需删除的邮件前的复选框选中，如图13.32所示。

步骤02　单击邮件上方的【删除】按钮 。

> **说明**　按照上面的方法将邮件删除以后，邮件并未从电子邮箱中彻底删除，在用户误删除邮件以后还可以将它找回来。

要想将邮件从邮箱中彻底删除，需单击邮件上方的【永久删除】按钮，另外，还可以单击网页左侧的【已删除】超链接，打开已删除的邮件列表，选中需删除的邮件前的复选框，单击【永久删除】按钮。

> **技巧**　在已删除的邮件列表中，选择邮件后，单击上方的【移至】按钮，在弹出的菜单中选择相应的位置命令，如【收件箱】命令，如图13.33所示，可将删除的邮件移到收件箱中。

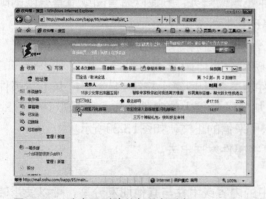

图13.32　选中要删除的邮件复选框

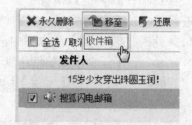

图13.33　选择移到的位置

4. 建立通讯录

在使用电子邮箱时，若朋友较多或邮箱地址较长，会难以记忆。这时，可以在电子邮箱中制作一个通讯录（地址簿），用于记录联系人的邮箱地址，在发送电子邮件时，直接调用即可。

要建立通讯录，需添加联系人，以搜狐邮箱为例，具体操作如下：

步骤01　在邮箱中单击【地址簿】按钮，进入地址簿，如图13.34所示。

步骤02　单击【新建联系人】按钮 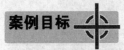，打开【新建联系人】页面，如图13.35所示。

图13.34　进入地址簿

图13.35　打开【新建联系人】页面

步骤03　按照页面中的提示，输入联系人的昵称、常用邮箱及备用邮箱等基本信息（还可以根据需要在【详细信息】栏中填写其他联系方式等相关信息）。

步骤04　填写完成后，在【所有联系人】列表中即会显示出刚刚添加的地址，如图13.36所示。

图13.36　显示新添加的联系人

13.2.2　典型案例——收发电子邮件

案例目标

本案例将使用前面申请的电子邮箱收取客户邮件。通过对本案例的学习，希望读者可以掌握使用IE浏览器收取和回复客户邮件的方法。

操作思路：

步骤01　打开新浪主页，登录邮箱。

步骤02　接收并阅读邮件。

步骤03　回复邮件。

步骤01 打开IE浏览器，在地址栏中输入新浪网的网址"http://www.sina.com"，按
【Enter】键打开网站的首页，如图13.37所示。

步骤02 在首页中的【登录名】文本框中输入用户名"meishidaoluan"，在【密码】文
本框中输入密码，单击【登录】按钮，登录邮箱，如图13.38所示。

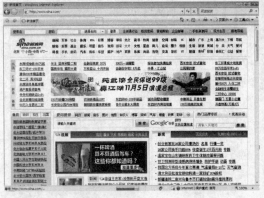

图13.37　新浪网首页　　　　　　　　　　　图13.38　进入邮箱首页

步骤03 在进入的邮箱中，查看到邮箱中已收到了一封邮件。

步骤04 单击【收件夹】超链接，进入收件夹，如图13.39所示。

步骤05 单击邮件主题超链接，查看邮件内容，如图13.40所示。

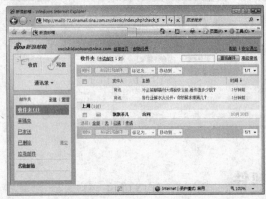

图13.39　进入收件夹　　　　　　　　　　　图13.40　查看邮件内容

步骤06 单击附件的名称超链接，如图13.41所
示，打开【文件下载】对话框，单击
【保存】按钮。

步骤07 设置保存位置为"桌面"，单击【保存】
按钮，将其下载到本地磁盘中查看内容。

步骤08 单击【回复】按钮，打开【写邮件】窗口。

步骤09 系统自动在【收件人】文本框中载入了
来信人的电子邮箱地址，并在【主题】
文本框中输入了"回复：合同"，【正

图13.41　下载附件

文】编辑框中则引用了原邮件的内容，如图13.42所示。

步骤10 将回复内容输入【正文】编辑框中。

步骤11 单击【添加附件】按钮，打开【选择文件】对话框。

步骤12 选择需要上传的附件，单击【打开】按钮，此时，在附件栏中可看到刚上传的附件，如图13.43所示。

图13.42　回复页面

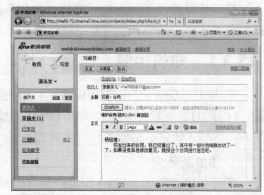

图13.43　显示上传的附件

步骤13 邮件编辑完成即可发送，单击【发送】按钮，显示"正在发送邮件"提示框，如图13.44所示。稍后，即可将撰写好的邮件发送到收件人的邮箱中，系统提示邮件已发送成功，如图13.45所示。

步骤14 单击【返回收件夹】按钮，将来信删除。在收件夹中，选中要删除的邮件前的复选框，如图13.46所示。

步骤15 单击【删除】按钮，将该邮件删除。

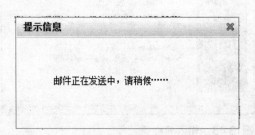

图13.44　发送邮件提示框

图13.45　提示邮件发送成功

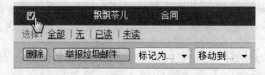

图13.46　选中要删除的邮件前的复选框

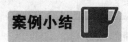 **案例小结**

　　各个网站的邮箱界面不尽相同，但使用方法大致一样，读者可以自行使用其他网站

的邮箱练习收发电子邮件的操作。

13.3 Foxmail的使用

使用IE浏览器可收发电子邮件，但对于办公用户来说，更多时候会使用专门的电子邮件收发软件，因为它不需要每次都打开网页进行登录，使用更为方便。

13.3.1 知识讲解

Foxmail 6.5是一个中文版电子邮件客户端软件，支持全部的Internet电子邮件功能。

Foxmail是一款专业的收发电子邮件的软件，使用Foxmail之前，需要添加电子邮件账户，这样才能进行邮件的收发及管理。

1. 添加新账户

安装并启动Foxmail后，如果还没有添加账户，系统将自动打开如图13.47所示的向导对话框。

根据其中的提示可添加账户，具体操作如下：

步骤01 在向导对话框中的【电子邮件地址】和【密码】文本框中分别输入电子邮件地址和密码。

步骤02 在【账户显示名称】和【邮件中采用的名称】文本框中分别输入名称，如图13.48所示。

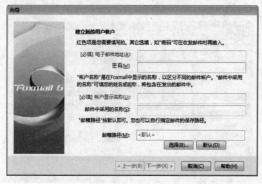

图13.47 向导对话框

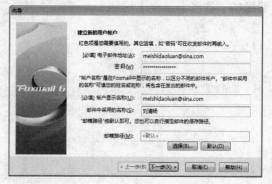

图13.48 输入名称

 对于在该对话框的【邮件中采用的名称】文本框中输入的名称并没有严格的要求，用户可输入自己喜欢的任意名字，类似于QQ中的昵称。

步骤03 单击【下一步】按钮，打开【指定邮件服务器】页面，在【接收邮件服务器】和【发送邮件服务器】文本框中输入相应服务器的地址，这里保持默认设置，如图13.49所示。

 POP3服务器指接收邮件服务器，SMTP服务器指发送邮件服务器，这两个服务器需正确设置，否则将不能成功接收和发送邮件。

步骤04 单击【下一步】按钮，打开【账户建立完成】页面，如图13.50所示。

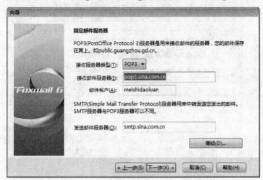

图13.49　设置邮件服务器

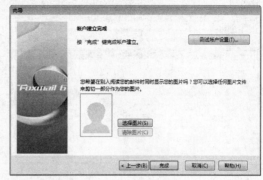

图13.50　【账户建立完成】页面

步骤05 单击【完成】按钮，此时，可以看见在Foxmail窗口中新建了一个账户，如图13.51所示。

2. 撰写并发送电子邮件

创建好账户后，即可利用该账户发送电子邮件了，具体操作如下：

步骤01 在Foxmail主界面左侧选择需要发送邮件的账户。

步骤02 单击工具栏中的【撰写】下拉按钮，在打开的下拉菜单中选择一种写信模板，如图13.52所示。

图13.51　新创建的用户账户　　　　　图13.52　选择写信模板

步骤03 打开【写邮件】窗口，如图13.53所示。

执行【邮件】→【写新邮件】命令，也可打开【写邮件】窗口。

在打开的【写邮件】窗口中已存在一些内容，这是为方便用户的操作而自动生成的，若不需要可将其删除。

步骤04 在【收件人】文本框中输入收件人的邮箱地址，在【主题】文本框中输入这封邮件的标题，在正文编辑区中输入邮件的内容，如图13.54所示。

图13.53　【写邮件】窗口

图13.54　输入邮件内容

步骤05　单击【附件】按钮，打开如图13.55所示的【打开】对话框，选择要发送的文件。

步骤06　单击【打开】按钮，将附件添加到邮件中，如图13.56所示。

图13.55　选择要发送的文件

图13.56　将文件添加到邮件中

步骤07　单击工具栏中的【发送】按钮，开始发送邮件，程序将显示发送邮件的进度对话框，如图13.57所示。

　　邮件成功发送后，进度对话框将自动消失，在已发送邮件箱中即可查看已经发送的邮件，如图13.58所示。

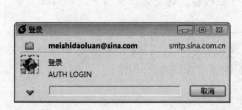

图13.57　发送邮件

图13.58　查看已发送的邮件

3. 收取电子邮件

在Foxmail中收取电子邮件的具体操作如下:

步骤01 在Foxmail主界面中选择要收取邮件的邮箱账户。

 当Foxmail中创建了多个登录账户时才执行这步操作。

步骤02 单击工具栏中的【收取】按钮,系统将开始收取邮件,同时打开一个提示对话框,显示收取邮件的信息和进度,如图13.59所示。

 单击【取消】按钮可以取消邮件的收取操作。

步骤03 收取完成后,在中间的邮件列表中选择某邮件,可在下方查看该邮件的内容,如图13.60所示。

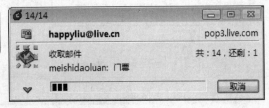

图13.59　收取邮件进度

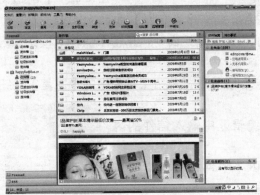

图13.60　查看邮件内容

13.3.2　典型案例——收取并回复电子邮件

案例目标

本案例通过使用Foxmail,将朋友或客户发送的邮件收取到本地计算机中,并给朋友或客户回一封邮件的操作,让读者轻松掌握使用Foxmail 6.5收发邮件的基本操作。

操作思路:

步骤01 打开Foxmail 6.5后,收取客户邮件。

步骤02 阅读客户邮件。

步骤03 回复客户邮件。

操作步骤

步骤01 执行【开始】→【所有程序】→【Foxmail】→【Foxmail】命令,启动Foxmail 6.5。

步骤02 选中邮箱账户"随风飞舞"，单击工具栏中的【收取】按钮，系统开始收取邮件，同时打开一个提示对话框，显示收取邮件的信息和进度。

步骤03 收取完成后，查看客户发来的邮件，如图13.61所示。

步骤04 双击附件栏中显示的附件图标，打开如图13.62所示的【附件】对话框。

图13.61 查看邮件内容

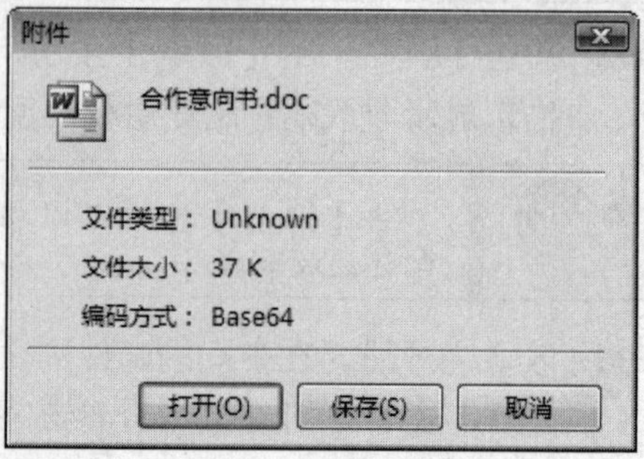

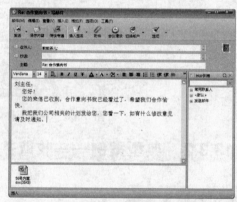

图13.62 【附件】对话框

步骤05 单击【保存】按钮，打开【另存为】对话框。

步骤06 选择附件保存的位置为"桌面"，单击【保存】按钮，再到桌面上打开附件查看其中的内容。

步骤07 阅读完邮件正文和附件后，单击工具栏中的【回复】按钮，打开【写邮件】窗口。

步骤08 在下面的正文编辑区中输入信件的内容。

步骤09 单击工具栏中的【附件】按钮，打开【打开】对话框。

步骤10 选择要发送的文件"56号方案"，然后单击【打开】按钮，将附件添加到邮件中，如图13.63所示。

步骤11 单击工具栏中的【发送】按钮，将信件发送给客户。

图13.63 回复的邮件内容

案例小结

本案例利用Foxmail 6.5收取并回复了客户发来的邮件。读者可以自己练习使用Foxmail 6.5进行其他操作。

13.4 上机练习

13.4.1 在雅虎网站首页申请免费邮箱

下面练习在雅虎网站（http://cn.yahoo.com/）上申请一个免费电子邮箱，熟悉邮箱

零起点 计算机办公应用培训教程（第3版）

的申请方法。

操作思路：

步骤01 启动IE浏览器并打开雅虎网站首页。

步骤02 单击【邮箱】超链接，打开雅虎免费邮箱页面。

步骤03 单击【立即注册】按钮，打开雅虎邮箱账户注册页面，如图13.64所示。

步骤04 在注册页面中填写基本信息并提交。

图13.64　雅虎邮箱账户注册页面

13.4.2　用Foxmail 6.5给客户发送一封电子邮件

本次练习将使用Foxmail向客户发送电子邮件，读者应熟悉Foxmail 6.5的主界面，掌握利用Foxmail 6.5发送邮件的方法。

操作思路：

步骤01 启动Foxmail，单击【撰写】下拉按钮，选择喜欢的信纸类型，如图13.65所示。

步骤02 进入【写邮件】窗口，输入收件人地址、邮件主题和邮件内容等基本信息。

步骤03 单击【发送】按钮，完成邮件的发送。

图13.65　选择信纸

13.5 疑难解答

问： 使用免费邮箱可以发送多个附件吗？要如何操作呢？

答： 可以发送多个附件，只需再次单击【添加附件】超链接即可，但是需要注意附件总的大小不能超过发送限制的大小。

问： 在Foxmail中可以新建信纸模板吗？

答： 可以。执行【工具】→【邮件撰写信纸管理】命令，打开【信纸管理】对话框，单击【新建】按钮，在对话框右侧可以通过设置字体、字号、颜色及对齐方式等格式，新建一个模板。

问： 发送邮件后，有时邮件会被系统退回，这是为什么呢？

答： 发送邮件后，有时邮件可能被系统退回，可能的原因如下。

1 收件人电子邮箱地址填写不准确。

2 网络原因。一封邮件的传输，是由发送方和接收方的服务器，以及中间的网络来共同完成的，其中，网络状态是很重要的一部分，如果网络发生了严重的堵塞，则有可能使信件传递不成功，这时，可换一个时间发送。

3 收件人服务器设置。如果收件人将发件人的邮件设置为拒绝接收，也会出现邮件被退回的现象。

13.6　课后练习

选择题

1 下列哪些是电子邮箱地址呢？（　　　）
A、lele@163.com　　　　　　　　B、huihui@sohu.com
C、xiaoyang@1223　　　　　　　 D、yangyang@

2 电子邮件又称（　　　）。
A、E-mail　　　　　　　　　　　 B、数字邮件
C、网络邮件　　　　　　　　　　 D、Internet-mail

问答题

1 与普通信件相比，电子邮件具有哪些特点？

2 简述申请免费电子邮箱的方法。

3 简述回复邮件的操作方法。

上机题

1 利用前面申请的雅虎免费邮箱给自己的好友发送一封电子邮件。

1. 登录雅虎网，进入自己的电子邮箱。
2. 输入电子邮件内容等基本信息。
3. 发送电子邮件给自己的好友。

2 使用Foxmail发送一封祝福的邮件给好友，并在附件中发送自己的近照。

1. 打开Foxmail 6.5程序窗口，选择信纸模式。
2. 打开【写邮件】窗口，在其中输入收件人地址、主题和正文。
3. 为邮件添加附件。
4. 单击【发送】按钮，将邮件发送出去。

第14课

电子商务

▼ **本课要点**
网上交易
网上预订
网上求职与招聘

▼ **具体要求**
掌握在网上查找商品并进行买卖的方法
掌握注册预订服务类网站及进行预订的方法
掌握在求职网注册并发布求职信息或应聘的方法

▼ **本课导读**
随着电子商务这种以各大网络平台为依托的新型交易方式的日趋成熟，网上购物的实用性和便捷性也日益凸显，网上购物逐渐成为人们的网上行为之一。除此之外，通过网络，用户还可以预订酒店或机票、找工作或招聘员工，甚至还可以与公司同事在网上召开会议等。

14.1 网上交易

在网上购物与开店，进行网络交易，不仅是一种网络时尚，更是一种全新的购物体验。

14.1.1 知识讲解

要在网上进行交易活动，需要先在提供网上贸易服务的网站中注册，表明自己的身份，然后再查找需要的商品，进行交易，下面分别进行介绍。

1. 查找商品

要在网上购物，淘到称心如意的宝贝，或者在网上开店，轻松赚钱并结交淘友，首先必须进行注册。

1）注册

注册的具体操作步骤如下（以淘宝网为例）：

步骤01 在IE浏览器中输入淘宝网的网址"http://www.taobao.com"，按【Enter】键，打开淘宝网的首页，如图14.1所示。

步骤02 单击【免费注册】按钮。

步骤03 在打开的页面中单击【邮箱注册】栏中的【点击进入】按钮，如图14.2所示。

图14.1　淘宝网首页

图14.2　单击【点击进入】按钮

步骤04 在打开的注册页面中，根据提示输入注册信息，在【电子邮箱】文本框中输入常用的电子邮箱地址，在【用户名】文本框中输入要使用的名称，在【密码】文本框中输入登录淘宝网的密码，然后在【确认密码】文本框中进行确认，在【校验码】文本框中输入右侧显示的字符，如图14.3所示。

 输入的密码必须是由数字与字母组成的，否则会被提示重新输入。

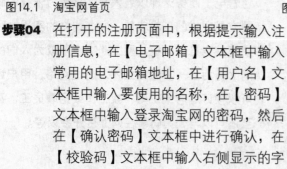

图14.3　输入注册信息

步骤05 选中【用该邮箱创建支付宝账户】复选框。

步骤06 单击【同意以下协议，提交注册】按钮，打开提示要通过邮箱进行确认的页面，如图14.4所示。

步骤07 单击【登录邮箱】按钮，打开雅虎电子邮箱登录页面，如图14.5所示。

图14.4 提示通过邮箱进行确认

图14.5 进入邮箱登录页面

步骤08 输入邮箱的用户名及密码进行登录，在收件箱中打开来自淘宝网的注册信息，如图14.6所示。

步骤09 单击【重要！请点击这里完成您的注册】超链接，在打开的页面中即可查看到注册成功的信息，如图14.7所示。

图14.6 收件箱中显示的注册信息

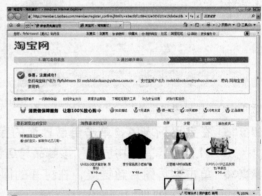
图14.7 注册成功

2）查找

淘宝网中的宝贝种类繁多，作为一个买家，如何才能找到自己需要的宝贝呢？要在淘宝网上寻找需要的宝贝，可通过以下几种方法实现。

📁 通过分类搜索宝贝

通过分类搜索宝贝的具体操作步骤如下：

步骤01 打开淘宝网首页，单击首页中的[请登录]超链接进行账户登录，如图14.8所示。

步骤02 单击【登录】按钮，打开如图14.9所示的页面。

图14.8　登录账户

图14.9　登录成功

步骤03　单击页面顶部的【我要买】超链接，打开如图14.10所示的页面。

步骤04　在新打开的页面中选择一个分类，这里单击【数码】栏中的【佳能】超链接，打开如图14.11所示的页面。

图14.10　显示宝贝目录

图14.11　显示选择的宝贝列表

步骤05　在宝贝列表中，单击自己喜欢的宝贝超链接即可查看宝贝的详细信息，如图14.12所示，其中显示了该商品与店铺的详细信息。

步骤06　单击宝贝图片超链接，在打开的网页中可以浏览商品的放大图片，如图14.13所示。

图14.12　查看宝贝的详细信息

图14.13　放大商品图片进行查看

单击【进入店铺】按钮，在稍后打开的页面中可浏览店铺内的其他商品，如图14.14所示。

图14.14　进入店铺

📁 利用筛选功能搜索宝贝

买家可以根据自己的需要，依次选择查询的分类，利用筛选功能锁定需要寻找的宝贝，使得查询结果更准确，具体操作如下：

步骤01 单击【护肤】栏中的【面膜】超链接，如图14.15所示。

步骤02 在打开页面中部的【价格区间】文本框中输入价格区间，如图14.16所示。

图14.15　单击"面膜"超链接

图14.16　设置价格区间

步骤03 按下【Enter】键，在打开的页面中，在【按品牌选择】栏中单击【相宜本草】超链接，如图14.17所示。

所有分类 › 美容护肤/美体/精油 › **面膜(118949)**　　转到彩妆香水馆　转到美容心得库　转到24小时话费充值　转到全球购海外市场

快捷搜索　品牌：[　　　　　　▼] 搜索　**假一赔三 快速通道**

🗂 按面膜分类选择：

水洗式(63670)　　　　睡眠免洗式(10651)　　　　面膜帖(24059)　　　　斯拉式(3470)

其它面膜(16909)

🗂 按品牌选择：

ARTISTRY/雅姿(1733)	Avene/雅漾(2000)	Biotherm/碧欧泉(1383)	Borghese/贝佳斯(11078)
Elizabeth Arden/雅顿(2067)	FANCL(3957)	Kose/高丝(1683)	L'oreal/欧莱雅(1302)
Laneige/兰芝(8714)	Marykay/玫琳凯(4548)	Neutrogena/露得清(1207)	Nuxe(1077)
Olay/玉兰油(2534)	Origins/品木宣言(2161)	Shiseido/资生堂(1201)	Skin food(1291)
The body shop/美体小铺(6723)	佰草集(1011)	相宜本草(1663)	其它化妆品品牌(26732)

图14.17　选择品牌

步骤04 在显示的筛选结果的【按化妆品功效选择】栏中单击【保湿】超链接，如图14.18所示。

深层清洁面膜(1)	睡美人水白晶睡眠面膜(21)	红石榴鲜活亮白泥面膜(26)	红石榴鲜活亮白睡眠面膜(13)
红石榴鲜活亮白贴膜(106)	美肤祛斑面膜(2)	补水醒肤晶莹面膜(5)	水润亮白面贴膜(3)
纯植物香薰面贴膜(1)			

🗂 按化妆品功效选择：

美白(478)	补水(14)	保湿(17)	抗敏感(4)
粉刺/抗痘(5)	控油(41)	去痘(625)	收缩毛孔(4)
抗皱(4)	提拉紧致(1)	其他功效(19)	

图14.18　单击【保湿】超链接

步骤05 在打开的页面中单击需要查看的宝贝的超链接，如图14.19所示。

步骤06 在打开的页面中即可浏览宝贝的详情了，如图14.20所示。

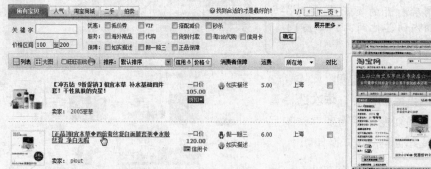

图14.19 选择要查看的宝贝

图14.20 浏览宝贝详情

📁 直接搜索宝贝

买家可以使用淘宝网提供的站内搜索引擎，在搜索框中输入关键字，直接寻找需要的宝贝。例如，在搜索框中输入"相宜本草 睡眠 面膜"，如图14.21所示。单击【搜索】按钮，在打开的页面中，单击【所有宝贝】选项卡，即可查看搜索结果，如图14.22所示。

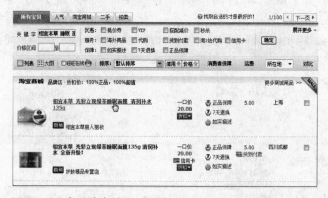

图14.21 输入查询关键字

图14.22 查看搜索结果

2. 网上采购

找到自己想要的商品后，便可进行采购了。例如，要购买前面找到的相宜本草四倍蚕丝面膜，具体操作如下：

步骤01 在找到的商品网页中单击 立刻购买 按钮，打开用于确认购买信息的页面，如图14.23所示。

步骤02 在其中仔细输入相关信息，确认无误后，单击页面底部的

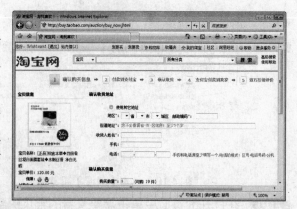

图14.23 确认购买信息的页面

按钮。

步骤03 在打开的页面中确认购买并同意支付货款，用户可根据自己的实际情况选择支付方式。

3. 在线销售

除了购买商品，在网上也可以销售自己的商品，在销售商品之前要先进行身份认证，通过确认之后，就可以让商品上架出售。

进行身份认证比较简单，打开淘宝网，单击【我的淘宝】超链接，如图14.24所示。在打开的页面的左侧列表中，单击【我要卖】超链接，如图14.25所示。

图14.24　单击【我的淘宝】超链接

图14.25　单击【我要卖】超链接

打开【选择宝贝发布方式】页面，在该页面中，单击【实名认证】超链接，如图14.26所示。

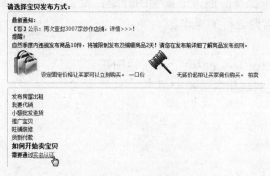

图14.26　单击【实名认证】超链接

进入实名认证页面后，可以看到淘宝网中的两种实名认证方式，即个人认证和商家认证，用户可根据自己的需要进行操作。

> **注意**　认证的处理需要三个工作日。如果认证通过，网站会用邮件通知用户；如果认证失败，网站也同样会以邮件的方式告诉用户哪个环节存在问题，用户可根据邮件的提示对认证资料进行修改，并回复邮件进行二次认证。

通过认证后，用户就可以在淘宝网上销售商品了。使用账号登录淘宝网后，单击首页中的【我要卖】超链接，在打开的网页中有"拍卖"和"一口价"两种方式可以选择，如图14.27所示。

选择一种方式，填写商品标题、描述、图片和运费等信息并确定即可。另外，在网页中还有具体的帮助信息，用户通过它可了解每一项应填写的内容。

4. 网上贸易类站点推荐

下面列举一些目前较为热门的网上贸易类站点：

阿里巴巴贸易网　http://china.alibaba.com
腾讯拍拍网　http://www.paipai.com
当当购物网　http://www.dangdang.com
淘宝网　http://www.taobao.com
新浪商城　http://mall.sina.com.cn
易趣网　http://www.ebay.com.cn
卓越亚马逊　http://www.amazon.cn
搜易得IT数码商城　http://www.soit.
　　　　　　　　　　　com.cn

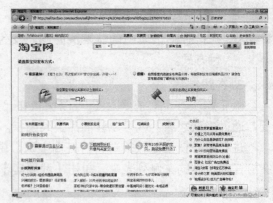

图14.27　选择销售方式

14.1.2　典型案例——在拍拍网购物

案例目标

本案例将介绍如何在拍拍网购买一台打印机，其中包括在拍拍网注册账号、查找需要的商品并进行交易等操作。通过该案例的介绍，希望读者能够熟悉在大多数电子商务网站中购买商品时通常要进行的操作。

操作思路：
步骤01　在拍拍网（http://www.paipai.com）注册账号。
步骤02　搜索到需要的打印机并进行交易。

操作步骤

1. 注册账号

步骤01　在IE浏览器的地址栏中输入拍拍网的网址"http://www.paipai.com"，按
　　　　【Enter】键打开其主页，如图14.28所示，单击其中的【免费注册】超链接。
步骤02　在打开的网页中选择登录账号的类型，如图14.29所示，保持默认设置，单击
　　　　【下一步】按钮。

图14.28　拍拍网首页

图14.29　选择登录账号

步骤03 根据提示填写注册资料，如图14.30所示。

步骤04 填写完毕后，单击页面底端的【确定 并同意以下条款】按钮，申请成功的页面如图14.31所示。

图14.30 填写注册资料　　　　图14.31 申请成功

2. 登录拍拍网购物

步骤01 打开拍拍网首页，单击【登录】超链接，打开如图14.32所示的登录页面。

步骤02 输入自己刚刚申请到的账号及密码，单击【登录】按钮登录到拍拍网，如图14.33所示。

图14.32 登录页面

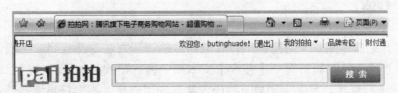

图14.33 登录到拍拍网

步骤03 单击页面上方的【所有类目】超链接，如图14.34所示。

图14.34 单击【所有类目】超链接

步骤04 单击【办公设备/文具/耗材】栏中的【打印机】超链接，如图14.35所示。

步骤05 在商品列表中单击其中一个打印机的文本超链接或图片超链接，在打开的网页中查看该打印机的详细信息，如图14.36所示。

步骤06 单击 立即购买 按钮，打开如图14.37所示的页面，在其中填写购买商品的相关信息，确认购买，完成交易。

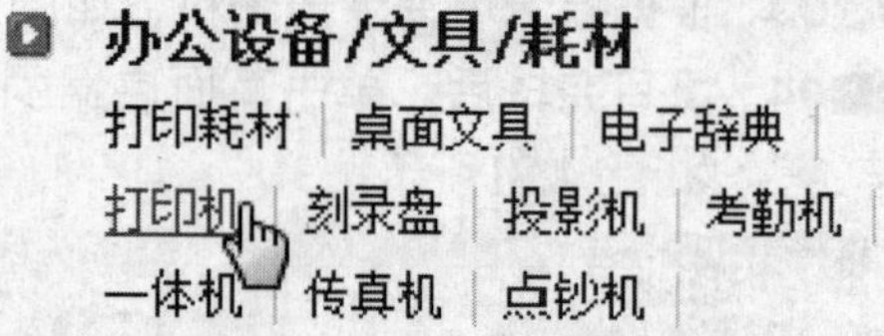

▶ **办公设备/文具/耗材**

打印耗材 | 桌面文具 | 电子辞典 |
打印机 | 刻录盘 | 投影机 | 考勤机 |
一体机 | 传真机 | 点钞机 |

图14.35　单击【打印机】超链接

图14.36　查看详细信息

图14.37　填写购买信息

 要想在拍拍网上购买商品，还必须拥有财付通账户。如果没有注册成为财付通用户，在购买商品时也会有提示，如图14.38所示。

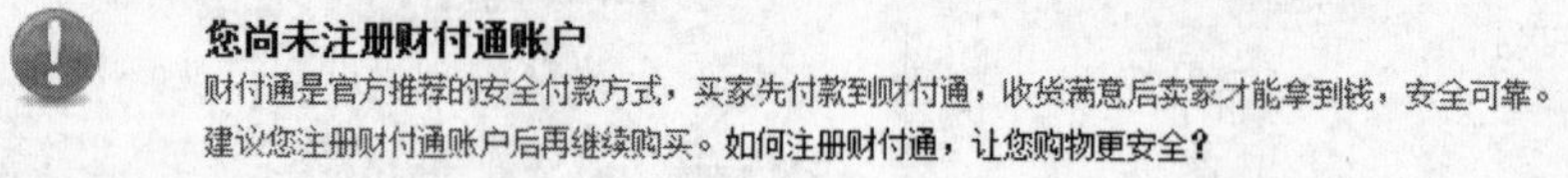

您尚未注册财付通账户
财付通是官方推荐的安全付款方式，买家先付款到财付通，收货满意后卖家才能拿到钱，安全可靠。
建议您注册财付通账户后再继续购买。如何注册财付通，让您购物更安全？

图14.38　提示注册财付通账户

案例小结

　　本案例介绍的是购买一台打印机，其他商品的购买方法与此相同。在操作过程中，用户也可以直接在拍拍网首页的【搜索】文本框中输入要购买的物品，然后单击右侧的 搜索 按钮进行查找。另外，如果不是确定需要购买商品，不要轻易提交订单，因为提交订单即表示确认从卖家处购买该商品，接受有约束力的协议。

14.2 网上预订

　　随着网络技术的迅速发展，电子商务为用户忙碌的现代生活提供了便利。通过网络，用户足不出户就可以进行网上预订，如预订机票、酒店等，节省了乘车、排队的时间。

14.2.1　知识讲解

在网上进行预订与在网上进行贸易活动的步骤大致相似，即先要注册账号，然后再搜索需要的酒店或航班信息，最后进行交易，其中，注册账号的方法与前面介绍的方法类似，这里不再介绍。下面主要介绍如何在提供网上预订服务的网站中搜索到想要了解的信息。

1. 预订酒店

通过Internet预订酒店不仅方便、快捷，而且还可以详细了解酒店环境、消费标准及服务等多方面的信息，与传统的电话预订相比，网上预订酒店能找到更适合自己的酒店房间。下面以携程旅行网为例，介绍在网上预订酒店的方法。

步骤01　打开IE浏览器，在地址栏输入携程旅行网的网址：http://www.ctrip.com，打开该网站的首页，如图14.39所示。

步骤02　在【开始您的旅程】栏中，单击【酒店】选项卡，在【酒店】选项卡中输入城市、入住日期、离店日期及价格范围等信息，如图14.40所示。

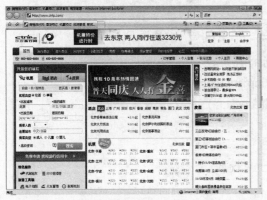

图14.39　携程旅行网首页

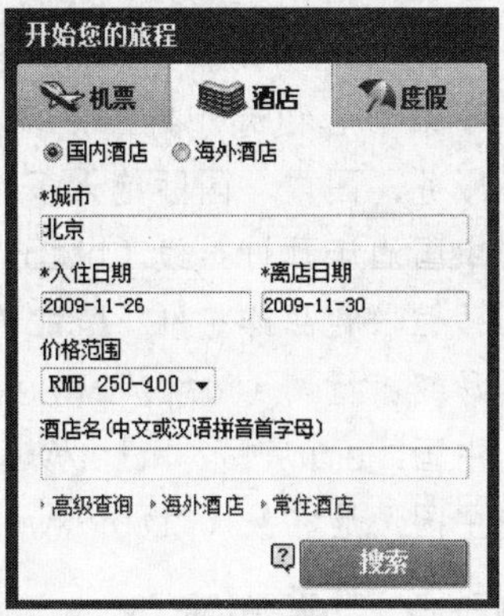

图14.40　输入基本信息

步骤03　单击【搜索】按钮，在打开的网页中将显示符合查询要求的所有酒店，如图14.41所示。

步骤04　单击满意的酒店房型右侧的【预订】按钮，在打开的【会员登录】页面中，输入手机号码，如图14.42所示。

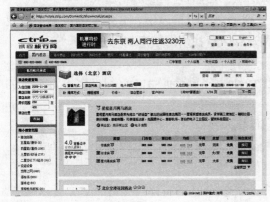

图14.41　显示搜索结果

图14.42　会员登录页面

步骤05 单击【直接预订】按钮。

 使用手机预订的方式适合非携程会员，若是公司客户或者携程会员，可在左侧使用登录名和密码进行登录预订，如图14.43所示。页面右侧有个【新会员注册】栏，单击其中的【注册】按钮，可在填写个人资料后注册成为携程会员。

2. 预订服务类站点推荐

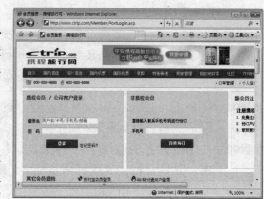

图14.43　会员预订

- 金色福旅游网（http://www.china356.com）主要从事旅游服务，是通过互联网、电话呼叫中心开展酒店预订、机票预订及商旅服务的大型电子商务平台，同时还提供老年旅游、城市周边游和自助游等预订服务。
- 艺龙旅行网（http://www.elong.com）是目前国内比较优秀的旅游网络服务商之一。它可以提供国内450多个城市一万多家酒店和海外数10万多家酒店的预订服务，国内、国际绝大多数航班的折扣机票。
- 中国酒店预订热线（http://www.hotelonline.com.cn）。
- 莎啦啦礼品鲜花网（http://www.salala.com.cn）。
- 易翔旅行网（http://www.eachline.com）。
- 中国统e订房网（http://www.u345.com）。
- 中国酒店在线（http://www.gochinahotel.com）。

14.2.2　典型案例——查询机票

　　经常外出的用户常常需要购买机票，而通过网上预订是一种非常方便的方式。用户可先查询符合需求的航空公司、航班及票价等信息，然后进行选择并预订。

　　下面以在上海航空公司官网上查询从北京到上海的机票为例，介绍如何在网上查找需要的航班信息，让读者进一步掌握在服务类站点中查找所需信息的方法。

操作思路：

步骤01 打开上海航空公司官网（http://www.shanghai-air.com/salnewweb/index.aspx）的首页。

步骤02 逐步搜索要查询的机票（从北京到上海）。

步骤03 根据操作提示进行预订。

步骤01 打开IE浏览器，在地址栏中输入上海航空公司官网 "http://www.shanghai-air.com/salnewweb/index.aspx"，按【Enter】键打开网站首页，如图14.44所示。

步骤02 在页面中间的【国内航班】选项卡下，根据要查询的情况进行相应设置。这里选中⦿单程单选按钮，在【起始地】文本框中输入"北京"，单击【出发日期】文本框，在弹出的列表中选择出发的日期，如图14.45所示。

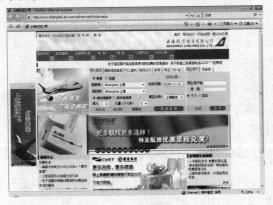

图14.44　上海航空公司官网首页

图14.45　日期下拉列表

步骤03 在【目的地】文本框中输入"上海"，其他设置保持默认不变，如图14.46所示。

步骤04 单击【查询航班】按钮，打开如图14.47所示的页面，其中显示了所有符合要求的航班信息。

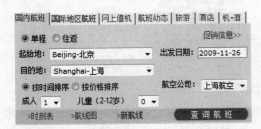

图14.46　查询设置

图14.47　查询结果

案例小结

　　本案例只介绍了查询符合条件的航班信息的方法，预订机票的方法与预订酒店的方法类似，这里不再重复。在预订的过程中，如果遇到不理解的项目或内容，可在网站上查询相应的帮助信息，也可拨打航空公司的电话进行咨询。

14.3 网上求职与招聘

随着网络技术的飞速发展和应用范围的扩大，求职者和企业也利用网络这个平台进行求职和招聘。这样可以拓展企业的招聘范围，许多企业不仅会举办现场招聘会招聘职员，还会在网上发布招聘信息。同时，这样也给求职者提供了更多的就业机会，足不出户也能找到好工作。

14.3.1 知识讲解

网上求职和招聘的信息量大，没有地域的限制，而且能够及时地发布和浏览，所以成了现在很多企业和求职者招聘和求职的主要方法。

1. 在招聘网站注册

要通过网络进行求职或招聘，需要先在网站上注册。其中，应聘人员的注册过程较为复杂，不仅要留下个人信息，还要生成个人简历等内容以供用人方查看。

下面以在前程无忧网站注册一个应聘者账号为例进行介绍，具体操作如下：

步骤01 在IE浏览器的地址栏中输入前程无忧网站的地址"http://www.51job.com"，然后按【Enter】键打开其首页，如图14.48所示。

步骤02 单击网页中的 新会员注册 按钮，打开用于输入注册信息的页面，如图14.49所示。

图14.48 前程无忧首页

图14.49 注册页面

步骤03 填写完成后选中 ☑我已阅读服务声明 复选框，然后单击 注册 按钮，如果注册成功，可在打开的页面中马上填写简历，如图14.50所示。

步骤04 填写完成后，单击 填写完毕 按钮，打开如图14.51所示的网页，显示简历保存成功。

2. 查找招聘信息并应聘

在招聘网站注册成功后，求职者便可以在该网站上查找招聘信息，选择自己满意的职位进行应聘。下面仍以在前程无忧网站查找招聘信息并应聘为例进行介绍，具体操作如下：

图14.50 填写简历

图14.51 简历保存成功

步骤01 打开前程无忧网站首页并登录，在网站首页中，可以直接在【搜索】文本框输入职位，查询招聘信息，也可以根据地区查询招聘信息，这里单击 北京 超链接，如图14.52所示。

步骤02 稍后将打开显示所选地点招聘信息的网页，如图14.53所示。

图14.52 登录首页

图14.53 所选地点的招聘网页

 在招聘信息网页的左上方会出现搜索栏，在其中可设置详细的搜索条件。

步骤03 单击感兴趣的招聘信息对应的超链接，查看该招聘信息，这里单击如图14.54中所示的 东方桥教育 超链接，打开该公司的简介网页。

步骤04 在打开的网页右侧显示了该公司招聘的职位，如图14.55所示。单击要应聘的职位超链接，这里单击 法律图书编辑【北京】超链接，查看如图14.56所示的职位介绍。

图14.54 单击【东方桥教育】超链接

图14.55　显示了招聘职位

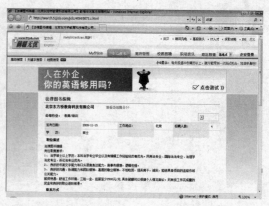

图14.56　职位介绍

步骤05　单击 立即申请 按钮，打开职位申请页面，如图14.57所示。

步骤06　确认其中的设置后，单击 发送求职申请 按钮，即可选择制作的简历并向招聘单位发送求职申请。对方收到信息并初审合格后，会通过电子邮件或电话等方式与你联系，并安排后面的面试或笔试。

3. 发布招聘信息

作为企业，如果要在招聘网站上发布

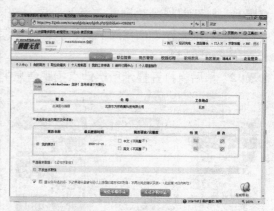

图14.57　申请页面

招聘信息，也必须先注册成为该网站的会员。企业在招聘网站注册的方法与应聘者注册的方法不一样，企业还需要提供企业相关的执照等，网站对该企业的合法性进行审核通过后，企业才可以发布招聘信息。

4. 热门招聘站点推荐

网络中提供了很多热门的招聘网站，下面列举一部分供读者参考。

前程无忧　http://www.51job.com

智联招聘网　http://www.zhaopin.com

21世纪人才网　http://www.21cnhr.gov.cn

中华英才网　http://www.chinahr.com

528招聘网　http://www.528.com.cn

中国人才热线　http://www.cjol.com

八方人才　http://www.job88.com

南方人才网　http://www.job168.com

14.3.2　典型案例——注册企业会员并发布信息

案例目标

企业在招聘网站注册用户的方法与应聘者注册的方法不太相同，本案例将以在智联

招聘网注册一个企业会员为例进行介绍。注册成功后，还将演示如何发布招聘信息。

　　操作思路：

步骤01　打开智联招聘网首页（http://www.zhaopin.com）。

步骤02　注册企业用户。

步骤03　发布公司招聘信息。

1. 注册企业用户

步骤01　在IE浏览器的地址栏中输入智联招聘网的网址"http://www.zhaopin.com"，按
　　　　　【Enter】键打开其首页，如图14.58所示。

步骤02　单击**企业服务**超链接，打开如图14.59所示的网页。

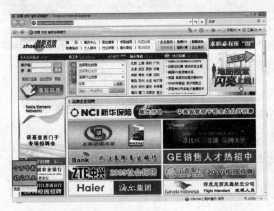

图14.58　智联招聘首页

图14.59　企业用户登录界面

步骤03　在打开的网页中单击【免费注册】图片超链接，打开如图14.60所示的页面。

步骤04　根据提示设置用户名、密码，填写公司名称、地址、规模、性质、电子邮件地
　　　　　址、联系方式、简介信息等公司资料和联系人信息。

步骤05　填写完毕，单击下方的　注册　按钮完成注册，并打开如图14.61所示的信息
　　　　　确认页面。

步骤06　确认信息无误后，单击　提交并确认　按钮，打开显示注册成功的页面，如图
　　　　　14.62所示。

图14.60　注册页面

图14.61　信息确认页面

2. 发布招聘信息

注册企业用户并通过审核后，便可登录智联招聘网发布招聘信息，具体操作如下：

步骤01 按照前面的操作打开智联招聘网的企业用户登录页面。

步骤02 在打开的网页中输入注册的用户名和密码，如图14.63所示。

步骤03 单击 [登录] 按钮。

步骤04 单击【发布职位】按钮，在打开的页面中根据提示完成招聘职位的发布。单击【查询简历】按钮，可在智联招聘网的简历库中查找合适的求职人员。

图14.62　注册成功

案例小结

本案例主要讲解了在招聘网站注册并发布招聘信息，以及查寻求职人员的方法，读者还可以自己练习在招聘网站发布求职信息。由于招聘网站上求职者的资料丰富、企业发布的招聘信息也非常多，所以现在很多人都喜欢通过网络求职和招聘。不过在求职和招聘的过程中，需要分析招聘信息的真实性，以免上当受骗。

图14.63　输入用户名及密码

14.4　上机练习

14.4.1　在中国酒店预订热线网站上预订酒店

本次练习要求通过中国酒店预订热线（http://www.hotelonline.com.cn）预订酒店。

操作思路：

步骤01 打开中国酒店预订热线的首页（http://www.hotelonline.com.cn），如图14.64所示，在其中进行会员注册。

图14.64　中国酒店预订热线

　计算机办公应用培训教程（第3版）

步骤02 注册完成后返回首页，查询酒店相关信息并预订。

14.4.2 在当当网上购买图书

本次上机练习要求在当当网上购买一本名为《别样的中国》的图书。

操作思路：

步骤01 打开当当网首页"http://www.dangdang.com"，如图14.65所示，并在其中进行会员注册。

步骤02 在首页单击【图书】超链接，进入图书分类网页，在其中搜索图书《别样的中国》。

步骤03 购买该图书。

图14.65 当当网首页

14.5 疑难解答

问： 我想在网上预订礼品或鲜花送给朋友，该怎样操作呢？

答： 可以到"莎啦啦礼品鲜花网"（http://www.salala.com.cn）上查看并选购需要的鲜花或礼物。当然，要进行交易还需要进行用户注册。

问： 网上求职会收费吗？

答： 不会。目前绝大部分正规人才招聘网站不会向求职者收取任何费用，但如果遇到要收费的网站，求职者要判断其是否为正规网站，以免上当。

问： 既然能在网上订购飞机票，那么也能在网上查询火车票吗？

答： 要在网上查询列车时刻，可以登录到中国铁路时刻网"http://www.shike.org.cn"上进行查询。

14.6 课后练习

选择题

1 要想通过网络购物，必须先（　　）。

    A、申请免费邮箱   B、注册

    C、搜索商品   D、出价

2 下列哪个不是提供网上交易服务的网站？（　　）

    A、阿里巴巴   B、当当网

    C、前程无忧   D、莎啦啦礼品鲜花网

3 在网上销售自己的商品，需要先（　　）。

A、让商品上架　　　　　　　　　　B、查找商品

C、出价　　　　　　　　　　　　　D、注册并认证身份

问答题

1 在网上进行购物和预订等活动，通常都要进行哪些操作呢？

2 怎样在招聘网上注册并查找招聘信息？

3 招聘方与应聘方在招聘网上注册的方式相同吗？如果不相同，有哪些区别呢？

上机题

1 在易趣网（http://www.ebay.com.cn）上注册一个用户，并尝试购买一部手机，然后试着将自己的一样商品放在网上进行销售。

2 打开携程旅行网主页，单击 国内机票 选项卡，打开用于查询机票的页面。

 根据自己要查询的情况进行相应设置，包括出发城市、起飞日期、起飞时间和目的城市等，然后单击 查询航班 按钮，在打开的页面中查看符合查询条件的所有航班信息。

第15课

计算机的安全与维护

▼ **本课要点**

网络安全防护

杀毒软件的使用

计算机的日常维护

系统优化软件的使用

▼ **具体要求**

掌握设置Internet安全级别的方法

掌握使用杀毒软件查杀病毒的方法

掌握清理磁盘碎片的方法

熟悉使用Vista优化大师维护计算机的方法

▼ **本课导读**

在网络广泛应用的今天，掌握计算机的安全与
维护知识，可以更好地保护计算机中的资源，
使自己的利益不受侵害，并使计算机工作在快
速稳定的最佳状态。

15.1 网络安全防护

计算机是现代办公中最重要的设备之一，利用计算机办公的人员常常需要在网上进行各种操作，如收发电子邮件、下载资料及查看信息等。在这个过程中，一定要注意计算机的安全防护，保护自己的资料不被破坏。

15.1.1 知识讲解

计算机和网络发展到今天，对于计算机最大的安全威胁主要来自黑客、病毒、间谍程序和广告间谍程序，以及网络钓鱼等。常用的网络安全防护措施包括IE浏览器的安全级别设置、清除历史记录和查杀计算机病毒等，下面具体进行介绍。

1. Internet中的区域安全级别

在Internet中，用户可以自定义某个区域中Web内容的安全级别，安全级别越高就越安全，但浏览网页时受到的限制也就越多。设置安全级别的具体操作如下：

步骤01 打开IE浏览器，执行【工具】→【Internet选项】命令，如图15.1所示，打开【Internet选项】对话框，单击【安全】选项卡，如图15.2所示。

图15.1 选择【Internet选项】命令

图15.2 【安全】选项卡

步骤02 选择要设置安全级别的某个区域后，单击 自定义级别(C)... 按钮，打开【安全设置-Internet区域】对话框，如图15.3所示。

步骤03 在【设置】列表框中设置启用或禁用各对象，在【重置为】下拉列表中选择一种安全级别，如图15.4所示。

图15.3 【安全设置-Internet区域】对话框

图15.4 【重置为】下拉列表

步骤04 连续单击【确定】按钮，完成设置。

2. 清除历史记录

访问网站时，常常需要填写一些信息，如网站名称、电子邮件账户名或用户姓名等。IE浏览器默认记录所有历史信息，并在首次输入密码时询问是否在本台计算机中保存所有输入过的密码。对于多人共用的办公计算机来说，保存密码等信息会使安全性降低。用户可以通过IE设置，清除填写过的历史信息，以免个人信息被他人盗用，具体操作如下：

步骤01 打开IE浏览器，执行【工具】→【Internet选项】命令，打开【Internet选项】对话框，单击【内容】选项卡，如图15.5所示。

步骤02 单击【自动完成】栏中的【设置】按钮，打开【自动完成设置】对话框，如图15.6所示。

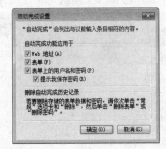

图15.5 【内容】选项卡   图15.6 【自动完成设置】对话框

步骤03 取消选中□表单(F)复选框和□表单上的用户名和密码(P)复选框，此时□提示我保存密码(R)复选框也不被选中。

步骤04 单击【确定】按钮，返回【Internet选项】对话框。

步骤05 打开【常规】选项卡，如图15.7所示。单击【浏览历史记录】栏中的 删除(D)... 按钮，打开【删除浏览的历史记录】对话框，如图15.8所示。

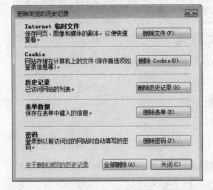

图15.7 【常规】选项卡   图15.8 【删除浏览的历史记录】对话框

步骤06 单击【全部删除】按钮，在弹出的如图15.9所示的对话框中单击 是(Y) 按钮，将自动完成历史信息的清除操作。

3. 使用杀毒软件查杀病毒

病毒是一种能够自我复制、自动传播，以破坏计算机正常运行为目的的计算机程序。Internet为信息的传递提供了"高速公路"，同时为病毒的高速扩散提供了"温床"。因此，查杀病毒、远离病毒困扰已成为计算机安全与维护的重中之重。

图15.9　提示是否删除历史记录

1）查杀病毒

用于防范计算机病毒的杀毒软件很多，如卡巴斯基、瑞星、金山毒霸、江民杀毒和诺顿等，它们的使用方法和功能都类似。下面以使用瑞星杀毒软件为例，讲解操作方法。

当计算机感染病毒以后，可以启动杀毒软件进行杀毒操作，具体操作如下：

步骤01 单击【开始】→【所有程序】→【瑞星杀毒软件】→【瑞星杀毒软件】命令，启动该程序，打开程序主界面，如图15.10所示。

步骤02 单击【杀毒】选项卡，在窗口左侧的【对象】列表框中选中要查杀病毒的磁盘分区对应的复选框，如图15.11所示。

图15.10　瑞星杀毒软件主界面

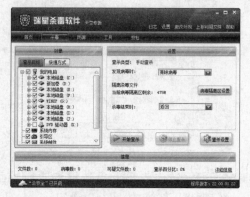

图15.11　选择杀毒区域

步骤03 单击【开始查杀】按钮，开始自动查杀病毒，并显示查杀进程，如图15.12所示。

步骤04 如有病毒，将打开对话框提示是否进行删除操作，如图15.13所示。

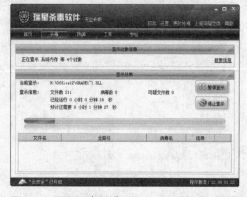

图15.12　显示查杀进程

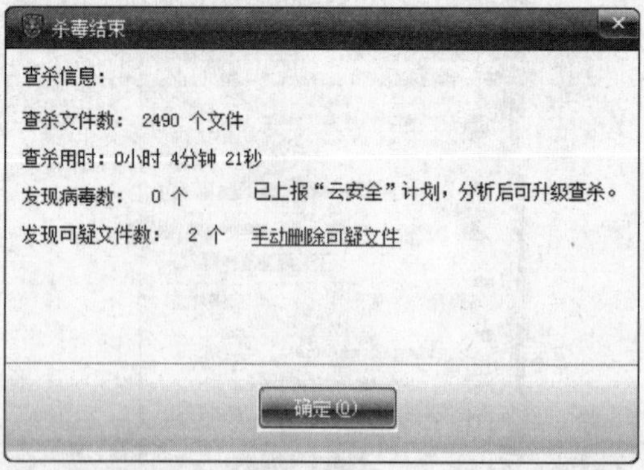

图15.13　提示手动删除可疑文件

2）实时监控

瑞星杀毒软件具有实时监控功能，使用它可以对计算机随时进行监控，以确保计算机的安全，具体操作如下：

步骤01 启动瑞星杀毒程序，在主界面中单击【防御】选择卡，如图15.14所示。

步骤02 在左侧列表框中单击【实时监控】按钮，在右侧会显示实时监控列表，如图15.15所示。

图15.14 【防御】选择卡

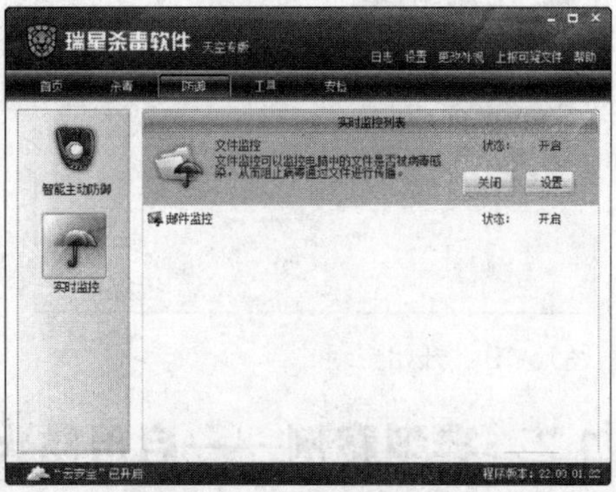

图15.15 显示实时监控列表

步骤03 选择【文件监控】选项，再单击右侧的【设置】按钮，打开【设置】对话框，如图15.16所示。

步骤04 设置完成后单击【确定】按钮。

3）升级病毒库

计算机病毒每天都会变化、更新，所以必须更新杀毒软件的病毒库。升级病毒库的具体操作如下：

图15.16 【设置】对话框

步骤01 启动瑞星杀毒软件，单击主界面下方的【软件升级】按钮，在弹出的对话框中会显示升级正在进行，获取升级信息，并下载组件，如图15.17和图15.18所示。

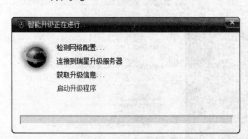

图15.17 显示升级正在进行

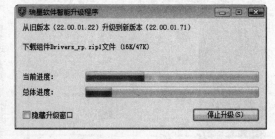

图15.18 下载组件

步骤02 下载完成后，打开如图15.19所示的对话框，进行更新。

步骤03 更新完成后，在打开的对话框中单击【完成】按钮，如图15.20所示，重新启动计算机后，使升级的内容生效。

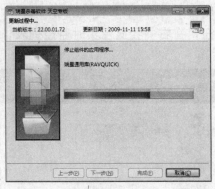

图15.19　开始更新　　　　　　　　　　图15.20　单击【完成】按钮

15.1.2　典型案例——启用防火墙

案例目标

虽然计算机的正常运行面临着很多安全阻碍，但我们并非束手无策，除了利用杀毒软件杀毒以外，还可以启用防火墙，启用防火墙后，Windows Vista可以帮助用户阻止黑客和恶意软件通过网络访问用户计算机。本案例将介绍如何启用Windows Vista的防火墙。

　　操作思路：

步骤01　打开【安全】窗口。

步骤02　打开【Windows 防火墙设置】对话框。

操作步骤

步骤01　执行【开始】→【控制面板】命令，打开【控制面板】窗口，如图15.21所示。

步骤02　单击【安全】超链接，打开【安全】窗口，如图15.22所示。

图15.21　【控制面板】窗口　　　　　　图15.22　【安全】窗口

步骤03　在【Windows 防火墙】栏中单击【打开或关闭Windows 防火墙】超链接，打开【Windows 防火墙设置】对话框，如图15.23所示。

步骤04　切换到【常规】选项卡，选中【启用（推荐）】单选按钮。

步骤05　单击【确定】按钮。

在【Windows 防火墙设置】对话框中切换到【例外】选项卡，可在其中选择信任的可以直接访问网络的软件，无需通过防火墙，如图15.24所示。

图15.23 【Windows 防火墙设置】对话框

图15.24 【例外】选项卡

案例小结

本案例介绍了如何启用防火墙，读者在学习此操作之后，还可自行练习启用杀毒软件对计算机中的各分区进行查杀病毒的操作。

15.2 计算机的日常维护

为了让计算机能正常地帮助我们完成工作，平时应注意计算机的维护。本节将详细介绍计算机的一些日常维护知识。

15.2.1 知识讲解

计算机的日常维护通常包括磁盘清理、磁盘碎片整理、对系统进行优化，以及在计算机出现故障时进行排除等，下面分别进行介绍。

1. 正确维护计算机

为了能让计算机正常工作并延长其使用寿命，使用计算机时应注意以下的一些事项。

- 正确开机的顺序是先打开计算机外部设备的电源，再打开主机电源，关机顺序与开机相反。

- 不能频繁地开关机，否则会对计算机产生不利的影响，特别是对硬件的伤害非常大。

- 敲击键盘和鼠标力度要适中，在敲击或按压鼠标时不要过分用力。

- 在计算机运行时，禁止带电拔、插各种板卡。因为插拔瞬间产生的静电、信号电压的不匹配等现象容易损坏芯片。

- 计算机中的文件应进行归类放置，避免不能及时找到或找不到需要的文件。对于不需要使用的文件应及时删除，并定期清空回收站，释放磁盘空间供程序使用。

- 对机箱表面、键盘、显示器等计算机设备进行清洁时，最好不要用水，以免水流入其内部而造成短路或使其产生锈蚀。可购买专用的计算机清洁膏，也可用棉花沾少量的酒精擦拭。

⊙ 不宜在计算机中安装过多的软件，不使用的软件应将其卸载掉，否则会使计算机运行速度变慢。

用户应该定期清除机箱内部的灰尘，因为它是影响硬件设备散热的主要原因，清扫机箱内部的灰尘包含以下几个方面：

⊙ 清扫CPU上的散热风扇和散热片上面的灰尘。
⊙ 清扫显卡、网卡和声卡等板卡的灰尘，然后用橡皮擦擦拭其金手指。
⊙ 清扫机箱面板进风口附近和电源排风口附近的灰尘。
⊙ 清扫主板上面的灰尘。

 不使用计算机时，最好使用防尘罩将其遮住。

2. 磁盘清理

在使用计算机的过程中，新建或删除文件、安装或卸载程序，以及浏览网页等操作，都会在系统中产生大量的垃圾文件和临时文件，它们会占用有限的磁盘资源，影响计算机的运算速度。对于这类文件，可使用Windows Vista操作系统自带的磁盘清理程序，快速找到垃圾文件并进行清理，以保证计算机的正常运行，节省系统资源，具体操作如下：

步骤01 执行【开始】→【所有程序】→【附件】→【系统工具】→【磁盘清理】命令，启动磁盘清理程序，打开如图15.25所示的对话框。

步骤02 选择要清理的文件，这里选择【仅我的文件】选项，打开【磁盘清理：驱动器选择】对话框，如图15.26所示。

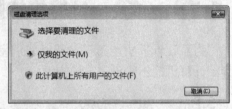

图15.25 【磁盘清理选项】对话框

步骤03 在【驱动器】下拉列表中选择要清理的磁盘，如I盘。

步骤04 单击【确定】按钮，打开对话框提示扫描文件的进度，如图15.27所示。

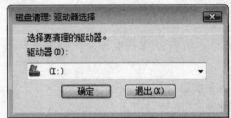

图15.26 【磁盘清理：驱动器选择】对话框

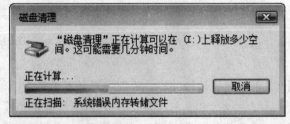

图15.27 显示扫描进度

步骤05 扫描完成后，打开该磁盘对应的清理对话框，如图15.28所示，在【要删除的文件】列表框中选中要删除的文件。

步骤06 单击【确定】按钮，打开对话框提示是否要删除这些文件，如图15.29所示。

图15.28　磁盘清理对话框

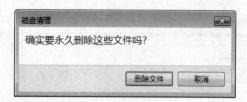

图15.29　提示是否删除文件

步骤07 单击【删除文件】按钮，系统开始清理磁盘，并显示清理的进度，如图15.30所示，清理完成后将自动关闭对话框。

因为一次只能清理一个磁盘的垃圾文件，所以清理完一个后，可再次执行该命令，选择其他磁盘进行清理，直至全部清理完成。

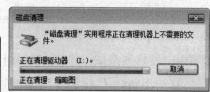

图15.30　显示清理进度

3. 磁盘碎片整理

在操作计算机的过程中，如果发现数据的存取速度越来越慢，则可能是因为磁盘碎片较多造成的。因为在对文件进行复制、移动与删除等操作时，存储在硬盘上的信息有可能变成不连续的存储碎片，这样会造成同一个文件的数据没有被连续存放，而是被分段存放在不同的存储单元中。这种情况严重时，不但不利于磁盘的读写，而且过多的无用碎片还会占用磁盘空间。

使用Windows提供的磁盘碎片整理程序对磁盘碎片进行整理，使其变为连续的存储单元，可以延长硬盘的使用寿命。进行磁盘碎片整理的具体操作如下：

步骤01 打开【计算机】窗口。

步骤02 在任意一个磁盘上单击鼠标右键，在弹出的快捷菜单中选择【属性】命令，如图15.31所示。

步骤03 打开对应的磁盘属性对话框，单击【工具】选项卡，如图15.32所示。

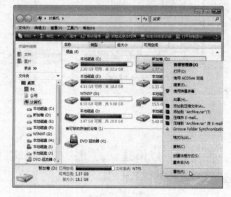

图15.31　选择【属性】命令

图15.32　【工具】选项卡

步骤04 单击【碎片整理】栏的【开始整理】按钮 ，打开【磁盘碎片整理程序】窗口，如图15.33所示。

步骤05 单击【立即进行碎片整理】按钮 [立即进行碎片整理(N)]，开始进行碎片整理，如图15.34所示。

图15.33 【磁盘碎片整理程序】窗口　　　　图15.34 正在进行碎片整理

步骤06 整理完成后，单击【关闭】按钮。

4. 使用Vista优化大师对系统进行维护

对计算机进行维护除了进行硬件维护外，还应注意系统的维护，要维护系统，我们可使用专门的软件来完成，如Vista优化大师就是一款专门维护Windows Vista的软件。使用它可以进行系统优化、系统清理和系统设置等多方面的操作。下面分别介绍该软件常用的几个功能。

1）优化内存及缓存

使用Vista优化大师可以优化内存及缓存，从而提高计算机存取文件的速度，具体操作如下：

步骤01 执行【开始】→【所有程序】→【Vista优化大师】→【Vista优化大师】命令，启动该程序。

步骤02 单击【系统优化】选项卡，如图15.35所示。

步骤03 在对话框左侧单击【内存及缓存】子选项卡，在右侧分别单击【二级缓存设置】和【物理内存设置】栏中的【自动设置】按钮。

步骤04 设置完成后，单击【保存设置】按钮，再在打开的提示对话框中单击【确定】按钮。

图15.35 单击【系统优化】选项卡

2）清理注册表信息

Vista优化大师同样拥有很强的清理功能，使用它可以清理计算机中的垃圾文件、多余的注册表信息等，下面以清理注册表为例进行讲解，具体操作如下：

步骤01 启动Vista优化大师后，单击【系统清理】选项卡，打开【欢迎使用Vista系统清理大师】窗口，如图15.36所示。

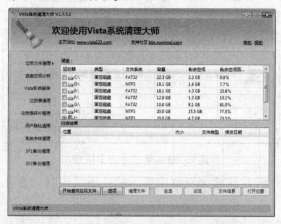

图15.36 【欢迎使用Vista系统清理大师】窗口

步骤02 单击左侧的【注册表清理】选项卡，如图15.37所示。

图15.37 清理注册表的工作界面

步骤03 单击【扫描注册表】按钮，系统开始自动扫描注册表信息，并打开提示对话框，如图15.38所示。

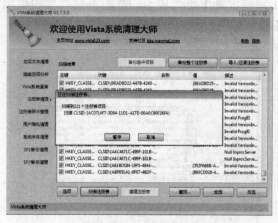

图15.38 扫描注册表信息

步骤04 扫描完成后，单击窗口下方的【清理注册表】按钮，在打开的提示对话框中单击【否】按钮，不进行备份，如图15.39所示。

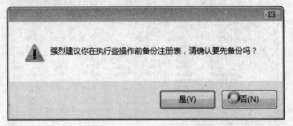

图15.39　单击【否】按钮

步骤05 Vista优化大师开始删除列表框中显示的注册表内容，直至列表框中没有任何内容。

3）设置自动启动项

启动Windows Vista的同时，系统会自动启动一些程序，用户可以将这些程序设置为是否开机启动，具体操作如下：

步骤01 启动Vista优化大师，单击窗口上方的【系统设置】选项卡，如图15.40所示。

图15.40　【系统设置】选项卡

步骤02 单击左侧的【启动设置】子选项卡，在右侧列表框中取消选中无需自动启动的程序前的复选框，如图15.41所示。

图15.41　取消选中不需自动启动的程序

步骤03 单击【保存设置】按钮，然后在打开的对话框中单击【是】按钮，如图15.42所示。

图15.42　提示对话框

5. 计算机故障排除

在日常使用计算机的过程中，难免会遇到一些小问题。了解了这些故障的基本排除方法，就能及时排除故障而使计算机正常运行。下面简单介绍一些常见故障的处理方法。

1）显示器无图像

在使用计算机时，有时会遇到主机启动后，显示器上无任何图像的情况，常用的处理方法如下：

- 查看显示器视频电缆连接是否正常。
- 查看显示器电源线连接是否正常。
- 查看显示器亮度和对比度的设置是否合适。
- 显示器断电后，查看视频电缆接口插针是否弯曲，如果弯曲，小心将其扳直。

 显示器是计算机重要的输出设备，其寿命与日常的使用与维护有十分紧密的关系，因此在使用的过程中，一定要远离磁场、防潮防湿、定期清洁，并保持电流稳定，同时其亮度不要调得太高。

2）鼠标失灵

系统启动后，不管怎么移动鼠标，桌面上的光标都没有反应，具体处理方法如下：

- 如果是USB接口鼠标，重新拔插鼠标。
- 如果是无线鼠标，检查电池是否没电，如果没电更换新电池即可。
- 检查是否死机，若死机则重新启动计算机，若没有死机，关机后重新拔插鼠标，然后重新启动计算机。

3）光驱不能正常读盘

如果光驱不能正常读盘，可使用如下方法进行处理：

- 将光盘放到光驱中后，在【计算机】窗口中双击光驱图标，弹出【设备尚未准备好】对话框，这可能是因为光盘被磨损了或光盘表面不清洁所致，用专用光盘清理工具将光盘表面擦拭一下即可。
- 光驱一直在读盘，却无法读取光盘中的内容，这可能是光驱激光头上的灰尘所致。这时可对光驱激光头进行擦拭或清洗。如果故障依旧，则可能是光头老化，需要更换一个光头。

 光驱是最常用的计算机硬件之一，属易耗品，在使用光驱的过程中，一定要注意光盘的质量，质量差的光盘会影响光驱的使用寿命。

4）不能正常开机

若遇到不能正常开机的情况，采用如下方法处理：

⊙ 检查主机电源线是否脱落，电源开关是否打开。

⊙ 检查主机中的配件（如硬盘、内存和电源等）是否损坏，更换配件进行测试。

15.2.2 典型案例——维护计算机E盘

本案例将对E盘进行磁盘清理和碎片整理，并使用Vista优化大师进行系统优化。

操作思路：

步骤01 对E盘进行磁盘清理。

步骤02 对E盘进行碎片整理。

步骤03 使用Vista优化大师对系统进行优化。

步骤01 执行【开始】→【所有程序】→【附件】→【系统工具】→【磁盘清理】命令，打开如图15.43所示的驱动器选择对话框，在【驱动器】下拉列表中选择E盘。

步骤02 单击【确定】按钮，系统自动查找所选磁盘上的垃圾文件和临时文件，并打开如图15.44所示的对话框，其中显示了所选磁盘上可以删除的文件。

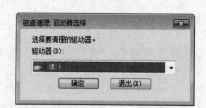

图15.43 选择E盘

图15.44 显示可删除的文件

步骤03 在【要删除的文件】列表框中选中要删除的文件前的复选框，如图15.45所示。

步骤04 单击【确定】按钮，打开如图15.46所示的删除提示对话框，单击其中的【删除文件】按钮完成磁盘清理。

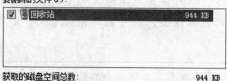

图15.45 选择要删除的文件

图15.46 删除提示对话框

步骤05 执行【开始】→【所有程序】→【附件】→【系统工具】→【磁盘碎片整理程序】命令，打开【磁盘碎片整理程序】对话框。

步骤06 单击【立即进行碎片整理】按钮，开始进行碎片整理。

步骤07 整理完成后单击【关闭】按钮。

步骤08 启动Vista优化大师，如图15.47所示。

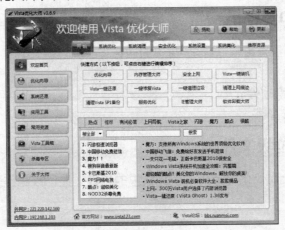

图15.47 Vista优化大师主界面

步骤09 切换到【安全优化】选项卡，选择【系统安全】子选项卡，如图15.48所示。

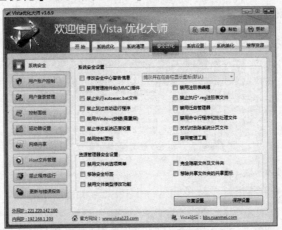

图15.48 【安全优化】选项卡

步骤10 选中用于维护系统安全的 ☑ 禁止修改系统还原设置 、 ☑ 禁用任务管理器 、 ☑ 禁止跳过自动运行程序 和 ☑ 禁用注册表编辑 复选框。

步骤11 单击【保存设置】按钮，打开如图15.49所示的对话框，单击【确定】按钮保存设置。

步骤12 单击【关闭】按钮 ✕ ，关闭Vista优化大师。

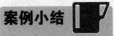

图15.49 提示框

案例小结

本案例对E盘进行了维护，需要注意的是，在进行磁盘碎片整理前，还应关闭屏幕保护程序、定时任务等可能在磁盘碎片整理过程中自动运行的程序。

15.3 上机练习

15.3.1 查杀D盘中的病毒

下面练习使用瑞星杀毒软件查杀D盘中的病毒。

操作思路：

步骤01 启动瑞星杀毒软件。

步骤02 选择D盘进行查杀。

15.3.2 清理垃圾文件

下面练习使用Vista优化大师清理计算机中的垃圾文件，该操作是进行计算机优化的其中一项操作。

操作思路：

步骤01 单击Vista优化大师主界面中的【系统清理】选项卡。

步骤02 单击【垃圾文件清理】选项卡，在右侧的列表框中选择需要清理垃圾文件的磁盘，如图15.50所示。

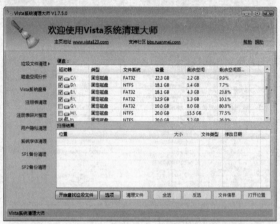

图15.50 选择要清理垃圾文件的磁盘

步骤03 单击【开始查找垃圾文件】按钮，系统开始进行扫描，寻找垃圾文件，如图15.51所示。

图15.51 寻找垃圾文件

步骤04 扫描结束后，单击【全选】按钮，将扫描到的垃圾文件选中，然后单击【清理文件】按钮，在弹出的对话框中单击【是】按钮，将扫描到的垃圾文件删除。

15.4 疑难解答

问： 系统运行缓慢，这会是什么原因呢？

答： 这有可能是因为病毒占用了内存和CPU资源，在后台运行了大量非法操作。如果经过杀毒还存在此问题，那么就有可能是因为打开的程序太多或太大，或者系统配置不正确。如果是在运行网络上的程序时出现该问题，则可能是由于你的机器配置太低或网络太忙。

问： 要保证计算机安全运行，我们应该做些什么呢？

答： ➡启用防火墙。

➡更新操作系统和软件：大量病毒通过操作系统和软件的漏洞置入计算机中，所以应该经常更新操作系统和软件，弥补其漏洞。

➡反间谍软件的运行：扫描计算机中是否有间谍软件，如有则将其从计算机中删除。

➡查杀病毒：如果计算机不小心感染了病毒，则可通过杀毒软件查杀病毒。

15.5 课后练习

选择题

1 计算机的日常维护包括（　　）。

    A、磁盘清理　　　　　　　　　　B、磁盘碎片整理

    C、格式化磁盘　　　　　　　　　D、查杀病毒

2 使用瑞星杀毒软件可进行下列哪些操作？（　　）

    A、查杀病毒　　　　　　　　　　B、智能升级

    C、实时监控　　　　　　　　　　D、翻译单词

问答题

1 网络安全防护都包括哪些内容？

2 正确维护计算机要注意哪些事项？

3 简述使用瑞星杀毒软件查杀病毒的操作步骤。

上机题

1 对F盘进行磁盘清理和碎片整理。

利用Windows操作系统自带的磁盘清理工具和磁盘碎片整理工具对F盘进行处理。

★在选择磁盘分区时，选择F盘进行操作。

★在磁盘清理和碎片整理的过程中，不要运行其他程序。

2 使用Vista优化大师美化操作系统。

 使用Vista优化大师进行更改计算机名等个性化设置。在Vista优化大师主界面中，单击上方的【系统美化】选项卡，根据需要在其中进行设置，如图15.52所示，然后再单击【保存设置】按钮。

图15.52　美化操作系统

习题答案

第1课
    1. B   2. A, B   3. ABCD

第2课
    1. B, A   2. A, B, C, D, E, F

第3课
    1. B, A   2. C

第4课
    1. B   2. C

第5课
    1. C   2. A, B   3. B

第6课
    1. B   2. A   3. AB
    4. B   5. D

第7课
    1. A, B   2. B   3. D
    4. A, D

第8课
    1. A   2. B   3. C

第9课
    1. D   2. ABCD

第10课
    1. ABC   2. A   3. A

第11课
    1. C   2. B

第12课
    1. ABC   2. ABC   3. ABD
    4. BC

第13课
    1. AB   2. A

第14课
    1. B   2. C   3. D

第15课
    1. ABCD   2. ABC

 注意 | 在此仅提供了选择题的答案，问答题及上机题读者可参照书中的讲解自行练习。

反侵权盗版声明

电子工业出版社依法对本作品享有专有出版权。任何未经权利人书面许可，复制、销售或通过信息网络传播本作品的行为；歪曲、篡改、剽窃本作品的行为，均违反《中华人民共和国著作权法》，其行为人应承担相应的民事责任和行政责任，构成犯罪的，将被依法追究刑事责任。

为了维护市场秩序，保护权利人的合法权益，我社将依法查处和打击侵权盗版的单位和个人。欢迎社会各界人士积极举报侵权盗版行为，本社将奖励举报有功人员，并保证举报人的信息不被泄露。

举报电话：　　(010)88254396；(010)88258888

传　　真：　　(010)88254397

E - mail：　　dbqq@phei.com.cn

通信地址：　　北京市万寿路173信箱
　　　　　　　电子工业出版社总编办公室

邮　　编：　　100036